La chambre des dupes

DU MÊME AUTEUR

Le Goût du roi, Perrin, 2006.

Scènes de la vie quotidienne à l'Élysée, Plon, 2012.

Les Derniers Mondains, Plon, 2015.

Ainsi, Dieu choisit la France. La véritable histoire de la fille aînée de l'Église, Presses de la Renaissance, 2016.

L'Été des quatre rois, Plon, 2018. Grand Prix du roman de l'Académie française.

Camille Pascal

La chambre des dupes

roman

PLON
www.plon.fr

92, avenue de France
75013 Paris
Tél. : 01 44 16 09 00
Fax : 01 44 16 09 01
www.plon.fr
www.lisez.com

Mise en pages : Nord Compo (Villeneuve-d'Ascq)
Dépôt légal : août 2020
ISBN : 978-2-259-27678-8

« La révolution est certaine dans cet État-ci,
il s'écroule par le fondement ;
il n'y a plus qu'à se détacher de sa patrie
et à se préparer à passer sous d'autres maîtres
et sous quelque autre forme de gouvernement. »

Marquis d'Argenson, le 30 juillet 1743,
in *Journal*, tome IV.

« Vous avez bien raison de dire qu'il serait joli
de faire revivre la journée des dupes,
pour moi je n'en doute pas,
c'est justement de même un jeudi ;
mais il faut de la patience
et il est vrai qu'il en faut beaucoup… »

Fragment d'une lettre
de la duchesse de Châteauroux
au duc de Richelieu.

Prologue

Château de Versailles, vendredi 8 septembre 1741

Le masque de la mort intriguait toujours le roi, mais le voir se poser ainsi sur le visage de sa maîtresse l'affligeait sincèrement, car Sa Majesté n'aimait pas souffrir. Au sortir du grand couvert, dont la durée lui fut un supplice, l'amant s'était aussitôt substitué au monarque, et les ordres distribués pour que son souper soit servi au pied du lit de la pauvre malade, installée par commodité dans le bel appartement du grand aumônier de France, le cardinal de Rohan-Soubise. C'est là qu'une semaine plus tôt la favorite avait donné naissance à un enfant mâle qui ne devait rien à son mari, le marquis de Vintimille, neveu de monseigneur l'archevêque de Paris. Tout cela accablait de bien des ridicules ces princes de l'Église, mais le roi s'en moquait. L'appartement situé au premier étage de l'aile neuve jouissait d'une vue magnifique sur les jardins et offrait l'avantage d'être de plain-pied avec le salon de la chapelle. Au sortir de la messe, il suffisait à Sa Majesté de quitter sa tribune pour se rendre au chevet de celle qu'il aimait malgré son peu de beauté, une allure de grenadier et l'odeur forte des femmes au gousset fin. Le roi ne remarquait rien de ces petits défauts, pas plus qu'il ne voyait la multitude de boutons gros comme des grains de millet qui, depuis l'accouchement, couvraient le front, les bras et la gorge de sa maîtresse ; il ne voyait que l'amour, ses habitudes et le chagrin de les perdre bientôt.

Dès que le roi eut pénétré dans la chambre, tout se figea. Aucun bruit ne parvenait des jardins où les fontaines étaient condamnées au silence depuis plusieurs jours pour ne pas troubler le repos de l'accouchée. Sa Majesté exigea au surplus que l'on répande du fumier sur le haut de la rampe qui montait à la chapelle jusqu'en bas afin d'amortir le fracas des équipages. Aussitôt l'ordre courut les corridors et les escaliers pour parvenir au gouverneur du château. Alors la Cour comprit, retint son souffle, et chacun se composa un visage propre à refléter les tourments du monarque. Tandis que les tombereaux de fumier quittaient la Grande Écurie, le roi échangeait quelques mots avec M. de La Peyronie, son premier chirurgien, auquel était confié le soin de la femme et de l'enfant depuis l'accouchement. Loin de baisser, la fièvre redoublait et le pouls faiblissait. Sylva et Sénac, médecins consultants appelés en renfort auprès de la malheureuse, opinaient d'un air de faculté à chaque mot prononcé par La Peyronie qui régnait en maître sur la santé du roi. Les urines surtout inquiétaient ces messieurs à rabats, elles étaient mousseuses comme du vin de Champagne, et cela n'augurait rien de bon pour la suite. Il fallait immédiatement saigner la malade, et la saigner au pied. Seule la grande saignée au pied permettrait d'évacuer les humeurs dont l'accumulation provoquait cette forte fièvre et les violentes convulsions qui secouaient la jeune accouchée comme un pantin de la foire Saint-Germain. Le roi y consentit et, malgré son dégoût, souhaita assister à l'opération. Au premier coup de lancette, un jet de sang pâle vint teinter de rose l'éclat des grands bassins d'argent aux armes des Mailly-Nesle que les femmes de chambre déposaient ensuite sur le marbre d'une commode placée entre les deux hautes croisées pour permettre aux médecins d'y tremper leur doigt et juger de son goût et de sa consistance.

Dans le fond de l'alcôve, une femme sans ajustement, à peine vêtue d'un jupon blanc et d'un simple manteau de lit, le regard éperdu et la prière aux lèvres, épongeait avec soin le front de sa sœur qui se plaignait d'affreuses douleurs aux tempes et suppliait que l'on chasse les ombres qu'elle avait toujours devant les yeux. Louise de Mailly veillait jour et nuit depuis plus d'une semaine sur celle qui l'avait autrefois chassée du lit du roi pour s'y coucher à sa place. Elle était prête à tout pardonner à cette sœur ingrate, pourvu qu'elle survive. C'est elle encore qui avait demandé au roi de faire taire les fontaines et obtenu que l'on transporte l'enfant de sa sœur dans un entresol afin que ses vagissements ne fatiguent plus la malade. Plusieurs jours sans sommeil lui gâchaient sévèrement le teint, mais elle gardait cet air d'élégance et de bonté qui, quelques années plus tôt, était parvenu à vaincre la timidité et les scrupules du jeune roi de France. Malgré la profondeur d'une bien triste nuit, ce reste de beauté, servi par le négligé de ses effets et le désordre d'une chevelure, rappela à Louis XV des moments qu'il croyait oubliés. Leurs regards se croisèrent par-dessus la perruque courte des chirurgiens qui s'acharnaient sur le pied de celle qui les avait séparés l'un de l'autre, quand un râle les ramena aux soins qu'ils cherchaient maladroitement à lui prodiguer.

Après la saignée, un remue-ménage annonça le souper du roi que des valets bleus apportaient sous la surveillance du duc de Villeroy, capitaine des gardes, et ils dressèrent aussitôt une table face au lit. Le duc de Gesvres, premier gentilhomme de la chambre, qui devançait le brancard sur lequel étaient déposés les plats et les pots à oille, fit ensuite son office et servit Sa Majesté. Les parfums et la poudre dont cet homme abusait toujours éloignèrent pour un moment l'odeur de la mort, et le roi mangea un peu de tous les plats en échangeant même quelques mots avec son vieil ami, le marquis de Meuse, qu'il gardait toujours en vis-à-vis lorsque ses soirées l'ennuyaient.

Vers deux heures du matin, enfin la fièvre tomba. Les médecins se félicitèrent de leur science dans un latin d'amphithéâtre et rassurèrent le roi. La nuit serait bonne, car la marquise délivrée de la fièvre se reposerait bientôt et reprendrait des forces, Sa Majesté pouvait donc aller se coucher, ils veilleraient eux-mêmes sur la malade. Louis XV y consentit, mais Louise de Mailly refusait obstinément de quitter sa sœur. Pourtant, sur les coups de quatre heures, et puisque la fièvre paraissait vraiment endormie, elle finit par se rendre aux raisons de M. de La Peyronie et du marquis de Meuse restés à ses côtés sur l'ordre du roi. Les deux hommes prirent même la peine de la raccompagner jusqu'au petit appartement dont Mme de Conflans avait obligeamment cédé l'usage à l'amie du roi dès les premières douleurs de la marquise de Vintimille de façon à lui éviter d'emprunter les escaliers. Les plus grands médecins du royaume de France se pressaient à son chevet, la patiente ne risquait donc rien.

Pourtant, à peine les femmes de chambre avaient-elles couché Louise de Mailly que des hurlements de douleur roulèrent leur écho à travers le silence de la grande galerie de pierre. La maréchale de Villars, dame du palais de la reine dont l'appartement faisait presque face à celui de la marquise de Vintimille, crut que l'on égorgeait un cochon devant sa porte et sonna ses gens pour qu'ils le fassent taire. En quelques instants, toute l'aile du château fut en révolution. Les médecins dressés sur des lits de sangles cherchaient à remettre leur perruque de crin quand les femmes de chambre couraient déjà en chemise au secours de leur maîtresse. Courbée par d'atroces douleurs d'entrailles, la malade les suppliait de trouver un prêtre car elle se voyait mourir. Réveillée en sursaut par ses valets, la pauvre Mailly accourut, éperdue et affolée. Lorsque l'on tira les rideaux du lit, elle ne put retenir un cri d'effroi à la vue de sa sœur dont le visage – qui n'avait jamais été particulièrement gracieux malgré un regard effronté – se trouvait atrocement déformé par les convulsions. Dans un souffle, la Vintimille implora le saint sacrement. Louise exigea que l'on fasse prévenir le maître, mais La Peyronie s'y refusa. Le sommeil du roi était sacré, et jamais le premier gentilhomme de la chambre n'autoriserait que l'on dérange Sa Majesté pour des douleurs d'accouchée. Alors Mailly en chemise mais sans bas et simplement chaussée de mules de taffetas gris quitta l'appartement appelant à l'aide et à Dieu. Elle secoua un vieux suisse qui dormait sur une banquette d'antichambre en lui demandant poliment et comme si ce fut le grand chambellan en personne d'aller chercher le prédicateur de semaine qui logeait tout à côté de là, à la cour basse de la chapelle. Il fallait un prêtre, et vite. Puis, s'emparant d'un simple falot, elle se décida à longer l'immense galerie en direction du corps central avec la ferme volonté d'obtenir que l'on réveille son ancien amant. Le talon de l'une de ses mules ayant cassé, elle poursuivit pieds nus jusqu'au salon de la chapelle dont elle trouva les portes soigneusement fermées. La jeune femme appela, cria qui elle était, supplia au nom de Dieu et du roi que l'on ouvre. Les gardes et les huissiers s'y refusèrent obstinément. Seul le mot de passe glissé par le roi à l'oreille de son capitaine des gardes au moment de son coucher pouvait les autoriser à déverrouiller les serrures, et Louise ne le connaissait pas. Au désespoir, elle se cassa les ongles sur la serrure de bronze doré portant les initiales entrecroisées du roi, mais ce fut en vain. Les hurlements redoublés de sa sœur et une femme de chambre venue la rejoindre pour jeter une robe de chambre sur ses épaules lui firent rebrousser chemin. Lorsqu'elle regagna l'appartement, le prêtre était déjà là. Il portait l'étole de la consolation et écoutait la pécheresse un chapelet entre les mains. Comme elle semblait pouvoir parler malgré la douleur, Louise s'agenouilla et récitait ses prières quand un nouveau cri, plus inhumain que les précédents, annonça la reprise des convulsions. Lâchant son scapulaire afin de porter secours à sa pénitente, le prêtre la prit dans ses bras, et c'est à ce moment précis qu'elle rendit l'âme sans avoir achevé le récit de ses fautes ni reçu l'absolution. Lorsque Louise comprit que le confesseur était arrivé trop tard, elle perdit à son tour connaissance. Sa sœur Pauline était damnée, et elle était complice, par l'exemple de ses faiblesses, de cette damnation.

Bien que le jour fût levé depuis près de cinq heures, le premier valet de chambre respectant les ordres avait attendu que dix heures sonnent à la pendule de la cheminée pour réveiller son maître. Aussitôt La Peyronie, qui jouissait des entrées familières, s'était présenté au petit lever de Sa Majesté avant même que les valets de la chambre aient achevé de plier les immenses volets intérieurs où des rinceaux d'or jouaient avec le soleil de septembre. Ils commençaient à peine de tirer les rideaux du baldaquin que le roi, qui était encore couché et le bonnet de nuit sur la tête, appela son chirurgien pour lui demander quelles étaient les nouvelles.

— Elles sont mauvaises, Sire, répondit tristement La Peyronie.

Alors le roi comprit et, étouffant un sanglot, se tourna de l'autre côté du lit dont il exigea que l'on referme immédiatement les courtines. Les valets intérieurs s'exécutèrent aussitôt, et ce fut le tour du premier gentilhomme de la chambre de s'approcher pour prendre les ordres. Ils étaient inouïs. Sa Majesté ne se lèverait pas et entendrait la messe depuis sa chambre. Personne ne serait reçu, pas même la reine. Le premier aumônier devrait rester dans l'antichambre du Conseil, car seul le desservant et les deux chapelains étaient autorisés à entrer chez le roi pour dire et servir l'office divin.

À quelques pas de là, dans la Grande Galerie ainsi que dans l'antichambre où le roi mange, les courtisans attendaient depuis deux bonnes heures maintenant que les huissiers ouvrent les portes de l'Œil-de-bœuf pour appeler au lever de Sa Majesté dans la chambre de parade. Les courtisans qui jouissaient des grandes entrées, comme ceux qui n'avaient que les premières entrées et les entrées du cabinet, montraient maintenant des signes d'impatience. Non seulement ils devaient être vus du roi pour lui présenter le visage de tristesse qui convenait aux événements de la nuit, mais encore chacun voulait accomplir les gestes de sa charge. L'heure était déjà tardive, la messe allait empiéter sur le dîner, l'horloge de la Cour battait la campagne, le roi se dérobait au regard de ses plus fidèles sujets, comme si le soleil, refusant de se lever, laissait le monde dans une nuit de Vendredi saint. En pareille situation, les Incas du Pérou auraient exigé de sacrifier de jeunes vierges sur le grand air de Huascar afin d'éviter l'éclipse. Les courtisans, eux, voulaient au moins des nouvelles fraîches. Soudain, un long murmure parcourut la foule en grand habit pareil au frisson qui remonte l'échine d'un chien courant au premier son des trompes de chasse. La reine refusée par son époux retournait à ses appartements, accompagnée de ses dames du palais. Les femmes titrées glapissaient d'excitation à l'évocation de ce scandale, et les hommes balançaient gravement leur tête poudrée pour essayer d'attraper au vol ces mots que leur jetait le grand chambellan. Ce n'était pas tout, Son Éminence le cardinal de Fleury, malgré sa toute-puissance, n'avait pas été mieux reçu que la reine, et les deux vieux ennemis se trouvaient réunis, pour une fois, dans une même humiliation. Les portes de l'Œil-de-bœuf resteraient fermées jusqu'à nouvel ordre. La chambre du roi ne verrait pas le jour. Qu'allaient-ils faire ? Que devenait la Cour ? Dans la Grande Galerie, de petits groupes se formaient. Les survivants de l'autre règne rappelaient que le feu roi n'avait jamais manqué le grand lever, sauf à l'article de la mort. Certains couraient déjà chez la reine pour interroger la duchesse de Luynes, sa dame d'honneur, d'autres tentaient d'en savoir davantage auprès des huissiers de la chambre ou du premier valet. Le roi irait-il courre le cerf à Saint-Léger comme le prévoyait l'ordre de la veille ? Reviendrait-il pour un souper des retours de chasse ? Fallait-il attendre son bon plaisir à Versailles, ou bien partirait-il à Trianon ? À moins que Sa Majesté ne choisisse de se retirer avec son chagrin à Marly ou encore à Choisy qui avait abrité ses amours.

Lorsque la messe fut dite, que le prêtre eut achevé sa sainte vaisselle et plié les linges sacrés, il s'approcha en tremblant jusqu'au chevet du roi pour lui donner le corporal à baiser. Le premier valet de chambre écarta alors les précieux rideaux de brocarts jonquille brodés d'argent, mais en prenant bien soin que personne ne puisse apercevoir le visage dévasté de son maître. C'est à ce moment précis que, décidé à ne céder aucun des privilèges de sa charge, le premier aumônier, qui n'avait pas aimé faire antichambre pendant l'office, franchit le seuil du cabinet du Conseil, s'avança à son tour pour donner l'eau bénite avant de passer sa main gantée de vert à travers les rideaux de lit et présenter au roi l'anneau d'améthyste. Le roi baisa la pierre avec ferveur, mais sans un mot ni un regard pour celui qui la portait au doigt. S'engouffrant dans cette première brèche ouverte par la religion, le cardinal de Fleury aventura sa grandeur et sa vieillesse au-delà de ce qui lui avait été pourtant autorisé par son ancien pupille. Personne dans la chambre n'osa offenser la pourpre et le pouvoir qu'elle habillait en s'interposant, pas même le duc de Villeroy, capitaine des gardes du corps, et chacun s'effaça devant Son Éminence. Alors, de sa voix soyeuse mais légèrement chevrotante par laquelle il donnait toujours à ses ordres des airs de suppliques, le vieux cardinal prêcha au jeune souverain la fragilité des passions humaines, l'obéissance à Dieu et les douceurs de ses consolations, mais le silence et les larmes de Louis XV ne lui permirent pas d'aller plus loin, au point que le tout-puissant ministre préféra se retirer de lui-même avant que d'y être invité. Les plus proches témoins racontèrent ensuite que le seul mot intelligible qu'ils avaient entendu prononcer par le roi en cet instant était celui de damnation, et qu'à aucun moment le cardinal ne lui avait, en retour, parlé de salut.

À une heure de l'après-midi, la pauvre Louise de Mailly, qui n'était toujours pas habillée, sanglotait des prières et des regrets lorsqu'elle reçut la visite du duc de Villeroy venu lui chuchoter quelques mots à l'oreille de la part de Sa Majesté. Aussitôt, son visage éteint par la peine s'éclaira, elle donna ordre à ses femmes de chambre de l'habiller, de la lacer et de la coiffer, choisit dans son écrin sa belle croix de diamants, mais refusa le rouge et le grand décolleté avant d'aller se jeter dans une chaise à porteurs. Elle partait rejoindre sa vieille amie, la comtesse de Toulouse, tante du roi par la main gauche et complaisante des plaisirs de son neveu. Attentive à éviter les méchants bruits de Cour, l'ancienne maîtresse du roi tira les rideaux de la chaise, mais à Versailles, où les rumeurs courent plus vite que les rats de cuisine, ce petit voyage vers l'ancien appartement de la Montespan au bel angle du corps central fut aussitôt connu de tous.

Pensant que les affaires de l'État et de la guerre offriraient au roi un dérivatif à son chagrin, le cardinal de Fleury prit prétexte d'un courrier secret arrivé de Francfort pour tenter une nouvelle fois de forcer sa porte, mais, soucieux de ne pas essuyer une autre offense devant la Cour murmurante et rassemblée, le vieux chat mitré chargea Barjac, son propre valet de chambre, de le lui porter. Il ne doutait pas que, à la lecture de ces dépêches de la plus haute importance dans un moment où la France était engagée dans un combat difficile contre Marie-Thérèse d'Autriche, son ancien élève sortirait la tête de ses rideaux et le ferait appeler pour redessiner avec lui la carte de l'Europe. Arrivé par les arrières, Barjac confia le paquet pour Sa Majesté au duc de Charost mais il fut bien surpris d'apprendre que, depuis le matin, aucun des premiers gentilshommes de la chambre, qu'il fût ou non de quartier, n'avait hasardé ses boucles de souliers chez le roi. Personne ne voulait se charger de cette commission, et il fut même répondu à Barjac que Son Éminence, qui était revêtue de toutes les immunités de la sainte Église, n'avait qu'à porter son courrier elle-même. Furieux, Barjac força le passage et prit le parti d'aller chez le roi par le cabinet des glaces, où il tomba nez à nez avec le duc de Villeroy qui attendait le roi d'un moment à l'autre alors que les valets de garde-robe terminaient de l'habiller. Le capitaine des gardes le prit très mal, car Sa Majesté ne voulait croiser personne et certainement pas une figure de Provençal ; néanmoins il accepta de se charger du message pour se débarrasser de l'importun, disparut chez le roi et revint un quart d'heure plus tard avec un mot de seize lignes à l'attention de monsieur le cardinal et ordre à son valet de foutre le camp. Quelques minutes plus tard, un grattement à la porte annonça le roi qui affichait une mine de pénitent blanc, précédé du premier valet de chambre portant soigneusement le coffret de maroquin rouge à poignées de cuivre où il était écrit « au Roi » en lettres dorées et qui contenait la correspondance de la morte. Sans un mot, le monarque ouvrit lui-même la porte de communication entre le cabinet des Perruques et le cabinet doré, puis il traversa le cabinet de retraite et enfin celui de la chaise pour atteindre l'escalier des petits appartements dont il descendit les marches quatre à quatre jusqu'au rez-de-chaussée, où il put enfin pousser la porte d'alcôve de la duchesse de Toulouse. Là, il vit Louise de Mailly entourée d'une foule venue la soutenir dans son malheur mais, à l'apparition du roi, les dames s'abîmèrent en révérences, et les hommes saluant à reculons quittèrent la pièce. Tous prenaient bien garde de ne pas croiser le regard du maître, de peur que le souvenir de leur visage ne soit à jamais associé à celui de la douleur, car Sa Majesté avait la mémoire tenace des deuils et des mauvais chagrins. Seuls restèrent Villeroy, Meuse, Noailles et son fils, le jeune duc d'Ayen, car ils en avaient reçu l'ordre avant même l'arrivée du roi. Les anciens amants fondirent en larmes dans les bras l'un de l'autre, et chacun tourna alors la tête pour ne pas troubler ce grand chagrin de famille. On attendit six heures et demie et la tombée du jour pour sortir de chez la comtesse de Toulouse, traverser la cour des Cerfs puis la petite cour du roi afin d'aller retrouver les voitures. Dans la précipitation des événements, aucun ordre n'avait été donné, la garde contremandée et la cour du château se trouvait presque vide. Le roi se jeta dans un de ses carrosses sans escorte ni flambeaux, il fuyait au château de Saint-Léger où la comtesse de Toulouse était déjà partie mettre sa maison en état de le recevoir. Chacun suivit comme il put mais dans le plus grand désordre, les rangs n'étaient plus respectés, tout était cul par-dessus tête, et le roi, secoué par la douleur comme un simple particulier, oubliait toute majesté.

Dans l'ancien salon de parade du cardinal de Rohan, le cadavre de la marquise de Vintimille était autorisé à rester jusqu'à huit heures du soir. C'étaient bien des marques d'honneur et de respect que le roi accordait à cette garce titrée dont il avait sincèrement aimé les défauts de corps et de caractère, mais personne au château n'aurait osé protester contre cette curiosité. Autour d'elle régnaient la désolation et le pillage propres aux maisons où meurent les grands. Les femmes de chambre se disputaient ses robes et son linge, les valets sa vaisselle et l'aumônier calculait le prix de ses prières. Les assistants du premier chirurgien et du premier médecin rangeaient lancettes, ciseaux et clystères dans leurs trousses de cuir quand l'arrivée d'un peintre et d'un sculpteur du roi vint semer le trouble et la gêne. Sa Majesté demandait que l'on prenne l'empreinte du visage qui hantait déjà ses souvenirs et qu'un peintre fixe à jamais son portrait mortuaire. Or la marquise était morte dans une dernière convulsion qui lui déformait horriblement la figure, grimace de douleur que la rigidité cadavérique rendait particulièrement expressive. Sa grosse langue gonflée restait pendante, ce qui manquait un peu de dignité, mais la mort ne faisait après tout que révéler ce qu'avait été sa conduite dans le monde. Le premier commis de La Peyronie tenta bien de lui fermer la bouche, mais ce fut en vain tant la pauvre femme semblait vouloir continuer à gueuler pour l'éternité. Le peintre et le sculpteur se récrièrent, le roi voulait conserver le portrait de sa tendre amie, pas le masque de Gorgone. En désespoir de cause, on appela deux porteurs de chaises qui somnolaient dans la galerie pour qu'ils aident à lui fermer solidement le menton pendant qu'on lui sanglait la tête à l'aide d'un bas de soie. Une des femmes de chambre regretta cette perte qui dépareillait un bel héritage, mais il fallait bien obéir aux fantaisies du monarque. Après quoi, des portefaix transportèrent discrètement la dépouille depuis une porte basse de l'aile du Nord donnant sur la rue des Réservoirs jusqu'à l'hôtel de Villeroy situé à quelques pas, en contrebas de la place d'Armes. Là, elle attendrait patiemment que ceux qui s'étaient montrés incapables de la sauver vinssent l'ouvrir de haut en bas pour une autopsie savante, car on soupçonnait déjà le poison.

La nouvelle de la mort de la favorite s'était répandue à travers la ville. Au marché, les poissardes de Versailles se félicitaient tout haut de cette mort qui vengeait la douce Mailly et débarrassait la terre d'une bête puante, pleine de malice et acharnée à ruiner le pauvre monde en empêchant le roi de se tenir tranquille à Versailles, pour aller s'enfermer au château de Choisy ou au diable vauvert courir la bête à deux dos. Chacun se répétait les mots du marquis de Vintimille, le mari cocu, qui, depuis la naissance du petit bâtard, répétait à l'envi que cet enfant n'était pas le sien mais que, pour le reste, il ne voulait pas se prononcer sur son origine car il pouvait avoir été mis là par le roi, à moins que ce ne fût par le duc d'Ayen, ou peut-être encore par son propre valet qui était bien capable d'avoir confondu sa femme avec son propre cul, tant il était un bougre affamé. À ces derniers mots, les harengères du marché-vieux s'esclaffaient tout en vidant le poisson et les pichets de vin avec une égale bonne humeur. C'était une vraie journée de réjouissance. Une sorte de Mardi gras en temps ordinaires. À la nuit tombante, pourtant, les chansons se firent moins galantes, le vin plus mauvais et les cris franchement séditieux.

Au garde-meuble de l'hôtel de Villeroy, le cadavre nu de la marquise de Vintimille avait été déposé sur le marbre fendu d'une table à gibier, simplement recouvert d'un linceul qui ne dissimulait rien de ses anciennes formes et laissé à la seule surveillance de quatre laquais qui préféraient jouer aux cartes plutôt que de réciter des *Pater* et des *Ave* pour cette femme dont ils n'espéraient plus de gages. Le feu du jeu assécha très vite les gosiers, et, pour ne pas se disputer le fond des carafes rapportées du château, ils envoyèrent un petit porteur d'eau chez le marchand de vin du passage des Deux-Portes avec ordre d'en rapporter de quoi éteindre cet incendie de mauvaises paroles. Le bon garçon monta plusieurs fois des cruches à la main, puis ne revint plus, fatigué d'être payé de ses bons offices à coups de pied et d'invectives. Alors l'un des quatre laquais descendit se charger lui-même de la besogne, mais lui aussi tarda à revenir, ce qui troublait évidemment le jeu et impatientait ses camarades. Il réapparut enfin plus titubant qu'à l'heure de son départ pour raconter ce qu'il avait vu et entendu. Le vin coulait à flots. On dansait autour de grands feux, et les filles de joie de la petite place toute proche fêtaient la mort de la catin du roi en baissant leurs prix. L'aubaine était trop belle. Les laquais jugèrent que la marquise n'étant pas la Sainte Vierge dont on célébrait la naissance ce jour-là, elle ne risquait pas de monter au ciel sans crier gare et ils l'abandonnèrent au milieu des meubles de M. de Villeroy.

Dans les rues, la foule restait nombreuse malgré la nuit, et le guet - laissé sans consignes - ne se montrait pas, le peuple s'enhardissait à chansonner le roi lui-même qui avait changé de monture tout en restant dans la même famille. Une famille où l'on se faisait putain de mère en fille, de sœur en sœur et de tante en nièce. En effet, c'était bien leur tante, la duchesse de Mazarin, qui s'était chargée, quinze ans plus tôt, de déniaiser le jeune Louis XV à Chantilly, et ses nièces, suivant ce bel exemple, se passaient maintenant la charge à tour de rôle comme les porte-queue la traîne des princesses ! Tout cela était à se tenir les côtes, mais, après avoir bien ri, on soupesait les richesses amassées, on estimait les bénéfices accumulés, on condamnait les faveurs trop marquées. Pour autant, on ne plaignait pas la reine. Elle avait pondu trop de princesses pour un seul dauphin et priait si longtemps au pied de son lit qu'elle oubliait de grimper dedans afin de satisfaire les besoins de son époux. À cause d'elle, le règne des maîtresses royales recommençait, et Dieu savait ce que ces sangsues putassières coûtaient au peuple. Les miséreux étaient de plus en plus nombreux dans la ville, où l'on ne comptait pas moins de cinq cents familles d'indigents sur la paroisse Notre-Dame. La farine manquait à ce point que Jomard, le curé, avait été contraint de retrancher le bon pain de Gonesse pour donner du riz aux nécessiteux. C'était pitié que de nourrir des hommes avec cette boue gluante. Des torches de révolte s'allumaient aux feux de joie, les visages se fermaient à mesure que la nuit de septembre se faisait plus noire, le vin donnait de la hargne à la misère et du courage à la populace.

Sans que l'on sût comment, vers les dix heures, un rassemblement menaçant se fit dans les contre-allées de la place d'Armes au pied de l'hôtel de Villeroy. Un premier téméraire poussa la lourde porte cochère que personne n'avait songé à verrouiller, un second eut le courage de monter à l'étage, d'autres le suivirent. On ne tarda pas à trouver la dépouille de la maîtresse honnie. Elle était là, à la merci de tous, privée de ses vêtements et de sa superbe. Ils l'entourèrent, l'éclairant de leurs torches et se poussant du coude. Des ongles noircis découvrirent lentement le visage de la morte dont la pâleur les fit rire, une bouche s'aventura à déposer un baiser sur les lèvres bleuies en accompagnant cette première profanation de mille cérémonies ridicules et déclenchant à nouveau une fusée de rires gras. Un autre prétendit qu'il fallait y mettre la langue pour faire revenir la princesse d'entre les morts comme dans *Les Contes de la mère l'Oye*, mais cela obligea à faire sauter la sangle de soie qui maintenait fermement le menton, ce qui révéla aussitôt l'horrible grimace de la morte. Les hommes eurent peur, et tous reculèrent d'un pas, mais comme le cadavre n'eut pas d'autre mouvement, ils décidèrent de faire payer cette garce qui leur tirait la langue depuis l'autre monde. La main qui avait découvert le visage arracha d'un coup le linceul découvrant la femme nue, offerte et toujours velue. D'autres mains s'approchèrent, avides de toucher le corps autrefois couvert de caresses royales. Chacun réclamant sa part de cette chair froide. Habitués à se nourrir des restes de la table du roi, ils voulaient maintenant mordre à ceux de son lit. Après tout, n'avaient-ils pas droit comme les chiens de Sa Majesté à une belle curée au flambeau ? Ils palpèrent la gorge, puis les cuisses qu'ils eurent du mal à écarter et enfin le ventre dont était sorti le petit bâtard, et s'employèrent à lui faire subir toutes sortes de saletés, mais la vengeance n'était pas encore entièrement cuvée. La putain refusait obstinément de frémir sous la rudesse de leurs caresses répétées, il fallait donc l'aider à se réveiller avant de baisser le pont des culottes pour violer la mort et se venger ainsi de la vie. Un jeune apprenti italien des artificiers du château offrit les pétards qui remplissaient toujours ses poches ; on commença par en jeter sur tout le corps, et chaque explosion les faisait battre des mains sans pour autant réveiller la morte. Alors l'idée vint de lui placer une première charge dans la bouche qu'elle gardait toujours ouverte comme une invitation, mais cela fit un son différent, presque sourd et moins drôle. On imagina la faire péter comme le diable en personne, puis d'autres fantaisies plus ordurières encore montaient déjà à l'esprit de ces hommes quand un des valets de garde, alerté par le bruit des explosions, remonta à l'étage quatre à quatre et découvrit la scène. Dégrisé par le spectacle de cette barbarie, il courut chercher le guet. En moins d'un quart d'heure, l'hôtel de Villeroy fut vidé de ses occupants à coups de crosses, la marquise de Vintimille recouverte à nouveau de son linceul, et l'on jugea plus prudent de porter directement le cadavre à l'église afin d'en avancer les funérailles. L'abbé Félix, qui avait ondoyé l'enfant une semaine plus tôt, fut tiré de son lit par la police, célébra une messe basse devant deux témoins appelés à la hâte, et c'est en charrette que l'on conduisit le corps au couvent des Récollets avant de le faire descendre au pourrissoir de la chapelle.

Cette nuit-là, au château de Saint-Léger, Sa Majesté Louis XV ne mêla pas que son chagrin aux larmes voluptueuses de la fidèle Mailly.

La conquête d'un roi

Un carême versaillais

Château de Versailles, Mardi gras 1742

Vers neuf heures du soir, les masques se pressaient déjà aux portes de l'appartement du dauphin. M. de Châtillon, son gouverneur, veillait à leur décence, et les gentilshommes de la manche écrivaient le nom de ceux qui entraient, vérifiaient les billets d'invitation, exigeant parfois d'un Turc ou d'un dieu de l'Olympe qu'il se découvre pour se porter garant de ses compagnons de carnaval avant de les laisser passer. Jamais M. de Châtillon n'aurait accordé un tel privilège aux gardes du corps de Sa Majesté venus simplement prêter main-forte, bien qu'ils ne manquassent pas d'y prétendre toujours. Lorsque les violons commencèrent à jouer dans le grand cabinet, le roi et la reine n'étaient pas encore descendus, mais les deux fauteuils placés dos à la fenêtre du milieu ouvrant sur le parterre annonçaient leur présence. Le grand cabinet d'angle était éclairé *a giorno* par des lustres de cristal à dix bras de lumière et de nombreuses girandoles avaient été posées partout où l'on pouvait en mettre. La lumière des bougies blanches à cinquante sols la livre, dont l'éclat se démultipliait dans les grands trumeaux de glace, donnait à la pièce un air de féerie et permettait à une grosse tête en carton peint d'admirer en pleine nuit sa mine réjouie. Une femme en domino noir contrefaisait la bossue pour mieux dissimuler sa trop haute taille et exciter la curiosité de la Cour, quand Arlequin et Colombine lancèrent une première contredanse. La virtuosité des figures qu'ils dessinaient et l'élégance de leurs pas firent croire à des danseurs de corde de la foire Saint-Germain. Très vite, ils furent rejoints par tout ce que Versailles comptait de plus jeune, de plus agile et de plus fou, quand soudain un huissier du dauphin annonça la reine dont le souper venait de se terminer. Chacun se rangea alors sur son passage et les masques plongèrent dans la grande révérence. Cette arrivée de la souveraine autorisa le premier quadrille à venir se présenter devant elle pour prendre ses ordres. Il se composait de monseigneur le dauphin, de Madame Adélaïde sa sœur, du petit d'Estaing et de Mlle de Chalais, tous quatre vêtus à l'espagnole. Le dauphin portait la fraise tuyautée et un habit court de velours noir constellé des plus beaux diamants de la Couronne, que les flammes des bougies incendiaient de tous leurs reflets au moindre de ses mouvements. Adélaïde, jalouse de tant d'apparats, avait exigé de compléter sa robe de duègne par des bandes d'étoffe couleur de feu qui lui donnait l'air stupide d'un gros coquelicot. Pourtant, la seule chose qui dédommageait vraiment cette princesse de sa jalousie, c'était de savoir qu'au même moment Madame Henriette, sa sœur aînée, malade de la gale, gardait le lit où elle n'avait auprès d'elle que la vieille duchesse de Ventadour pour la divertir de ses grimaces. Ce premier quadrille fut ensuite rejoint par un autre tout habillé de bleu et de blanc, conduit cette fois par le duc et la duchesse de Rochechouart, lui-même suivi par quatre masques fleuris sous lesquels il était aisé de reconnaître le prince de Monaco, Mlle de Matignon, et M. et Mme de Fitz-James. Une fois les quadrilles formés et disposés, la reine donna le signe, et les violons du roi jouèrent l'entrée syncopée puis la gavotte royale pour que les partenaires se prennent la main, avant de laisser les dames se rejoindre pour le grand moulinet, le tout exécuté avec grâce sans que jamais les danseuses présentent leur dos à la souveraine. Enfin, lorsque vint le tour des hommes, ils réussirent le même exploit tout en conservant leur chapeau sous le bras. Après avoir salué sa mère, le dauphin tout suant d'avoir tant dansé s'approcha de la dame qui faisait la bossue et lui dit à l'oreille qu'elle était découverte. Aussitôt, la princesse de Conti, que tout le monde croyait encore à Paris, se redressa, enleva son masque et s'inclina profondément. Ce fut un cri de surprise unanime, et les pendeloques de cristal de roche du lustre tremblèrent sous le tonnerre des applaudissements.

Bien qu'elle n'eût que onze ans, la fille aînée du duc d'Aumont fit une apparition ; n'étant pas bien jolie de visage, on jugea que le masque lui allait à merveille, mais, comme elle était faite à ravir, la danse la mettait heureusement à son avantage, au grand soulagement de sa mère. L'enfant avait la fragilité d'un petit Saxe. Tant et si bien qu'une main d'homme aurait suffi à la briser. La reine demanda à la voir d'un peu plus près, et la petite fille lui fut amenée par sa mère, accompagnée de la maréchale de Duras. Elle montra beaucoup d'esprit et ne parut jamais embarrassée, même lorsqu'elle dut baiser le bas de robe de Sa Majesté, conformément à l'étiquette. Les fileuses de réputations décidèrent aussitôt que « la petite d'Aumont » était d'une laideur spirituelle, et cela devait lui rester.

Une fois les quadrilles exécutés, chacun était libre de quitter les petites tribunes de bois installées la veille par les menus plaisirs pour aller se restaurer dans le cabinet des glaces où les tables à jeux transformées en buffets étaient surchargées de pâtés, de daubes, de fricassées et de jambons. En prévision du carême, toute cette charcuterie se trouva livrée au pillage, chacun s'empiffrant de gras avant de faire maigre, quand, sur les coups de minuit et comme par magie, une armée de laquais portant la livrée du roi vint enlever les viandes pour leur substituer des terrines de poissons, des pyramides d'écrevisses et de grands plats d'huîtres de Cancale dont les bourriches trempaient jusque-là dans les bassins. À cet instant, la reine, exacte dans tout ce qui touchait au respect des commandements de l'Église, quitta l'assemblée accompagnée de ses dames du palais formant procession. Chacun se leva, mais personne n'abandonna pour autant le bal, et un masque effronté osa même s'étonner à mi-voix de voir déjà défiler la semaine sainte un jour de Mardi gras ! Par chance, il ne fut pas entendu de M. de Châtillon, qui l'aurait aussitôt démasqué et peut-être durement sermonné. Le carnaval n'autorisait pas toutes les licences, et, lorsque les violons se turent, on crut un instant que l'ordre venait d'être donné de mettre fin au bal ; fort heureusement personne ne se montra cette fois pour moucher les bougies. On vit au contraire le service de la bouche du roi dresser la collation dans l'antichambre du gouverneur qui communiquait directement avec le petit cabinet du dauphin. On annonçait même le roi ! Arrivé du château de la Muette où il courait encore le daim une heure plus tôt, Louis XV s'était changé au débotté et tenait à faire honneur au bal en masque donné par son fils. Ce fut une véritable surprise, car personne ne l'attendait plus, tant on le savait en proie à la mélancolie et aux vapeurs noires depuis la mort de sa maîtresse. Cette tristesse drapait toujours la Cour d'un peu de deuil, ce qui lui convenait mal et commençait même à lui peser. Il arrivait régulièrement que Sa Majesté décommande la chasse sans autre motif que de rester prostrée et silencieuse dans ses arrière-cabinets ou dans l'alcôve de Mme de Mailly. Les choses en étaient même à un point tel que le grand veneur parlait de réformer les équipages et de réduire le chenil. C'était d'une désolation à faire glapir la meute, aussi la présence du roi au milieu du bal fut-elle saluée par cette foule élégante et grimée d'un long murmure de soulagement.

Le roi prit place à son tour, et aussitôt les quadrilles se reformèrent pour prendre ses ordres. Chacun remarqua alors que la jolie Mlle de Chalais, qui allait sur ses quinze ans, était lorgnée avec beaucoup d'insistance. Ensuite Sa Majesté demanda à voir la fille du duc d'Aumont, dont on lui avait dit grand bien, mais la petite fille était déjà retournée dans son écrin et le roi en marqua une pointe de regret.

Le bal avait repris, vif, joyeux, effréné, on s'autorisait même à danser les bras hauts et à former des sarabandes qui obligèrent d'ouvrir l'ensemble de l'appartement à cette folle cavalcade. Le roi, qui raffolait du carnaval depuis l'enfance, paraissait trouver du divertissement à la vue de cette jeunesse masquée qui sautillait, faisait des espiègleries et luttait contre l'échauffement en suçant de la neige au sirop.

Mme de Mailly, ne voyant pas son amant remonter chez elle comme il le faisait à l'accoutumée au retour des chasses, était descendue précipitamment chez le dauphin, mais le rhume qui ne la quittait pas depuis plus de dix jours lui donnait de l'humeur et vitrait un regard qui avait déjà beaucoup perdu de son éclat. Pour comble de maladresse, elle apparut à visage découvert, ce qui était déplacé un jour comme celui-là, et des murmures de désapprobation se firent entendre derrière les loups de velours. Une maîtresse royale, fût-elle enrhumée ou intérieurement éteinte par la douleur du deuil, ne devait jamais manquer de gaîté en présence du roi.

Alors que la nuit atteignait son zénith, trois nouveaux masques se présentèrent à l'antichambre. Il y avait là un prince ottoman coiffé de son turban, accompagné d'une pèlerine portant la coquille de saint Jacques à l'épaule comme au chapeau et dont la mode faisait fureur cet hiver-là. Ils étaient tous deux suivis d'une femme vêtue comme on va à la Chine, la tête surmontée d'une petite pagode d'osier où pendaient des glands de passementerie, et enveloppée d'une belle tunique de soie peinte dont les manches traînaient jusqu'à terre. Un page aux cheveux nattés marchait derrière elle portant une immense ombrelle toute frangée et festonnée. La taille majestueuse et bien prise par une grande ceinture brodée de toute une calligraphie, la jeune femme s'avança jusqu'au roi pour le saluer à la façon des concubines du Grand Moghol qui se prosternent à ses pieds. La posture était osée, mais elle n'eut pas l'air de déplaire à Sa Majesté, laquelle, amusée autant qu'intriguée par la scène, se leva pour donner la main à la jolie Chinoise et l'inviter à se relever. Les masques tombèrent aussitôt, découvrant Mme de La Tournelle escortée du marquis et de la marquise de Flavacourt, sa sœur et son beau-frère. Le roi sembla charmé et presque saisi à la vue de grands yeux bleus à la perdition de son âme qui distribuaient comme par mégarde des regards enchanteurs et de belles lèvres charnues qui promettaient déjà la montée au paradis. Certes, les traits du visage étaient un peu forts, mais ils conféraient à l'ensemble un air de grandeur qui n'était pas pour déplaire au plus grand des rois. À chaque geste, la jeune Chinoise répandait autour d'elle une grâce infinie que les plis de son costume soulignaient avec une liberté très inhabituelle aux robes de Cour, car l'étoffe précieuse lui galbait les seins dont les mamelons durcis par le froid des antichambres autant que par l'émotion pointaient sans vergogne. La marquise de La Tournelle était comme nue sans pour autant manquer à la pudeur, et le roi littéralement sous le charme de cette Circé de la Chine. Les danseurs s'étaient arrêtés de danser, les musiciens jouaient plus bas, et les talons rouges savouraient cette nudité déguisée, car chacun, à Versailles, gardait en mémoire le beau portrait que le peintre Nattier avait tiré deux ans plus tôt de la marquise de La Tournelle en point du jour, dont le succès et l'éclat contribuaient depuis à la renommée de l'artiste autant que du modèle. Les plus libertins protégés par le masque de la fête pensèrent alors à mi-voix que le fameux portrait était très au-dessous de la vérité, car il peignait la jeune femme tenant à la main le flambeau de l'aurore alors que le modèle vivant, lui, n'avait pas besoin d'une torche pour se transformer en boutefeu… Le roi n'était pas de bois et si l'incendie ne se déclarait pas encore, il pouvait prendre à tout moment. Certains ajoutèrent même qu'il couvait peut-être déjà, depuis ce jour où, jeune veuve, la marquise de La Tournelle était apparue sur le grand canal pris par les glaces à bord d'un traîneau entièrement doré et tiré par de petits chiens blancs revêtus de casaques à la couleur de ses yeux. Le roi s'était alors exclamé : « Qu'elle est belle ! », et cela avait suffi à faire dire bien des choses.

Intriguée par l'attroupement qui se faisait autour de ces trois masques qu'elle ne voyait que de dos, la comtesse de Mailly s'approcha. À travers l'épais brouillard de son mauvais rhume, elle eut soudain la surprise de reconnaître d'abord Marie-Anne, puis Hortense, ses deux sœurs cadettes, et plus encore le tort de s'en réjouir.

Au point du jour, le bal se mourait doucement ; quelques-uns dormaient déjà dans les embrasures, d'autres continuaient à danser, et ce n'est que sur les coups de sept heures du matin que M. de Châtillon fit taire les violons du roi. La fête était terminée, il était temps maintenant d'entrer en pénitence. Les lustres, les girandoles et les flambeaux étaient restés allumés si tard que toutes les bougies avaient fondu, au grand dam des valets intérieurs qui espéraient depuis plusieurs jours en revendre les restes pour en tirer de l'or.

Château de Versailles, chapelle royale, dimanche de Pâques, 25 mars 1742

Ce jour-là, comme pour toutes les grandes fêtes carillonnées, le roi et la reine entendirent la messe en bas avec le troupeau des courtisans et non depuis la tribune. Sa Majesté, comme il convient en de pareilles occasions, était suivie, en plus de son escorte ordinaire, d'un maître des requêtes au Conseil d'État portant l'habit de soie noire et le col de batiste, chargé de recueillir dans son grand portefeuille à soufflets les placets et les suppliques des solliciteurs venus à Versailles défendre leur cause. Le garçon devait prendre place immédiatement derrière le roi, à la gauche du capitaine des gardes, privilège exorbitant pour ce fils de bourgeois dont l'aïeul vendait certainement du drap à l'aune rue Saint-Denis ; d'ailleurs, le grand chambellan rappela vite ce jeune parvenu à sa condition en l'obligeant du bout de son bâton de cérémonie à reculer de deux pas, car ses souliers à simple boucle d'argent ne devaient, sous aucun prétexte, offenser le tapis semé de fleurs de lys où était disposé le prie-Dieu de Sa Majesté. Chacun, depuis le parterre jusqu'aux tribunes, approuva le geste d'autorité du duc de Bouillon. Si l'on ne prenait pas la peine de temps à autre de lui enfoncer la tête dans le purin dont elle sortait, la plus vile bourgeoisie aurait vite fait de prétendre à tout, et même de s'installer sur les marches du trône.

Le roi se tenait face au maître-autel, l'air très pénétré du pécheur soutenu par la seule espérance du salut. On savait que Sa Majesté avait fait maigre tout au long du carême avec la plus grande rigueur, dînant le Vendredi saint au grand couvert uniquement de légumes et de racines sans toucher à la chair d'un poisson. Il se disait même que Sa Majesté avait demandé à se confesser et fait appeler le vieux père de Lignières, mais personne n'était en mesure de le confirmer.

La messe était superbe, le roi se plaisait à fredonner les grands motets qu'il connaissait par cœur depuis l'enfance et dont il était toujours friand, même si de son propre aveu il était affublé de la plus vilaine voix du royaume. L'évêque de Cahors officiait, entouré des chapelains et soutenu par ses thuriféraires, mais c'est au père Teinturier que revenait le redoutable privilège de prononcer le sermon devant Leurs Majestés. Lorsque le jésuite monta en chaire, Louis XV baissa la tête car le religieux était connu pour faire toujours parler la vérité, et cette hardiesse peu commune à Versailles lui attirait les plus grands éloges tout en le faisant craindre. Avec l'habileté propre aux membres de la Compagnie de Jésus, le père Teinturier commença par s'adresser à Dieu en levant les yeux vers les cieux peints du plafond de la chapelle royale pour appeler ses bénédictions sur le royaume de France, puis insensiblement le prédicateur, comme réveillé d'une vision céleste, redescendit vers la foule brillante et courbée qui emplissait la nef ; il la balaya du regard pendant quelques longues minutes sans prononcer un mot, avant de s'arrêter sur la tête du roi dont le justaucorps de brocart était barré du grand cordon de l'ordre du Saint-Esprit. Le père Teinturier tomba alors littéralement du ciel pour s'adresser directement au monarque en lui disant :

— Sur la terre, dans le sublime rang qu'elle occupe, Votre Majesté ne voit rien qui ne soit au-dessous d'elle, tout lui est soumis ; mais, au ciel, elle y trouve un Dieu, maître des rois…

Cette vérité théologique fit frémir une Cour surtout habituée à se prosterner devant un maître de chair et de sang, mais Louis XV, lui, ne cilla pas et but au contraire à longs traits ces paroles qui, tel un cilice meurtrissant la peau, le rappelaient à sa simple condition humaine.

Au moment de la communion, monseigneur Du Guesclin, évêque de Cahors, approcha le ciboire et la patène, mais le roi, d'un signe imperceptible, manifesta l'impossibilité dans laquelle il se trouvait de recevoir le saint sacrement. Le geste n'échappa à personne. En ce dimanche de Pâques, le roi restait prisonnier des ténèbres de la passion par l'étendue de ses fautes et la force de ses désirs.

On veut donc perdre le roi ?

Veuve, riche et faite à peindre, la petite Marie-Anne de La Tournelle n'aimait pas à s'ennuyer, aussi recherchait-elle la compagnie des hommes bien nés et surtout bien faits. Elle avait aimé surprendre la Cour au bal masqué du dauphin, mais, en réalité, elle ne pensait pas plus au roi qu'au Grand Turc, car si Louis XV restait le plus bel homme de son royaume, il était, à n'en pas douter, le plus ennuyeux. Toujours prude, toujours retiré en lui-même, toujours silencieux et toujours cérémonieux, il y avait autant d'amusement à partager sa compagnie qu'à converser avec la statue de l'Apollon du Belvédère. On ne se réchauffait pas à coucher avec un marbre. Marie-Anne connaissait trop bien la vie menée par ses deux sœurs aînées, Louise de Mailly et Pauline de Vintimille, pour la leur envier. Elles restaient recluses pendant des jours entiers dans des greniers, contraintes de consumer leurs soirées dans de tristes tête-à-tête émaillés de récits de chasses toujours recommencés, tenues en lisière par le cardinal de Fleury qui faisait surveiller leur correspondance autant que leurs dépenses, éloignées des vrais plaisirs de la Cour pour satisfaire aux caprices réguliers d'un monarque rassasié d'une reine noble et froide comme un hiver polonais. En retour, ses pauvres sœurs n'avaient obtenu ni maison, ni pension, ni voiture, ni honneur, et les pouliches de la Grande Écurie se voyaient certainement mieux bouchonnées par les palefreniers qu'elles ne l'étaient par le roi. À quoi bon dans ce cas devenir la maîtresse du maître pour n'être ni crainte, ni enviée, ni considérée, et à peine respectée ? Marie-Anne était une veuve riche des actions de la Compagnie des Indes que son mari lui avait galamment abandonnées avant de mourir et elle comptait bien en profiter ; alors épater la galerie par une révérence une peu plongeante était une chose, se lier à un roi maussade et parcimonieux à l'excès en était une autre. Il fallait à Marie-Anne de la vie, et surtout de la vigueur. Dès le lendemain de son veuvage, elle n'était d'ailleurs pas restée tout à fait insensible aux attaques du petit La Trémoille, puis elle avait prêté une oreille complaisante aux entreprises du prince de Soubise et n'avait en réalité concédé à ces deux soupirants que la petite oie, privauté certes douloureuse, mais sans véritables conséquences. Charles de La Trémoille était indubitablement la fleur des pois d'une Cour brillante, mais ses habitudes coupables contractées auprès de jeunes pages n'en faisaient pas un amant très empressé. Il était de ces hommes qui s'arrêtent toujours en chemin sous prétexte de trouver leur route. Quant à Soubise, la puissance de son nom était de nature à offrir à la jeune femme la protection de sa famille, ces Rohan qui régnaient tout à la fois sur la Bretagne et sur la Cour, mais Marie-Anne avait finalement choisi de donner son cœur et des faveurs plus complètes au jeune duc d'Agenois, le propre neveu du duc de Richelieu qui, de temps à autre, couchait de son côté avec Hortense, la propre sœur de Marie-Anne. Tout cela ne sortait donc pas de la famille, car les filles Mailly-Nesle étaient tout aussi parentes de l'oncle que du neveu. Leurs parties carrées, à peine cachées dans une petite maison du faubourg Saint-Antoine, aiguillonnaient à ce point les curiosités de la Cour que le prince de Conti s'était un jour déguisé en cocher pour suivre les voitures qui filaient dans la nuit, afin de surprendre les amants au saut du lit avec l'espoir d'y grimper à son tour. Il fut repoussé dans des éclats de rire et accepta, bon prince, d'en rire aussi. On s'amusait ainsi à perdre son âme à quatre plutôt qu'à deux, et c'était délicieux.

Rien de tout cela ne refroidissait pourtant la passion du roi, allumée en plein carême et qui brûlait désormais en secret pour cette belle Chinoise dont la jolie figure parvenait presque à lui faire oublier l'affreux masque mortuaire de la marquise de Vintimille. Cette passion cachée était à la vérité si visible, que certains à Versailles espéraient ou craignaient désormais une nouvelle révolution de palais. Mme de Mailly avait été livrée au roi comme un pis-aller par le cardinal de Fleury, avec l'aide de son âme damnée, le comte de Maurepas. Elle était bonne, médiocrement belle et surtout bête à souhait, aussi son influence ne dépassait-elle pas l'alcôve aux plaisirs de laquelle elle était par ailleurs assez maladroite, car trop grande dame pour soupirer en rythme. Toutes ces qualités assuraient au vieux ministre comme à ses affidés une tranquillité d'esprit bien utile pour conduire les affaires du royaume dans des temps difficiles.

La faveur brutale de la marquise de Vintimille avait été une alerte très chaude, surtout lorsque la nouvelle sultane s'était mis en tête de donner au roi l'idée de régner, si bien que le cardinal craignait désormais toutes les sœurs de cette famille comme le lazaret craint la peste bubonique. Fort heureusement, Dieu avait rappelé à lui cette putain titrée de Vintimille, mais à peine ce feu éteint, il fallait maintenant jeter de l'eau à cette nouvelle passion qui couvait pour la noyer avant même qu'elle n'ait un début de réalité, car, une fois le roi habitué au ventre d'une femme, il n'en sortait plus. La peur était à ce point intense que le vieil homme d'État, qui s'était toujours fié à la patience et à la prudence pour parvenir à tout et s'y maintenir, montrait depuis quelque temps des signes de fébrilité assez inhabituels chez lui. Le grand âge comme l'amour immodéré du pouvoir le poussaient à des excès dont la jeunesse et l'ambition l'avaient autrefois préservé. Il est vrai que Son Éminence était parvenue au sommet du pouvoir à l'heure où d'autres se préparent sagement à mourir. Le chemin avait été bien long, parfois escarpé, depuis les contreforts du Lodévois jusqu'aux parterres de Versailles pour ce Languedocien d'obscure naissance que rien ne destinait à tenir un jour et si longtemps le timon de l'État. Seule l'Église permettait l'accomplissement de tels miracles. Chaque marche de l'escalier qui conduit à l'autel de la chapelle royale lui avait coûté de l'effort, de l'intrigue et de l'humiliation, mais aujourd'hui il gouvernait pleinement un jeune monarque dont il devait le soin de l'éducation au choix de Mme de Maintenon depuis qu'un ultime codicille arraché à l'agonie de Louis XIV avait fait de lui le précepteur du petit dauphin. Il en gardait une profonde reconnaissance au clan Noailles et à ses femmes, car c'est grâce à leur soutien qu'il était devenu le lierre de la puissance souveraine, s'accrochant vigoureusement partout où le pouvoir paraissait assez solide pour s'y maintenir. Aujourd'hui, les femmes, en le séparant de son jeune pupille avec l'efficacité redoutable d'une cisaille de jardinier, menaçaient sa propre puissance, et cela, il ne pouvait le concevoir. Lui qui était toujours parvenu à se rétablir, même dans les situations les plus équivoques ou les plus périlleuses, lui qui avait eu assez d'habileté pour échapper aux purges de la vieille Cour par le Régent, alors que le parti de la Maintenon en était sorti entièrement laminé, lui qui avait abattu le duc de Bourbon d'un seul coup de crosse épiscopale, lui qui tenait la reine si étroitement garrottée que la malheureuse dévote n'osait pas aller à sa chaise d'affaires sans lui en demander la permission, lui dont le règne semblait devoir dépasser en durée, sinon en éclat, ceux de ses prédécesseurs, les cardinaux de Richelieu et de Mazarin, se trouvait tout à coup à la merci d'une péronnelle de vingt-cinq ans dont les yeux à déflorer un saint tournaient la tête du roi qui n'avait même pas encore tâté du reste.

Les espions de Fleury étaient formels sur ce point, le roi ne couchait pas avec la marquise de La Tournelle, du moins pas encore, et c'était bien là le danger, car, une fois que la fille se serait offerte, son ascendant ne connaîtrait plus de bornes, et avec lui celui de toute sa cabale de grands seigneurs libertins prêts à fondre sur l'État et sur l'Église comme un vol d'étourneaux sur les vignes du Seigneur. La marquise de La Tournelle n'obsédait pas seulement les nuits du monarque, elle gâchait aussi celles du cardinal, dont les coliques devenaient chaque jour plus fréquentes et plus foireuses. Le vieil homme connaissait la jeune Cour et il savait que certains attendaient tranquillement sa mort pour en finir avec les fantômes du Grand Siècle et faire leur entrée sur scène. Tous étaient à l'image de ce petit abbé de Bernis auquel il avait refusé une abbaye en ajoutant qu'il n'obtiendrait rien de son vivant, et qui avait eu l'effronterie de répondre :

— Eh bien, Éminence, j'attendrai...

Qu'adviendrait-il alors de son bon gouvernement et de cette sage diplomatie qui lui avait permis de tenir la France éloignée tout à la fois de la guerre et de la banqueroute ? Ces écervelés savaient-ils les efforts qui lui avaient été nécessaires pour relever le royaume de la ruine et embrouiller à ce point la carte diplomatique de l'Europe qu'aucune chancellerie ne s'y retrouvait plus ? Un homme l'inquiétait particulièrement, c'était le duc de Richelieu, dont l'ambition politique n'avait d'égal que le priapisme. Ce fou usait de son nom comme d'un brevet de gouvernement, prétendait à tout avec une insolence et un aplomb qui révulsaient le vieux manœuvrier passé maître dans l'art de dissimuler et de feindre depuis le grand séminaire. Richelieu, non content de se faire annoncer par l'odeur insoutenable des parfums dont il s'inondait, traînait après son char plus de femmes déshonorées que Paris ne comptait de cocus. Jeune page, n'avait-il pas cherché à faire ouvertement la cour à la duchesse de Bourgogne, la propre mère du roi régnant, et cet arlequin de bordel se proposait maintenant d'offrir au roi une maîtresse dont il ferait tout à la fois son jouet et son bâton de maréchal.

Horrifié par cette vision de cauchemar, le vieux ministre fit tomber quelques gouttes d'extrait de réglisse dans un verre de cristal, les but avec délice mais avec lenteur, exactement comme sa nourrice le lui avait appris lors des étés brûlants de son enfance. Une fois calmé, il rassembla ses dernières forces pour s'engager à près de quatre-vingt-dix ans dans le plus grand combat de sa vie. Il travaillait nuit et jour à une machine infernale capable de sauter à la figure de ces intrigants et dont il concevait chaque rouage avec la précision d'un horloger maniaque. Tartuffe déclarait une guerre fourrée à Dom Juan, toute la Cour le supposait sans le savoir mais attendait avec une gourmandise sauvage d'assister depuis le salon de l'Œil-de-bœuf à ce combat singulier qui promettait de grands éclats et de grandes suites.

Le cardinal essaya d'abord de se gagner des appuis ou des informateurs dans le camp adverse, et comme chaque fois que le pied manquait de lui glisser, il commença son siège par les femmes.

Vieille aile du château de Versailles, appartement de la reine puis du cardinal de Fleury, mardi 27 mars 1742

Ce jour-là, dans l'antichambre de la reine, il croisait comme par le fait du hasard la duchesse de Brancas, amie de tout temps du duc de Richelieu et parente par alliance de la marquise de La Tournelle, il se mit aussitôt en peine de lui faire des agaceries de prêtre et des flatteries de ministre. La duchesse, qui n'était pas née de la dernière pluie de Marly, connaissait son bréviaire de Cour sur le bout du doigt, et comme elle avait autant d'esprit que de romanesque, elle se prépara à subir cet assaut comme un navire de guerre surpris en haute mer charge ses canons à la hâte. Le cardinal, trop habile pour tirer une première bordée en public avec l'une des femmes les plus spirituelles de ce « pays-ci », lui demanda de bien vouloir lui faire l'amitié de l'accompagner jusqu'à son logement de la vieille aile en ajoutant sans y penser que, de la chambre de la reine à la sienne, il n'y avait pour ainsi dire qu'un pas.

La duchesse ne pouvait décemment refuser cet honneur à l'homme le plus puissant de France et l'accompagna jusqu'à ses appartements. Là, le fidèle Barjac ayant pris soin de fermer les portes d'une antichambre où gîtait une foule de solliciteurs sans vergogne, d'ambitieux sans talent et de valets sans livrée, la conversation put s'engager à l'abri des regards curieux et des oreilles indiscrètes. La duchesse de Brancas dissimulait avec grâce ses gencives un peu démâtées derrière les battements d'un bel éventail d'ivoire peinte, tandis que le cardinal de Fleury lui offrait son meilleur visage, celui du serviteur de l'État accablé par la méchanceté du monde et les fatigues du pouvoir. Malgré un âge à faire pâlir les prophètes, le vieil homme ne manquait pas d'allure. Il avait le front haut, quoique légèrement bombé, et les pommettes saillantes propres aux Languedociens des montagnes ; deux rides profondes lui descendaient des ailes du nez pour bien séparer une bouche sans lèvres de joues plus charnues. Un sourire triste flottait sur le tout quand ses yeux de myope cherchaient à capter le regard presque insolent de la vieille belle assise en face de lui. Il lança immédiatement la conversation sur la petite coterie du duc de Richelieu, mais son interlocutrice se contentait de grasseyer avec ce ton inimitable de la vieille Cour des réponses qui n'en étaient pas, poussant même l'audace jusqu'à aborder des sujets édifiants en cette octave de Pâques. Fleury soupirait, se tâtait l'estomac pour signifier la douleur qui le tenaillait, déplaçant ainsi avec élégance les flots de moire pourpre dont il était littéralement emmailloté comme un vieux et saint marmot. À chaque soupir répondait aussitôt un léger battement d'éventail qui ne disait rien d'autre qu'une respectueuse attente. Toutes les escarmouches ayant échoué, il fallut bien avancer à découvert. Le cardinal, qui triturait sa croix pectorale, héritée de l'abbé Dubois, dont les rubis gros comme des fèves fascinaient la duchesse, s'appuya le front sur la main restée sans emploi et laissa échapper dans un souffle, comme se parlant à lui-même, à moins que ce ne fût à Dieu le Père :

— Eh bien ! On veut donc perdre le roi ? Quand sera-t-il perdu ?

La duchesse de Brancas réprima une effronterie car si elle avait parfois de la témérité, elle n'oubliait jamais où se trouvait la source des grâces, et sa famille n'était pas moins vorace qu'une autre. Cette fois, la question était trop directe pour se satisfaire d'un simple mouvement d'éventail en guise de réponse, mais elle touchait à une matière beaucoup trop dangereuse pour s'autoriser la moindre sincérité. La duchesse fit donc l'étonnée. Alors, dans un véritable moment d'égarement, le cardinal s'oublia jusqu'à prendre les mains pommadées de la duchesse dans les siennes qu'il avait aussi douces que celles d'un drapier et, approchant son visage de celui de sa commère comme si la grille d'un confessionnal rendait la chose acceptable, répondit au flot de banalités qu'il venait d'entendre :

— Il n'est pas question de tout cela, madame la duchesse. Le roi est peut-être amoureux de Mme de La Tournelle, et ce qui est encore plus sûr, c'est qu'on l'en rendra amoureux s'il ne l'est déjà.

— Et comment ? répondit la duchesse interloquée qui chercha à dégager ses mains de celles du cardinal, avant d'ajouter, comme pour échapper aux filets dans lesquels on essayait de la prendre : Votre Éminence me croit-elle instruite de ce qui est, et même de ce qui doit être ?

Cette pirouette de salon ne suffit pourtant pas à la tirer d'affaire, car le vieux prélat tenait fermement sa proie et n'était pas d'humeur à laisser cette vieille pie s'échapper de ses douces serres :

— Ah, madame ! reprit-il. Point d'artifice. Je vous parle dans l'affliction de mon cœur, parlez-moi dans la sincérité du vôtre. Le duc de Richelieu ne pense point à donner Mme de La Tournelle au roi sans vous l'avoir confié…

Effrayée par le tour inquisitorial que prenait la conversation, la grande dame cherchait les mots d'une accusée sur la sellette et jura qu'elle ne savait pas un mot de toute cette affaire.

— Comment ! Pas un mot ? reprit le cardinal que cet aveu semblait presque soulager de mille angoisses.

— Pas un ! répétait la duchesse d'une voix qu'elle cherchait à rendre plus ferme par une petite toux.

— Vrai, vrai ?

— Si vrai que je ne crois pas que M. de Richelieu ait parlé de tout cela au roi.

— Réellement ? insistait encore Fleury.

— Si réellement, reprit la duchesse qui se voyait comme une sorcière de Loudun échappant au bûcher, que je crois qu'il serait fâché que le roi se détachât de Mme de Mailly.

Interloqué par cette réponse, Fleury lâcha soudain sa pénitente qui en profita pour se mettre à la recherche de l'éventail tombé sur ses genoux et dont elle se saisit comme d'une arme élégante. Le cardinal paraissait réfléchir et tentait lui aussi de se ressaisir, inquiet d'avoir entrouvert un soupirail effrayant sur la nature de son âme et la noirceur de ses pensées. Il s'exclama alors, à nouveau sur le ton de la surprise, mais avec plus d'onctuosité et de réserve qu'il n'en avait eu jusque-là :

— Serait-il possible !

À quoi il ajouta, comme on signe un traité de paix avec une puissance ennemie :

— Cela me donnerait une bien bonne opinion de votre ami.

Trop heureuse de s'en tirer si aisément, la duchesse s'engouffra dans la brèche pour signer immédiatement cette trêve armée :

— Vous lui devez tellement votre bonne opinion que, si vous le voulez, je m'engage à l'instant à ne pas même le prévenir de vos inquiétudes, tant je pense qu'il n'a pas besoin de précautions pour se garantir de leur effet.

Bien que formulée de façon particulièrement alambiquée, cette avance ne manquait pas d'habileté, car elle promettait au cardinal un secret absolu sur l'échange qui venait d'avoir lieu tout en confirmant, à demi-mot, l'innocence politique du duc de Richelieu dans l'intrigue qui se nouait autour de la marquise de La Tournelle.

Fleury comprit et, changeant cette fois définitivement de visage, il prit une mine moins affligée mais plus résignée et souscrivit aux conditions muettes qui lui étaient faites :

— Je craignais bien plus le duc de Richelieu qu'un autre : cela ne me rassure pas tout à fait sur le roi, mais j'accepte votre promesse ; ne parlez de rien de tout ceci au duc de Richelieu ; ne le tentons pas de me punir de mes soupçons en les changeant en réalité. Qu'il ne sache rien de ce que nous disons, cela me donnera le temps de prendre des mesures...

À cette seule évocation, la duchesse, pourtant dressée à l'impassibilité par une vie entière passée à Versailles, ne put retenir le voile d'inquiétude qui lui tomba sur le regard pendant que les aiguilles dorées du cartel posé sur la tablette de la cheminée égrainaient un temps bien long. Une lettre de cachet était toujours possible, et le duc connaissait déjà parfaitement la Bastille pour y avoir séjourné trois fois dans sa vie et alors qu'il n'avait pas vingt-cinq ans ! Ce léger obscurcissement du coin de l'œil chez son interlocutrice contraignit le vieil homme à aller plus avant, de façon à ne pas compromettre l'accord politique qui venait d'être scellé entre les deux parties. Aussi, il fit ce qu'il n'aimait pas faire, il se justifia.

— Ah ! Si vous saviez combien il était nécessaire que Mme de Mailly eût le cœur du roi, combien il serait funeste de le lui enlever, combien il faut le lui conserver...

La duchesse, que ces paroles ne rassuraient pas tout à fait, commençait à se raidir, et le ministre absolu, se méprenant sur cet imperceptible mouvement de recul, crut devoir mettre un peu de religion dans des propos qui en étaient jusque-là très éloignés. Il prit alors théâtralement à témoin le Christ d'ivoire qui trônait sur son grand bureau plat dont la riche marqueterie d'écaille sentait déjà le vieux style :

— Je tiens sans doute un étrange langage pour un prêtre, mais si vous saviez combien j'ai gémi aux pieds de cette croix ; combien, la pressant sur mon cœur, je l'ai arrosée de mes larmes ; combien j'ai maudit mon pouvoir, sans effet sur le cœur du roi !

L'ancienne précieuse dont l'esprit avait fait autrefois l'ornement du salon de la marquise de Lambert et des soirées du château de Sceaux ne put s'empêcher de penser, à la vue de cette misérable pantomime, que Tartuffe avait fait bien du chemin depuis la première représentation de la pièce de Molière : il était devenu tout à la fois cardinal et ministre d'État ! Son fin sourire marqua alors tant de mépris pour ce faux dévot qu'elle s'attira un dernier avertissement.

— Soyez assurée, madame la duchesse, que je n'ai plus qu'un moment à vivre, mais voir le roi que Louis XIV m'a confié trahir ses dernières espérances... Je n'y assisterais point sans punir les corrupteurs de sa jeunesse...

La duchesse se retira après avoir pieusement baisé l'anneau cardinalice avec la conviction que la paix conclue à demi-mot ne serait pas durable. L'implacable mécanique des cabales de Cour allait vite reprendre le dessus. Son vieil ami Richelieu, pour lequel elle éprouvait depuis longtemps une tendre reconnaissance, serait harcelé sans répit, elle n'en doutait pas.

À peine la queue de robe de la duchesse terminait-elle de balayer les parquets de son cabinet que le cardinal fit aussitôt venir auprès de lui le comte de Maurepas, ministre grandissant et courtisan d'une rare soumission. Descendant de l'illustre famille des Phélypeaux, l'homme était né dans le ministère comme d'autres dans la boutique ou la farine. Secrétaire d'État à vingt ans, il avait suivi avec une servilité efficace la carrière ondoyante de Fleury, dont il espérait bien hériter un jour très naturellement la toute-puissance. Convaincu de ses talents comme de son charme, il jetait sur chacun ce regard supérieur et souvent juste que les ministres portent rarement sur eux-mêmes. Ayant appris, dès l'enfance, que le pouvoir est d'abord une affaire de posture, il mettait de la gravité et de l'affectation dans toute sa vie publique, mais réservait ses saillies à la petite coterie de ses intimes. À la tombée du jour, lorsqu'il avait épuisé la liasse des affaires de son ministère, il noircissait au coin du feu ses épluchures de papier timbré en les couvrant d'épigrammes, de mots d'esprit et de vilains poèmes qu'il lâchait au petit matin sur les hommes, mais surtout sur les femmes dont il avait à se plaindre ou qui étaient de nature à contrarier ses intérêts. Chacun savait d'où la flèche était partie, mais personne n'osait demander raison à un ministre qui courait se cacher dans le surplis du cardinal à la moindre alerte et dont le pouvoir menaçait de devenir un jour immense. Il était craint, détesté et moqué en permanence, car autant sa plume était acérée, autant, à en croire sa propre femme, son stylet de chair n'avait jamais blessé personne. Le tout-puissant ministre n'était au lit qu'un impuissant. Cela se savait, cela se chuchotait, cela dédommageait ses victimes et faisait rire à gorge déployée le duc de Richelieu dont, à l'inverse, les ressorts charnels paraissaient aussi inépuisables que le carquois de Cupidon. Ces deux-là se détestaient en se souriant tous les jours.

Aussi le comte de Maurepas fut-il légèrement étourdi lorsque Fleury lui donna pour mission de séduire la marquise de La Tournelle afin d'en obtenir des lettres si éloquentes qu'il suffirait de les mettre sous les yeux du roi – lequel, depuis une mésaventure contractée avec une bouchère de Saint-Germain, craignait par-dessus tout la vérole – de façon à le détourner définitivement d'une femme trop facile et si peu sûre. Maurepas promit de faire de son mieux, mais le cardinal, qui connaissait les défaillances du ministre auxquelles il attribuait par ailleurs sa grande force de travail, ne s'en tint pas à cette seule mine, car il était bien décidé – quelles qu'aient été les assurances données par la duchesse de Brancas – à saper l'influence naissante du duc de Richelieu.

Le Languedoc vous appelle...

Château de Choisy, mardi 3 avril 1742

Sa Majesté, toujours triste même si sa tristesse paraissait moins sombre, s'était retirée à Choisy où elle attendait gendarmes, mousquetaires et chevau-légers qui formaient le gros des troupes de sa maison avant d'entamer le séjour de Fontainebleau. Le lendemain devait avoir lieu la chasse au sanglier, et l'assemblée se réunir à la Croix-du-Grand-Veneur. Une bonne partie des officiers de la garde ayant déjà rejoint le front des troupes en Bavière, il ne restait auprès du roi que le vieux duc de Béthune, capitaine des gardes du corps, incapable de tenir à cheval ni même à table tant sa santé était délabrée. Le roi dînait donc tous les soirs entre sa vieille maîtresse, Louise de Mailly, l'inévitable marquis de Meuse et le duc de Villeroy, dont les figures, pour lui être habituelles, n'étaient pas gaies. Aussi l'arrivée du duc de Richelieu fut-elle saluée comme une sorte de fête. Il accompagnait le marquis de Peralada, grand chambellan de l'infant don Philippe, propre gendre du roi, et avec cette aisance qui le caractérisait en tout n'avait même pas pris la peine d'annoncer sa présence. Le roi, que cette visite divertissait, lui donna donc un logement au château pour lui épargner la honte d'y être reçu « en galopin » et obligé de louer une chambre au village, faveur insigne que le duc de Luynes, toujours exact en la matière, ne manqua pas de noter. La petite cour de Choisy savait que ce privilège, dès qu'il serait connu à Versailles, causerait bien du chagrin au vieux Fleury et, à cette distance, on se permit d'en plaisanter.

Mais, pour l'heure, Sa Majesté partageait avec son vieil ami des inquiétudes de séducteurs, et la simplicité des promenades de Choisy offrait l'occasion de tête-à-tête impossibles à Versailles. Louis XV y faisait lui-même l'honneur de ses plantations rares et aimait à descendre à pied jusqu'aux bords de Seine pour y discuter avec les bateliers et les pêcheurs, auxquels il achetait lui-même son poisson au cul de la barque. Le roi n'ayant jamais rien d'autre dans ses poches que des louis d'or à peine sortis des presses de la Monnaie de Paris, il mangeait ainsi le poisson le plus cher de France. Ce jour-là cependant, il ne fut pas question de descendre vers le fleuve. Le roi, blessé dans son amour-propre et contrarié dans sa passion, racontait à Richelieu qu'il avait bien lancé son attaque contre la marquise de La Tournelle en suivant ses conseils, mais que l'opération se soldait par un échec humiliant :

— Vous avez voulu que j'écrivisse, j'ai écrit deux fois. Vous ne me conseillerez pas apparemment d'écrire une troisième ?

Richelieu n'aima pas cette algarade et, intérieurement furieux contre l'excessive coquetterie de sa nièce dont il savait par ailleurs qu'elle n'était pas, à proprement parler, une forteresse imprenable, ne répondait rien ou, plus exactement, sentant l'orage gronder dans la voix de son maître, préférait lui laisser le temps de s'éloigner pour aller éclater sur une autre tête que la sienne.

Le roi, que ce mutisme agaçait autant que ses deux lettres restées sans réponse, eut la tentation de donner à ses propos un air de détachement qui dissimulait difficilement son dépit amoureux :

— J'ai pris mon parti et je pense maintenant à quelqu'un d'autre.

— À merveille ! s'exclama alors Richelieu, bien décidé à prendre le roi à son propre piège. C'est d'ailleurs la seule chose à faire. Et comme Mme de La Tournelle, qu'à la vérité vous ne connaissez pas, ne peut être pour vous qu'une simple tentation, et non pas une passion, vous en guérirez bien vite...

Décontenancé de se voir ainsi pris au mot alors même qu'il soupçonnait Richelieu d'avoir intérêt à favoriser ses amours avec sa jolie nièce, le roi se renfrogna encore davantage, donnant avec sa canne de petits coups secs sur le sable blanc des allées du parc et déclarant avec majesté, comme il aurait fait taire ses ministres en plein Conseil :

— Ainsi ferai-je...

Avant d'ajouter, comme guidé par sa première idée mais n'osant plus y revenir de front :

— En réalité, il n'y a que Mme de Mailly qui m'embarrasse.

Heureux de ce demi-aveu qui en disait long sur les véritables intentions du roi, Richelieu vola cette fois-ci à son secours :

— Eh bien, voilà, Sire, qui doit beaucoup moins embarrasser Votre Majesté que toute autre chose. Je me charge, moi, de ce qui est convenable entre elle et Votre Majesté. Je ne lui apprendrai pas qu'elle n'est plus aimée ; elle en meurt déjà de chagrin ; mais je l'occuperai du seul moyen de sauver sa gloire. Vous n'entendrez sûrement plus parler d'elle.

Le roi, qui ne savait comment terminer une liaison ravivée par la mort de la pauvre Vintimille mais à laquelle il ne tenait plus que par l'habitude et par les exigences de son tempérament, ne put s'empêcher de manifester quelques doutes à l'idée de voir l'affaire si promptement menée :

— En êtes-vous bien sûr ? M'en répondez-vous ?

À quoi Richelieu, véritable roué du temps de la Régence, répondit :

— Je la connais trop bien pour en douter. Elle sera si profondément désolée qu'elle se jettera vraisemblablement tout de suite dans un couvent.

Tout aussi calmement, le joli duc relança volontairement la conversation sur cette mystérieuse femme à laquelle le roi disait penser pour se défaire du remords d'avoir aimé Mme de Mailly autant que du regret de ne pouvoir aimer Mme de La Tournelle. Le roi, que la réputation de Richelieu impressionnait, hasarda un nom, puis devant le silence de ce Priape titré, lança au hasard un autre nom, puis encore un autre. Richelieu ne disait rien, mais son mince sourire suffisait à tout laisser comprendre. Il les avait eues les unes après les autres, et parfois en même temps. Le roi, n'en pouvant plus, risqua alors un dernier nom comme on jette sur le tapis vert sa dernière carte. C'était celui d'une femme au-dessus de tout soupçon dont la beauté éblouissante se fanait au pied des saints autels. Le sourire de Richelieu, cette fois, fut impitoyable, car cette belle dévote cherchait simplement à obtenir de son confesseur le pardon du plaisir qu'il lui avait fait découvrir et dont il l'avait ensuite rassasiée. Il ajouta que passer après un mari maladroit était toujours un gage de succès dans le déduit.

Le roi, tout étourdi par ces révélations inconnues de sa propre police, laissa échapper, en même temps qu'il arrêtait sa marche pour poinçonner à nouveau le sable de l'allée du bout de sa canne :

— Mais qu'est-ce donc que ces femmes-là ?

— Des femmes galantes assez jolies, se contenta de répliquer le gentilhomme libertin avant d'ajouter négligemment : Et pour tout dire Votre Majesté, assez ennuyeuses au bout d'une semaine…

— Il me faut donc penser à une femme qui me tente quoiqu'elle m'inquiète, ajouta le roi avec le pragmatisme d'un chasseur que ses chiens ont lancé sur une mauvaise voie mais qui n'a pas l'intention de rentrer bredouille.

Il s'avança de quelques pas, s'arrêta brutalement, pivota sur lui-même et regarda Richelieu droit dans les yeux pour lui poser la question de confiance :

— Avez-vous eu aussi Mme de *** ?

Le roi parla si bas qu'aucun des invités de Choisy qui suivait à peu de distance ne put saisir le nom à la volée.

— Ah, pour ça oui ! répondit le duc d'un ton soudainement durci avant de s'empresser d'en donner la clé en avouant comme par mégarde : Elle m'a fait trop de noirceur pour jamais l'oublier : c'est Mme de Prie, absolument elle, peut-être en plus mauvaise encore.

À la seule évocation de l'ancienne maîtresse du duc de Bourbon, le roi ne put réprimer un haut-le-cœur tant il avait eu cette intrigante en horreur. C'est à elle et à son goût effréné du pouvoir qu'il devait son calamiteux mariage avec la fille d'un roi d'opéra-bouffe sans dot ni royaume. À peine les noces célébrées, cette vipère de palais avait même tenté de pousser son avantage en ourdissant un terrible complot contre le cardinal de Fleury avec la complicité de la jeune reine. Louis XV, que ce seul souvenir des débuts de son règne horrifiait, voulut se contrôler, mais ses lèvres tremblaient de rage contenue.

— Mme de Prie ? Autant mettre une tête de femme sur un corps d'araignée. N'en parlons plus. Mais que faire ?

Puis, dans un soupir las, il ajouta :

— Et pas même de réponse de Mme de La Tournelle…

Le retour du nom de sa nièce était ce que Richelieu guettait au débuché. Aussi, lorsqu'il se présenta à la croisée d'une des allées du parc, il ne le laissa pas s'échapper.

— C'est que Mme de La Tournelle ne ressemble en rien à cette dame à huit pattes dont Votre Majesté semblait vouloir se contenter ; c'est que belle comme les Amours, elle doit être une conquête ; c'est que vos généraux ne feront point cette conquête pour vous ; c'est qu'elle ne sera point prise si vous n'en faites pas vous-même l'assaut.

Le roi, abasourdi, écoutait cette leçon de séduction dans un profond silence. Il s'était arrêté à nouveau de marcher, et sa suite faisait de même tout en ayant soin de conserver une distance respectueuse. Richelieu, comme il aurait déroulé un plan de bataille, ajusta alors ses arguments :

— Assurément, les rois ont des avantages, mais le plus grand en amour est d'être jeune, beau comme Votre Majesté, et surtout d'être aimable. François Ier, Henri IV, Louis XIV se donnèrent la peine de plaire ; cette peine devrait coûter moins à Votre Majesté qu'à personne, mais une maîtresse n'est pas un portefeuille, et si vos ministres vous apportent le leur à chaque Conseil, je doute fort qu'ils puissent mettre Mme de La Tournelle dans vos bras…

Cette impertinence qui soulignait l'inutilité des ministres et des gouvernements dans les choses principales de la vie fit sourire Louis XV, auquel cette conversation d'hommes plaisait. Richelieu se sentit alors autorisé à donner le coup de grâce :

— Il faut que vous plaisiez à Mme de La Tournelle, et vous devez commencer, pour cela, par lui dire que vous en êtes épris…

Le roi ne répondit rien, reprit sa marche et fit admirer à ceux qui le suivaient silencieusement et depuis plus d'une heure les nouveaux parterres de fleurs qu'il venait de faire dessiner au pied de ce château où il aimait à vivre en simple particulier. Son regard se perdait dans la contemplation de la Seine qui coulait avec sa nonchalance habituelle sous le regard des terrasses de Choisy, mais ne croisa plus jamais celui de son vieil ami qui, ayant tiré sa dernière salve, n'insista plus.

Richelieu, auquel le visage du roi était trop connu pour que rien ne lui échappât, eut soudain un mauvais pressentiment. Peut-être était-il allé trop loin, à moins que le roi lui-même - ce qui était pire encore - ne lui en eût trop dit. Ce qu'il ignorait, car il n'avait pas encore vu la duchesse de Brancas qui se serait bien gardée de lui écrire quoi que ce fût par peur du cabinet noir, c'est qu'à Versailles, le cardinal venait d'allumer la mèche d'une mine de sa façon qui se consumait déjà pour venir exploser à la figure de celui qui, en ce moment même, parlait au roi avec une franchise et une hardiesse dont on saurait bientôt le punir.

Château de Versailles, jeudi 5 avril 1742

L'attente ne fut pas bien longue. De retour à Versailles dès le surlendemain, Richelieu trouvait deux lettres dans l'antichambre de son attique de l'aile des princes. La première émanait du marquis de Saint-Florentin, proche parent de Maurepas et secrétaire d'État chargé de la surveillance des protestants. Le ministre le priait de le prévenir au plus vite de son arrivée ou tout au moins de son lever car il avait à lui dire des choses de la plus haute importance au regard de la sécurité de l'État. L'autre, plus surprenante, était signée du marquis de Meuse que Richelieu venait pourtant de quitter à Choisy et par laquelle ce dernier l'informait, de la part de sa vieille amie Mme de Mailly, que le cardinal de Fleury, alerté sur la situation en Languedoc où les huguenots s'agitaient beaucoup, demandait le départ immédiat du duc dans cette province dont il était le lieutenant général. Le peu de troupes présentes dans les Cévennes et l'inexpérience des officiers restés sur place exigeaient, ajoutait le courrier, un commandant expérimenté ayant la confiance de roi. Richelieu, qui connaissait parfaitement la situation, ne crut pas un seul instant à cette révolte subite avec laquelle on essayait d'effrayer le roi. Le temps n'était plus à la guerre des camisards, et la tolérance suppléait depuis des années à la répression. Certes, quelques vieilles folles continuaient à croupir à l'ombre de la tour de Constance où elles prophétisaient à satiété, et l'on arrêtait toujours de temps à autre des pasteurs réformés venus de Genève pour prêcher au désert, mais c'était essentiellement dans le but de complaire à l'évêque de Montpellier qui se croyait menacé. Les dragons de Louis XIV avaient laissé un tel souvenir dans les hautes vallées cévenoles que le roi Louis XV, son arrière-petit-fils, pouvait dormir sur ses deux oreilles à Fontainebleau. Par ailleurs, le duc disposait en Languedoc de suffisamment d'amis, d'espions et d'obligés pour être informé de tout et, si une révolte grondait, il l'aurait su avant le cardinal lui-même. Tout cela sentait donc le coup fourré à cent lieues.

Richelieu, habitué à garder son sang-froid dans les situations les plus scabreuses, n'en laissa rien paraître. Une fois levé et habillé, il se dirigea immédiatement vers l'aile des Ministres et, arrivé dans la cour, se trouva nez à nez avec M. de Saint-Florentin qui, de son côté, s'apprêtait à monter dans une chaise pour se faire porter jusqu'à lui. Lorsque le ministre l'aperçut, il se précipita à sa rencontre comme un homme accablé par le poids d'un grand secret et contraint de dissimuler ses inquiétudes pour ne pas effrayer le monde, mais soulagé de rencontrer enfin un interlocuteur capable de partager ce fardeau. L'affaire était grave, un soulèvement se préparait. Les protestants envisageaient de s'emparer du port de Cette* et de l'ouvrir à la flotte anglaise. Le Languedoc où l'on ne comptait plus qu'un régiment à cause de la guerre était irrémédiablement perdu sans un chef capable d'en imposer, de commander et même de négocier. Il fallait au roi un nouveau maréchal de Villars. Le duc de Richelieu répondit calmement à cette jérémiade que la chaise de poste était prête et qu'il partirait le soir même. Il pria alors M. de Saint-Florentin d'informer le roi et le cardinal qu'il obéissait à leurs ordres. Le ministre qui s'attendait certainement à de la résistance, ou tout du moins à ce que le duc de Richelieu cherchât à gagner du temps, marqua le pas, se radoucit, laissa même entendre que l'urgence n'était pas brûlante à ce point. Sa Majesté étant encore à Choisy et Son Éminence à son séminaire d'Issy, il convenait de patienter jusqu'à leur retour pour prendre directement leurs ordres.

Piqué au vif, Richelieu courut aussitôt chez Mme de Mailly, dont le carrosse s'était présenté la veille aux grilles du château car elle n'avait pas souhaité suivre la chasse au sanglier, ces grosses bêtes ayant moins de grâce à se faire tuer que la biche ou le cerf. Monté au petit appartement jouxtant les arrière-cabinets de Louis XV, il trouva la maîtresse royale encore couchée dans ce qu'elle aimait à appeler sa niche. Elle l'accueillit avec une mine de chat fâché. Le plus grand désordre régnait dans la chambre car ses malles n'étaient pas encore ouvertes ni les meubles dégagés de leur housse. Sur une table de marqueterie chaussée de bronzes

* Orthographe de la ville de Sète au XVIIIe siècle.

délicats, une jolie tasse en porcelaine de Saint-Cloud cerclée d'argent contenait un fond de chocolat. Le breuvage avait d'ailleurs laissé quelques traces à la commissure des lèvres de la jeune femme qui cherchait à en effacer le souvenir pendant que le beau duc lui racontait sa conversation avec Saint-Florentin. Lorsqu'il lui apprit son départ de Versailles pour Montpellier le soir même, Louise de Mailly, qui ne savait pas feindre, ne put réprimer un petit air de satisfaction mais avoua aussitôt à son visiteur, comme pour se faire déjà pardonner, que tout cela était certainement un mauvais tour du cardinal, que le roi le savait, qu'il en était bien embarrassé mais que, n'ayant pas le goût de confondre son ancien précepteur, il serait néanmoins très satisfait de le savoir sur la route du Languedoc. Tout en se servant elle-même une nouvelle tasse de chocolat que Richelieu avait eu la bonté de faire mousser dans la grande et belle verseuse en argent, la maîtresse du roi accabla le grand seigneur de cajoleries, de caresses et de promesses trop déclamées pour être tout à fait sincères.

Richelieu se retira avec la ferme conviction que la favorite était de mèche avec Fleury, et que le roi lui-même, qui ne se pardonnait peut-être pas leur conversation ou qui avait peut-être repris de l'humeur contre La Tournelle, était aussi de la partie. Il continua sa course à travers les galeries du château vers l'appartement de la duchesse de Mazarin, dame d'atours de la reine. Cette ancienne belle, à laquelle le roi devait d'être devenu un homme à l'âge où les garçons jouent encore souvent à la main chaude avec leurs compagnons de polissonnerie, avait pris dès le lendemain de son veuvage Marie-Anne de La Tournelle, sa nièce, sous sa protection. C'est elle qui avait fait exécuter par Nattier les deux fameux portraits dont la reine s'était montrée si émerveillée qu'elle avait commandé au peintre celui de ses filles. Depuis ce temps, Marie-Anne de La Tournelle et sa sœur Hortense, bien que toujours mariée au marquis de Flavacourt, ne quittaient plus leur bonne tante dont elles ornaient le salon, à Versailles comme à Paris, attirant chez elle tous les beaux esprits de la ville et de la Cour. Richelieu, qui était dans cette maison comme chez lui car la duchesse ne lui avait jamais été cruelle, les trouva donc toutes les trois faisant des nœuds et il leur raconta tout par le menu. L'intrigue était évidente, mais encore fallait-il en démêler l'écheveau. La tante et ses deux nièces, qui raffolaient des cabales de Cour, promirent à leur vieil ami d'en démonter toute la mécanique pour en extraire les ressorts les uns après les autres. La reine les aimait toutes les deux et détestait le cardinal autant qu'elle méprisait Mme de Mailly. Ainsi, par elle ou quelques femmes de son entourage, il ne serait pas trop difficile de connaître le dessous des cartes de cette mauvaise partie de pharaon. Les trois femmes conseillèrent néanmoins à Richelieu de retourner faire sa cour au château de Choisy où il en apprendrait peut-être davantage.

Toujours au château de Versailles, mais quelques jours plus tard

Le nouveau séjour à Choisy n'avait pas été très concluant : le roi s'était montré d'un abord très sérieux, presque froid, et il avait fallu toute l'amitié et l'habileté de la comtesse de Toulouse pour parvenir à sortir Sa Majesté de sa réserve. Dès qu'il avait été question de préparer le prochain séjour à Choisy, le roi avait laissé tomber qu'il faudrait se passer de la présence du duc car des affaires sérieuses l'attendaient en Languedoc. Richelieu comprit que la messe était dite et n'ajouta rien, le jeu fut morose, tout comme la chasse le lendemain, il prit congé et on ne le retint pas. À son retour à Versailles, sur les cinq heures de l'après-midi, le duc retourna aussitôt chez ses trois amies qui lui découvrirent le pot aux roses. Comme il fallait s'y attendre, Maurepas était de la partie mais jouait pour le compte du cardinal. Pas plus tard que l'avant-veille, ce chapon doré sous toutes les coutures avait déclaré à haute et intelligible voix chez la reine que M. de Richelieu disait beaucoup de mal du cardinal de Fleury, l'accusant même en public de n'être qu'un radoteur incapable de gouverner. La reine, terrorisée à l'idée d'être soupçonnée par son éternel ennemi de laisser ce genre de propos traîner dans ses appartements, s'était précipitée chez Fleury pour tout lui raconter par le menu. Le cardinal aurait alors poussé les hauts cris et exigé une punition exemplaire pour ces propos de frondeur susceptibles d'atteindre tout à la fois en sa seule personne la dignité de l'Église et de l'État.

Le complot était ourdi de main de maître. Le cardinal avait susurré à l'oreille du roi que les insolences du duc étaient inacceptables et qu'ils méritaient un châtiment, car jamais Louis XIV n'aurait toléré d'un grand qu'il critiquât l'un de ses ministres sous son toit et jusque dans la chambre de la reine. Il s'était alors fait un plaisir de rappeler que le cardinal de Richelieu, arrière-grand-oncle du duc, avait fait trancher le cou de Cinq-Mars à la hache pour moins que ça. D'après ce qu'avait compris Marie-Anne de La Tournelle, il fut même question un moment de retirer à son ami le commandement du Languedoc, mais le roi s'y était opposé, préférant au contraire marquer son déplaisir en renvoyant Richelieu au bout du royaume, car c'était bien à un exil sans lettres de cachet que le duc se trouvait ainsi condamné, et il n'avait pas d'autre choix que d'obéir. Personne ne croyait, même à Versailles où l'on est facilement crédule, qu'en ce début d'année 1742 les protestants menaçaient de soulever le Languedoc comme au temps de Louis XIII. Le piège se refermait inexorablement, et il se pouvait que le roi lui-même y eût mis la main. Les trois femmes se désespéraient, poussaient les hauts cris et plantaient rageusement des épingles dans leurs bobines de fil. Richelieu promit de leur écrire et surtout leur jura qu'il ne partirait pas sans avoir dit son fait à ce cardinal foireux. Quant à demander des explications au roi, il ne pouvait en être question. Il fallait laisser passer l'orage et réfléchir à la suite.

Les deux sœurs s'affolèrent, la peur succédant à la rage, lorsque, une heure plus tard, elles apprirent par les suisses de l'antichambre que leur ami traversait la cour du château à pied pour se rendre chez Fleury. Il arborait un somptueux habit de velours rouge brodé d'argent à larges basques sur lequel tranchait l'azur du Saint-Esprit, une perruque immaculée surmontée d'un chapeau lui aussi galonné d'argent et une haute canne d'acajou dont le pommeau était à lui seul plus garni de pierreries que la châsse de sainte Geneviève. Personne ne pouvait douter de l'avoir vu, car il avait refusé d'emprunter une chaise, se faisait précéder de deux laquais portant sa livrée, elle aussi de rouge et d'argent, et laissait dans son sillage une si forte odeur de musc que tous les encensoirs de la chapelle royale ne seraient pas parvenus à la dissiper. Tout ce rouge était évidemment choisi à dessein pour le jeter au visage de Fleury et lui rappeler que s'en prendre à un Richelieu revenait à s'en prendre à la mémoire du Cardinal dont l'ombre immense écraserait à jamais tous ses petits successeurs.

Vieille aile du château de Versailles,
appartement du cardinal

Il se faisait tard, et Son Éminence traversait une dernière fois l'antichambre de ses appartements sans un seul regard pour les gens affairés et autres frotteurs de parquets en habits de Cour qui attendaient à sa porte depuis le début du jour et auxquels il allait donc faire l'honneur de son petit coucher. Rien n'était plus ridicule que ce spectacle qui montrait un vieux prêtre ôter précautionneusement sa culotte et la plier bien proprement sur le dossier de son fauteuil avant que son premier valet de chambre lui passe sa chemise puis coiffe longuement ses longs cheveux blancs dont le prélat tirait une grande fierté. Là, heureux de lui-même et content de la France, il demandait des nouvelles de la ville, pérorait, sermonnait, débitait de vieilles plaisanteries de séminaire tout en observant du coin de l'œil les rieurs sincères qu'il distinguait des courtisans maladroits. Ce soir-là, lorsqu'un huissier vint le prévenir à l'oreille que le duc de Richelieu demandait à être reçu séance tenante, le sourire de satisfaction qui ne quittait jamais le visage du vieillard rubicond et omnipotent se figea. Barjac fit immédiatement vider la chambre de la foule des importuns et fermer les portes à double battant.

Aussitôt introduit, le duc de Richelieu exécuta une révérence de théâtre dont les grands moulinets étaient à eux seuls une impertinence, surtout lorsque les plumes de son chapeau vinrent effleurer les joues couperosées du cardinal, qui préféra toutefois recevoir ce curieux hommage en silence. Profitant du désarroi que son entrée aussi musquée qu'effrontée venait de provoquer chez l'adversaire, Richelieu annonça qu'il partait dès le surlendemain pour le Languedoc et venait prendre congé de Son Éminence avant d'aller faire de même auprès du roi son maître. Le duc mit tant de mépris dans la façon dont il prononça « Éminence » qu'il fallait être sourd pour n'avoir pas compris qu'il creusait là un gouffre immense entre le Cardinal dont il portait le nom glorieux et le fils de maltôtier dont la vieillesse égrotante, les mains de femme et les affectations de bigoterie provinciale disaient assez l'indignité. Puis, sans accorder au ministre le temps de se relever de tant d'insultes voilées, il lui donna à voir son dos et reprit la direction de la porte sans tendre la main vers la poignée, obligeant Barjac à courir derrière lui pour la tourner à sa place. C'est au moment de franchir le seuil que, contre toute attente, le grand seigneur s'immobilisa avant d'exécuter une parfaite volte-face en pivotant sur un seul de ses talons rouges avec une maîtrise digne de l'immense danseur qu'il avait été sous la Régence. Une fois ce tour de force réussi, il marcha au pas de charge vers Fleury, qui eut un mouvement de recul instinctif, voyant déjà la canne du duc s'écraser sur sa calotte cardinalice alors que Barjac, toujours accroché au battant de la porte, n'était pas en mesure d'intervenir pour sauver son maître d'une agression sacrilège. Or, contre toute attente, Richelieu se montra soudain aussi gracieux que dans ces moments où une femme est prête à tout accorder à condition de ne pas être trop brusquée. Il fit au cardinal de véritables protestations d'amitié lui assurant qu'il était le plus sincère, le plus zélé et le plus attaché de ses serviteurs et que, à ce titre, il allait lui parler en ami et non pas en lieutenant général de la province du Languedoc. Reprenant la voix du commandement militaire et s'approchant du cardinal jusqu'à lui faire sentir l'odeur des clous de girofle qu'il mâchonnait sans cesse pour parfumer son haleine, le duc lui lança que, bien évidemment, il ne croyait pas un seul instant que la révolte des protestants ne fût la raison de son renvoi, qu'il prendrait les plus sûres mesures pour connaître les dessous de toute cette affaire – il disposait pour cela de nombreuses amies à la Cour –, mais qu'il préférait ne pas leur donner cet embarras et apprendre de la bouche même de la mule du pape les véritables souterrains de toutes ces tracasseries. En soufflant ainsi le chaud et le froid, Richelieu cherchait à dénouer les fils de l'intrigue sans pour autant rompre les amarres avec celui qui, malgré son âge biblique, tenait encore entre ses mains les rênes de l'État. Il jouait très serré, car le pont-levis de la Bastille n'était jamais très éloigné de l'antichambre d'un ministre insulté.

Trop heureux de ne pas entendre Richelieu prononcer une seule fois le nom de la marquise de La Tournelle, ce qui l'aurait entraîné sur un terrain trop marécageux, le cardinal lui reprocha les propos tenus à trop haute voix contre sa personne sacrée et contre le gouvernement, préférant se battre sur le terrain politique plutôt que de glisser dans la galanterie comme il l'avait fait, très mal à propos, quelques jours plus tôt avec la duchesse de Brancas. Les deux hommes avaient en réalité beaucoup à perdre dans cet entretien, et ils étaient l'un et l'autre suffisamment hommes de Cour pour borner leurs propos avec l'exactitude de deux arpenteurs.

Richelieu ne nia rien et se justifia, non sans profiter de l'occasion pour dénigrer un gouvernement qui n'était pas de force à soutenir une guerre, mais comme le courtisan habile n'était jamais bien loin du grand seigneur en colère, il assura au vieillard qui n'en demandait pas tant que si le roi venait à lui poser la question, il lui répondrait avec vérité que celui de tout son royaume qui était le plus en état de gouverner car il connaissait le mieux et la France et les hommes restait, encore à cet instant, le cardinal de Fleury.

Le ministre regarda un long moment le crucifix d'ivoire avec lequel il conversait si souvent, ses yeux se mouillèrent de larmes presque sincères car un tel compliment dans la bouche d'un Richelieu était parvenu à lui chatouiller l'âme. Par ailleurs, il finissait par croire – ou à se persuader – qu'il avait soupçonné à tort ce pilier des bordels parisiens d'être pour quelque chose dans le nouvel amour qui dévorait le roi. Peut-être que cette cabale était mitonnée sur d'autres feux que ceux des cuisines du château de Richelieu. Aussi, de façon à dissimuler une dernière fois sa méfiance et à se débarrasser de la vue de cette canne qui restait menaçante, il devint presque cajoleur et parla de retarder le départ pour le Languedoc, où, d'après les dernières dépêches de l'intendant, les protestants paraissaient soudain moins entreprenants.

Richelieu, la taille toujours cambrée dans un corset à baleines et le jarret tendu, remercia mais ne voulut rien entendre. Ce qui venait de se passer avait fait trop de bruit pour que tout ne soit pas consommé. Il ajouta que ce voyage ne lui coûtait rien car la plus grande majorité de ses chevaux et de ses domestiques était déjà sur place à Montpellier, et que la seule chose qui avait un prix à ses yeux, c'était la gloire et le bien de l'État. Sur ce, il se retira, baisa sans malice l'anneau cardinalice avant d'esquisser une révérence qui n'avait plus rien d'exagéré.

Une fois le duc parti, le cardinal se précipita sur sa chaise d'affaires pour y vidanger ses entrailles toutes remuées par cette altercation, et Barjac ouvrit en grand les fenêtres.

Les deux orphelines

Château de Versailles,
lundi 10 septembre 1742

La mort subite de la duchesse de Mazarin d'un mauvais mal de gorge qui lui était curieusement tombé sur le ventre provoqua une de ces petites révolutions de palais dont les effets se firent sentir depuis l'antichambre de l'Œil-de-bœuf jusqu'au salon de la Paix et annonça un grand renversement des faveurs. L'agonie au bord des lèvres, la vieille fée s'était rapprochée de Mme de Mailly alors que les deux femmes ne s'adressaient plus la parole depuis que la tante, par jalousie ou simple malignité, avait autrefois révélé à la reine dont elle était dame du palais les infidélités de sa nièce avec le roi. Depuis bientôt dix ans, c'était donc une guerre souriante mais sans merci entre les deux femmes, dont la jolie Marie-Anne de La Tournelle n'était pas le moindre des enjeux. En effet, les portraits commandés au peintre Nattier n'avaient pas eu d'autre but, dans l'esprit de la duchesse de Mazarin, que de faire admirer la beauté éclatante des deux cadettes du marquis de Nesle au détriment de leur sœur aînée qui perdait tous les jours en rondeur, en éclat et en attraits. Sachant cette vieille querelle, l'abbé Jomard, curé de Notre-Dame et confesseur de l'agonisante, s'était donc entremis pour donner à la Cour le spectacle d'une réconciliation édifiante. En mourant, la duchesse de Mazarin pardonnait à la douce Mailly, mais - comme Médée offrant à la pauvre Créüse une chemise empoisonnée - elle lui confiait le sort de ses deux jeunes sœurs, Marie-Anne et Hortense, qui, après sa disparition, allaient se trouver sans emploi, sans logement et sans protection à Versailles.

Sur ce point, elle ne s'était pas trompée, car le soir même le comte de Maurepas, sous prétexte de partager en famille la douleur des deux orphelines, leur faisait savoir qu'elles devaient quitter l'appartement de leur protectrice pour permettre aux ouvriers de la maison du roi, comme il était d'usage en pareil cas, de reblanchir les boiseries et de frotter les parquets. À quoi il ajoutait aussitôt que les héritiers directs de la duchesse, au premier rang desquels il y avait sa propre femme, leur demandaient de bien vouloir faire emporter leurs effets de l'hôtel de Mazarin à Paris pour que les notaires et les jurés priseurs puissent procéder à l'inventaire après décès. Marie-Anne, des sanglots dans la voix, supplia le ministre, dont elle avait eu le malheur de repousser avec mépris les avances de comédie, qu'il leur soit laissé un peu de temps pour prendre les dispositions nécessaires à leur nouvel état. Maurepas, se dissimulant derrière des contraintes de droit et d'administration, répondit qu'il n'était pas en son pouvoir de maintenir les deux sœurs dans les lieux. Il suggéra en outre à la marquise d'aller chercher refuge dans un couvent parisien en lui assurant dans un sourire narquois que Sa Majesté, voyant une jeune et jolie veuve se retirer brusquement du monde par manque de logement bien plus que par vocation, en serait si attendrie qu'on trouverait une solution et que Son Éminence le cardinal, lui-même, se ferait un devoir d'y travailler. Marie-Anne, que tant de noirceur enrubannée de condescendance ulcéra, se mordit les joues jusqu'au sang pour ne pas gifler un homme qui se moquait ouvertement des femmes, faute de n'avoir jamais pu les satisfaire. Espérant l'aide de sa sœur aînée à laquelle le roi ne pouvait rien refuser, Marie-Anne se fit porter dans l'autre aile du château et entreprit de grimper jusqu'à l'appartement où la comtesse de Mailly se cachait plus qu'elle ne régnait, mais Louise, qui tentait à ce moment-là d'apprendre un air de Rameau à son perroquet en le gavant de massepain, l'écouta d'une oreille distraite et l'assura de son amitié sans lui en donner la moindre preuve.

Les choses en étaient là lorsque, avec cette sorte de flegme qui la caractérisait, Hortense de Flavacourt confia à Marie-Anne revenue bredouille et mécontente des hauteurs du château que, pour sa part, elle était décidée à se livrer à la providence. Joignant le geste à la parole, elle demanda aussitôt une chaise à porteurs, se fit déposer au beau milieu de la grande cour du château, ordonna aux deux portefaix d'en retirer les brancards avant de les envoyer boire à sa santé. De l'intérieur de la chaise ainsi échouée sur le pavé, la dame baissa obligeamment sa glace pour rendre aux passants leur salut sans ajouter un mot. Ce spectacle d'une femme de qualité dans une chaise sans bras sous les fenêtres du roi ne manqua pas d'attirer l'attention, jusqu'à devenir une attraction pour les provinciaux et les badauds venus à Versailles regarder le roi. Très vite, le duc de Gesvres, premier gentilhomme de la chambre, arriva dans un nuage de poudre pour se rendre compte par lui-même de cette curiosité. Il s'approcha, ouvrit délicatement la portière de la chaise et fut tout ébahi lorsqu'il reconnut Mme de Flavacourt, la propre sœur de la favorite, assise au fond de l'habitacle. Il s'exclama :

— Oh, madame de Flavacourt ! Eh, que faites-vous là ? Ne savez-vous pas que votre tante, Mme de Mazarin, est morte ?

La marquise répondit sans se démonter qu'elle était la première à pleurer cette perte affreuse, car elle et sa sœur venaient d'être chassées sans ménagement de l'appartement de leur tante, se retrouvant sur le pavé sans même un mauvais galetas où s'abriter. Le duc manqua tomber du haut mal lorsqu'il comprit que la jeune femme avait la ferme intention de passer la nuit dans sa chaise à attendre que la providence veuille bien lui offrir un toit.

— Restez là, répondit le duc de Gesvres avant de se précipiter chez le roi auquel il montra, depuis les fenêtres de son cabinet de travail, la chaise pitoyablement échouée au milieu de la cour des Ministres.

Le tour était bien joué – mais peut-être n'était-il pas tout à fait improvisé ? –, car, au récit de cette espièglerie, le roi rit de bon cœur et toute la Cour avec lui. Il fit honte à Mme de Mailly de laisser ainsi ses sœurs coucher à la belle étoile, et cette dernière n'eut pas d'autre solution que de prêter momentanément à Hortense son appartement inoccupé du gros pavillon de l'aile neuve.

Quant à Marie-Anne, on décida de la loger provisoirement chez l'évêque de Rennes, maître de la chapelle du roi, qui, parti à son ambassade en Espagne pour y négocier le mariage du dauphin, n'avait nul besoin d'un logement au château. Le soir même, il ne fut question que de cela au grand couvert, d'autant plus qu'à ces premiers bienfaits le roi avait ajouté, disait-on, une lettre de condoléances à la marquise de La Tournelle où il avait mis, selon son propre aveu, du tendre et même de l'affecté. Cette marque d'intérêt de la part de Louis XV provoqua aussitôt une ruée des courtisans qui prenaient leur tour pour venir soutenir les deux sœurs, restées seules jusque-là, dans le malheur d'une grande perte. L'élan fut tel que la reine elle-même demanda à les voir dès le lendemain, leur fit toutes sortes d'amitiés, pleura abondamment la disparition de sa vieille amie la duchesse de Mazarin, qui, dit-elle, les aimait comme une mère et les assura enfin qu'elle était bien décidée à la remplacer. Toutes les dames de compagnie présentes à cette entrevue ainsi que l'officier de la chambre qui avait conduit Marie-Anne et Hortense jusque chez la reine avaient eu, eux aussi, les larmes aux yeux devant un spectacle si touchant. La marquise de La Tournelle, qui conservait dans son aumônière la lettre du roi, ne versa, pour sa part, aucune larme de courtoisie, car ce n'était certainement pas de cette planche-là qu'elle attendait son salut.

En vérité elle avait, et depuis longtemps déjà, un plan bien établi dont elle ne démordrait pas. N'ayant aucun sentiment particulier pour Sa Majesté, elle ne comptait pas céder à ses avances maladroites et conserverait ses faveurs à son amant de corps et de cœur, le duc d'Agenois. Pour autant cette tendresse que le roi voulait bien lui témoigner deviendrait entre ses mains une arme efficace dont elle se servirait, contre Maurepas d'abord, qu'elle rêvait désormais de voir un jour prosterné à ses pieds, et ensuite contre cette sœur hypocrite qui feignait l'affection et la pitié mais qui les avait vues toutes les deux jetées à la rue sans un mot ni un geste de compassion. À la seule idée de cet abandon, la haine lui venait au bord des lèvres. Cette sœur perchée dans les attiques à nourrir des oiseaux stupides ne perdait rien pour attendre, car un jour elle la ferait tondre comme une princesse des temps mérovingiens. Marie-Anne regrettait seulement qu'en plein XVIIIe siècle on ne puisse plus faire étrangler une concubine indésirable par un eunuque de palais.

Pour l'heure, un logement leur était accordé, mais Marie-Anne connaissait trop bien l'implacable mécanique de Cour pour savoir que tout cela n'aurait qu'un temps, celui de la mode, car il n'existait pas d'autre moyen pour demeurer à Versailles que d'y tenir un emploi ou une charge. Sans cela, et alors même qu'elle et sa sœur avaient été officiellement présentées au roi lors de leur entrée dans le monde, rien ne leur garantissait de pouvoir demeurer si près de lui. En mourant, sa tante libérait non seulement un appartement, mais aussi la place très enviée de dame du palais de la reine, et cette place, après tout, revenait de droit à l'une ou l'autre de ses nièces préférées. La duchesse de Mazarin était née Mailly, elles étaient du même sang et du meilleur, de celui qui avait coulé à Azincourt et qui méritait à ce titre l'éternelle reconnaissance des rois de France. Aussi la jeune femme, dont l'humiliation reçue de Maurepas jointe à l'indifférence de sa sœur aînée fouettaient maintenant l'indolence, se décida-t-elle à battre le fer pendant qu'il était encore chaud.

Vieille aile du château de Versailles, appartement du cardinal de Fleury, mardi 11 septembre 1742

Le lendemain, alors qu'elle était à peine installée dans cet appartement qu'elle ne devait qu'à une sorte de charité, Marie-Anne se fit annoncer chez le cardinal de Fleury, préférant affronter le vieillard en face plutôt que de continuer à jouer au chat et à la souris avec ce vieux matou presque gâteux mais bien mitré.

Dès que Barjac eut annoncé la présence de la marquise dans son antichambre, le cardinal, pourtant habitué à faire patienter les plus grands seigneurs, demanda qu'on la prie instamment d'entrer dans son cabinet, où il se cala dans son immense fauteuil de bois doré en prenant aussitôt la pose qu'il affectionnait particulièrement et dans laquelle le peintre Rigaud l'avait immortalisé l'année de son élévation à la pourpre : la main gauche solidement refermée sur la crosse de l'accoudoir et la main droite nonchalamment posée sur le poignet dont il avait préalablement ébroué les manchettes de dentelles. Ses valets intérieurs terminaient à peine d'arranger autour de lui les plis immenses de sa soutane rouge sang que la marquise entra d'une démarche impérieuse. Le prélat crut voir la déesse Junon descendue d'un ciel d'opéra se poser sur son parquet et ne put retenir une sorte d'inquiétude :

— Eh, mon Dieu ! Que voulez-vous de moi, madame ?

Sans se démonter le moins du monde, la marquise alla droit au but.

— Une place de dame du palais de la reine ! dit-elle avec quelque chose d'assuré dans la voix qui sonna à l'oreille du vieil homme comme une alerte.

Aussi, malgré l'impudence de la demande, Son Éminence prit le parti de tergiverser en faisant une réponse qui permettait de tout espérer sans rien promettre :

— Eh bien, madame, je vous promets d'en parler au roi...

Satisfaite, la marquise s'en retourna non sans avoir demandé au vieillard de bien vouloir lui donner sa bénédiction, ce dont il ne se montrait jamais avare, tant il aimait ce geste large qui permet de révéler toute l'ampleur de la pourpre.

Château de Versailles,
dimanche 16 et lundi 17 septembre 1742

Cabinet du roi

Près d'une semaine plus tard, le cardinal n'avait toujours rien dit au roi de cette visite stupéfiante dont les courtisans faisaient depuis leur conversation ordinaire. Mme de Mailly, très embarrassée, ne savait quoi répondre à ceux qui l'interrogeaient sur la démarche de sa sœur, et le roi, comme à son habitude, restait impénétrable. Pourtant, alors que Sa Majesté s'entretenait avec Fleury des arrangements à faire pour l'installation des deux nouveaux ministres, le cardinal de

Tencin et le comte d'Argenson, appelés à rejoindre son Conseil, ainsi que des ouvertures avancées par les Autrichiens pour lever le siège de Prague où l'armée française s'était laissée bêtement enfermer, il fut tout à coup question de cette visite. Le cardinal ne crut pas devoir dissimuler plus longtemps au roi une demande qu'en réalité ce dernier devait parfaitement connaître.

— La marquise de La Tournelle désire, Sire, une place de dame du palais de la reine, et j'allais demander à Votre Majesté si elle veut que je mette son nom sur la liste des dames qui sollicitent le même honneur.

Et le roi de répondre du même ton dégagé, comme il aurait accordé la croix de Saint-Louis à un officier dont le bras se serait perdu quelque part entre Bohême et Moravie :

— Oui, j'en ai parlé à la reine.

Les deux hommes s'entretinrent ensuite d'une question de la plus grande urgence, à savoir le logement à prévoir pour le cardinal de Tencin. À la suite de quoi, comme pour se donner une contenance, le roi se leva, traversa la pièce, regarda par la fenêtre l'activité de la cour de Marbre, les mains croisées derrière le dos, avant d'aller taquiner le fameux mécanisme du prieur de Saint-Cyr qui permettait de connaître à la seconde près l'heure du coucher du soleil et du lever de la lune.

Petit appartement de Mme de Mailly

Le soir même, alors qu'il dînait tristement dans ses petits appartements avec sa maîtresse en titre, le roi lui annonça tout à trac, comme on dévoile enfin une bonne nouvelle longtemps attendue, qu'il venait de demander la place de dame du palais pour sa sœur Marie-Anne de La Tournelle et réfléchissait maintenant à trouver aussi un emploi à Hortense de Flavacourt de façon que les deux femmes demeurent définitivement à la Cour et qu'elle-même puisse ainsi profiter de la présence de ses cadettes. La pauvre Louise de Mailly, qui grignotait négligemment une aile de pintade, fut prise d'un étouffement soudain, et le roi crut qu'elle avait avalé de travers.

Cabinet du roi

Lors de leur séance de travail quotidienne du lendemain, le cardinal tendit au roi la liste des dames de la Cour qui croyaient pouvoir prétendre à l'honneur de dame du palais. Louis XV la lut attentivement et s'étonna à voix haute que le nom de Mme de La Tournelle soit le dernier de cette longue liste. Puis, sans attendre de réponse ni d'explication, il prit une mine de plomb, raya le nom qui était en queue des solliciteuses pour l'écrire d'une main assurée tout en haut de la page et ajouta d'un ton à ne pas être contredit :

— La reine est prévenue et veut lui donner cette place.

Le cardinal ne s'avoua pas vaincu pour autant. Offrir cette charge à la belle marquise de La Tournelle, dont il savait par les espions à sa solde parmi les valets de la chambre du roi qu'elle n'avait pas encore cédé aux avances timides de Sa Majesté, ne revenait ni plus ni moins qu'à tenter le diable et à prendre le risque de voir un jour la sœur cadette supplanter à nouveau la sœur aînée, répétant ainsi les intrigues de la marquise de Vintimille deux ans plus tôt. À cela, Fleury, par une obstination de vieillard accroché au pouvoir comme à la vie, refusait de consentir. Il cherchait une parade, et il la trouva en la personne de la malheureuse reine à laquelle Maurepas, envoyé en éclaireur, parvint à faire croire que la prochaine place disponible avait été promise au marquis de Tessé, son premier écuyer mort quelques jours plus tôt qui sollicitait cette faveur depuis des années pour sa propre nièce. Certes, le marquis n'était plus là pour se plaindre, mais il n'était jamais bon de manquer de parole à un mort, surtout lorsque ce dernier avait laissé une lettre qui rappelait un engagement pris sur l'honneur. La reine, plus effrayée en réalité du bruit que l'on faisait autour de la nouvelle inclination du roi pour la belle Tournelle que par le fantôme de son premier écuyer, retrouva subitement la mémoire et demanda par écrit au cardinal la place vacante pour cette dame dont elle ne se rappelait pas même le nom un quart d'heure plus tôt. Ensuite, toujours sur instruction de Maurepas, elle envoya chercher Marie-Anne, qui, convaincue d'apprendre sa nomination définitive par la bouche de la reine elle-même, arriva dans l'instant. Sa déconvenue fut particulièrement sévère lorsque, avec une froideur marquée, la souveraine lui expliqua qu'elle aurait fortement désiré la compter parmi ses dames du palais, mais qu'elle ne s'était pas souvenue d'un engagement pris trois ans plus tôt au profit de la comtesse de Saulx-Tavannes, parente de son ancien écuyer et surtout propre nièce de son premier aumônier, monseigneur de Tavannes, archevêque de Rouen. Dans ces conditions, la reine ne pouvait évidemment pas mécontenter tout à la fois un mort qui avait été particulièrement aimable de son vivant et un archevêque. Comme emportée par sa propre hardiesse, la reine mit un terme à l'entretien en ajoutant d'un petit air de majesté que si le roi lui donnait à choisir, elle se verrait donc dans l'obligation de donner la préférence à une dame si bien apparentée.

Mortifiée, Marie-Anne remercia la reine, demanda l'autorisation de se retirer et quitta la pièce à reculons sans prêter attention aux propos malveillants que l'on se permettait de tenir sur son passage lorsqu'elle traversa le salon de la Paix. Le cardinal venait de gagner une manche.

La louve dans la bergerie

Château de Versailles,
mardi 18 septembre 1742

Après avoir passé plusieurs mois en Languedoc à faire semblant d'écraser une révolte huguenote qui n'avait jamais existé, le duc de Richelieu, rassuré par plusieurs courriers sur l'état de sa faveur auprès du roi qui avait demandé deux fois de ses nouvelles au grand lever, reparut à la Cour pour y apprendre la mort de sa bonne amie la duchesse de Mazarin. La poste, en effet, n'était jamais parvenue à suivre le train d'enfer auquel le duc soumettait ses équipages pour aller de Montpellier à Toulouse et de Toulouse à Montauban, redoutable nid de parpaillots. Aussitôt la triste nouvelle connue, il se rendit à l'appartement de monseigneur de Vauréal, évêque de Rennes, où on lui avait dit que logeait désormais la marquise de La Tournelle, et il la trouva à sa toilette, une marchande de mode déballant à ses pieds le contenu de ses cartons pendant que sa sœur Hortense marchandait honteusement le prix du moindre ruban. La jeune femme, sans un regard pour ce déploiement de falbalas et de colifichets, tenait un petit pot à fard de chez Brocard, le fameux parfumeur de la rue Saint-Honoré à Paris, dans lequel elle avait plongé délicatement un doigt pour y prélever une noix de rouge et l'étaler par petites touches concentriques sur ses joues avant d'en déposer un peu sur ses lèvres. Elle portait un déshabillé qui laissait admirer tout ce que l'on voulait bien deviner sans toutefois rien montrer. Ses cheveux encore lâchés lui caressaient la nuque et les épaules desquelles sa chemise venait de glisser opportunément au moment même où le duc achevait les compliments d'usage. Rien n'échappa à l'œil de ce maquignon de femmes capable de juger au premier regard de la fermeté d'une poitrine ou de la souplesse d'une encolure, alors que rien ne semblait devoir interrompre la chute engagée par la fine chemise de batiste dont l'échancrure libéra un sein d'un galbe parfait et d'une blancheur de porcelaine. Lorsque la marquise eut terminé de se passer du rouge, elle ouvrit négligemment la jolie boîte en vernis Martin, cadeau de son défunt mari, dans laquelle elle chercha avec beaucoup d'attention les épingles d'or nécessaires à l'ajustement de sa chevelure. Elle n'avait marqué aucune surprise à la vue de celui qu'elle appelait toujours « mon oncle », car une femme de bon ton ne s'étonne jamais de rien, surtout à son petit lever. Elle lui confia simplement - comme si leur dernière conversation datait de l'avant-veille - qu'elle avait la parole du roi pour la place de dame du palais, mais que la reine, faisant maintenant volte-face, voulait donner cette place à la nièce de l'archevêque de Rouen. À quoi elle ajouta aussitôt en riant pour laisser admirer des dents parfaitement rangées que ce n'était pas parce que le bonhomme était pair de France qu'elle aurait la délicatesse de céder la place à sa nièce ! Ce rire masquait difficilement les dangers d'une situation qui pouvait vite devenir intenable. Sans place attitrée à la Cour, il faudrait céder un jour la sienne, quitter Versailles et retourner vivre à Paris où l'on respirait un air empesté de bourgeoisie. Hortense de Flavacourt, dont le mari était à la guerre et qui ne pouvait lui être d'aucune aide, restait prostrée à demi couchée sur une chaise de repos dont elle tapotait le coussin de plumes d'oie à intervalles réguliers en poussant de petits soupirs. C'était chez elle le signe d'une forte inquiétude. Si Marie-Anne qui plaisait au roi manquait sa cabriole, qu'adviendrait-il de la sienne ? Car elle aussi voulait être dame du palais. Les deux femmes partageaient tout depuis leur sortie du couvent, il était temps pour elles, maintenant, de partager les honneurs, les hommages et la gloire mais certainement pas l'infortune.

Assis à califourchon sur une voyeuse qu'il avait tirée près de la table de toilette juponnée des plus belles dentelles d'Angleterre, les coudes appuyés sur le dossier rembourré et le menton entre les mains pareil au joueur avant de miser Richelieu réfléchissait. Comme toujours à Versailles, une longue absence se révélait une terrible faiblesse ; le dessous des cartes lui échappait en partie, et il n'aimait pas ça. Ce faquin de cardinal avait avancé ses pions, et disposait désormais d'un coup d'avance avec l'appui de la reine qui lui obéissait comme un chien de foire. La Tournelle en convenait et, ravalant sa rancune, elle pensait que, devant cette mauvaise donne, seule leur sœur, Louise de Mailly, pouvait encore les sortir de là. Pour l'heure, la favorite en titre n'était pas à Versailles, mais à Choisy, avec le roi. C'était donc là qu'il fallait se rendre. Richelieu acquiesça, car la partie continuait là-bas et tant qu'elle se jouait, elle n'était pas tout à fait perdue. Il prit congé des deux femmes en baisotant les mains parfumées de ses deux jolies nièces en homme qui a couché avec toute la famille. Le perruquier que l'on venait d'introduire s'inclina respectueusement, croisa son tablier autour de sa taille en jetant un regard dédaigneux à la femme de chambre qui s'était essayée à peigner sa maîtresse, donna quelques savants coups de brosse, pommada soigneusement chaque mèche pour mieux les dessiner, puis, farfouillant dans son nécessaire, sortit sa poire à poudre. À ce signal, la marquise porta aussitôt à son visage le masque de carton bouilli qu'elle tenait devant ses yeux à l'aide d'un long manche d'ivoire pour préserver son visage déjà fardé des embruns de la poudre de riz, et personne n'aurait pu dire si, derrière les deux gros yeux de verre coloré, elle cachait des larmes de dépit ou l'éclat de la haine.

Alors que la nuit était tombée depuis longtemps, Richelieu, exténué par cette double course de six lieues, rentrait à Versailles. Il avait mal au cul, et ce n'était pas pour le bon motif. Son ambassade se révélait un échec complet ; accueilli avec amitié par le roi qui l'avait aussitôt convié à souper avec Mme d'Antin et la maréchale d'Estrées, il s'était opportunément placé à table aux côtés de la favorite de façon à évoquer plus commodément le sort de ses deux malheureuses sœurs, mais il avait trouvé Louise de Mailly très mal disposée à leur égard et principalement envers Marie-Anne, la cadette. Il paraissait désormais évident qu'elle savait ce que le roi avait en tête et s'était montrée si froide que Richelieu avait dû lui-même rompre les chiens avant de s'attirer une réponse négative. La position des deux sœurs paraissait maintenant bien fragile. Seul un retournement complet de situation pouvait les sortir de cette fondrière, mais, à Versailles, le jeu souriait souvent aux audacieux.

Château de Versailles,
jeudi 20 septembre 1742

Chambre de la reine

C'est au feulement de la soie pourpre glissant sur les parquets de la grande salle des Gardes que les huissiers de la reine reconnurent le pas du cardinal de Fleury avant même qu'il se soit montré dans l'encadrement de l'antichambre. L'un d'eux se précipita afin d'aller ouvrir dans un grand fracas d'étiquette les portes à deux battants pour ce prince de l'Église. Après l'échange des saluts, le vieux Fleury, arborant cet esprit de résignation propre aux grands chrétiens, annonça à la reine que le roi venait de nommer, à l'instant même, la marquise de La Tournelle pour remplir la place de dame du palais laissée vacante par la mort de la duchesse de Mazarin et qu'il n'était plus question de nommer la nièce de son ancien chevalier d'honneur. Il osa même ajouter avec cette méchanceté onctueuse qui le faisait tant détester à la Cour que Sa Majesté s'était montrée particulièrement mécontente de son insistance à défendre la candidature d'une dame qui lui déplaisait aux dépens de la propre nièce de l'ancienne titulaire.

La malheureuse Marie Leszczynska pensa être prise d'étourdissement à ce coup de théâtre qui allait faire d'elle la fable de toute la Cour. Le cardinal la quitta aussi brutalement qu'il était apparu, non sans ajouter qu'une autre nomination était encore attendue pour le soir même. La reine balbutia son incompréhension, car aucune autre de ses dames du palais n'était morte depuis dix jours et elle ne voyait pas bien quelle nouvelle place pouvait désormais être pourvue, mais Fleury se contenta de lui répondre que M. de Maurepas viendrait bientôt l'éclairer de ses lumières sur cette nouveauté. En proie au malaise, la reine prenant appui à la balustrade de l'alcôve puisa néanmoins la force d'attendre l'arrivée de la duchesse de Luynes, sa dame d'honneur, à laquelle elle raconta, d'abord dans un sanglot, ce qu'elle venait d'apprendre, puis, se rappelant qu'elle était reine de France, elle se reprit et lui demanda d'aller elle-même porter cette nouvelle à la marquise de La Tournelle, qui trouverait certainement là matière à apaiser son chagrin. La duchesse s'inclina, car il était toujours de règle et d'usage ordinaire que la dame d'honneur annonce aux nouvelles dames du palais que le roi leur permettait d'entrer dans la maison de la reine, même lorsque c'était par effraction.

Petit appartement de la comtesse de Mailly

La favorite, prématurément vieillie à trente-deux ans par les terribles inquiétudes et le chagrin que sa sœur Vintimille lui avait infligés, était assise à son bureau de pente en laque de Chine où elle écrivait avec une application d'écolière la longue lettre par laquelle

elle se démettait de sa propre charge de dame du palais de la reine au profit de sa sœur cadette, Hortense de Flavacourt. Cette lettre, le roi l'avait exigée en lui faisant honte de son manque de charité envers sa propre famille. Louise avait rechigné, regimbé même, mais elle n'avait plus la force d'opposer la moindre résistance, quelque chose s'était brisé dans son âme, et son esprit battait la campagne comme le mécanisme d'une horloge déréglée. Elle savait pourtant que cette démission la privait de toute raison d'être à Versailles et permettrait son renvoi de la Cour du jour au lendemain, mais comment s'y opposer lorsque l'homme qu'elle aimait à la folie depuis dix ans lui imposait ce sacrifice en invoquant son détachement de grande chrétienne ? Comment refuser de venir en aide à ses sœurs que la mort de la duchesse de Mazarin mettait à la rue alors qu'elle-même jouissait de la plus grande faveur et de plusieurs appartements au château ? Le roi était le dispensateur de toutes les grâces avec le pouvoir de reprendre ce qu'il avait donné ; en un mot, il était le maître et devait être obéi sans avoir à ordonner.

Une fois la lettre relue et sablée – quelques larmes tombées laissaient de toutes petites taches sur le papier –, Louise se leva pour la montrer à son royal amant qui, comme chaque jour, lorsqu'il n'était pas à la chasse, travaillait l'après-midi à ses plans d'architecture dans le cabinet attenant à la chambre de sa maîtresse. Il aimait le douillet de ces petites pièces basses de plafond aux lambris vernis de couleurs vives chauffées par le soleil de midi et auxquelles il accédait sans pouvoir être vu depuis ses appartements intérieurs. Sa Majesté lut attentivement la lettre, n'exigea aucune correction, remercia sa vieille maîtresse et lui promit que, pour la dédommager, il la ferait nommer dame d'atours de la future dauphine une fois que le mariage de son fils aurait été négocié avec le roi d'Espagne. Il sonna pour que la lettre cachetée fût aussitôt portée au cardinal, puis, se ravisant, suggéra à sa maîtresse de la porter elle-même, non pas à Fleury mais au comte de Maurepas de façon qu'il puisse ensuite prévenir directement la reine, corvée dont le roi ne souhaitait pas se charger car il n'aimait pas les scènes. Louise résignée se fit conduire chez le ministre, s'éloignant tristement avec ce traînement de pieds qui commençait à agacer prodigieusement son amant. Une fois qu'elle fut partie, le roi se servit lui-même une tasse de café qu'il ne laissait à aucun autre, pas même au fidèle Lazur, le soin de préparer. Pour la première fois depuis la nuit atroce au cours de laquelle il avait perdu la marquise de Vintimille, il était enfin heureux. Heureux de pouvoir plaire à la jolie Tournelle, heureux de la posséder bientôt, heureux de croire lui-même à la promesse qu'il venait de faire à Louise et heureux d'avoir trouvé la force d'imposer sa volonté au cardinal qui ne se mêlerait plus jamais de lui choisir ses maîtresses. Il lampa ensuite avec gourmandise le fond de sa tasse où le breuvage noir formait avec le sucre une sorte de caramel délicieusement amer.

Aile des Ministres,
cabinet de travail du comte de Maurepas

Lorsque le ministre lut la lettre de démission que la comtesse de Mailly l'avait autorisé à décacheter, il ne put s'empêcher d'avoir un haut-le-cœur et d'éprouver du mépris pour cette femme qui allait au sacrifice comme une brebis à l'abattoir. Il la savait sentimentale et bête, et c'était d'ailleurs la raison principale pour laquelle le cardinal l'avait choisie et agréée pour le divertissement du jeune roi, mais de là à ce qu'elle consente d'elle-même à céder sa place à l'une de ses sœurs après ce que la Vintimille lui avait fait subir, c'était à n'y pas croire. Elle était dans la place, couchait avec le maître qui ne rendait plus « la petite visite » à la reine depuis des années, logeait tout à côté de ses appartements dans cette « niche » où Louis XV, de son propre aveu, aimait venir se retirer afin de se dégourdir le sceptre, et elle se rendait avant même de combattre ! Vraiment, c'était à n'y pas croire... Toute autre qu'elle aurait crié, résisté, tempêté, arraché à son royal amant des serments et des preuves pour confondre ses rivales, renvoyer l'une à son mari et mettre l'autre dans un couvent. Or elle était là, devant lui, le regardant avec ses yeux bleus ourlés de bonté et de douleur. Si encore sa bêtise et sa faiblesse n'avaient engagé que son propre avenir, la question aurait laissé Maurepas parfaitement indifférent, mais, en ouvrant la bergerie royale à ses deux sœurs qui n'étaient rien d'autre que des louves affamées de pouvoir, c'est son avenir à lui qu'elle mettait en péril. Il en avait la certitude ; une fois la porte ouverte, Richelieu se trouverait de plain-pied avec le roi, prêt à lui disputer à belles dents la dépouille politique du cardinal de Fleury. Un héritage qui lui revenait par droit d'aubaine et qu'il sentait désormais à portée de main. Depuis son entrée dans le ministère à l'âge où d'autres entrent au séminaire, il avait tout accepté, jusqu'à tendre le bavoir à ce vieillard éternel dans le seul but de s'en attirer les bonnes grâces et de lui succéder un jour. L'idée qu'un Richelieu qui n'était bon qu'à baiser les filles d'opéra et les duchesses mangées par la vérole puisse tirer les marrons du feu par la seule intercession de deux garces crachées des enfers lui était insupportable, et la vue du petit menton pointu de Louise de Mailly lui donnait maintenant une sorte de commotion cérébrale. Il eut soudain envie de la battre, mais il se contenta, lui qui ne touchait même pas à sa femme, de la souffleter d'une phrase, car, lorsqu'il eut relu, pour finir de se convaincre de la réalité de toute cette folie, et posé la lettre idiote sur le plat de son bureau, il lui dit vertement les choses :

— Vous ne connaissez pas, madame, votre sœur La Tournelle ; vous devez vous attendre à être chassée de la Cour par elle, lorsque vous vous serez dépouillée de votre charge...

À ces mots qui sonnaient comme une vérité révélée, Louise pleura un peu mais ne céda pas, elle abandonnait sa place dans l'espoir d'être aimée pour sa bonté, remerciée pour sa gentillesse et admirée pour son sacrifice.

Aussitôt qu'elle eut quitté le ministre qui lui avait tourné les sangs par ses mauvaises paroles, elle se fit néanmoins conduire chez sa sœur cadette pour la féliciter de sa nomination. La voyant aussi belle que Nattier l'avait peinte, elle ne put s'empêcher de se jeter à ses pieds et de lui poser à brûle-pourpoint la question qui la hantait :

— Ma sœur, serait-il possible ?

Ce à quoi, toujours calme, toujours indolente et toujours maîtresse d'elle-même, Marie-Anne répondit de sang-froid, sans même se donner la peine de se lever de son ottomane :

— Impossible, ma sœur…

À peine Louise de Mailly était-elle remontée chez elle en se frayant un passage parmi les courtisans qui, hier, encombraient son antichambre et ce matin se pressaient dans celle de sa sœur pour venir lui faire compliment de sa nomination, que Richelieu, heureux du tour que les choses prenaient subitement sans être parvenu pour autant à en percer le mystère, arrivait lui aussi pour embrasser sa jolie nièce. Les regards qui, quelques mois plus tôt, fuyaient le presque disgracié partant pour le Languedoc s'attachaient maintenant à croiser le sien pour partager sa joie et son triomphe.

Comme l'avant-veille, il trouva Marie-Anne à sa toilette qui taquinait toujours avec le même flegme ses pots à onguent et semblait ne faire aucun cas de l'agitation dont son appartement était la proie depuis le matin. Les marchandes à la toilette, les merciers et les tailleurs d'habits disputaient aux petits-maîtres et aux talons rouges l'honneur de lui souhaiter le bonjour. Un nouvel astre naissait à Versailles, et chacun voulait assister à son lever. Le duc plaisanta sur ce changement de décor aussi brillant que subit et complimenta sa nièce sur la place importante qu'elle venait de remporter comme il aurait félicité un maréchal de France qui a obtenu son bâton. Le contraste avec sa dernière visite était frappant, et seule la cour de Versailles savait réserver au genre humain de si magnifiques pieds de nez à la destinée.

C'est d'ailleurs pour cette raison qu'il aimait la fréquentation du pouvoir, car, avec lui, ce qui était prévu n'arrivait jamais et l'imprévu, au contraire, était toujours certain. Versailles se réduisait à un immense tapis vert où chacun misait quotidiennement son existence dans l'espoir de tirer un jour la bonne carte.

La marquise de La Tournelle, tout en s'interrogeant sur la partie de son visage où elle placerait la mouche qui tenait en équilibre instable sur le bout de son index, répondit sans quitter des yeux son miroir de toilette qu'effectivement la place de dame du palais mettait tout à coup une furieuse différence dans sa situation, puis elle disposa délicatement le petit morceau de velours noir à la commissure de l'œil gauche, jugeant qu'une « assassine » était tout à fait de saison. Richelieu, qui pratiquait le langage de la coquetterie comme une deuxième langue maternelle, saisit immédiatement l'allusion et, se penchant au-dessus de la nuque de sa nièce, lui avoua dans un souffle à l'odeur de girofle qu'il n'était pas assez sot pour être venu lui faire compliment de cette babiole-là, dont tout Versailles parlait depuis le matin, mais bien pour la féliciter d'avoir pris la place de Mme de Mailly dans le cœur du roi. Place dont personne d'ailleurs ne doutait plus qu'elle ne l'occupât déjà. La Tournelle fit une moue dubitative tout en piochant dans la jolie boîte à mouches qui lui venait de sa tante la duchesse de Mazarin un autre petit morceau de velours noir découpé à prix d'or par l'habile Dulac, maître en cette matière, pour le disposer cette fois sur sa joue droite au-dessous de l'aile du nez, là où une « indécise » ferait certainement merveille. Richelieu sourit à cet art subtil de l'à-propos et, comme le chevalier de Grille, jeune capitaine aux gardes françaises et fort ami de la belle Tournelle, arrivait pour partager sa victoire, il prit congé car il devait être à Paris le soir même.

Abandonnant sa lassitude de petite-maîtresse à sa toilette et saluant à peine son nouveau visiteur, la marquise fit soudainement mille questions au duc sur le Languedoc, les protestants, les femmes de Montpellier que l'on disait très jolies mais dont elle se demandait si elles parlaient vraiment français. À quoi Richelieu répondit avec sa fatuité de grand seigneur méchant homme que ce n'était pas la conversation de ces brunes piquantes qui faisait à ses yeux leur principal attrait, car, une fois qu'elles étaient tombées à ses genoux, il leur fermait immédiatement la bouche. Le mot était cru, surtout au lever d'une dame, mais la belle ne s'en offusqua pas et tapota la culotte du duc avec sa lime à ongles pour en faire tomber la poussière résiduelle dont le poudroiement fut aussitôt capturé par un rayon de soleil qui chauffait les pieds de la marquise.

Loin de mettre un terme à cette conversation particulièrement glissante, la nouvelle dame du palais de la reine continua d'assiéger le lieutenant général du Languedoc de ses questions. Les petites prophétesses du désert faisaient-elles des sauts aussi périlleux que les convulsionnaires de Saint-Médard ? Montraient-elles leurs poitrines aux huguenots comme les adoratrices du diacre François Pâris le faisaient pour les bons jansénistes ? Voyait-on le dessous de leurs jupons ? Tombaient-elles enceintes après être allées au prêche par la seule opération du Saint-Esprit ? Richelieu riait de bon cœur, charmé de voir son amie d'aussi belle humeur. Quand tout à coup, d'une voix grondante digne de la comédie italienne, elle lui reprocha de ne lui avoir rien raconté de sa campagne victorieuse contre l'hérésie ni de son harem de huguenotes retenu derrière les remparts d'Aigues-Mortes. Richelieu s'offusqua à l'idée d'abuser de ces malheureuses, car elles étaient vieilles et affreusement mises. Tout en riant à l'idée de ce gynécée de parpaillotes en guenilles, Marie-Anne continuait à retenir son oncle et refusait de le voir partir à Paris pour y attraper la vérole. Enfin, à bout d'arguments, elle le conjura de rester à Versailles pour paraître au lever de Sa Majesté dès le lendemain matin. Richelieu comprit enfin que, derrière ces babillages et ce caprice de caillette, se cachait tout simplement un ordre venu d'en haut.

Chambre de la reine

Comme il l'avait fait le matin, dans le même apparat, c'est avec une même résignation que le cardinal de Fleury vint annoncer à la reine, fort heureusement prévenue cette fois par un courrier du comte de Maurepas, que Mme de Mailly s'étant désistée en faveur de sa propre sœur, la marquise de Flavacourt devenait à son tour sa dame du palais et ferait désormais sa semaine de service aux côtés de la marquise de La Tournelle en compagnie de la duchesse d'Antin et de la princesse de Montauban.

La reine, que le cardinal avait fait tourner dans cette affaire comme une toupie d'ivoire, acquiesça seulement d'un petit signe de tête. Elle eut néanmoins la satisfaction d'apprendre que son royal époux, soucieux de ne pas totalement la perdre de ridicule aux yeux de toute la

Cour, venait d'accorder le jour même, en consolation de la place de dame du palais, la survivance du marquis de Tessé à son fils pourtant mineur et le propre régiment de la reine à son jeune frère, le chevalier de Tessé. Ainsi peut-être le fantôme de son ancien chevalier d'honneur ne viendrait-il pas la tourmenter pour une promesse non tenue car, comme toutes les Polonaises, la reine craignait les revenants et surtout les loups-garous.

C'est donc en pleureuses, robe et traîne noires, que les deux sœurs qui erraient encore dans Versailles quelques jours plus tôt à la recherche d'une chambre où passer la nuit jouirent pleinement de leur triomphe. La famille de feu la duchesse de Mazarin avait choisi ce moment pour rendre leurs révérences de condoléances à tous ceux qui étaient venus les visiter. Personne ne remarqua l'absence de Louise de Mailly, pourtant tout aussi nièce de la défunte que ses autres sœurs. On jugea qu'elle portait certainement ailleurs un autre deuil, indicible celui-là et bien plus douloureux.

Seul le duc de Luynes osa dire tout haut ce que la Cour chuchotait, à savoir qu'un peu plus de prévoyance aurait dû l'empêcher de se démettre d'une charge si prestigieuse et si enviée, mais, après tout, Iphigénie était bien libre de se sacrifier. Une voix de femme lui répondit que l'on ne vivait plus aux temps mythologiques et qu'aucune biche du parc de Versailles ne serait aujourd'hui assez bête pour se jeter sous le couteau du roi Agamemnon. Le mot terrible déclencha un éclat de rire général et méchant bien peu compatible avec une visite de deuil, mais la Cour était un grand théâtre où il fallait savoir garder sa place. La céder, c'était se perdre.

L'incognito d'un roi

Château de Versailles,
vendredi 21 septembre 1742

Chambre du roi

Dans l'antichambre de l'Œil-de-bœuf, le commun des courtisans attendait qu'un huissier ouvrît les portes de la chambre de parade, tout en cédant le passage aux privilégiés qui jouissaient des grandes entrées et seraient les premiers appelés. Un léger murmure se fit lorsque l'on vit apparaître le duc de Richelieu, vêtu d'un somptueux habit de moire grise à brandebourgs de fils d'argent qui donnait un éclat particulier au grand cordon de soie et à la croix du Saint-Esprit en diamants qu'il portait toujours au côté avec une sorte de négligé affecté. La main à son chapeau, lui aussi gansé et cocardé d'argent, il rendait en parfait gentilhomme les nombreux saluts que son retour du Languedoc et le triomphe soudain de ses amies lui attiraient ce matin-là, mais son visage entièrement passé au blanc de céruse et ses lèvres soigneusement dessinées au pinceau restaient impassibles. Il était simplement de retour chez lui, un grand parmi les grands, et recevait ces marques d'estime rendues à son nom illustre comme une sorte de tribut habituel. Seules les femmes titrées obtenaient de lui une inclinaison du buste et l'esquisse d'une révérence dont chaque muscle de ses mollets de parfait danseur connaissait l'amplitude exacte, les autres devaient se contenter d'un élégant signe de tête. Une œillade appuyée pouvait cependant désigner celles auxquelles il penserait un jour pour se désennuyer des bordels de Paris où la résistance des filles de métier, même parfaitement jouée, n'atteignait jamais la volupté d'une honnête femme qui cède. Il aimait ce moment si particulier où tout ayant été accordé et même parfois bien au-delà de ce qui devait être consenti, les larmes de plaisir roulaient sur un visage défait avant de se convertir trop vite en larmes de repentir. Rien n'était plus beau qu'une femme de qualité, la chemise à peine rabattue, pleurant sa vertu perdue et l'espérance du salut. Certes, la religion retardait toujours un peu la chute d'une femme dévote, mais elle décuplait le plaisir de la prise.

Aussi, lorsque le duc entendit son nom prononcé en premier par le grand chambellan, le frisson qui lui parcourut l'échine n'était-il pas très éloigné des voluptés auxquelles il était en train de rêver en caressant du regard les épaules duveteuses émergeant des grands décolletés de Cour. À ce long frisson répondit un murmure d'admiration, aussitôt porté jusque dans la Grande Galerie par le flot de poudre et de soie qui emplissait désormais l'antichambre.

Par son seul titre ducal, Richelieu était admis de droit chez le roi, mais n'avait pas les grandes entrées strictement réservées aux officiers de la chambre et à tous ceux que leur service appelait expressément auprès du monarque. Si le grand chambellan venait de prononcer son nom, c'est que le roi lui-même exigeait sa présence. Il était rare que Sa Majesté, contrairement à son aïeul le roi Louis XIV, renverse ainsi l'ordre immuable des entrées. Il fallait y voir le signe d'une faveur éclatante, et Richelieu vola, plus qu'il ne marcha, jusqu'au saint des saints dont les portes dorées s'ouvrirent devant lui.

Le cérémonial du lever se révéla pourtant bien morne, le roi ne dit rien qui pût expliquer la présence de Richelieu. Une fois habillé, Louis XV se dirigea comme à l'accoutumée vers la chapelle pour assister à la messe, le duc lui fit évidemment cortège avec le reste des courtisans, et ce n'est que sur le trajet que le roi se mit à lui parler, mais à voix si basse que le duc était contraint de tendre l'oreille et d'allonger le cou. Tout cela pour lui demander simplement d'assister au grand couvert le soir même et de tenir sa langue jusque-là. Il fallut donc tuer une journée entière à Versailles dans l'attente du soir.

Le souper fut aussi morne que le lever ; le roi rêveur ne disait rien, touchant à peine aux plats présentés par le maître d'hôtel et servis par le premier gentilhomme. La reine ne se montrait pas plus bavarde, et le dauphin n'osait pas risquer un mot sans y avoir été invité par son père. Les duchesses assises sur leurs tabourets placés en arc de cercle autour de la table espéraient que la famille royale leur jetât le dé de la conversation comme, le matin même, les chiens du roi attendaient de pouvoir recevoir de sa main les quignons de pain trempés après la chasse dans les grandes bassines de sang caillé, mais rien ne venait. Derrière les femmes titrées, les hommes restés debout offraient le visage grave et concentré qui convient en présence de Leurs Majestés lorsqu'elles sont silencieuses. Richelieu, ne s'expliquant pas le contraste entre l'invitation et la morosité du maître, se décida à quitter discrètement la pièce. Il reculait imperceptiblement sans toutefois quitter la table royale des yeux en attendant de saisir la première occasion pour s'éclipser. La foule, ce soir-là, était dense et brillante. Il était sur le point de profiter de la desserte des entremets et de l'arrivée du fruit pour mettre son plan à exécution lorsque le roi, sortant brutalement de son silence, lui demanda brusquement où il comptait aller ainsi à la dérobée. Le duc se figea comme si la voix du roi avait eu le pouvoir de le transformer en statue de sel, puis il se façonna un air stupéfait par lequel il laissait entendre qu'il n'avait jamais eu l'intention de se soustraire à la contemplation de Sa Majesté. Le roi, que cet étonnement feint ne paraissait pas convaincre, lui intima l'ordre de se tenir tranquille avant de replonger l'assemblée dans un silence de cérémonie. On n'entendit plus désormais que le cliquetis de la vaisselle d'or au changement de chaque service.

Tous les regards s'étaient tournés vers le duc comme des fleurs de tournesol sans que les courtisans puissent réellement déterminer si cette apostrophe royale était le signe d'une faveur prochaine ou l'annonce d'une nouvelle disgrâce. Dans le doute, personne ne se risqua à changer de visage, et les têtes pivotèrent à nouveau en direction de la table royale.

C'est au moment où le roi se lavait les mains qu'il invita le duc à lui présenter la serviette et profita de ce rapprochement physique pour lui demander de l'attendre dans la chambre de parade après le grand coucher. Cet aparté renseigna enfin les courtisans ; le duc de Richelieu était en très grande faveur depuis son retour du Languedoc, et chacun lui fit excellente figure. Le nouveau favori suivit le noble troupeau jusqu'à la chambre du roi, mais là encore l'attente fut bien longue, car, comme chaque fois qu'il soupait au grand couvert avec la reine, le roi prit la peine de la raccompagner jusqu'à sa chambre où il s'obligeait à faire un peu de conversation à ses propres enfants et aux familiers de sa femme. C'était sa façon de leur marquer sa reconnaissance pour venir ainsi, jour après jour, s'ennuyer avec elle.

Dès le retour du roi accompagné du capitaine des gardes, du grand chambellan et du premier gentilhomme de la chambre, Richelieu, n'y tenant plus, risqua un pas vers lui dans l'espoir d'obtenir les explications qu'il espérait depuis le matin. Par une nouvelle déconvenue, Louis XV ne lui adressa pas davantage la parole et sacrifia, toujours en silence, au rituel de son coucher. Une fois déshabillé, le roi quitta à nouveau la pièce sans ajouter un mot pour se retirer dans son cabinet intérieur où il donnait toujours le mot de passe à son capitaine des gardes à l'abri des regards. Richelieu, totalement désemparé, n'en laissait pourtant rien voir. Lorsque le premier gentilhomme de service ressortit de la pièce pour transmettre l'ordre aux autres officiers avant de se retirer chez lui, il marqua sa surprise de trouver le duc dans la chambre de parade presque vide.

Richelieu embarrassé expliqua en baissant la voix, car personne ne haussait jamais le ton dans cette pièce, qu'il attendait quelqu'un qui tardait à venir. Le duc de Villeroy n'osa pas lui demander de quitter la chambre comme il l'aurait fait pour tout autre retardataire, d'autant que les valets de garde-robe et les garçons de la chambre remplissaient leur office avec une lenteur inhabituelle, un peu comme si les fées leur eussent jeté de la poudre de sommeil.

Un long quart d'heure s'écoula encore pendant lequel Richelieu scrutait la grande pendule à répétition fixée au pilastre à gauche de la vieille cheminée de marbre des Pyrénées qui marquait l'heure du roi depuis le règne de Louis XIV. L'aiguille d'argent doré n'avançant pas assez vite à son goût. Le duc regardait sans le voir le lent ballet des livrées bleues galonnées de rouge et d'argent quand enfin un bruit d'étiquette reconnaissable entre tous – pour qui avait l'oreille versaillaise – annonça derrière la porte du cabinet du Conseil l'arrivée imminente du Très-Chrétien.

Valets, huissiers, garçons de la chambre et de l'antichambre se volatilisèrent lorsque la silhouette du roi apparut dans l'embrasure, la tête couverte de ses papillotes, car il était extrêmement fier de ses boucles de cheveux naturelles et les entretenait avec le plus grand soin en les faisant préparer pour la nuit par ses coiffeurs-perruquiers. Sa journée de parade étant enfin terminée, il était simplement chaussé de ses mules garnies de satin et portait son habituelle robe de chambre de brocart vert à fleurs d'or doublée de taffetas, sur laquelle était brodée la croix du Saint-Esprit qui ne quittait jamais sa poitrine. Avec une brusquerie assez rare chez lui, Louis XV rencogna son invité dans l'embrasure de la fenêtre la plus proche du cabinet et lui demanda tout à trac s'il avait soupé. Décontenancé, Richelieu, qui, entre le lever, le grand couvert et le coucher, faisait le pied de grue depuis le début de la journée sans trop bien savoir pour quelle raison, rétorqua avec esprit que le service de Sa Majesté ne lui en avait pas laissé le temps. Le roi lui répondit sans la moindre ironie qu'il devait donc aller souper et se trouver dès minuit au bas de la cour de Marbre, là où le passage qui va à la chapelle débouche au-devant du petit garde-meuble. À ces indications d'une précision quasi militaire, Sa Majesté ajouta que, pour éviter les fâcheux et les curieux, il convenait de se présenter enveloppé d'une grande houppelande et coiffé de la plus méchante perruque qu'il serait possible de trouver. Richelieu, dont les malles regorgeaient de tous les déguisements nécessaires à la tranquillité d'un suborneur de femmes, assura son maître qu'il serait au rendez-vous et se retira égayé par tous ces mystères. Rassuré, le roi retourna dans ses petits appartements où l'attendait Mme de Mailly, les yeux rouges d'avoir pleuré toute la journée. Il la trouva aussi enlaidie qu'assommante, mais se fit tout de même servir le souper chez elle car telle était depuis longtemps son habitude.

À l'heure dite, un épouvantail emmitouflé comme un berger des Landes et coiffé d'une perruque digne d'une comédie de Molière attendait dans le froid et sous la pluie, ses grosses chaussures à bouts carrés aussi détrempées que celles d'un crocheteur du pont Sainte-Marie. Pour ne pas attirer les regards des rares passants qui s'aventuraient sous ce déluge, le bonhomme grelottant cherchait à dissimuler son extravagante apparence entre deux colonnes de marbre quand il vit passer Le Bel, premier valet de garde-robe ordinaire et concierge du château qui était l'ombre portée du roi. Quelques minutes plus tard, sortant par surprise d'une chaise à porteurs de couleur bleue, un homme immense se jeta sur lui et, avant que Richelieu n'ait eu le temps de comprendre de qui il s'agissait, lui lança un « Suis-moi ! » qui n'admettait pas réplique.

Les deux personnages à la démarche carnavalesque traversèrent la cour jusqu'à la porte du second pavillon de l'aile sud des ministres ; prenant ensuite les plus grandes précautions pour ne pas faire de bruit en passant devant l'appartement du marquis de Chalmazel, premier maître d'hôtel de la reine, ils montèrent l'escalier, leurs chaussures détrempées à la main et sur la pointe des pieds, jusqu'au premier étage où ils pénétrèrent enfin dans l'appartement de monseigneur de Vauréal, évêque de Rennes. Le roi entra le premier avec l'aisance d'un homme qui a déjà ses habitudes, Richelieu sur ses talons. Ils pénétrèrent d'abord dans une antichambre vide de tout serviteur, puis dans une pièce très éclairée où Marie-Anne de La Tournelle les attendait, assise dans une confortable bergère au coin de sa cheminée, tenant à la main un petit pare-feu de carton bouilli pour préserver son teint des ardeurs du foyer. Elle abaissa cet écran dans un grand éclat de rire lorsque les deux bonshommes coiffés à la grotesque et dégoulinants des eaux pluviales lui apparurent dans l'encadrement de la porte. Cette hilarité se communiqua aussitôt aux deux intrus, surtout lorsque le roi enleva sa perruque de carabin qui était à tordre pour la faire sécher près de l'âtre et découvrit ses papillotes en bataille. Lui si compassé quelques heures plus tôt se tenait maintenant les côtes, et son rire tournait à la convulsion à la seule vue de Richelieu auquel l'incongruité de la scène n'avait pas laissé le temps de se déshabiller et qui ressemblait, pour ainsi dire, à une sorte de polichinelle. Le roi, qui ne parvenait à se calmer tant il riait, prit Marie-Anne à témoin du ridicule de l'accoutrement de Richelieu en lui disant :

— La bonne figure ! Je donne au diable à le reconnaître...

Puis, tentant de reprendre son sérieux et désignant cette fois la marquise qui s'était levée en signe de respect à son compagnon de fugue, il ajouta :

— Voilà toute la clé du mystère. Je ne veux point encore révéler que je viens voir madame, de peur des médisances, et celle-ci redoutant pour moi une mauvaise rencontre a exigé que je me fasse accompagner par quelqu'un...

La marquise, qui avait repris sa place sans pourtant arrêter de rire, elle aussi, suffoquait sur sa bergère et cherchait à se donner un peu d'air avec son pare-feu. Le roi, lui, riait à nouveau aux éclats, et Richelieu, pour ne pas être en reste, prenait maintenant des poses de comédie, jouant de sa perruque et de son manteau. Une fois le calme revenu, Marie-Anne invita le roi à s'asseoir à ses côtés et Richelieu à se mettre enfin à l'aise, mais Louis XV ne tenant pas en place préféra raviver le feu et faire sécher ses souliers de soie entièrement détrempés en posant un pied puis l'autre sur les énormes chenets de cuivre. Le roi ne s'étant pas assis, Richelieu resta debout ; il serait écrit que c'était la position qui lui était assignée pour toute la journée, écoutant la petite péroraison de celle qui avait tout l'air de la nouvelle favorite en sous-titre. La jeune femme, se contraignant à adopter enfin une certaine gravité, expliqua d'un ton docte de femme de tête qu'elle était en effet très inquiète de savoir Sa Majesté traverser la cour du château sans escorte ni page pour lui éclairer le chemin jusqu'à son propre appartement. La seule idée de savoir le roi à la merci d'un de ces cochers malavisés dont le plus grand jeu était de passer les grilles du château en pénétrant dans la cour à toute bride au risque d'écraser les passants lui occasionnait de la frayeur. Richelieu, adoptant le même sérieux, répondit que le danger était en effet très grand, car ces coquins de cochers, lorsqu'ils ne servaient pas d'étalons à leurs maîtres, buvaient à l'excès et représentaient un grand danger pour un roi incognito. L'allusion aux goûts furieusement italiens du marquis de Vintimille qui se livrait à ses palefreniers et abusait de ses postillons n'échappa à personne, mais personne n'en releva l'insolence. Il était le propre beau-frère de Marie-Anne, le neveu de l'archevêque de Paris, et avait donné son nom au petit bâtard royal. Cela suffisait amplement à le mettre à l'abri de tous les bûchers de Sodome, à défaut, bien sûr, de le protéger de la vérole.

Continuant à développer son raisonnement de femme entendue, la marquise ajouta qu'elle avait donc souhaité que son royal visiteur puisse être accompagné d'un ami attentif capable de prévenir les accidents, d'écarter les importuns et surtout de garder le secret. D'un commun accord avec Sa Majesté, elle avait désigné son cher oncle Richelieu pour être cet ange gardien, et c'était la raison pour laquelle il avait été rappelé du Languedoc. Le duc remercia tout en se moquant aimablement des craintes de sa jolie nièce, car il avait parfaitement remarqué sur le chemin que tout le monde se rangeait respectueusement devant leur passage et il pensait même avoir reconnu quelques éclaireurs marchant au-devant de ce monarque drapé dans un déguisement de comédie. Ces échanges parfois plus poivrés encore amusaient follement le roi dont les bas et les chaussures séchaient tranquillement. Il se permettait même de caresser à la dérobée la cheville de la marquise de la pointe du pied. On causa ensuite de tout et de rien avec le plus grand abandon. Richelieu se retrouvait au paradis des courtisans. Seul à partager les secrets du maître, il se voyait traiter non pas en familier ni même en favori, mais en ami, car le roi abolissait devant lui toute la distance qui sépare habituellement un souverain de chacun de ses sujets, fussent-ils ducs et pairs. Bien entendu, cette félicité aurait été parfaite si elle avait pu être rendue publique, mais la chose était impossible, car seule la promesse d'un secret absolu permettait ces délices de familiarité.

Alors que le cartel d'alcôve sonnait une heure du matin, le duc qui prenait garde à ne pas se montrer importun jugea le moment bien choisi pour tirer sa révérence et, malgré le grand intérêt de la conversation, il annonça qu'il se retirait de peur qu'il n'y eût des choses plus intéressantes encore à dire hors de sa présence. On le remercia sans le retenir, et il laissa le couple à la joie de se retrouver en tête-à-tête. En traversant la cour vide et silencieuse pour retourner chez lui, sa grosse perruque de crin sous le bras, Richelieu était désormais convaincu que sa nièce avait cédé au roi tout ce qu'une femme de distinction peut accorder à un amant heureux et que, l'affaire une fois consommée, la place de dame du palais de la reine servait tout à la fois de paravent et de récompense à cette capitulation charnelle.

En vérité, il l'apprendrait bientôt, Richelieu se trompait, car si le roi était resté auprès de la belle Tournelle jusqu'à quatre heures du matin dans l'espoir d'être heureux, il n'en fut rien. La jolie veuve multiplia les agaceries incendiaires mais ne céda rien, et le pied du roi n'alla pas plus loin que la cheville. C'est à peine si Sa Majesté put lui baiser le bout des doigts deux heures d'horloge après le départ de Richelieu. Pour ce qui était de la dernière faveur, il ne fallait pas y compter. Jamais Louis ne s'était trouvé face à une telle résistance ; il se consumait, elle s'éventait, il se désespérait, elle souriait, il grondait, elle pouffait. La jeune femme n'abandonnait même pas le bout d'un téton, car elle avait d'abord des exigences qu'elle entendait voir satisfaites avant de satisfaire à celles du roi. La première, celle qui conditionnait toute la suite, était le renvoi immédiat de sa sœur Louise de Mailly que Marie-Anne voulait voir jeter hors de Versailles. C'était là ses propres mots. Elle avait prévenu le roi qu'elle n'aurait pas la faiblesse de la petite Vintimille qui avait honteusement accepté de le partager avec sa sœur aînée. C'était à prendre ou à laisser. La Tournelle, sûre de son pouvoir de séduction et n'éprouvant pour le roi aucun sentiment, jouait son va-tout avec la crânerie d'une Sémiramis d'opéra.

C'est presque hors de lui-même que Louis rentra donc se coucher en rudoyant son premier valet de chambre qui s'était endormi sur son lit de service déplié comme chaque soir au pied de celui de Sa Majesté.

La sultane répudiée

Château de Versailles,
petit appartement de la comtesse de Mailly,
quelques jours plus tard

Dès le lendemain de la visite nocturne à Marie-Anne, le roi avait ouvertement rappelé à Richelieu leur conversation de Choisy au cours de laquelle celui-ci s'était proposé de s'entremettre pour convaincre la douce Mailly de céder dignement la place. Le duc se trouvait maintenant au pied du mur, ou plus exactement de l'escalier dont il fallait grimper les étages pour atteindre les appartements de la sultane disgraciée. Louise l'attendait, lovée dans la paresse de sa niche dorée, le regard abattu mais obstiné de ces femmes qui ont plus de sensibilité que d'intelligence.

Le petit-neveu du grand cardinal n'y alla pas par quatre chemins et, sans s'embarrasser des petits riens de Cour qui permettent de commencer une conversation comme on le fait d'une partie de cartes, entra dans le vif :

— Vous me voyez désolé, madame, mais vous ne devez plus penser qu'à votre gloire.

Cela débutait trop bien pour ne pas alerter la favorite qui feignait jusque-là de caresser une petite perruche baguée d'argent. Aussi reposa-t-elle délicatement le gentil volatile dans sa cage ornée de fleurs en porcelaine tendre peintes au naturel et prit un air plus attentif quand Richelieu ajouta :

— Je ne me suis occupé que de votre gloire depuis que vous ne pouvez plus aimer le roi. Il méritait trop peu votre cœur ; il vous faut renoncer à celui qui vous délaisse. Je vous mènerai moi-même à Paris dès que vous le voudrez.

Sans laisser la pauvre femme se remettre des coups qu'il était en train de lui asséner avec plus de violence encore que s'il l'avait prise de force et par plaisir, le duc se mit à débiter un petit sermon de sa composition rappelant le sacrifice de Mlle de La Vallière et de Mme de Montespan qui avaient su se retirer de la Cour lorsque le Roi-Soleil avait porté ses désirs ailleurs. Ne plus être capable de plaire à un homme et rejoindre ainsi le troupeau des femmes qui avaient servi restait aux yeux de ce séducteur impénitent une faute de goût si impardonnable qu'elle méritait le couvent. Il estimait froidement que, par décence autant que par intelligence, il était bien plus convenable d'aller s'y enfermer soi-même sous l'apparence d'une conversion plutôt qu'escortée par deux exempts de police, une lettre de cachet glissée dans le corsage.

Suffoquée par le chagrin autant que par l'impertinence de ce messager à qui elle avait autrefois donné son amitié mais dont elle savait qu'il l'avait trahie au profit d'une vipère réchauffée dans son propre sein, Louise cherchait une échappatoire à l'image de la petite perruche qui se heurtait maintenant aux barreaux dorés de sa cage précieuse. Elle était prête à tous les sacrifices – ce qui lui évitait de dire précisément lequel –, mais elle ne pouvait pas abandonner le roi qu'elle connaissait mieux que personne car elle était la seule à pouvoir le rassurer lorsqu'il était pris de ces fameuses humeurs noires qui lui obscurcissaient si souvent la raison et le jugement. Par ailleurs, et ce n'était pas un détail, elle ne savait où aller à Paris, son père avait juré qu'il la ferait jeter à la rue si elle s'avisait de revenir, et son mari, qui était aussi son cousin, racontait dans toute la ville qu'il la donnerait à ses laquais pour payer leurs gages lorsque le roi n'en voudrait plus. Comme par ailleurs elle avait toujours jugé très au-dessous de son nom et de sa condition de monnayer son soutien ou ses services, elle se trouvait sans le moindre argent et couverte de dettes, aussi pauvre qu'une souris d'église. À tout cela, Richelieu avait évidemment des réponses appropriées, mais l'odalisque ne se laissait pas renvoyer aussi facilement qu'il l'avait pensé et surtout qu'il l'avait un peu trop vite promis au roi. À bout d'arguments, il fut contraint de battre en retraite et d'aller faire part à son maître de l'insuccès de son ambassade. Redoutant l'humeur du roi autant que de ses nièces, il demanda à rejoindre son régiment qui l'attendait en Flandres, ce qui lui fut accordé d'un air maussade. À Versailles, les parquets restaient toujours glissants, et il était parfois sage de ne pas s'y attarder.

Château de Versailles, samedi 3 novembre 1742, jour de la Saint-Hubert

Depuis le départ du duc de Richelieu, rien n'avait changé à la Cour. Le roi continuait à se rendre secrètement chez Marie-Anne de La Tournelle, qui ne lui cédait que le feu de sa conversation, et Louise de Mailly restait attachée à son petit appartement des hauteurs du château comme sa perruche apprivoisée l'était à son perchoir. Chaque soir, le même triste rituel se répétait ; Louis XV montait chez sa vieille maîtresse pour la regarder pleurer tout en échangeant quelques rares propos avec le marquis de Meuse. Après le grand coucher, c'est en compagnie de ce dernier qu'il rendait ensuite sa visite à la jolie Tournelle, sans plus s'embarrasser de perruques ni de houppelandes. La Cour retenait son souffle, ne sachant pas de quel côté le balancier de la faveur allait s'arrêter.

Pourtant, ce soir-là, l'orage longtemps contenu éclata, car le roi, à bout de patience et exaspéré de désir par six semaines de tergiversations, exigea de sa maîtresse en titre qu'elle abandonne dans les plus brefs délais son petit appartement pour aller retrouver son ancien logement de l'aile nord, à l'autre bout du château. La prophétie de Maurepas se réalisait et, en se voyant chassée comme une fille entretenue, la pauvre Louise de Mailly tomba presque en pâmoison. Relevée par Meuse, elle expliqua, dans des torrents de larmes, qu'elle tenait à ses meubles pour ne pas dire qu'elle tenait au roi, mais le roi lui jeta ses meubles à la figure en l'autorisant à emporter tout ce qu'elle voulait pourvu qu'elle débarrasse son plancher, car il était bien chez lui. Enfin, n'en pouvant plus de cette comédie qui n'avait que trop duré, il lui lança avec une brusquerie marquée :

— Je vous ai toujours promis de vous parler naturellement, eh bien, je suis amoureux fou de votre sœur Mme de La Tournelle…

Louise, qui savait peut-être par les espions du comte de Maurepas que rien n'était encore consommé entre son royal amant et sa sœur, balbutia quelques mots maladroits qui le laissèrent entendre. Mal lui en prit, car, cette fois, le roi la cravacha d'un mot terrible :

— Certes, je ne l'ai pas encore mais je l'aurai !

Il répéta plusieurs fois ce mot affreux comme autant de soufflets au visage de cette créature passive dont le visage bouffi de larmes lui faisait maintenant horreur. Il lui aurait donné des coups de pied au ventre pour qu'elle décampe.

Prise alors d'une sorte de délire, la pauvre femme se roula aux pieds de son amant pour le supplier de ne pas la renvoyer. Elle accepterait tout de sa nouvelle rivale, comme elle avait tout accepté de sa sœur Vintimille, continuerait à s'occuper de l'enfant de Pauline et du roi, elle servirait même de couverture à toutes les combinaisons que l'on déciderait de lui imposer, mais elle ne voulait pas quitter la Cour. Versailles était son seul univers et le roi son unique amour. Loin de l'un et de l'autre, elle mourrait de désespoir. Disant cela, elle arrachait de sa coiffure les cheveux postiches que son perruquier avait si artistiquement disposés le matin même en les entremêlant de jolies fleurs fraîches. Le ton monta alors d'un cran ; après les suppliques, ce furent des reproches dont certains, particulièrement vifs, étaient rudes à entendre pour un monarque. Louis XV, qui n'aimait pas les scènes et redoutait celle-là depuis des semaines, ne sachant comment y mettre un terme ni comment se débarrasser de cette folle, quitta brusquement la chambre en lui lâchant du bout des lèvres un « À lundi » qui laissait tout espérer alors qu'il n'avait été lancé que pour couvrir sa fuite. En effet, les ordres étaient déjà donnés depuis la veille. Moins d'une heure plus tard, la comtesse de Mailly se retrouvait jetée sans ménagement dans un carrosse du roi comme un paquet de linge, sans avoir eu même le temps de se reconnaître, ni d'emporter sa perruche. Rideau tiré et placée sous bonne escorte, la voiture avait ordre de ne faire halte qu'à Paris.

Le soir même, à Paris,
hôtel de Toulouse, près de la place des Victoires

Louise de Mailly n'avait pas une chemise à se mettre sur le dos lorsqu'elle arriva en pleine nuit, dans un état pathétique, chez sa vieille amie la comtesse de Toulouse à laquelle le roi avait fait demander d'avoir la complaisance, la comtesse les avait toutes, de se charger de cette femme dont il ne voulait plus mais pour laquelle, en homme d'habitude, il conservait un reste d'amitié comme pour sa vieille robe de chambre. Dans son égarement, la maîtresse répudiée appelait le roi à son aide avant de tomber dans des convulsions dont aucun médecin ne parvenait à la sortir. Elle échappait soudain à ses égarements, se levait d'un bond, réclamait sa voiture et ses chevaux, exigeait de retourner à Versailles, criant qu'elle partait se jeter aux pieds du roi pour lui demander le pardon de fautes inconnues dont elle était toute prête à s'accuser pourvu qu'il la reprenne. Les chiens jouissaient d'un cabinet particulier dans les petits appartements du roi, elle s'en accommoderait et partagerait leur litière. Ils étaient tous de braves chiens et lui feraient certainement une place. Elle se proposait même de porter, comme eux, autour du cou le fameux collier de cuir avec la plaque d'argent où étaient gravés les mots « Je suis au roi ». Elle était folle. Folle d'amour et de chagrin. La pauvre femme courait alors en tous sens, les cheveux entièrement défaits mais déployant une telle force qu'il était nécessaire de la faire tenir par deux valets robustes qu'elle griffait comme une chatte que l'on veut noyer dans un puits. C'étaient ensuite de grands abattements suivis des beuglements de la génisse que l'on arrache au taureau. Ni le curé de Saint-Roch, qui lui prêchait la soumission et le repentir, ni même le maréchal de Noailles en personne, appelé à la rescousse par sa sœur la comtesse de Toulouse qui ne savait plus à quel saint se vouer et qui craignait maintenant pour la vie de Louise, ne parvenaient à la raisonner. De peur qu'elle ne se jetât par la fenêtre, on l'installa dans une chambre du rez-de-chaussée. Toute la nuit fut peuplée de cris et de larmes, mais, au petit matin, on retrouva la femme abandonnée entretenant une sorte de dialogue inaudible avec un magnifique Christ d'ivoire sculptée et joliment crucifié sur du bois doré. Ses lèvres bougeaient frénétiquement sans produire le moindre son. On la croyait totalement égarée, mais la comtesse de Toulouse fut un peu rassurée par cette oraison silencieuse et jugea avec raison qu'il ne fallait pas moins que Dieu le Père pour faire oublier à cette femme le roi de France.

Louis XV, lui, ne tarda pas à être rongé par le remords et taraudé par les regrets. Il eut même la faiblesse de l'avouer à celle qu'il convoitait sans être encore parvenu à la posséder, comme pour l'attendrir.

Château de Versailles,
appartement de la marquise de La Tournelle,
dimanche 4 novembre 1742

Après que le marquis de Meuse lui eut assuré que sa sœur Mailly n'était plus à Versailles mais à l'hôtel de Toulouse sous bonne garde, Marie-Anne ferma aussitôt sa porte aux importuns car elle désirait raconter sans tarder à Richelieu parti pour les Flandres les événements de la nuit et la bonne marche de ses affaires. Confortablement installée dans son lit, quelques lettres ouvertes éparpillées sur sa courtine, protégée des vents coulis par le renfoncement de son alcôve et un paravent à six feuilles de papier peint de la Chine, elle demanda sa table de paresseuse, gracieux petit meuble livré quelques jours plus tôt par Hébert, le marchand mercier de la rue Saint-Honoré qui, ayant déjà la pratique de Mme de Mailly et très au fait des rumeurs de Cour, souhaitait gagner celle de sa sœur. Il avait eu la galanterie de ne pas laisser de facture. Tout en admirant l'extraordinaire ciselure des poignées et des petits sabots de bronze doré, la jeune femme fit jouer le mécanisme ingénieux qui permettait d'incliner la tablette, ouvrit le tiroir latéral pour en sortir l'encrier en porcelaine de Saint-Cloud dont elle décacheta précautionneusement le bouchon d'argent, prit une plume bien taillée et commença d'écrire, le sourire au coin des lèvres :

Sûrement Meuse vous aura mandé la peine que j'ai eue à faire déguerpir Mme de Mailly ; enfin j'ai obtenu qu'on lui mandât de ne point revenir que quand on le lui demanderait. Vous croyez peut-être que c'est une affaire finie ? Point du tout ; c'est qu'IL est outré de douleur, et qu'IL ne m'écrit pas une lettre qu'IL ne m'en parle, et qu'IL me demande de la faire revenir et qu'IL ne l'approchera pas, mais qu'IL me demande de la voir quelques fois : j'en reçois une dans ce moment où IL me dit que, si je lui refuse, je serai bientôt débarrassée d'elle et de lui ; voulant dire apparemment qu'ils en mourront de chagrin tous deux. Comme il me conviendrait fort peu qu'elle fût ici, je compte tenir bon. Comme je n'ai pas pris d'engagements, dont je vous avoue que je me sais bon gré, IL décidera entre elle et moi…

En écrivant ces derniers mots, la jeune femme jeta un regard à la dérobée vers le miroir d'alcôve. Elle était resplendissante et jugea que le choix était fait. Aussi trempa-t-elle à nouveau sa plume dans l'encrier et poursuivit son petit récit.

Je prévois, cher oncle, que tout ceci me donnera bien du chagrin. Tant que le cardinal vivra, je ne ferai rien de ce que je voudrai. Cela m'a donné envie de mettre ce vieux coquin dans mes intérêts en l'allant trouver. Cet air de confiance me le gagnerait peut-être… Ceci mérite réflexion… Vous pensez bien que tout le monde est en l'air et qu'on a les yeux sur le roi et sur moi... Pour la reine, vous imaginez bien qu'elle me fait une mine de chien ; c'est le droit du jeu...

À ce dernier mot, elle rit de bon cœur. La reine, Fleury et quelques autres formaient une troupe d'ennuyeux dont il lui fallait pour l'instant se méfier, mais qu'elle comptait bien mettre au pas. Ce n'était qu'une question de temps, pour l'heure elle devait entretenir Richelieu de l'essentiel. La grande affaire, sa grande affaire, était le prochain voyage à Choisy, c'est là qu'elle devait monter sur l'autel du sacrifice pour être immolée à Priape, mais, pour que le sacrifice eût toute sa valeur, il lui fallait une belle assistance, car il ne pouvait être question de céder au débotté comme une fille d'auberge. Son abdication complète serait aussi son triomphe, et il n'existait pas de triomphe secret. Il n'était pas envisageable que le roi rejoigne en catimini le lit de sa nouvelle maîtresse à Versailles comme il l'avait fait pendant près de dix ans avec sa sœur Louise, mais au château de Choisy car la maison était une sorte de brimborion de quelques pièces où tout se voyait, et, pour que la nouvelle soit connue de la Cour tout entière, il suffisait que le roi invite les femmes les plus en vue et les plus titrées. Elles seraient ensuite plus bavardes que *La Gazette*. Louis XV avait évidemment compris que si Marie-Anne acceptait de céder à ses désirs au château de Choisy et non dans le secret de ses petits appartements, c'était pour que sa faveur devienne aussitôt publique. Il avait un peu hésité avant de finir par tout lui accorder, tant le désir lui tenaillait le ventre. C'est cette reddition royale que la jolie nièce était pressée de raconter. Aussi commença-t-elle par égrener la liste des noms illustres qu'elle comptait bien traîner derrière son char de triomphe :

> *Je vais vous dire les dames qui iront à Choisy : Mlle de la Roche-sur-Yon, Mmes de Luynes, de Chevreuse, d'Antin, de Flavacourt et votre humble servante... Il n'osait pas même aller à Choisy, c'est moi qui lui ai dit que je le voulais. Personne ne logera dans l'appartement de Mme de Mailly ; moi je serai donc dans celui que l'on appelle le vôtre, c'est-à-dire si M. Dubordage en a l'esprit, car le roi n'en dira mot... Il vous a mandé que l'affaire était finie entre nous, car il me demande dans sa lettre de ce matin de vous détromper, parce qu'il ne veut pas que vous en croyiez plus qu'il y en a. Il est vrai que, quand il vous a écrit, il comptait que ce serait pour le soir ; mais j'ai apporté quelques difficultés à l'exécution dont je ne me repends pas !*

Marie-Anne relut sa lettre ; elle trouva ses idées assemblées dans le plus grand désordre, mais tout allait si vite et elle était si proche du but qu'elle n'avait pas le temps d'y mettre les formes. Le roi savait maintenant ses exigences, et elle ne céderait sur aucune d'elles. La première venait d'être obtenue de haute lutte avec le renvoi brutal de sa rivale, mais ce n'était pas la seule. Jamais elle ne se contenterait de vivre des restes de ses deux sœurs, jamais elle n'accepterait des prêts d'argent pour tenir son rang, jamais elle ne s'abaisserait à aller emprunter quatre malheureux flambeaux de vermeil à sa voisine de palier pour éclairer le jeu du roi comme cette grosse bête de Mailly avait été contrainte de le faire tant Fleury lui lésinait tout, jamais elle ne serait renvoyée comme une fille avec juste une robe et cinq cent mille livres de dettes sur le dos, jamais elle n'accepterait le secret de ses amours, jamais elle ne se laisserait dicter sa conduite par un cardinal à moitié retombé en enfance et dont, à ce que lui avait raconté la comtesse de Toulouse, la jeunesse n'avait pas été si exemplaire qu'il puisse s'autoriser à faire la leçon à son ancien élève. On lui connaissait même des bâtards dont elle saurait trouver la trace pour les lui jeter éventuellement à la calotte. Enfin Marie-Anne mettait à sa complète reddition des conditions plus éclatantes encore. Elle voulait être maîtresse déclarée, comme l'avait été la marquise de Montespan sous l'ancien règne, un appartement où le roi viendrait hautement tenir sa Cour, un train de maison digne de cette lourde charge, une voiture dorée à six chevaux, une table servie de douze couverts tous les soirs, une rente viagère de cinquante mille livres et la possibilité de signer de sa main des billets à ordre sur le trésor royal dès que le besoin s'en ferait sentir. Enfin, et c'était là le point d'orgue, elle exigeait au bout de l'an des lettres de duchesse vérifiées et enregistrées au parlement de Paris. Elle était née Mailly-Nesle, sa maison était aussi ancienne et aussi illustre que celles de Rohan, de La Rochefoucauld ou de Mortemart, sans parler des Luynes ou des Saint-Simon qui ne devaient d'avoir pu timbrer leur noblesse provinciale d'une couronne ducale qu'aux caprices équivoques du feu roi Louis XIII. Le temps était venu de réparer cette injustice qui la laissait debout quand toutes les femmes titrées, parfois nées dans le fumier de la finance, posaient leur cul sur un tabouret. Le duc de Bouillon n'avait-il pas prétendu lui interdire, récemment encore, les carrosses de Sa Majesté au prétexte que le titre de son mari était de pure courtoisie ?

Si, ce jour-là, ses yeux avaient été des pistolets chargés, le duc tombait raide, et si demain sa faveur le lui permettait, elle ne manquerait pas de lui rendre la monnaie de sa pièce. Sur ce titre de duchesse, elle ne reculerait pas d'un pouce, le déduit était à ce prix, et si par maladresse elle devenait grosse des œuvres du roi, alors ce serait publiquement et sans se cacher le moins du monde, les enfants à naître devraient être légitimés comme l'avaient été les enfants de Louis XIV et de la Montespan. Simplement elle prendrait garde de choisir pour eux une gouvernante bossue et borgne, de façon à ne pas laisser une nouvelle Maintenon séduire son roi. Par chance, elle n'était pas née aussi bête que sa sœur Louise.

Bien sûr, elle savait que les méchantes langues de Cour susurraient déjà qu'elle se marchandait en véritable putain, mais au moins le faisait-elle en fière putain. À se vendre, il convenait de signer le contrat avantageusement et avec éclat. Sur cette dernière réflexion, Marie-Anne tira du tiroir dissimulé dans la traverse du petit meuble un bâtonnet de cire noire, le passa à la flamme qui brûlait à son chevet et cacheta sa lettre à l'aide d'une intaille à tête antique qu'elle affectionnait particulièrement en s'amusant de l'idée qu'elle soit lue par les espions du cabinet noir. Au moins, de cette façon, le roi et le cardinal sauraient à quoi s'en tenir. Elle n'avait rien à cacher, elle voulait tout et voulait que cela se sache. Enfin elle sonna et donna la lettre à un valet du roi qu'elle savait à la solde de Maurepas, demanda à sa femme de chambre de lui ôter sa jolie table, la gronda de son manque de précautions, fit voler en l'air ses mules de plumes et de satin, et s'enfouit sous ses draps pour y rêver tout à loisir de sa dernière nuit avec le duc d'Agenois qui n'avait pas son pareil pour entraîner une femme vers la petite mort. À lui, elle avait tout donné sans salaire, mais avait toujours été payée de sa faiblesse par beaucoup de plaisir.

Château de Versailles,
cabinet du cardinal de Fleury,
lundi 5 novembre 1742

Le comte de Maurepas mettait la lettre de Marie-Anne, soigneusement décachetée à la vapeur d'eau par ses espions, sous les yeux du cardinal revenu à bride abattue de sa maison d'Issy où il se plaisait à assommer les jeunes séminaristes de ses radotages et de sa mauvaise théologie. Le renvoi public de la comtesse de Mailly était un coup terrible que le roi lui portait presque personnellement. Son œuvre d'équilibre et de sagesse s'écroulait de son vivant, et cela le révoltait. Il n'était pas question de rester sans réaction, et les deux hommes décidèrent d'engager immédiatement la riposte. Maurepas fut chargé de lancer le premier assaut, le plus insidieux, celui du ridicule, et le soir même il chantonnait dans son cabinet un petit couplet de sa façon dans le style des poissardes de la halle dont il comptait bien inonder la Cour et la ville :

Mme Allain est tout en pleurs,
Voilà ce que c'est d'avoir des sœurs !
L'une jadis lui fit grand-peur !
Mais chose nouvelle,
L'on prend la plus belle.
Ma foi ! C'est jouer de malheur !
Voilà ce que c'est d'avoir des sœurs !

Dès qu'une âme bien intentionnée eut glissé la chanson recopiée à la main sous la porte de Mme de La Tournelle, elle la lut avec avidité et la chanta toute la journée avec une joie et un entrain qui faisaient plaisir à voir, sauf au roi qui n'aimait pas, pour sa part, à être chansonné. Elle s'amusait tant de toutes les méchancetés que certains n'hésitaient même plus à lui en envoyer directement par la poste !

Cabinet du Conseil

Une fois engagée la bataille des épigrammes, il fut question de passer aux choses sérieuses et le cardinal devait se charger, comme il l'avait toujours fait, de raisonner le Très-Chrétien sur des choix qui offensaient ses peuples et offusqueraient sa gloire. Profitant du moment d'intimité que lui ménageait la préparation du Conseil, Fleury se permit, en vieux mentor certain de ses droits sur un ancien élève, de lui faire quelques remontrances sur le renvoi public d'une maîtresse douce et discrète dont la France, contrairement aux autres femmes de son espèce, n'avait pas eu à se plaindre. Le roi, qui allait sur ses trente-trois ans, trouva la potion amère et, malgré son affection pour le dernier survivant de son enfance, il répondit au cardinal – avec ces marques de respect dans lesquelles il savait mettre ce qu'il fallait de froideur pour y laisser poindre son déplaisir – que si l'excellence de ses conseils ainsi que la confiance absolue du roi Louis XIV son aïeul l'avaient un jour persuadé de lui abandonner le soin de son État, il n'avait jamais songé à lui donner le moindre droit sur sa personne.

Loin de se laisser impressionner par cette première rebuffade, le vieux ministre sortit alors de son portefeuille de maroquin frappé du chapeau et des cordelières cardinalices plusieurs lettres saisies le matin même par M. de Marville, le lieutenant général de police, ou plus exactement qu'il présenta comme telles, et dans lesquelles le renvoi de la gentille Mailly au profit de l'impérieuse La Tournelle était fermement dénoncé par des personnes de grand mérite. À quoi venaient parfois s'ajouter au gré de ces correspondances quelques commentaires assez bien sentis sur ce goût quasi incestueux que le roi avait de toujours choisir ses maîtresses dans la même famille. Louis XV fit mine de lire d'un œil distrait ces lettres fabriquées avant de les rendre au cardinal en ajoutant en forme d'avertissement :

— Tant que M. de Marville n'aura pas de plus jolies choses à me montrer, il fera fort bien de les garder pour lui.

Ne s'avouant pas vaincu pour autant, Fleury sortit comme on abat une carte maîtresse la liasse des chansons que l'on faisait à Paris sur la marquise de La Tournelle. C'était la pique de trop, et Louis, d'un mouvement d'humeur, jeta le paquet dans la cheminée, puis, regardant le cardinal droit dans les yeux, lui cracha littéralement au visage :

— Eh bien, je m'en fous !

Le vieil homme vacilla sous le coup, ses lèvres tremblaient et ses yeux délavés par l'âge autant que par les nuits de veille essayaient d'échapper au regard du roi où il venait d'apercevoir une lueur inconnue, celle de la colère qui brûle à la façon de la glace. Ses doigts diaphanes jouaient nerveusement avec la croix du Saint-Esprit qu'il portait en sautoir, comme un appel à l'aide, une prière au Sauveur, une imploration de la miséricorde divine. L'homme, toujours maître de lui-même et de ses émotions, qu'aucun revers n'avait jamais abattu et qui avait toujours utilisé l'arme de son retrait politique pour mieux tenir en lisière un jeune roi vite affolé par l'abandon et la solitude, demandait soudain grâce en silence. Ses larmes l'imploraient pour sa vieillesse, pour les services rendus à la France et pour l'affection réelle qu'il avait éprouvée autrefois pour cet orphelin de cinq ans dont il avait été le maître d'école autant que le protecteur. Il cherchait à retrouver cette affection quasi filiale dans le regard de Louis XV, mais l'œil du roi restait implacable. Alors pour la première fois depuis un bon quart de siècle, le vieux Fleury eut peur, il crut que le renvoi de cette idiote de Mailly n'était en réalité que le premier acte d'un de ces coups de majesté habituels aux Bourbons et dont il devait être la prochaine victime. Malgré le froid qui régnait dans l'immense pièce que le feu chauffait mal, de grosses gouttes de transpiration âcre irisaient la moire pourpre de sa soutane. Il s'imaginait arrêté par le capitaine des gardes au sortir de la salle du Conseil en présence de toute cette Cour qui se prosternait encore devant lui quelques heures plus tôt, privé de ses papiers et de ses séminaristes, envoyé dans un couvent glacial où on le torturerait à coups de jeûne et de pénitence pour le tuer plus sûrement qu'avec une dague, lui qui n'aimait rien tant que ses mosettes fourrées d'hermine et la beauté délicate de son cabinet de travail. Il allait avoir froid, lui qui en bon Méridional en avait une sainte horreur. La tête du vieillard se mit à trembloter comme celle d'un polichinelle de foire, des larmes froides coulaient le long de ses joues fardées, traçant de petites rigoles à travers la poudre et le rouge. Alors le roi eut pitié de l'homme qui lui avait appris l'histoire de France et l'art de gouverner. Il fit appeler les ministres qui attendaient de l'autre côté de la porte dans l'inquiétude sourde de ne pas l'être et de se voir ainsi évincés du gouvernement sans autre forme de procès, car telle était l'habitude des rois.

Château de Versailles,
appartement des Luynes,
jeudi 8 novembre 1742

La duchesse de Luynes écoutait attentivement son mari et espérait sans trop y croire l'avoir mal compris. Quelques instants plus tôt, au grand couvert, le roi avait adressé la parole au duc avec beaucoup d'amitié et de bienveillance pour lui faire part de son intention de voir la duchesse, sa femme, être du prochain voyage à Choisy, dont le départ – Sa Majesté prit même la peine de le préciser – était fixé au lundi suivant. Pour toute autre que la duchesse de Luynes, c'eût été là un signe de faveur éclatant et un bonheur indicible, car le roi ne tolérait à Choisy que les visages les plus familiers et les noms les plus glorieux. Pour la duchesse de Luynes, au contraire, c'était une catastrophe, car elle connaissait trop bien l'état actuel des intrigues pour ne pas comprendre le rôle que le roi tenait à lui faire jouer. Elle saisissait parfaitement toute l'indécence qu'il y aurait de voir la dame d'honneur de la reine servir à installer à Choisy

Mme de La Tournelle en demi-souveraine. La reine ne le pardonnerait jamais à celle qu'elle traitait depuis des années comme une véritable amie, et elle-même ne se pardonnerait pas davantage d'avoir été l'instrument de l'humiliation de sa maîtresse. Mais comment refuser une invitation du roi lancée au grand couvert et désobéir à ce qui n'était rien d'autre qu'un ordre ? Le ciel serait tombé sans crier gare sur ses parquets frottés que la duchesse de Luynes n'aurait pas été plus étourdie. Elle et son mari avaient désormais le choix entre le déshonneur et la disgrâce, et ce couple se vit soudain comme projeté au beau milieu d'une tragédie de Corneille sans avoir le moindre goût pour le théâtre. Leur nuit passa à chercher une parade sans trouver le sommeil.

Château de Versailles, vendredi 9 novembre 1742

Dès le lendemain, le mari et la femme entreprirent les visites qui devaient les aider à se sortir de cette nasse. Le duc commença par aller dire son embarras au marquis de Meuse, car lui seul, par sa familiarité avec le roi, pouvait oser le mot qui sauve, puis la duchesse se rendit chez le cardinal de Fleury pour lui demander conseil et se placer sous sa protection. Là, elle fut bien déçue, car le vieil homme, tout secoué encore du coup reçu quelques jours plus tôt, entra dans sa peine avec toute la commisération dont il était capable mais s'empressa d'ajouter qu'il ne pouvait se mêler en aucune manière de cette affaire. Sentence de curé à laquelle il ajouta avec de grands airs de mystère et tournant ses regards vers son lourd crucifix d'ébène que le temps n'était pas loin où il n'aurait bientôt plus qu'à s'occuper d'autre chose que de son propre salut.

Le marquis de Meuse, ami sûr et fidèle, montra davantage de courage. Il monta comme tous les jours dans les petits appartements, choisit le moment favorable, alors qu'il dînait en tête-à-tête avec le roi, plaida doucement la cause de son amie la duchesse de Luynes pour lui éviter le voyage de Choisy, en cherchant les termes les plus propres à adoucir la réaction du maître, mais il s'attira au contraire une réponse pleine d'humeur qui augurait mal de la suite, car Louis XV, que cette nouvelle contrariété exaspéra encore davantage, cria presque :

— Eh bien, elle n'a qu'à n'y point venir...

Le pauvre Meuse se le tint pour dit, rangea soigneusement ses arguments dans un coin de son esprit et, comme il le raconta plus tard au duc de Luynes, changea aussitôt de conversation. Il fut alors question de la sortie de Prague du prince de Broglie, du climat qui n'était pas bon, de la chasse que le grand veneur préparait pour le lendemain et des travaux que Sa Majesté envisageait de faire aux grands appartements du château dont les rideaux inchangés depuis l'ancien règne tombaient en loques. Au bout d'une heure de ces riens, le roi, se reprochant d'avoir réagi si vivement, voulut se montrer plus aimable à l'endroit de son vieux compagnon de solitude et lui demanda à quoi il avait occupé sa matinée après la messe. Saisissant la perche, Meuse répondit qu'il avait passé tout son temps à réconforter la duchesse de Luynes qu'il avait trouvée dans les plus grandes alarmes tant elle craignait de déplaire à Sa Majesté mais ne voulait pas non plus froisser la reine dont elle accompagnait, jour après jour, la triste vie. À quoi le parfait courtisan ajouta que la duchesse lui avait assuré que bien évidemment elle exécuterait ce que le roi jugerait à propos par rapport à ce voyage. Avec beaucoup d'habileté, le marquis de Meuse conclut que, étant donné la situation délicate de la pauvre femme, il n'aurait évidemment pas la cruauté de lui rapporter la réponse vive que le roi venait de faire de peur de lui donner trop de chagrin. De ces chagrins de Cour dont on ne se relève jamais.

Louis XV resta un moment silencieux, et l'on n'entendit plus que le petit bruit du balancier de la belle pendule qui leur faisait face. Meuse, lui, retenait sa respiration tout en conservant l'air le plus dégagé du monde, et au moment où il allait se lever pour se servir un verre de vin de Bourgogne car les valets intérieurs ne pénétraient jamais dans la salle à manger des petits appartements, le roi prit un visage riant pour l'autoriser à aller dire de sa part à la duchesse de Luynes qu'elle ne serait point de ce voyage-ci, que ce serait pour un autre, et qu'il ne lui savait point mauvais gré de ses représentations, car, après tout, la grosse duchesse de Ruffec qui avait des dettes ne lui refuserait pas sa présence et, à la réflexion, ferait tout aussi bien l'affaire.

Ce n'est pourtant que sur les coups de six heures du soir que la duchesse de Luynes apprit la bonne nouvelle par un petit billet du marquis de Meuse, et son soulagement fut tel qu'elle se précipita aussitôt à son oratoire pour en rendre grâce à Dieu.

Les trois voyages de Choisy

Château de Choisy, lundi 12 novembre 1742

Le roi était d'humeur particulièrement joyeuse lorsqu'il arriva à Choisy un peu avant sept heures du soir. Chacun eut à peine le temps de gagner ses appartements pour revêtir l'uniforme que Sa Majesté exigeait toujours de ses invités à l'occasion de ce séjour, la robe noire battante pour les femmes et l'habit vert galonné d'or pour les hommes, avant de passer à la salle à manger posée comme une lanterne au bout de la galerie et dont les trois immenses travées offraient une vue sans pareille sur le fleuve. Ici, comme dans les petits appartements de Versailles, les invités dînaient avec le roi et chacun avait droit à une chaise à dossier, ce qui eût été impensable dans tout autre domaine de la Couronne. Le roi prit place, et Mlle de la Roche-sur-Yon, seule princesse du sang présente, vint tout naturellement s'asseoir à sa gauche. Les autres invités restaient debout face au roi dans l'attente des ordres de Sa Majesté qui poursuivait son placement. Il fit alors signe à Mme d'Antin d'occuper sa droite, puis ce fut le tour du duc de Bouillon et enfin de Mme de La

Tournelle. Les autres s'installèrent comme ils purent et sans que cela puisse porter à conséquence sur l'ordre des rangs. Les entrées attendaient déjà dans les grands plats en argent astucieusement doublés de façon à créer un petit vide dans lequel de l'eau bouillante permettait de tenir les mets au chaud. C'était une invention astucieuse de la comtesse de Mailly qui en avait imaginé la fabrication car elle détestait manger froid. Personne, bien sûr, ne rappela ce détail. Après les ragoûts et les potages, les convives eurent le choix ce soir-là entre des petits pâtés de lapereau, des tendrons à la béchamel, une compote de pigeon blanc, des côtelettes de poulet gras, une matelote de cervelle, des grenadins à la demi-ravigote, un émincé de poulardes aux concombres ou encore des carrés de mouton à l'eau glacée. Chacun, y compris le roi, qui refusait obstinément d'être servi dans son particulier, passait les plats de l'un à l'autre, à condition bien sûr que ce soit toujours par la gauche pour éviter toute gêne. Le vin était posé sur la desserte, mais les garçons bleus veillaient discrètement à ce que les verres ne fussent jamais vides. Le souper fut assez sérieux, les convives éprouvant de la peine à adopter la bonne contenance dans ces circonstances particulières où une femme devait s'offrir au dessert.

Marie-Anne de La Tournelle surveillait son maintien et paraissait embarrassée ; elle ne parla que fort peu, et jamais son regard ne croisa celui du roi qui la regardait parfois à la dérobée, cherchant un acquiescement là où il ne voyait que de l'indifférence. Aussi le souper tourna-t-il court ; personne n'osa toucher à la crème au chocolat, pas plus qu'aux petites bouchées, et tout fut renvoyé aux cuisines pour le plus grand profit des officiers de bouche. Le roi se leva, et on s'avança vers le cabinet des jeux où la première partie de quadrille était prête. Au moment où les invités du roi traversèrent la galerie de façon à se rendre dans les appartements, personne ne remarqua le court aparté entre la marquise de La Tournelle et Mme de Chevreuse, dont la mine pourtant s'allongeait avec la conversation. Une fois la partie de quadrille terminée, on fit venir le jeu de cavagnole, et Marie-Anne sembla éprouver un intérêt tout particulier pour cette loterie dont la reine raffolait mais qui ennuyait prodigieusement son époux. Le roi ne fit d'ailleurs aucun effort pour s'intéresser à la partie, même lorsque ce fut le tour de Marie-Anne de tenir la banque et de tirer les numéros. Il s'approcha à peine de la table et au bout d'un moment déclara avec de l'impatience dans la voix vouloir aller se coucher. Les hommes s'interrompirent aussitôt pour le suivre afin d'assister au cérémonial qui offrait normalement à Choisy un peu plus de gaîté qu'à Versailles. Là encore, pourtant, le coucher fut bien morne, le roi ne disait rien et chacun regardait ses pieds pendant qu'il enfilait sa chemise. Lorsque le duc de Bouillon, dont c'était le rôle, en l'absence d'un premier gentilhomme de la chambre, eut invité les courtisans à quitter la pièce, tous rejoignirent les salons pour reprendre le jeu, et Marie-Anne, que le départ du roi avait clairement détendue, se mit à entretenir du ton le plus enjoué de longues conversations avec les uns et les autres alors même qu'elle était restée silencieuse tout au long du souper. Les cartes ayant repris leurs droits, elle ne quitta plus les tables et joua un jeu d'enfer jusqu'à deux heures du matin. Les valets et les huissiers dormaient debout ou oubliaient à dessein de remplacer les bougies dont les flammes vacillaient une dernière fois avant de rendre les armes à la nuit, dans l'espoir que leur fin accélérerait celle des parties endiablées. Un à un, les joueurs s'étaient estompés dans l'obscurité des salons quand le départ de ses trois derniers partenaires, épuisés et ruinés, obligea l'enragée à abandonner les cartes et sa bourse de jeu pour rejoindre son lit.

Lors de la distribution des appartements, Marie-Anne de La Tournelle avait été logée à côté de l'ancienne chambre de sa sœur Mailly, cette fameuse chambre bleue dont le décor était inspiré des contes persans. Par commodité, cette pièce du premier étage communiquait avec l'escalier qui descendait chez le roi. Personne n'occupant plus la chambre bleue, Marie-Anne était, en quelque sorte, à portée de main de Sa Majesté, et cet arrangement déplaisait justement à la jeune femme, car c'était admettre que tout était définitivement arrangé ; or ce n'était pas son avis, loin de là. C'est pourquoi, prétextant qu'elle ne pouvait souffrir les pièces trop grandes et les plafonds trop hauts, elle avait essayé d'échanger son logement avec celui de Mme de Chevreuse qui se trouvait, pour sa part, au deuxième étage. N'ayant pas obtenu cet arrangement, elle s'était réfugiée à la table de jeu jusqu'au milieu de la nuit et, une fois montée à l'étage, elle se fit déshabiller par sa femme de chambre, vérifia que le verrou de la porte donnant sur l'ancien appartement de sa sœur était bien fermé et se mit au lit dans des bâillements exagérés. Le roi, qui attendait avec impatience la nuit et le moment enveloppé dans sa robe de chambre, comprit à l'épaisseur du silence que chacun était enfin couché et, croyant pour sa part l'accord conclu, fit jouer le loquet de la porte de son alcôve, monta à pas de loup l'escalier du plaisir pour aller demander « la petite visite ». Il traversa la chambre bleue sans nostalgie particulière pour le corps anguleux et la poitrine plate de Louise de Mailly, tant le décolleté de sa sœur cadette l'obsédait depuis des mois. Les ombres rougeoyantes qui dansaient sous la porte de communication lui laissèrent espérer la chaleur d'un bon feu et d'autres embrasements ; il tourna doucement la poignée, mais la serrure résista. Le roi se mit alors à chercher à tâtons une clé qu'il ne trouva jamais et se résolut à gratter le panneau de bois du bout des ongles. Il gratta longuement tout en émettant de petits raclements de gorge avant de se hasarder à tapoter plus franchement sans obtenir d'autre réponse qu'un ronflement régulier. Dépité, le roi redescendit dans ses appartements, écrivit une lettre dans laquelle il demandait à Marie-Anne de le rejoindre, réveilla son premier valet de chambre et lui ordonna d'aller glisser le message sous la porte de la marquise de La Tournelle.

Rien de ce petit manège n'avait échappé à Marie-Anne, qui était certes couchée mais parfaitement éveillée et gardait les yeux grands ouverts fixés sur son ciel de lit. Elle se leva, ouvrit la lettre et la lut avec beaucoup d'amusement et, malgré le sommeil qui lui piquait les yeux, écrivit un petit refus bien tourné dont elle prit le temps de conserver une copie pour l'envoyer plus tard à Richelieu. Elle savait que cette missive ferait enrager les deux hommes pour des raisons différentes et s'en amusait beaucoup. La jeune femme estimait que le roi ne lui ayant pas fait la promesse par écrit de son titre de duchesse, elle était en droit de le faire attendre car elle s'était bien juré qu'il ne pourrait monter dans son lit qu'à l'aide de ce tabouret-là. Le mot d'esprit la fit rire, et elle regretta qu'il n'ait pas eu d'autre témoin que son seul ange gardien, puis elle récita ses prières avant de plonger dans un profond sommeil.

Château de Choisy,
mardi 13 novembre 1742

Le lendemain matin, la marquise trouvait une nouvelle lettre de Sa Majesté glissée sous sa porte. Il était hors de lui, l'accusant de faire la sourde oreille depuis trop longtemps et terminant par lui dire qu'il savait désormais à quoi s'en tenir avec elle. Ce courrier provoqua bien quelques battements de cœur chez la jolie marquise, mais elle était décidée à tenir bon tant que les conditions qu'elle avait mises à la visite ne seraient pas scrupuleusement remplies.

Le roi ne laissa rien paraître de sa déconvenue nocturne et comme il aimait à le faire au début de chaque séjour à Choisy, il entreprit le tour des chambres pour saluer ses invitées les unes après les autres et prendre des nouvelles de leur nuit au risque de les réveiller. Avec chacune, il fut galant et se montra très empressé auprès de la belle Tournelle qui ne manqua pas de se plaindre car elle avait été fort incommodée au beau milieu de la nuit par un gros chat venu miauler et gratter à sa porte. Sa Majesté se le tint pour dit.

Le temps étant à la pluie, le roi décommanda la chasse et il n'eut pas le loisir d'aller lui-même planter une nouvelle avenue dans le parc tant les sols étaient détrempés. C'était pourtant là un de ses plaisirs favoris dans cette maison où il aimait à vivre en simple seigneur. Ainsi, les déconvenues se succédaient. Il passa donc la journée assis dans le salon des jeux, allant de la table de quadrille à celle de trictrac, et s'aventura jusqu'à faire une partie de cavagnole alors même que ces cartons coloriés de petites scènes numérotées et ridicules lui donnaient toujours de l'humeur. Il eut pourtant la chance de partager un tableau de moitié avec celle qu'il désirait comme un damné voudrait boire.

Le soir venu, ainsi que les suivants, le roi ayant compris la leçon ne se risqua plus à monter son escalier pour proposer la « botte » à Mme de La Tournelle. Il lui annonça simplement que ses chats, dont il se séparait rarement, étaient renvoyés dans leur panier à Versailles et ordonna que les portes de l'étage qui conduisaient directement à sa chambre fussent condamnées. Il ne se donnerait pas deux fois le ridicule de lanterner en pleine nuit et sous son propre toit devant la porte d'une coquette.

Dans la journée, Marie-Anne avait reçu une lettre du duc de Richelieu qui lui annonçait son retour à Versailles pour le jeudi suivant et paraissait très au fait de son esprit de résistance dont il ne se gênait pas pour la blâmer, la traiter de grande sotte, de petite folle et de parfaite insolente. Elle ne lui avait pas encore écrit. Le roi s'était-il plaint auprès de lui ? Avait-il fait porter une lettre de récriminations dès la nuit précédente ? Marie-Anne savait que des courriers se tenaient toujours prêts pour permettre au roi de rester en lien avec ses ministres ou son état-major à toute heure du jour ou de la nuit. Il se pouvait aussi que son oncle ait été informé par ses espions à Choisy. Sa propre sœur Flavacourt qui était du voyage l'entretenait peut-être de leurs confidences ? Elle commençait à se méfier de ses menées, car, sous ses airs timides, la jeune femme cachait un petit orgueil. Enfin il n'était pas impossible que, en parfait roué, Richelieu prêcha simplement le faux pour savoir le vrai… À moins que ce vieux renard, grand chasseur de femmes, capable de sentir l'odeur des sentiments autant que du plaisir, n'ait tout simplement reniflé de longue date son projet de désobéissance. Elle se perdait en conjectures, n'avait plus la tête aux cartes et perdait des fortunes. C'est toute une coupe de ses forêts du Morvan qu'elle venait de brûler dans le salon des jeux de Choisy, et cela lui donnait de la contrariété car elle n'était pas venue là pour s'y ruiner, bien au contraire.

Lorsqu'elle fut remontée à ses appartements aussi tard que la veille, elle n'alla pas directement se coucher. Enveloppée dans un joli déshabillé de taffetas rose entièrement garni de dentelles de Calais et doublé de satin gris, Marie-Anne s'assit à la petite table à la capucine placée, la veille, à sa demande devant la cheminée de marbre rouge des Flandres où brûlait un feu d'enfer. Par précaution, elle fit glisser l'écran de tapisserie dissimulé à l'intérieur du meuble pour protéger son teint de la chaleur de l'âtre, puis elle ajusta soigneusement les deux bras télescopiques de cuivre auxquels étaient fixés des bougeoirs en argent dont elle alluma les mèches à l'aide d'une brindille soufrée, passée à la flamme. La lumière n'étant pas encore suffisante, elle se releva pour rapprocher deux flambeaux de bronze doré et moulu qu'elle plaça côte à côte, bien en face du trumeau de glace pour profiter du reflet de leur éclat tremblant. Un simple coup d'œil au cartel posé sur son cul-de-lampe lui rappela qu'il était bientôt trois heures après minuit, et elle l'indiqua aussitôt en haut de la page avant d'écrire à l'intention de son oncle une lettre comme elle les aimait, faussement ingénue, insolente et égrillarde. Elle commença par lui confirmer qu'elle avait bien entendu le roi gratter à sa porte, mais qu'il s'était retiré quand il avait compris qu'elle resterait dans son lit ; elle ajoutait même :

Il est bon pour lui qu'il s'y accoutume !

Marie-Anne continuait sa lettre sur ce même ton de défi en se moquant des frayeurs de Richelieu et de son insistance à la voir céder aux avances du roi, car elle n'était pas femme à ramasser le mouchoir au premier lancé.

Je ne suis point étonnée, mon cher oncle, de votre colère, car je m'y attendais ; je ne la trouve pourtant point trop raisonnable, je ne vois pas où est la sottise que j'ai faite en refusant honnêtement la petite visite. Tout ce qui pourrait m'en faire repentir, c'est que cela augmentera l'envie qu'il en a…

Puis, sans entrer dans davantage de détails, elle ajouta simplement :

Bonsoir, je ne vous en dirai pas davantage, car je ne peux plus tenir ma plume tant j'ai envie de dormir…

Elle s'apprêtait à signer et à cacheter la lettre mais elle se ravisa pour ajouter quelques lignes supplémentaires :

Je suis pourtant encore assez éveillée pour sentir que vous êtes fou à lier et ce qu'il y a de plaisant c'est que vous trouvez fort extraordinaire que les autres ne le soient pas tout à fait tant. Pour moi je vous avouerais que je m'en remercie et que je m'en sais le meilleur gré du monde, je n'apporte pas autant de vivacité que vous dans cette affaire et je m'en trouve bien. Tranquillisez-vous, cher oncle, tout ira bien, mais non pas comme vous le voudriez, j'en suis très fâchée, mais cela m'est impossible.
Adieu, cher oncle, je mérite que vous ayez un peu d'amitié pour moi, vu ma façon de penser pour vous.

Marie-Anne, dont la tête dodelinait dangereusement, rêvassa quelques instants avant de finir par un post-scriptum :

Sur toute chose n'ayez l'air de rien savoir, car il me recommande un secret inviolable.

Ce qui était une façon de faire comprendre au lecteur, que ce fût Richelieu ou le roi lui-même, qu'elle n'avait pas à respecter sur ces sortes d'affaires un secret que les hommes violaient allégrement pour faire reluire leurs bonnes fortunes ou se plaindre de leurs déboires amoureux aux dépens des femmes. Elle posa la lettre sur le marbre de la commode, moucha délicatement les bougies de la cheminée et des bras de lumière avant de sonner la Dalleron, sa femme de chambre, dont le visage ensommeillé apparut éclairé par son falot dans l'entrebâillement de la porte du cabinet.

Château de Choisy,
mercredi 21 novembre 1742

Moins d'une semaine s'était écoulée. Sa Majesté ne supportant pas de rester à Versailles plus longtemps, un nouveau séjour à Choisy fut ordonné malgré l'affreux temps qu'il faisait. Le roi avait accepté de déplacer le départ d'une journée pour permettre la présentation à la Cour de Mme de Montauban, une femme dont le nez, de l'aveu général, avait paru bien grand. Le duc de Richelieu, lui, était arrivé à bride abattue le samedi 17 de ce même mois de novembre. Tout le monde pensait, à Versailles, que c'était à la demande du roi, mais personne n'en savait rien. À peine ses chevaux tremblants d'écume confiés aux mains des palefreniers, il était monté, à grandes enjambées et sans même se changer, à l'appartement de Mme de La Tournelle, et la jeune femme avait aussitôt fait sortir ses amis et ses gens. Les laquais du marquis de Chalmazel, son voisin de l'aile des Ministres, assuraient même que le terrible duc s'était enfermé avec la dame pendant près de trois heures de montre et que, malgré l'épaisseur des tapisseries, on avait perçu quelques éclats de voix. Richelieu se vanterait le lendemain devant le roi d'avoir ramené sa nièce à la raison en lui mettant sous le nez les lettres d'amour que le sémillant duc d'Agenois, l'amant de cœur et de drap, avait écrites et adressées à une autre. Pour la pauvre Tournelle, qui avait la faiblesse aussi singulière que coupable d'aimer son amant, ce fut un véritable coup de caveçon. Triste et désarmée de ses sentiments, elle accepta de prendre sous la dictée de Richelieu une lettre dans laquelle elle faisait enfin sa soumission au roi. Beaucoup plus tard, son oncle lui avouerait être à l'origine du piège dans lequel le petit d'Agenois était tombé comme un jeune chevreuil travaillé par le rut. Il avait tout simplement ordonné à l'une de ses maîtresses, une robine affolée par cet amant très au-dessus de sa condition et prête à se jeter du haut des tours de Notre-Dame pour lui plaire, de séduire l'amant de La Tournelle, de lui soutirer les lettres les plus compromettantes qu'il soit permis d'écrire, puis de les offrir à Richelieu en témoignage de son amour. Comme la jolie bourgeoise savait jouer de la croupe avec talent, la correspondance était fort salée et ne laissait aucun doute sur la trahison de l'amant volage. Il ne restait donc plus maintenant qu'à achever la conquête d'un roi.

C'est donc avec la rage au cœur mais la ferme intention de céder aux avances du maître que Marie-Anne accepta un nouveau Choisy. Elle le faisait tout à la fois pour satisfaire son goût irrépressible de la grandeur et pour se venger de son amant, car, après tout – pensait-elle à voix haute –, à coucher avec un homme qui n'était ni son mari ni son amant, mieux valait que ce fût le roi de France plutôt qu'un autre. Et pour manifester sa bonne volonté, elle avait accepté, cette fois-ci, d'occuper l'ancienne chambre de sa sœur malgré la hauteur de plafond et la proximité de celle du roi.

L'immense pièce ouvrait deux croisées sur la Seine, mais Marie-Anne n'eut pas un seul regard pour toute cette eau stupide, car elle se perdait dans l'admiration de la fameuse moire bleu et blanc tendue sur les murs et tissée amoureusement par sa sœur pour en faire un jour la surprise au roi. Elle regardait désormais en propriétaire émerveillée cet ensemble que, quelques mois plus tôt, elle admirait en Cendrillon. C'était à n'en pas douter une chambre agencée par les fées où le caprice de sa sœur ne tolérait que le bleu, l'argent et le blanc depuis les corniches jusqu'aux plinthes. Partout le glacis presque miraculeux des porcelaines de Chine répondait à cette harmonie que le jeu des reflets des vitres et des grands miroirs décuplait à l'infini. Le regard de Marie-Anne se trouva soudain attiré par un meuble qu'elle ne se souvenait pas avoir vu dans la pièce lorsque Louise l'occupait. C'était une invraisemblable commode toute de bleu et de blanc elle aussi, et sur le ventre de laquelle des échassiers à aigrettes se promenaient librement au beau milieu d'une sorte de jardin persan fermé par des lices de bronze argentés qui couraient des pieds aux serrures. Jamais elle n'avait rien vu de pareil chez aucun des marchands merciers de la rue Saint-Honoré où ses pas la conduisaient souvent. L'espace d'un instant, elle crut même que le meuble n'était pas fait de bois laqué mais de porcelaine tendre, se demandant comment une matière aussi fragile pouvait supporter le poids de l'imposant marbre bleu turquin. En s'approchant plus près elle comprit que le bois était simplement verni aux couleurs de la chambre. Elle applaudit alors des deux mains comme une enfant découvrant les merveilles de la foire Saint-Laurent, puis, poussée par la curiosité, elle fit tourner la clé d'argent ciselé dans la serrure, tira le tiroir du haut et découvrit un paquet ficelé de rubans, eux aussi bleus et blancs. Elle appela aussitôt ses femmes de chambre et sa sœur Flavacourt à la rescousse en poussant de petits cris de surprise et d'excitation. On ouvrit le paquet avec mille précautions, on enleva les papiers de soie, puis la première femme de chambre déplia soigneusement une robe de riche brocart sur fond de gros de tour bleu et argent orné de bouquets et de guirlandes de fleurs peintes au naturel, galonnée d'or et d'argent. La robe « couleur de lune » de Peau d'Âne devait avoir les mêmes miroitements. C'était une robe de Cour complète de sa jupe, de sa traîne et de ses grandes basques. Il parut certain qu'elle avait été commandée et taillée pour l'ancienne pensionnaire de la chambre bleue. Pincée, Marie-Anne exigea alors aussitôt de ses femmes de chambre surprises et désolées qu'elles replient immédiatement la robe, referment le paquet et renouent un à un chaque ruban de soie, puis elle appela un valet auquel elle confia l'ensemble pour qu'il soit renvoyé à Sa Majesté. Marie-Anne de La Tournelle voulait bien se donner au roi, mais jamais elle ne s'abaisserait à porter les nippes de sa sœur répudiée. C'était déjà bien assez, à ses yeux, que de coucher dans son lit.

Le soir il y eut jeu, et le roi ne quitta pas d'un pouce celle dont il espérait qu'elle serait enfin sa maîtresse avant l'aube. Toute la journée, il s'était uniquement entretenu d'elle, de ses charmes, de sa beauté et de son esprit avec les chasseurs de sa suite, au point que le prince de Soubise qui voulait lui parler de la situation des troupes françaises en Bohême fut assez mal reçu. Le roi était amoureux, et le seul champ de bataille qui lui importait pour l'heure était celui de l'alcôve. Il savait que Richelieu venait de négocier en grand secret la reddition de la seule forteresse qui comptait à ses yeux, il voulait maintenant y pénétrer en roi victorieux, et plutôt deux fois qu'une. Malheureusement, une fâcheuse fluxion de dents lui causait des lancements terribles depuis la veille. Pour ne pas présumer de ses forces, il renonça même à monter à cheval, préférant se garder afin de chevaucher, la nuit venue, une autre monture, mais alors qu'il jouait aux cartes avec Marie-Anne dont les regards le rendaient fou de désir, il fut pris soudain d'une douleur si vive qu'il pensa défaillir. C'est à demi chancelant qu'il quitta précipitamment le salon des jeux sur les coups de six heures du soir pour regagner sa chambre, où il ordonna à son chirurgien de faire venir l'arracheur de dent séance tenante. L'homme de l'art qui, à l'instar du premier chirurgien, ne quittait jamais la personne de Sa Majesté, arriva aussitôt et fit asseoir le roi. Capron – c'était son nom – exigea que deux huissiers se munissent de flambeaux pour éclairer l'opération car il faisait déjà nuit noire, puis, ouvrant sa trousse de cuir, il en sortit ses tenailles d'acier à manches d'ivoire. L'intervention pouvait commencer, mais la gencive résistait au point que l'arracheur de dent dut s'excuser après du roi de prendre appui du pied sur son propre fauteuil de soie brochée. Le roi, que son mal aveuglait, répondit qu'il se moquait bien de ses meubles et qu'il voulait simplement être délivré de cette douleur atroce, mais ce dernier jouait de malchance car Capron, au lieu d'arracher la dent gâchée, la cassa net, et cette fois le roi se trouva mal. La Peyronie courut chercher un flacon de sel pour le ramener à la conscience et lui permettre de cracher son sang dans la bassine d'argent que le duc de Bouillon exigea d'être seul à tenir.

À son retour dans le salon de jeux, le roi avait le teint pâle et la figure toute déformée par les élancements que les grains de pavot soulageaient à peine. Penaud, le roi s'approcha de Marie-Anne pour lui glisser dans le creux de l'oreille qu'il ne serait pas en mesure de l'honorer. Cette fois, elle en fut fâchée et pesta contre l'arracheur de dent et sa maladresse qui la privaient ainsi d'un triomphe public. Le séjour était raté, et ce n'était pas sa faute. Aussi pour égayer le roi qui somnolait un peu sous l'effet des médications, elle eut l'idée d'aller se mettre au clavecin et de chanter à son intention les mauvais vers que l'on faisait à Paris sur leur compte. Sa voix était agréable, ce qui lui avait valu le joli surnom de « Ritournelle » de la part du vieux maréchal de Noailles. Elle exigea le grand portefeuille à secrets du lieutenant général de police, en tira plusieurs libelles, les parcourut un long moment avant de choisir celui qui la fit rire plus que les autres et commença à chanter sur l'air de l'Alléluia :

Grand roi, que vous avez d'esprit,
D'avoir renvoyé la Mailly !
Quelle haridelle aviez-vous là !
Alléluia !

À la première strophe, les rares courtisans admis à Choisy se consultèrent d'un regard en coulisse pour ajuster leurs réactions, mais le rire que le roi laissa échapper du coin de la bouche qui ne le faisait pas trop souffrir déclencha immédiatement les applaudissements. Encouragée, Marie-Anne poursuivit :

Vous serez cent fois mieux monté
Sur la Tournelle, que vous prenez ;
Tout le monde vous le dira.
Alléluia !

À quoi, sans laisser le roi reprendre sa respiration, elle ajoutait :

Si la canaille ose crier
De voir trois sœurs se relayer
Au grand Tencin envoyez-la.
Alléluia !

Puis, comme si elle luttait contre un irrépressible fou rire…

Le Saint-Père lui a fait don
D'indulgences à discrétion
Pour effacer ce péché-là.
Alléluia !

Maintenant, tout l'auditoire reprenait en chœur l'« Alléluia » et riait à gorge déployée, car chacun soupçonnait le cardinal de Tencin de coucher de temps à autre avec sa propre sœur pour des nécessités de tempérament, ce qui ne l'empêchait d'ailleurs pas de dire la messe. Le roi secoué par l'hilarité était maintenant contraint de tenir un linge imbibé d'esprit-de-vin contre sa mâchoire douloureuse pour ne pas trop souffrir de sa propre gaîté. Jamais la pauvre Mailly avec son regard de levrette battue ne l'avait autant amusé. En homme d'habitude, il avait presque regretté son renvoi, mais de cela il n'était plus question tant sa jeune sœur l'éclipsait en tout. Le roi avait un mal du diable, mais souriait aux anges, et c'est le moment que choisit Marie-Anne pour lancer le dernier trait, ce qu'elle fit avec le sérieux d'une reine d'opéra :

Dites tous les jours à Choisy,
Avant que de vous mettre au lit,
À Vintimille un libera.
Alléluia !

La chute était cruelle, un petit froid passa et le roi rit avec moins de cœur, mais, pour ne pas offenser sa bien-aimée, il chercha à détourner l'attention de ces derniers vers proprement blasphématoires en s'adressant à Richelieu pour lui dire :

— Vous voyez bien que le public aime Maurepas, il ne le maltraite jamais dans ses chansons.

Richelieu ne manqua pas de lui répondre comme à la volée :

— Ah, pour cela, Sire, je n'en suis pas surpris, c'est lui qui les écrit !

La Tournelle éclata d'un rire perlé et mauvais, les courtisans restèrent interdits et Louis XV déclara qu'il était temps pour lui d'aller se coucher car l'opium faisant enfin son effet, il ne lui fallait pas manquer son sommeil.

Le reste du séjour fut bien triste. Il plut encore à verse et le roi reçut de mauvaises nouvelles du cardinal de Fleury. Le vieux ministre n'allait pas bien. Il était tourmenté par une forte fièvre et avait été pris dans la nuit de jeudi à vendredi d'un de ces terribles dévoiements qui lui vidaient régulièrement les entrailles. Enfin, brochant sur le tout et comme si cela ne suffisait pas, Sa Majesté souffrait toujours comme un damné de sa rage de dents. Aussi ordonna-t-il brusquement de précipiter le retour, mais l'équipage n'était pas prêt et ce fut un vrai branle-bas de combat dans les communs et les arrière-cours du château. Les hommes du grand écuyer criaient des instructions, les palefreniers s'agitaient en tous sens, les cochers en habit d'écurie couraient à la recherche de leurs livrées et les chevaux du roi, inquiets de ce remue-ménage, soufflaient de mécontentement.

Dans le carrosse qui le reconduisait, le roi avait fait monter toutes les dames, car il souhaitait qu'à Choisy la courtoisie l'emportât toujours sur l'étiquette. Il cherchait à se montrer charmant quand il fut encore pris de ses douleurs et demanda que l'on presse l'allure. Aussitôt, le capitaine des gardes donna plusieurs coups du pommeau de sa canne à la vitre qui séparait la caisse de la voiture du cocher. Le conducteur se mit debout, les deux jambes bien calées dans ses énormes bottes de sept lieues, et commença à faire tournoyer son immense fouet avant de l'abattre sur les croupes fumantes de l'attelage. Les huit chevaux blancs hennirent de surprise avant de se lancer au grand galop. Ils ne tardèrent pas à prendre de la vitesse, mais le cocher, aiguillonné, lui aussi, par d'autres coups portés à la vitre, prit peur, imagina un malaise du roi ou de l'une des passagères, jura, cracha et cingla les huit montures qui, tremblantes de douleur et d'angoisse, écumaient de sang. À l'intérieur du carrosse, les dames voyaient les arbres défiler à une allure folle et tentaient de s'accrocher aux poignées de passementerie tout en conservant une contenance. Le duc d'Harcourt, capitaine de quartier, se tenait prêt à se jeter sur le roi pour le protéger de son corps si la voiture versait. Louis XV, parfaitement maître de lui-même, tout en baissant doucement les vitres pour éviter qu'en se brisant elles ne tranchent de jolies veines, cherchait à rassurer les dames quand soudain on entendit un grand cri, suivi d'un choc et de hurlements d'équipages. Cette fois, passant la tête à la fenêtre et tapant violemment de sa canne sur la portière aux armes de France, le duc d'Harcourt hurla au cocher d'arrêter la voiture. Déjà les postillons étaient montés à cru pour tenter de calmer les chevaux qui, rassurés par l'odeur et la voix de ces hommes qu'ils aimaient, ralentirent enfin leur foulée. Au bout de quelques longues minutes, la voiture s'arrêta, le capitaine des gardes en descendit pour vérifier que l'escorte avait bien suivi et que le roi et les dames pouvaient descendre à leur tour sans danger. Il aperçut un petit attroupement au loin. Des gens de la suite, plusieurs gardes du corps et des glaneurs sortis des futaies entouraient le corps d'un homme allongé par terre. C'était un valet dont le pied avait glissé pendant la course folle et qui, tombant de voiture, s'était malencontreusement rompu la tête sur une borne de pierre. La boîte crânienne ouverte sous le choc comme un fruit mûr laissait échapper de gros morceaux de cervelle que deux chiens de ferme alléchés par l'odeur du sang convoitaient déjà.

Comprenant le drame, le roi ordonna aux femmes de rester près des voitures de suite et s'avança. Arrivé tout près du corps, il observa attentivement ce visage familier qu'il regardait pour la première fois ; l'homme avait l'air de dormir paisiblement malgré le filet de salive rosée qui lui coulait le long du menton. Sa Majesté se découvrit, ferma lui-même les yeux du malheureux car c'était un domestique de sa maison, puis tira un grand mouchoir de sa poche, le confia au premier écuyer qui le déposa à son tour délicatement sur la figure du mort. On récita les prières et chacun se signa, mais depuis longtemps déjà les hommes attroupés baissaient respectueusement leur tête nue devant ce roi de France qui venait de leur apparaître plus beau et plus doré que l'archange Gabriel en personne.

À cet instant précis, le roi, à nouveau pris par sa rage de dents, eut un accès de désespoir et laissa échapper :

— Mon Dieu ! Mon Dieu ! Est-ce que mes malheurs ne finiront jamais ?

Et ce fut là toute l'oraison funèbre du jeune valet de pied.

Château de Versailles, vendredi 30 novembre et samedi 1er décembre 1742

Le bonheur du roi ayant été empêché à cause de sa maudite dent, il s'était promis de donner au voyage suivant un éclat à la hauteur d'un triomphe maintenant assuré. Malicieuse et experte, Marie-Anne lui avait bien permis quelques privautés de corsage, et les mains du roi furent même autorisées à lui dénouer les jarretières, mais ce fut tout. Elle ne céderait qu'à Choisy, dans cette maison acquise pour le bon plaisir de sa sœur Mailly et dont elle était bien décidée à effacer le souvenir. Louis XV cherchait pour lui plaire autant que pour s'occuper l'esprit à composer pour sa future favorite le plus beau bouquet de Cour qu'un roi puisse offrir à sa maîtresse. La duchesse de Luynes et les autres dames du palais de la reine étant désormais exclues par convenance, il pensa à la duchesse de Bourbon. Cette princesse née des amours de Louis XIV avec la Montespan ne pourrait pas se dérober, car, malgré son âge canonique, elle obligeait encore son vieil amant le marquis de Lassay à des assauts quotidiens. Louis XV qui connaissait parfois des faiblesses enviait d'ailleurs à ce Céladon, âgé lui-même de plus de soixante ans, cette longévité dans la vigueur, et c'est par son intermédiaire qu'il fit inviter sa tante de la main gauche à Choisy. La duchesse se garda bien de répondre, car elle n'avait pas l'intention de tenir la chandelle en dehors de la chambre de la reine. Cette nouvelle résistance agaça prodigieusement le roi qui, l'apercevant au sortir du grand couvert, lui demanda publiquement si la commission confiée au marquis de Lassay lui était parvenue car il espérait encore une réponse. Pour l'heure, le roi voulait bien espérer, mais n'avait pas l'intention d'attendre. Cet échange au seuil de la chambre de la reine fut entendu de tous, mais la duchesse de Bourbon, qui avait hérité du terrible esprit des Mortemart, n'en parut pas troublée pour autant et profita même de l'occasion pour rappeler à Louis XV une pique qu'il s'était permis de lui faire sur son âge. En effet, plongeant dans la grande révérence, elle assura au roi son cousin que l'invitation de Sa Majesté lui était bien parvenue et par le bon canal, ce qui fit rire toute la Cour sous le fard, obligeant les hommes à placer aussitôt l'index et le majeur sur leurs lèvres peintes par respect pour le souverain, mais elle ajouta ensuite qu'elle était bien trop âgée pour les plaisirs de Choisy et que sa santé chancelante demandait qu'elle prît quelques remèdes.

Louis XV, auquel son aïeul avait dit un jour qu'un prince, si grand soit-il, qui refuse de se rendre à l'invitation de son roi est déjà un frondeur, insista en assurant galamment à sa tante qu'il ne la trouvait pas si vieille qu'elle prétendait. C'était le mot de trop, car elle rétorqua avec l'effronterie d'une précieuse :

— Vous m'avez dit vous-même qu'une femme était sur le retour à soixante ans... Eh bien, j'en ai présentement soixante-dix !

Louis XV qui appréciait particulièrement les femmes connues pour avoir rôti le balai, surtout lorsqu'elles lui étaient liées par le sang, se récria en assurant à sa tante qu'il la trouvait au contraire très jeune à soixante-dix ans passés, mais la princesse esquiva avec une présence d'esprit et cet art consommé d'une Cour où elle était née d'amours devenues mythologiques :

— Cela étant, ce sera pour cet été, puisque vous le voulez absolument, car pour cet hiver il n'y a pas moyen, pour moi, d'entreprendre ce voyage…

Le roi se garda d'appuyer, car il marchait désormais sur de la glace, mais le lendemain, alors qu'il croisait à nouveau la duchesse de Bourbon à la chapelle, il s'en approcha pour lui demander comment elle se portait. Flairant le piège tendu, la vieille princesse, qui savait comment on attrape les loups, dit au roi qu'elle ne se sentait pas beaucoup mieux que la veille, mais qu'elle se devait à ses devoirs de chrétienne et se lèverait pour assister à l'office jusqu'à sa dernière heure. À quoi le roi, comme si la conversation dans l'appartement de la reine et dont tout Versailles parlait encore n'avait jamais existé, ajouta d'un ton charmant :

— J'espère que cela ira mieux d'ici à mon prochain voyage à Choisy et que vous serez en état d'y venir…

La révérence restait cette fois la seule réponse possible. Elle fut parfaite, soumise et froide. Le lendemain, le duc de Villeroy se rendait en personne au Palais-Bourbon pour faire savoir à la princesse de la part du roi qu'elle était attendue à Choisy. Sauf à lui faire envoyer ses exempts et une voiture fermée, Sa Majesté ne pouvait pas être plus claire. Il fallut bien consentir.

Château de Choisy,
dimanche 9 décembre 1742

Les carrosses de la Cour roulaient bon train sur le grand chemin qui va de Versailles à Choisy et l'on entendait les gardes du corps à cheval crier : « Le roi passe ! Le roi passe ! » afin que le vulgaire se range, que les braconniers se cachent, que les seigneurs faisant aussi la route arrêtent leurs voitures sur les bas-côtés et en descendent pour saluer le roi, de vieux gentilshommes, blessés à Denain ou à Villaviciosa, pliaient ainsi le genou qu'ils avaient pourtant douloureux.

Louis XV rayonnait d'aise, il avait pris place dans une de ces larges gondoles de chasse qui permettent de faire voyager ensemble près de dix personnes. La duchesse de Bourbon était installée à la place d'honneur, et il ne cessait de la complimenter sur son éternelle jeunesse. La princesse obéissante mais digne répondait que c'était un joli mensonge et décochait à la marquise de La Tournelle des sourires si forcés qu'ils ressemblaient davantage à des grimaces, ce dont Marie-Anne se moquait comme de son premier corset. Il y aurait à Choisy pas moins de deux princesses du sang pour lui faire escorte jusqu'au lit du maître, et c'était la seule chose qui comptait à ses yeux. Le roi, avec l'idée d'occuper les dames pendant le voyage et rendre l'air plus doux, sortit de sa poche une magnifique tabatière d'agate arborisée tout émaillée d'or. L'œil de la duchesse de Bourbon qui restait mi-clos par esprit de bouderie brilla alors instantanément du feu de la convoitise. L'amour des tabatières était chez cette princesse une passion sans bornes, elle s'empara aussitôt de la boîte précieuse la regardant avec avidité, l'ouvrant et la refermant avec d'infinies précautions, et c'est presque à regret qu'elle la rendit au roi. Le bel objet fit le tour de la voiture, chacune admirant la rareté de la pierre, la finesse de la ciselure, le brillant de l'émail et toutes applaudissaient unanimement au goût du roi. Sa Majesté annonça avec de grands airs de mystère que si celle-ci était déjà destinée à une amie qui lui était particulièrement chère, il n'avait pas manqué de faire provision de ces bagatelles avant de quitter Versailles...

À Choisy, le jeu dura peu cette fois et, afin d'épargner une trop grande fatigue à Madame la duchesse, on se coucha tôt. Le roi monta son escalier le cœur léger pour rejoindre l'appartement bleu. Il n'eut pas à brutaliser la serrure car, ce soir-là, Marie-Anne lui ouvrit tout à la fois sa porte et ses draps. Affolé par le désir, encore un peu lancé par sa dent gâtée, Louis fut alors mollement victorieux mais parfaitement heureux.

Le lendemain matin, le roi étant déjà retourné à ses appartements, Marie-Anne remarqua au réveil un objet posé à son chevet. C'était la tabatière ! Elle sonna la femme de chambre, s'habilla à la hâte, fit prévenir Richelieu qui dormait à l'étage au-dessus après avoir passé la nuit à écouter les cheminées pour vérifier que les anges soupiraient enfin à l'unisson, le rassura définitivement sur leur victoire commune et descendit dans les grands appartements du rez-de-chaussée pour le seul plaisir de montrer à tous ceux qu'elle rencontrait le cadeau du roi, et chacun s'empressait de la féliciter d'une faveur si éclatante. Quant au roi, tout au bonheur de sa satisfaction, il entreprit en homme d'habitude le tour des chambres de ses invitées et distribua les tabatières précieuses comme autant de dragées de baptême. Marie-Anne en trouva une autre le lendemain matin toujours posée à son chevet. C'était la preuve que le roi était venu l'honorer dans la nuit, et l'on chuchotait à la fin du séjour qu'il lui rendait aussi la visite de digestion dans l'après-midi comme Louis XIV le faisait autrefois avec Mme de Maintenon.

Quant à la duchesse de Bourbon, elle se trouva largement récompensée de sa complaisance par une boîte en laque de Chine d'une rare beauté dont la forme et la matière manquaient à son insatiable collection. Elle ne regrettait plus son voyage et eut la complaisance d'un long aparté avec la nouvelle favorite, geste particulièrement apprécié par le roi. Les princesses du sang étaient ainsi faites qu'elles pouvaient rallumer la Fronde pour une préséance et brader leur honneur de filles de France en échange d'une jolie boîte à tabac.

Le roi manifestait une telle joie de son séjour que tout le monde était dans la gaîté, et Madame la duchesse elle-même ne boudait plus son plaisir, chantonnant à son tour de vieux rondeaux du temps de la Régence pour encourager Sa Majesté qui, malgré sa très mauvaise voix, reprit les refrains les plus polissons. Jamais les plaisirs de Choisy n'avaient été aussi vifs qu'en ce mois de décembre.

Le duc de Richelieu pouvait donc retourner à Montpellier l'esprit libre pour y passer l'hiver et tenir les états de Languedoc avant la reprise des hostilités sur le front des Flandres, lorsque le printemps rendrait la guerre moins désagréable. Son départ, le jeudi suivant, fit l'attraction de la petite cour de Choisy, car c'est en chemise et bonnet de nuit qu'il monta se coucher dans sa chaise de poste devant le roi et une petite trentaine de personnes émerveillées par cette voiture de son invention fabriquée à grands frais. Un lit suspendu remplaçant les banquettes et une cuisine portative attachée avec les malles permettaient au voyageur de dormir et de manger dans sa berline sans perdre de temps dans les relais de postes et leurs mauvaises auberges. Comme il faisait bien froid en ce mois de décembre et que Marie-Anne se préoccupait de la santé de son oncle, elle exigea que l'on bassine ses draps. Enfin Richelieu salua le roi et la compagnie depuis sa « dormeuse », c'est ainsi qu'il avait baptisé son invention, en souhaitant la bonne nuit, car, pour sa part, il comptait bien se réveiller frais et dispos à Lyon avant de terminer la route.

Sa Majesté, qui aimait la mécanique et les choses ingénieuses, ne cessait d'admirer cette voiture-couchette mais s'inquiétait des conséquences d'un tel trimbalement pour la bonne digestion du voyageur. Richelieu, dans l'intention de le rassurer, lui montra qu'en cas d'indisposition il avait à portée de main – l'expression fit rire le roi – une chaise d'aisance dissimulée dans le plancher de l'habitacle. Le marquis de Breteuil, venu à Choisy « en polisson » pour parler avec Sa Majesté des affaires de l'État qui n'allaient pas très bien, s'interrogea néanmoins à haute voix sur l'avenir d'un monde où les hommes ne prendraient même plus la peine de descendre de voiture pour pisser debout. Cette sentence pleine de sagesse ne manqua pas d'être saluée par la compagnie.

Paris, château des Tuileries

Alors que sa sœur venait de coucher avec le roi dans son bel appartement bleu du château de Choisy, la pauvre Mailly obtenait enfin l'autorisation d'occuper une chambre aux Tuileries à la seule condition de ne pas se montrer dans les jardins. La comtesse de Toulouse ne fut pas fâchée d'être enfin débarrassée de ce lourd fardeau qui risquait à tout moment de l'entraîner dans sa propre disgrâce.

Louise avait donc trouvé refuge dans une pièce triste, sombre et froide. Assise sur le seul fauteuil à bras à sa disposition, elle lisait un courrier du roi dans lequel, tout en protestant de son amitié pour elle, il voulait partager sa joie d'aimer et de posséder, enfin, Marie-Anne. C'était ainsi à chaque lettre du roi. Louise ne vivait que pour en recevoir, mais leur lecture lui était une torture abominable car le roi cherchait toujours à la convaincre de son bonheur dans l'espoir de la rassurer. Cet homme habitué depuis l'enfance à être le centre de tous les hommages et de toutes les attentions n'imaginait pas qu'une femme qui prétendait l'aimer puisse s'inquiéter d'autre chose que de lui-même. Chaque mot de la main de son ancien amant était une petite épingle d'acier qui lui restait plantée dans le cœur. Alors Louise pleurait et elle pleurait longtemps, ce qui avait le mérite d'occuper sa journée.

Ses seules distractions se limitaient à dîner en tête-à-tête avec la vieille maréchale de Noailles et à passer ses soirées chez la comtesse de Toulouse. Elle parlait alors inlassablement du roi à l'une comme à l'autre. À ce régime, l'ancienne favorite déjà très efflanquée avait beaucoup maigri, et comme elle ne portait plus de rouge, elle était méconnaissable, ce qui, selon l'avis de ses rares visiteurs, faciliterait bientôt son oubli complet et leur épargnerait de venir la voir. Déjà Marie-Anne avait convaincu le roi de ne plus lui écrire si souvent, car sa pauvre sœur, qui n'était pas très riche, se ruinait en frais de poste pour faire à Sa Majesté des réponses toutes plus insipides les unes que les autres. Le roi en convint volontiers et, pour ménager les aumônes de la pauvre Mailly, cessa tout à fait cette ennuyeuse correspondance.

Le salon de la Guerre

Un gynécée dans les attiques

Château de Versailles,
appartement de la marquise de La Tournelle,
samedi 22 décembre 1742

Marie-Anne parcourait son nouvel appartement d'un pas de triomphe. Sur ce point-là de ses exigences, le roi tenait parfaitement parole, les pièces secrètes allouées à sa sœur Mailly sous les plombs de la cour de Marbre étaient désormais entièrement démeublées et leurs portes fermées avec une barre de fer. Personne n'irait plus vivre dans cette niche à chien où l'on cuisait dès les premiers beaux jours et où, à l'automne, malgré l'exposition au midi, la nuit tombait dès le matin. Afin de faire aménager un appartement digne d'une faveur éclatante, le marquis de Coigny avait été prié de déménager avec toute sa famille et de le trouver agréable. Marie-Anne s'était pourtant écriée que l'appartement ne lui permettrait jamais d'accueillir l'une ou l'autre de ses sœurs auprès d'elle pour lui éviter de s'ennuyer à des hauteurs ou personne ne viendrait jamais la voir. Le roi ordonna alors au marquis et à la marquise de Matignon de céder aussi la place tout en les priant d'aller remercier la nouvelle favorite pour ce changement d'air. Amusée et flattée tout à la fois, elle leur promit de leur trouver quelque chose, ailleurs dans le château. Ils en furent charmés.

Depuis plusieurs semaines, les ouvriers travaillaient sans relâche, abattaient d'anciennes cloisons, condamnaient un corridor public, perçaient de nouvelles portes dans les murs de refend, polissaient les marbres neufs et vernissaient les lambris.

Marie-Anne, accompagnée de sa sœur Diane, encore jeune fille et qu'elle avait fait appeler auprès d'elle pour l'aider à divertir le roi, se penchait aux fenêtres, admirait la vue sur le parterre nord, se plaignait du temps que les plâtres mettaient à sécher, suggérait que l'on fasse de grandes flambées dans toutes les pièces pour en chasser l'odeur âcre et mouillée, exigeait que les copies des portraits peints par Nattier soient placées en dessus-de-porte, réclamait une salle de bains car Sa Majesté aimait à venir lui tenir compagnie pendant qu'elle trempait. Elle exigea aussi une cuisine personnelle ; si le roi ne voulait pas lui donner les moyens de le recevoir dignement, il n'aurait qu'à se faire servir dans ses propres appartements car elle interdisait à ses domestiques d'encombrer son couloir de leurs réchauds clandestins et se refusait à offrir à son amant les plats recuits d'un des regrattiers de la Petite Place. Tout en arpentant son nouveau domaine, Marie-Anne piquait négligemment d'une épingle d'or les étoffes choisies avant de se raviser et de demander le temps de la réflexion.

Un commis des bâtiments du roi la suivait, pas à pas, notant scrupuleusement tous les caprices de la nouvelle favorite. Soudain Marie-Anne, après s'être jetée tout essoufflée dans la profonde chaise longue livrée la veille par le garde-meuble, soupira qu'il lui était décidément impossible de grimper trois étages tous les jours. Se tournant alors vers le jeune homme, elle lui demanda de faire étudier par M. Gabriel la construction d'une chaise volante capable de la transporter du rez-de-chaussée à son nouvel appartement. Le pauvre garçon, tout empourpré, eut un regard si stupéfait que les deux sœurs éclatèrent de rire. Croyant à une plaisanterie de grande dame, il se mit à rire aussi de bon cœur, mais s'arrêta net lorsque Marie-Anne lui eut précisé que, dans le cas où sa demande ne serait pas satisfaite, elle en parlerait directement au roi et le ferait dans un de ces moments particuliers où aucun homme n'est en mesure de refuser quoi que ce soit. Le commis devint cette fois franchement écarlate.

Château de Versailles,
vendredi 28 décembre 1742

La marquise de La Tournelle finissait par apprécier les charmes de son nouvel appartement où elle aimait se prélasser toute la journée sans jamais en sortir, ne recevant là que ses sœurs, sa petite coterie et le roi, bien sûr, lorsque l'envie de l'entretenir ou de la prendre à même le canapé lui venait. Un joli boudoir prévu pour cet usage avait d'ailleurs été aménagé au fond de l'appartement, où un immense divan digne d'un conte oriental occupait toute l'alcôve. En dehors de cet office principal, tout le reste épuisait Marie-Anne, et faire son service de dame du palais de la reine, place qu'elle avait tant convoitée au mois de septembre, lui était une corvée en décembre. Il est vrai que la reine, humiliée par l'épisode de Choisy dont Maurepas n'avait pas manqué de lui rendre un compte exact, ne pouvait plus souffrir sa rivale et bâillait maintenant ostensiblement en sa présence…

Quelques jours plus tôt, un incident aurait pu tourner à l'orage, car, alors que l'on faisait à la reine un résumé de la situation délicate de l'armée française empêtrée en Bohême pour défendre les intérêts de la Bavière, la malheureuse souveraine avait laissé échapper que « ça allait être bien pire par la colère du ciel » tout en désignant du regard sa nouvelle dame du palais. Bravant allégrement l'étiquette, Marie-Anne se permit alors de demander effrontément à la triste souveraine ce qu'elle entendait par là… Seuls un nouveau bâillement de la reine prise soudain d'une fatigue irrépressible et l'intervention de la princesse de Montauban qui appela les médecins à l'aide permirent de sauver la situation. Dès le lendemain, le roi faisait savoir à sa femme qu'il n'était plus en mesure de régler ses dettes de charité et Marie-Anne demandait à un savant académicien de lui établir la liste des reines de France reléguées dans un couvent… Elle riait intérieurement de la frayeur qui, depuis cet incident, gagnait l'entourage de la reine quand son valet de chambre vint lui annoncer l'arrivée du roi. D'un signe convenu, les domestiques s'éclipsèrent, laissant les deux amants pour un tête-à-tête sur le canapé couleur de feu.

La robe et la coiffure de leur maîtresse étaient dans le plus grand désordre lorsqu'ils revinrent après le départ de Sa Majesté. Marie-Anne changea de chemise car la précédente portait les traces nacrées de la passion du roi avant d'enfiler une de ces robes déshabillées dont elle appréciait l'aisance et d'occuper la fin d'après-midi à rédiger tranquillement sa correspondance sur son petit secrétaire de bois vernis à la façon de la Chine. Son oncle Richelieu lui manquait terriblement, car il était bien le seul homme avec lequel elle se sentait libre de dire tout ce qui lui passait par la tête, aussi lui écrivait-elle à longueur de journée des lettres pleines d'esprit, de sous-entendus grivois et de reproches :

> *Bonjour, cher oncle, en vérité je suis bien aise que vous vous portiez bien : pour que ma joie fût complète, il faudrait que vous fussiez ici, car réellement je m'ennuie beaucoup de ne vous pas voir. Il paraît que vous êtes curieux car vous me faites bien des questions. Je crois que pour vous plaire ce que je pourrai faire de mieux est d'y répondre : je me trouve très bien dans mon appartement nouveau et j'y passe de très jolies journées ; savoir comment l'on m'y trouve, ce n'est pas à moi à vous dire cela ; j'en ferai la question de votre part, nous verrons ce qu'on vous y répondra…*

La jeune femme ombrait ainsi des pages entières, tenant pour Richelieu la chronique de l'Œil-de-bœuf et des petits appartements, se moquant des uns, ridiculisant les autres, colportant les plus vilaines rumeurs sur la santé de la reine qui maigrissait à vue d'œil et recopiant les chansons les plus méchantes, surtout lorsqu'elles ne les épargnaient pas tous les deux, avant de dire au cher oncle toute son affection et son impatience à le voir de retour car elle avait besoin de lui pour mettre à exécution de grands projets impossibles à confier au papier...

Lorsqu'elle avait plié et cacheté sa lettre, elle ajoutait toujours les mots « Pour vous seul », puis d'un geste sec sonnait Antoine son valet de chambre afin de la lui confier.

Paris, n° 35 du pont Notre-Dame, samedi 29 décembre 1742

L'arrivée d'un carrosse du roi au débouché du pont Notre-Dame avait suscité autant de curiosité chez les passants que de convoitises chez les marchands qui couraient se poster devant les étroites devantures, toutes identiques, pour présenter eux-mêmes le meilleur de leurs marchandises aux deux belles dames qui en étaient descendues, accompagnées de quelques seigneurs portant la queue-de-rat nouée avec la plus grande élégance et dont les talons rouges maculaient le pavé parisien d'un peu de boue versaillaise. La foule s'écartait respectueusement devant le petit groupe, dont le maintien et le parler désignaient, au premier coup d'œil, des gens de Cour. Deux valets, immédiatement secondés par tous les garçons de magasin mis sur le pied de guerre, veillaient à écarter les petits mendiants, les tire-laine, les faux aveugles et tous les importuns.

L'élégant troupeau fit quelques pas avant de s'arrêter à l'enseigne de La Pagode. Tandis que sa sœur Diane et le duc de Lauraguais, auquel la jeune femme était désormais promise, observaient la mise en caisse d'une grande glace à parclose de bois doré, Marie-Anne, nonchalamment accoudée au comptoir, superbement vêtue de satin gris rayé de rose, se laissait présenter les dernières nouveautés sans trouver ce qu'elle était venue chercher. Sur un signe de la demoiselle de boutique, M. Gersaint, occupé jusque-là à montrer les jolis détails et le léché d'une belle *Diane au bain* à une jeune veuve et son consolateur, les abandonna un instant et proposa son aide. La marquise de La Tournelle cherchait une idée agréable pour les étrennes d'un homme de qualité auquel elle tenait à marquer son affection. Le marchand mercier comprit sans avoir besoin de plus amples explications qu'il lui fallait proposer quelque chose tout à la fois de charmant et de royal. Il disparut aussitôt dans son arrière-boutique où l'on entendit un peu de remue-ménage et en revint avec une belle boîte en papier de riz couverte de petits idéogrammes dont il sortit avec mille précautions un almanach de l'année nouvelle relié avec des laques de Chine dont les dessins étaient d'une rare finesse. Le bel objet spécialement commandé à la Compagnie des Indes passa de main en main et de compliment en compliment, mais Marie-Anne était séduite sans être encore convaincue. Pouvait-elle offrir à son amant un objet, certes de grand prix, mais dont elle n'avait pas pensé, elle-même, la fabrication ? Le marchand, qui s'attendait à une telle objection, demanda la permission de s'absenter pour passer chez son voisin l'orfèvre Ravechet. Pendant son absence, Marie-Anne se fit montrer un beau nécessaire de toilette que Gersaint, dès son retour, écarta pour sortir de dessous son comptoir un plateau garni de velours noir sur lequel il vida le contenu d'une bourse de cuir libérant sous les regards éblouis une pluie fine de petits diamants étincelants. Pour donner à l'objet la touche personnelle qui lui manquait encore, l'habile commerçant se proposait d'utiliser les pierres de façon à incruster sur la reliure de l'almanach les initiales de l'homme auquel il était destiné. Une nuit de travail dans les ateliers de son voisin suffirait amplement, selon lui, à mener à bien cette délicate opération. Il se chargerait lui-même, bien évidemment, de livrer l'objet une fois terminé à Versailles. La marquise de La Tournelle, maintenant enthousiaste, demanda que l'on dessine tant au recto qu'au verso de l'Almanach deux L de diamants entrelacés, puis elle fit ajouter à sa commande deux perroquets en porcelaine de Chine surmontés de chandeliers en cuivre doré à double branche qui paraissaient l'attendre sur leur étagère. Leur conversation silencieuse lui permettrait de passer le temps.

François Gersaint raccompagna sa cliente jusqu'au débouché du pont, ne laissant à personne d'autre que lui le soin de porter le bas de sa robe. Il n'était pas mécontent d'avoir soufflé cette pratique sous le nez d'Hébert, son concurrent de toujours.

Château de Versailles,
appartement de la marquise de La Tournelle,
vendredi 4 janvier 1743

Le roi ayant vaincu sa timidité et obtenu de la marquise des faveurs tant attendues se montrait désormais d'une prévenance exquise, au point que la jeune femme se laissait gagner par des sentiments qu'elle croyait ne jamais éprouver pour un homme auquel, de son propre aveu, elle n'avait cédé que par volonté de revanche. Non seulement le petit almanach aux lettres de diamants avait plu au roi, mais le roi plaisait maintenant à la marquise de La Tournelle. Il venait donc passer chez elle des moments de plus en plus longs, la couvrant, à son tour, de cadeaux d'une somptuosité à laquelle ses propres sœurs n'avaient jamais été habituées, ne l'appelait plus que « Princesse », et pas seulement sur le sofa.

Pour ses propres étrennes, elle avait reçu une montre à répétition en or émaillé de rouge au mécanisme signé du célèbre horloger Julien Le Roy qui fit le sujet des conversations à Versailles pendant trois jours. Ce matin-là, Sa Majesté, retenue au Conseil par les affaires de l'Europe qui ne tournaient pas vraiment à l'avantage de la France, avait demandé au fidèle Meuse de bien vouloir prévenir la marquise de son retard en lui apportant une magnifique écritoire de vermeil et de palissandre dont il espérait que la magnificence et les petits détails l'aideraient à patienter. La jeune femme inaugura aussitôt l'objet précieux pour écrire à son oncle Richelieu et le prendre à témoin des égarements de son cœur en lui avouant avec esprit cet amour inattendu :

> *Il est charmant, il n'est pas possible quand on le connaît de ne pas l'aimer à la folie, je vous parle vrai, c'est fort augmenté depuis que vous êtes parti, ce nouveau logement m'a mise à porter de le voir plus souvent et par conséquent de l'aimer davantage et en vérité sa couronne*

n'y entre pour rien, vous qui le connaissez vous n'aurez pas de peine à le croire...

Au moment de sabler sa lettre de façon à en sécher l'encre, Marie-Anne sortit le saupoudroir en argent de son précieux compartiment et découvrit que ce n'était pas du sable, mais bien de l'or qu'elle était en train de répandre sur la feuille de papier. La poudre dorée voletait dans la lumière avant de venir se coller sur l'encre des mots et leur donner un éclat particulier. La marquise en resta stupide d'émerveillement, puis, revenue de sa surprise, s'amusa à souffler sur la page et à dorer l'air qu'elle respirait.

Lorsque le duc de Richelieu lut la lettre quelques jours plus tard, il se félicita de la tournure que prenait une aventure dont il espérait bientôt tirer le plus grand avantage, tant à la Cour qu'au gouvernement où il rêvait d'être appelé, mais le cynisme étant chez lui comme une seconde nature, il se demanda, l'espace d'un instant, si cette déclaration d'amour était sincère ou si elle avait été froidement composée à l'intention des mouchards du cabinet noir de façon à être mise opportunément sous les yeux du souverain et à le rassurer sur son pouvoir de séduction. Après tout, pensa-t-il, les femmes pouvaient se montrer aussi rouées que les hommes. Ayant couché avec les plus grandes effrontées de la Régence, il en avait lui-même fait souvent l'expérience cuisante.

Libera me, domine...

Séminaire d'Issy-les-Moulineaux, mardi 29 janvier 1743

Depuis bientôt quinze jours, le cardinal gardait le lit et perdait la tête. Le roi s'était déplacé en personne pour venir recueillir les derniers conseils de son vieux mentor, mais, pris d'émotion sénile, le vieil homme s'était oublié et chacun saluait le stoïcisme avec lequel Sa Majesté avait soutenu l'odeur et le changement des draps. Son Éminence avait ensuite reçu le saint viatique à regret et ne s'en souvenait déjà plus très bien. À Paris, le froid fendait les pierres, mais lui, les pieds nus glissés dans des galoches, courait à travers les ruelles de Lodève par une chaleur africaine pour rejoindre la maison de ses pères où une grande jatte de terre vernissée remplie de lait caillé l'attendait à la cuisine. Il tendait les mains vers sa vieille nourrice pour lui réclamer un peu de cette fraîcheur digeste, mais elle s'obstinait à ne pas le voir. Il la suppliait pourtant, car il mourait de soif et la fièvre le torturait. Quelques jours plus tôt, il s'était curieusement mis à parler patois, ce patois un peu rauque du Lodévois qui lui était revenu du fond de son enfance avant qu'il s'empresse de l'oublier pour apprendre le latin du séminaire et parler un français de sermon. Le fidèle Barjac restait au chevet de son maître afin de traduire ses dernières paroles à l'abbé Couturier, le supérieur général du séminaire, qui récitait inlassablement la prière des agonisants. Puis ce fut le silence, seuls les yeux du vieil homme vivaient encore suffisamment pour verser des larmes, car Fleury, dans un ultime sursaut de lucidité, voyait venir le naufrage de sa politique. La guerre de succession d'Autriche dans laquelle il n'avait engagé la France qu'à contrecœur avec pour seule intention de participer à la curée du Saint Empire romain germanique tournait au fiasco. Fatigués par une paix trop longue, les ambitieux prêchaient non plus la guerre d'influence mais la guerre à outrance, une guerre dans le seul but de se couvrir de gloire au risque de ruiner la France. Pendant près de deux décennies, le cardinal était parvenu à tenir tous ces fous en lisière, à éviter les aventures, à user de la diplomatie et à éviter de laisser parler les armes, mais les jeunes officiers casernés par sa politique ne rêvaient plus désormais que de remporter des batailles, et avec elles des croix de Saint-Louis, des cordons du Saint-Esprit et des bâtons tous couverts de fleurs de lys. Le maréchal de Belle-Isle s'était placé à leur tête et guidait secrètement cette cabale des bellicistes dans le seul espoir de relever sa maison marquée par l'ancienne disgrâce de Fouquet son aïeul. En arrivant aux affaires par les chemins détournés de l'intrigue, Fleury avait trouvé un royaume menacé de banqueroute, affaibli par un conflit interminable avec l'Europe coalisée, mais il était parvenu, à force de ténacité et de lésine, à réduire les dépenses, à geler les promotions, à congédier des régiments entiers pour mieux refermer les caisses du Trésor sur les doigts de tous ces financiers dont il connaissait la rapacité. Lui, contrairement à Richelieu et Mazarin, ne s'était pas honteusement enrichi avec l'argent du roi et des trafics. Il s'était contenté de faire une fortune à ses neveux, mais le roi l'y avait encouragé pour permettre à son nom de lui survivre et de tenir son nouveau rang. C'est ainsi que, sous son gouvernement, la France était redevenue prospère et puissante sans avoir à tirer un seul coup de canon. La peste et la famine ne rôdaient plus autour du pays comme des charognards autour d'une bête à l'agonie. Il avait alors profité de cette accalmie pour mener la vie dure aux jansénistes, tous protestants masqués, comme à ces étranges « francs-maçons » débarqués à la suite des Stuarts en exil et qui professaient dans le secret de leurs conciliabules des doctrines dangereuses, piétinant Dieu et l'ordre des choses pour adorer des utopies mensongères. Ces rêveurs éveillés croyaient au progrès et à l'égalité entre les hommes. Deux mensonges qui insultaient la nature et la volonté du Tout-Puissant. De grands seigneurs, en vérité de grands nigauds, se laissaient même attraper à de telles farces et se croyaient plus éclairés à écouter sagement les péroraisons cabalistiques d'hommes tout juste dignes de leur tenir le pot de chambre. Jamais – il en remerciait le ciel ! – lui ne s'était laissé séduire par toutes ces « nouvelletés », ces idées diaboliques, ces fausses vérités forgées en Angleterre, dans le seul but d'abattre la France, par des philosophes qui sentaient le fagot. Parfois il regrettait de ne pas avoir eu davantage de fermeté. Il espérait qu'en dépit de cela, au moment de comparaître devant le seul juge, lui seraient pardonnées ses faiblesses, son goût pour les beaux livres et pour le pouvoir. Certes, il l'avait aimé au-delà de toute mesure et avec une passion coupable, mais c'était pour mieux servir Dieu, le roi et la France.

Maintenant, c'était le chat de la maison, un gros chat noir à moitié galeux qui lapait le petit-lait du caillé resté au fond de la jatte tout en le narguant d'un œil vert. Il en aurait pleuré de rage et cherchait à attraper sa galoche pour l'envoyer à la tête de cette bête maléfique.

Sa respiration se fit plus rapide, plus haletante, ses mains, qui jusque-là se tenaient tranquillement accrochées à sa croix pectorale, ramenaient de façon compulsive le drap du lit vers sa poitrine.

— Il ramasse, se contenta de dire Barjac à l'oreille de l'abbé Couturier pour lui signifier que Son Éminence entrait en agonie.

Mais Fleury ne partait pas encore, il voyait distinctement ses pires ennemis précipiter le char de l'État au fond de l'abîme avant d'apercevoir dans un halo de haine les visages du maréchal de Belle-Isle, du duc de Richelieu, de la duchesse de Brancas et de la marquise de La Tournelle. C'était la chevauchée des courtisans de l'Apocalypse. La bête se réveillait pour mieux le dévorer. Il se crut perdu, voulut appeler. Il était mort.

Barjac ferma les yeux de son maître pendant que les séminaristes pleuraient leur protecteur. Duparc, le secrétaire particulier de Fleury, profitant du désordre de cet instant solennel, sortit discrètement de la chambre mortuaire pour se diriger vers le cabinet de travail du cardinal avec des gestes calmes et précis. Il commença par fermer toutes les armoires avant d'en glisser les clefs dans la poche de son habit. Ensuite il alla droit au grand bureau tout marqueté de cuivre et d'écaille, chercha de la main le petit mécanisme secret qui permettait de libérer le double fond du tiroir central et retira un paquet ficelé entièrement cacheté de rouge, demanda un cheval et partit pour Versailles à brides abattues.

Château de Versailles, cabinet du Conseil

Le Conseil des finances touchait à sa fin et, conformément à la règle, le roi était seul dans la pièce avec ses secrétaires d'État, aucun serviteur de la Couronne, pas même le premier valet de chambre, n'ayant le droit d'assister au secret de ces échanges. De sa place, dos à la grande cheminée de marbre où brûlait un feu de saison, il vit deux carrosses qui se suivaient à vive allure passer la grille royale, deux de ses ministres, Amelot et Maurepas, en descendre et se précipiter vers les escaliers. Louis XV n'eut pas besoin d'en voir davantage pour comprendre, et lorsqu'il reconnut leurs voix derrière la porte du cabinet, il se leva le premier pour leur ouvrir. Les deux hommes lui annoncèrent aussitôt la mort du cardinal. Le roi fut si troublé qu'il demeura un moment silencieux, comme hébété. Les ministres présents s'étaient levés à leur tour afin de l'entourer de leur respect et de leur compassion muette. C'est à ce moment précis qu'ils l'entendirent déclarer :

— Eh bien, messieurs, me voilà donc Premier ministre...

À la suite de quoi, le roi partit s'enfermer dans le cabinet des Perruques dont il claqua bruyamment la porte derrière lui. Maurepas se fit remettre les papiers et les clés du cabinet de Fleury par le secrétaire qui venait d'arriver. Il n'était pas temps d'importuner le roi avec des papiers d'État, et c'était à lui que revenait désormais la charge des secrets.

À deux heures un quart, Sa Majesté, s'étant un peu remise de son chagrin mais luttant à chaque instant contre les larmes, envoya chercher monseigneur l'évêque de Mirepoix auquel il confiait la feuille des bénéfices ecclésiastiques. Les affaires de l'Église ne devaient pas souffrir un seul instant de la mort de l'un de ses serviteurs, fût-il cardinal et ministre d'État. Le roi en profita pour annoncer dans la foulée que monseigneur de Saulx-Tavannes, archevêque de Rouen, devenait grand aumônier de la reine et que l'abbé de Fleury, propre neveu de feu M. le cardinal, occuperait comme de droit la charge de premier aumônier. Chaque fois qu'il prononçait le nom de son ancien précepteur, les yeux du roi s'embuaient, son menton tremblait et il pleurait finalement à chaudes larmes, forçant ses interlocuteurs à en faire autant. Enfin, comme mardi était le jour de la Comédie-Française à Versailles, Sa Majesté ordonna au duc de Gesvres, premier gentilhomme de la chambre, d'annuler tous les divertissements et demanda qu'un service funèbre soit célébré à Notre-Dame de Paris avec toute la pompe requise. C'était là un privilège réservé aux seuls membres de la famille royale, le roi signifiait ainsi publiquement qu'il perdait un parent.

Tous s'inclinèrent, et la Cour prit un air sombre pour quelques jours, mais, en dehors de M. de Châtillon, gouverneur du dauphin, grand dévot et ami personnel du cardinal auquel il devait cette belle place, personne ne se donna la peine d'aller à Paris pour rendre un dernier hommage à une vieille carcasse devenue parfaitement inutile. Toutes les têtes étaient déjà trop occupées par le partage de sa dépouille politique.

À Paris où la nouvelle était connue depuis le matin, on chantait sur l'air des pendus :

Ci-gît un cardinal antique,
Mentor rusé, ministre sans éclat,
Qui sut pousser la politique
Jusqu'à mourir pour le bien de l'État.
Fleury est mort, vive le Roi !

Château de Versailles, appartement de la reine, jeudi 31 janvier 1743

Longtemps, le mariage de Diane, la dernière sœur encore fille de Marie-Anne, avec le duc de Lauraguais, fils de la duchesse de Brancas, avait été retardé par l'opposition farouche du cardinal de Fleury qui voyait d'un très mauvais œil cette alliance entre ses ennemis déclarés et ne pardonnait toujours pas à la jolie précieuse de lui avoir menti de façon éhontée au début de l'intrigue entre le roi et la marquise de La Tournelle. Elle connaissait au contraire tous les fils et lui avait donc joué une belle comédie. Profitant de la longue agonie du ministre qui n'en finissait pas de mourir au milieu de ses séminaristes, les familles étaient alors passées outre les menaces d'un moribond pour s'accorder sur les termes du contrat. Sa Majesté, voulant marquer son attachement à la jeune mariée qui, contrairement à sa sœur, ne s'était jamais montrée vraiment farouche, non content de payer les frais de la noce d'un montant de dix mille écus, lui offrait quatre-vingt mille livres de rente annuelle avec, par-dessus le marché, la promesse d'un brevet de dame du palais de la future dauphine et les appointements de six mille livres qui allaient avec. Il est vrai que, depuis quelques semaines, la taille de la jeune fiancée s'arrondissait au-delà de l'embonpoint raisonnable d'une fille à marier un peu montée en graine, et Sa Majesté n'était pas fâchée de destiner ce paquet au duc de Lauraguais. Le mariage avait donc été célébré en hâte le dimanche précédent à Paris au faubourg Saint-Germain chez la comtesse de Rupelmonde.

Quant à Louise de Mailly, sa famille n'avait pas manqué de l'inviter dans les formes, car c'était aussi – après tout – le mariage de sa sœur, mais elle répondit qu'elle était souffrante et hors d'état de se montrer. Le roi, touché par tant de discrétion, fit alors dire à son ancienne favorite qu'elle serait désormais plus agréablement logée dans un bel appartement de l'hôtel de Longueville, rue Saint-Thomas-du-Louvre, dont il prenait le loyer et les frais d'installation à sa charge. C'est dans les écuries de ce même hôtel que l'on remisait les vieux coches qui avaient fait le service de Versailles, et Marie-Anne trouva très amusant l'idée d'y reléguer aussi sa sœur. Lorsque Le Bel vint informer l'ancienne favorite de cette bonne nouvelle, il ne manqua pas de lui rappeler qu'elle restait néanmoins un objet de scandale aux yeux des gens pour avoir détourné le roi de ses devoirs d'époux et qu'à ce titre elle avait interdiction de se montrer dans tous les lieux publics, que ce fût à la promenade, à l'Opéra ou à la foire. Seule la fréquentation de l'église Saint-Roch lui était autorisée pour ses dévotions. Il ajouta – mais avec tous les ménagements dus à une femme qu'il avait si souvent conduite jusqu'à la chambre de son maître – que si elle venait à braver cet interdit, elle se verrait refoulée par les suisses qui gardaient les jardins des Tuileries et reconduite chez elle par la force. Louise, qui abandonnait définitivement le rouge, les diamants et le grand décolleté en signe de pénitence, offrit à Dieu la dureté de ce régime et demanda à Le Bel de bien vouloir remercier Sa Majesté de conditions si généreuses.

Maintenant qu'elle était mariée, la nouvelle duchesse de Lauraguais pouvait être officiellement présentée à la Cour. Pour Marie-Anne, c'était une victoire éclatante sur la reine et sur Maurepas qu'elle ne désignait plus désormais, dans son particulier, que du surnom de « Faquinet ». Par ailleurs, la présence à la Cour de cette sœur devenue duchesse était l'occasion de rappeler au roi qu'il lui devait un tabouret, car il n'était pas pensable qu'elle-même restât debout alors que la nouvelle duchesse de Lauraguais, sa propre sœur, s'asseyait au grand couvert. Cela n'avait évidemment pas le sens commun.

Aussi, après qu'elle eut fait la veille toutes les visites d'usage, la jeune duchesse de Lauraguais, portant le grand habit de Cour à panier, avec corps baleiné, décolleté aux épaules, les joues outrageusement rougies par le fard comme il convenait, et longue queue portée par quatre de ses valets, vint se présenter chez la reine à l'heure dite. Là, selon les commandements de l'étiquette, ses serviteurs la laissèrent sur le seuil de l'antichambre car elle devait maintenant traverser l'appartement, simplement accompagnée de sa belle-mère, la duchesse de Brancas, qui s'était évidemment proposée pour être sa marraine de présentation.

Dans la chambre, la reine l'attendait, entourée de la duchesse de Luynes, sa dame d'honneur, de la duchesse de Villars, sa dame d'atours, et de toutes ses dames du palais parmi lesquelles, figuraient, bien sûr, Hortense et Marie-Anne, éblouissante dans une robe de velours rouge ponceau toute garnie d'hermine, que cette scène emplissait de contentement, et qui encourageaient Diane du regard. Ce n'était pas le moment d'avoir le pied qui glisse. Un faux pas, une chute, le moindre geste déplacé ou ridicule, bref tout ce qui pouvait faire rater une présentation à la Cour disqualifiait une débutante pour le restant de sa vie et entachait le prestige de toute une famille. Or, dans le cas présent, c'est le roi en personne qui aurait été atteint, et Maurepas tenait toute prête dans son esprit mauvais une chanson sur les culbutes des sœurs de Mailly-Nesle. À la Cour de France, on pardonnait tout ou presque à une femme bien née et titrée, sauf de ne pas savoir marcher en grand habit.

La deuxième révérence, au centre de la pièce, fut parfaitement réussie. La duchesse de Lauraguais avançait toujours. On la jugea moins grande, moins belle et surtout plus grasse que Marie-Anne, qui était, de l'aveu général, la plus belle de toute la portée, mais chacun s'accordait sur l'heureux caractère de Diane. Elle était toujours d'humeur gaie et rieuse, au point que le roi, dans un moment de tendresse, l'avait surnommée la « grosse réjouie ».

Arrivée devant la reine, Diane exécuta, enfin, la troisième révérence, plus plongeante que les deux précédentes, et se redressa avec grâce tout en enlevant son gant sans plier le coude, ce qui eût été d'une parfaite grossièreté. Fort heureusement, son titre de duchesse lui épargnait d'avoir à baiser le bas de robe de la reine, figure périlleuse au cours de laquelle plus d'une jeune présentée s'était perdue à jamais. Rien n'était pire que de trébucher si près du but. Elle présenta simplement la joue à la reine, qui s'approcha pour y apposer la sienne. Les deux femmes échangèrent quelques propos anodins et à peine audibles. La présentation était terminée, mais, pour la jeune femme, le plus dur restait à venir ; il lui fallait maintenant repartir à reculons en répétant les trois grandes révérences. La cohue dans l'appartement de la reine devenait étouffante tant il y avait de monde. Tous savaient ce qui se jouait ce jour-là pour la nouvelle favorite, et tous voulaient en être témoins. Les deux sœurs retenaient leur souffle et la reine ne perdait rien de la scène, mais Diane recula avec la plus grande aisance, rejetant chaque fois d'un mouvement parfaitement maîtrisé du pied droit l'immense traîne dont le flot d'étoffe lui tendait un nouveau piège à chaque pas. Maintenant, c'était gagné, et Marie-Anne reçut les regards d'approbation qui convergeaient vers elle comme autant d'applaudissements muets. Pendant ce temps, sa sœur disparaissait lentement dans la salle des gardes de la reine avant d'être engloutie par les courtisans qui se pressaient autour d'elle et de sa belle-mère pour les féliciter faute de pouvoir les moquer.

Seul un petit-maître poudré à frimas bien caché dans une embrasure de fenêtre, mais qui, perché sur la pointe de ses souliers de soie, observait toute la scène depuis le début, son face-à-main braqué sur Diane, persifla que la réussite du geste n'avait rien d'étonnant, car jamais les sœurs de Mailly ne s'étaient trouvées très embarrassées par une queue ! Les femmes à sa portée pouffèrent derrière leur éventail peint de scènes galantes, et le mot fit le tour de Versailles avant d'enchanter Paris. Le comte de Maurepas, lorsqu'on le lui rapporta, jura que tant d'esprit valait, à lui seul, un brevet de capitaine.

La lecture de *Mérope*

Paris, île Saint-Louis,
hôtel Lambert, début février 1743

Richelieu voulant faire la surprise de son retour à sa tendre amie, la marquise du Châtelet, dont il avait autrefois obtenu tout ce qu'une femme d'esprit peut offrir à un homme de goût, refusa d'être annoncé, et ce au grand désarroi du maître d'hôtel de la marquise qui eût été trop heureux de faire rouler sous les beaux plafonds peints, un éclatant : « Monsieur le duc de Richelieu ! ». Au lieu de cela, le malheureux domestique se vit contraint d'entrebâiller la porte pour que le visiteur puisse avoir le loisir de surprendre la compagnie. Dès l'antichambre, Richelieu reconnut la voix qui faisait la lecture, une voix aiguë, une voix dont la tonalité légèrement nasillarde commençait par vous excéder tant elle cherchait à s'imposer malgré sa disgrâce, mais dont il devenait ensuite difficile de se libérer si on la laissait vous persuader de l'écouter ; c'était la voix de l'intelligence et de l'esprit, une voix tellement française que Richelieu marqua le pas d'émotion. Il était bien de retour chez lui, à Paris.

Protégé des vents coulis d'hiver par un paravent tendu de toiles peintes, un petit groupe de femmes assises, et presque étendues, dans de larges chauffeuses rassemblées à la diable près de la cheminée, écoutait un homme qui lisait des vers de tragédie en y mettant de l'intonation. Le lecteur portait un habit de velours gris tout brodé d'argent et un grand nœud de satin noir en guise de cravate. Tant de sobriété pouvait laisser croire à un demi-deuil, mais elle était heureusement égayée par un gilet de soie rose qui dessinait comme des lèvres à son habit. Il captivait l'attention, tous les regards convergeaient vers lui, et seul le feu, abandonné à lui-même, se mourait lentement d'ennui. Richelieu, ne voulant pas perturber une scène aussi parfaitement agencée et interrompre le brillant causeur dans sa déclamation, n'avançait plus de peur de faire craquer le parquet cloisonné où, malgré la saison, personne n'avait eu l'idée bourgeoise de tendre un tapis.

M. de Voltaire lisait le troisième acte de *Mérope*, sa dernière tragédie, dont il attendait tout à la fois le triomphe public et un fauteuil à l'Académie. Aussi régnait-il, dans ce salon tapissé de lampas couleur ventre de puce, un silence de chartreuse. Le visiteur profita de ces quelques instants volés à l'intimité de l'assemblée d'admirateurs pour s'attacher à démêler cet écheveau de femmes dont les robes offraient, dans un bouillonnement d'étoffe, un socle voluptueux au buste vivant de la tragédie. À la gauche de Voltaire, le duc reconnut aussitôt deux actrices dont il connaissait les charmes secrets autant que les talents, les premiers étant tout aussi publics que les seconds mais beaucoup plus coûteux à admirer. Mlle Gaussin, dans une robe de soie blanche toute brochée, paraissait bien rêveuse, elle tenait son menton négligemment appuyé sur le manche de son éventail sans lâcher des yeux le lecteur qui, à chaque pause, paraissait chercher son approbation d'un mouvement de tête presque imperceptible. À côté d'elle, littéralement emmitouflée dans une robe de chambre en velours bleu roi, trônait Mlle Dumesnil, la grande tragédienne dont le talent dominait la scène parisienne et qui ne l'oubliait jamais. Ses lèvres remuaient silencieusement, et sa physionomie changeait au gré des inflexions de voix du lecteur ; elle rougissait lorsqu'il était question d'amour, se pâmait aux accents de la passion et roulait des yeux épouvantés devant l'éclat imaginaire de poignards en fer-blanc. Elle était déjà sur scène et attendait les applaudissements.

Un bras jeté nonchalamment sur le large dossier du fauteuil de Voltaire en signe de possession, Émilie du Châtelet, vêtue pour sa part d'une sorte de déshabillé à la turque, lisait par-dessus son épaule en comptant mentalement, c'était sa toquade, les pieds de chaque alexandrin en même temps qu'elle scandait leur rythme du bout de son éventail. Une petite lune de diamant piquée dans ses cheveux tirés et pommadés rappelait à ceux qui l'auraient oublié son goût de femme savante pour l'astronomie. Presque couchée sur l'accoudoir du même fauteuil, Mme de Tencin, mise avec le faste tapageur d'une nonne défroquée enrichie par l'agiotage, cherchait, elle aussi, à devancer la lecture en fouillant le texte des yeux. Richelieu s'étonna de sa présence, la vieille fée contrefaisant la malade ne sortait plus guère dans le monde, et son inimitié pour Voltaire, qui le prenait d'un peu trop haut avec elle, était connue. Il fallait que le fumet de la rumeur, prémices d'un grand succès, soit monté jusqu'à ses narines pour la persuader de faire atteler ses chevaux et de répondre à une invitation d'Émilie. Si demain *Mérope* triomphait au Théâtre-Français, il ne serait pas dit qu'elle le découvrirait en lisant bêtement le *Mercure de France* comme toutes ces demi-provinciales qui vivaient recluses au Marais. Richelieu s'amusa de ce tableau vivant, il n'y avait décidément qu'à Paris que l'on pouvait voir, sans rire, deux grandes dames un peu tombées dans la volupté donner la main à deux actrices, autant dire des femmes perdues, pour tresser des lauriers au génie français. Paris pardonnait décidément tout à la renommée. La cinquième admiratrice lui tournant ostensiblement le dos, Richelieu ne parvenait pas, depuis son poste d'observation à donner un visage à ces belles épaules enveloppées d'un grand châle du Cachemire rouge brodé d'or. Enfin, adossé à la chauffeuse de sa tante, Mme de Tencin, Antoine de Pont-de-Veyle, toujours admiratif, toujours grave, toujours soupirant, se taisait comme à l'accoutumée de peur d'en dire trop.

Lorsque la demie de trois heures de l'après-midi sonna à l'imposante pendule supportée par un dieu d'or moulu, le grave tintement interrompit la lecture et Mme du Châtelet, relevant instinctivement la tête, aperçut enfin le duc de Richelieu. Aussitôt des cris, des exclamations de joie et de surprise l'emportèrent sur l'attention et le recueillement. Émilie se précipita, toutes voulurent faire de même malgré les supplications du visiteur, et Voltaire tendit les bras à son plus vieil ami. La marquise du Châtelet sonna plusieurs fois les domestiques pour qu'ils approchent un fauteuil, mais ne voulut laisser à aucun d'eux le soin de lui servir une tasse de thé. Elle s'empara de la verseuse en argent posée sur la tablette de la cheminée et offrit au duc le breuvage des philosophes dans une petite tasse de porcelaine de Chine dont il apprécia, en connaisseur, la finesse translucide. Très vite, le cercle se reforma, mais il ne fut plus question de lecture, l'urgence était aux nouvelles qu'il fallait échanger, celles de la ville, de la Cour, du théâtre et de la guerre. La situation n'était pas bonne. Le roi de Prusse, après s'être sorti d'un très mauvais pas grâce à l'entrée de la France dans le conflit et la prise de Prague, n'avait rien trouvé de mieux, une fois la Silésie glissée dans sa besace, que de faire volte-face en signant une paix séparée avec la reine de Hongrie, le tout avec la complicité du roi d'Angleterre ! Chacun s'indignait de cette mauvaise manière, sans toutefois accabler Frédéric II pour ne pas chagriner Voltaire qui professait une adoration sans limites pour le Salomon du Nord. Après tout, si la France avait travaillé pour le roi de Prusse, il ne fallait pas en vouloir à celui qui tirait les marrons du feu mais bien à ce gouvernement de sots qui les lui avait fait cuire.

Une fois que Richelieu eut rapidement brossé le tableau de la situation militaire pour ne pas ennuyer les femmes de détails morbides, tous se tournèrent vers Voltaire dans l'espoir que l'oracle pourrait leur traduire avec des mots intelligents ce qui se tramait à quatre cents lieues de Paris. Le philosophe se fit un peu prier, arguant qu'il n'était pas, comme le duc, un grand capitaine, mais Mme de Tencin rétorqua qu'un grand esprit avait l'obligation d'éclairer l'histoire de ses lumières. Un murmure d'applaudissement accueillit cette belle pensée et Voltaire, prié par une femme de qualité, s'exécuta. Chacun reprit place et tous écoutaient. Ils attendaient une dissertation savante, mais c'est le début d'un petit conte qui leur fut servi et qui, comme il se doit, commençait par « il était une fois » :

— Un généalogiste prouve à un prince qu'il descend en droite ligne d'un comte dont les parents avaient fait un pacte de famille il y a trois ou quatre cents ans avec une maison dont la mémoire même ne subsiste plus.

Ce début inattendu mais tellement dans le goût de Voltaire porta l'attention des hommes et le plaisir des femmes jusqu'à l'incandescence. Certain de son succès, le conteur reprit le chemin de sa petite parabole :

— Cette maison a des prétentions éloignées sur une province dont le dernier possesseur est mort d'apoplexie : le prince et son conseil concluent sans difficulté que cette province lui appartient de droit divin. Cette province qui est à quelques centaines de lieues de lui a beau protester qu'elle ne le connaît pas, qu'elle n'a nulle envie d'être gouvernée par lui, que pour donner des lois aux gens, il faut au moins avoir leur consentement, ces discours ne parviennent pas seulement aux oreilles du prince dont le droit est incontestable. Il trouve incontinent un grand nombre d'hommes qui n'ont rien à perdre ; il les habille d'un grand drap bleu à cent dix sous l'aune, borde leurs chapeaux avec du gros fil blanc, les fait tourner à droite et à gauche, et marche à la gloire.

Richelieu, très amusé, écoutait cette satire où chacun pouvait aisément reconnaître les prétentions de l'Électeur de Bavière à la couronne du Saint Empire germanique aux dépens de Marie-Thérèse d'Autriche, reine de Hongrie et fille du dernier empereur. Conflit dynastique qui se trouvait à l'origine de toute la guerre et menaçait maintenant d'embraser l'Europe. Il se permit simplement d'interrompre le conteur pour préciser que ce prince-là aurait eu tout intérêt à acheter de bons draps du Languedoc qui étaient de bien meilleure facture et à meilleur marché. Voltaire assura aussitôt qu'il ne manquerait pas de faire la commission à ce prince très glorieux. Les femmes battaient des mains, et la belle inconnue, qui n'était autre que la jeune duchesse de Boufflers, serra contre elle son précieux châle des Indes car dehors le gros hiver soufflait contre les vitres. Le petit conte reprit.

— Les autres princes qui entendent parler de cette équipée y prennent part, chacun selon son pouvoir. On voit à la fois cinq ou six puissances belligérantes, tantôt trois contre trois, tantôt deux contre quatre, tantôt une contre cinq, se détestant toutes également les unes les autres, s'unissant et s'attaquant tour à tour ; toutes d'accord en un seul point, celui de faire tout le mal possible.

C'était, là encore, une image vive et colorée de l'embrouillamini diplomatique qui présidait au conflit et auquel plus personne, à Paris, ne comprenait quelque chose, mais la guerre devenait tellement amusante lorsqu'un homme comme Voltaire prenait la peine de la tourner en dérision. Pour autant, le jeu n'était pas terminé, car le philosophe ne comptait pas s'arrêter en si bon chemin et préparait à l'intention de son auditoire une morale de sa façon. Il ne serait pas dit que le digne successeur de Corneille n'était pas aussi celui de La Fontaine. Heureuse et flattée de ce petit succès impromptu, Émilie du Châtelet couvait son grand homme du regard tout en gardant un œil sur la petite Gaussin, à laquelle elle trouvait parfois des airs un peu trop engageants. Les ardeurs amoureuses du philosophe étant trop souvent platoniques à son goût, elle ne tenait pas à les partager avec une autre. Prudemment, Voltaire jugea qu'il était temps de faire diversion, car les réactions d'une maîtresse régulière qui se fait des idées à propos d'une actrice au sommet de sa séduction étaient toujours à craindre ; il reprit donc le cours de son récit.

— Le merveilleux de cette entreprise infernale, c'est que chaque chef des meurtriers fait bénir ses drapeaux et invoque Dieu solennellement avant d'aller exterminer son prochain. Si un chef n'a eu que le bonheur de faire égorger deux ou trois mille hommes, il n'en remercie point Dieu ; mais lorsqu'il y en a eu environ dix mille d'exterminés par le feu et par le fer, et que, pour comble de grâce, quelque ville a été détruite de fond en comble, alors on chante à quatre parties une chanson assez longue, composée dans une langue inconnue à tous ceux qui ont combattu.

Et Voltaire d'ajouter en forme de chute que cette chanson était toute farcie de barbarismes latins… Tant d'impiété conduisit jusqu'à l'extase philosophique l'enchantement de la compagnie. Personne ne s'était jamais moqué avec tant d'esprit de ces graves *Te Deum* dont Louis XIV avait cassé les oreilles de toute la France pendant plus d'un demi-siècle. Richelieu s'était aussitôt levé de son siège, applaudissait maintenant comme au théâtre et exigeait que Voltaire mette tout cela au noir pour le jeter, demain, sous forme d'imprimé à la figure des dévots. Il y avait là de quoi hérisser le poil de toute cette infâme cabale. Mme de Tencin, se souvenant peut-être qu'elle avait été chanoinesse, prit d'abord un air pincé, mais la joie du duc était à elle seule une assurance, et elle lâcha alors la bride aux démonstrations d'un enthousiasme qu'elle contrefaisait toujours à la perfection. Les deux actrices que leur métier condamnait à la damnation éternelle riaient en bonnes filles à toutes ces impiétés.

Mme du Châtelet profita de ce triomphe de salon pour reprendre habilement les dés de la conversation et les faire rouler sur le seul sujet qui revêtait une réelle importance à ses yeux, l'élection de son amant à l'Académie française. Là était l'unique gloire pour un Français, et Voltaire, le plus génial d'entre eux, se devait d'en être car sinon qui pourrait encore y prétendre demain ? Si la guerre était une affaire d'hommes, l'Académie était celle des femmes, un champ de bataille où elles pouvaient déployer tout à loisir leur sens de la stratégie, envoyer des ambassades, contracter des alliances contre nature, aligner leurs bataillons et faire jouer toutes leurs relations pour parvenir à leurs fins, quitte à faire reculer l'Église et à s'opposer au roi lui-même.

Le combat était pourtant mal engagé, un peu comme en Bohême, car le philosophe venait d'essuyer une terrible défaite face à Marivaux, qui l'avait battu quelques mois plus tôt d'une courte tête grâce à l'appui sans faille de Mme de Tencin, chez laquelle le dramaturge tenait depuis des années et tous les mardis son petit bureau d'esprit. C'est la raison pour laquelle Émilie, fine mouche, avait arrangé la lecture de *Mérope* chez elle dans l'espoir de gagner à sa cause cette femme qui faisait et défaisait les réputations faute de n'avoir jamais pu retrouver la sienne. L'arrivée inopinée du duc de Richelieu lui était apparue une occasion inespérée, car le grand seigneur qui n'avait jamais écrit une ligne de sa vie sinon des lettres à ses maîtresses, jouissait d'un immense prestige au sein de la Compagnie dont il était membre par la seule grâce du nom qu'il portait. Son amitié pour Voltaire jointe aux remords de Mme de Tencin pouvait beaucoup. Tout le monde en convint d'autant que la mort du cardinal de Fleury libérait opportunément un fauteuil. Sur un regard de sa maîtresse, Voltaire, qui s'en tenait jusque-là à une attitude réservée, confirma cette candidature par une de ces formules dont il émaillait sa conversation autant que sa correspondance en déclarant avec un sourire tout souligné de fausse modestie :

— Pour l'honneur des lettres, je veux qu'un pauvre diable succède à un Premier ministre, et je me présente pour être ce pauvre diable…

À ce joli mot, tout le monde applaudit à nouveau. Jamais Voltaire n'était aussi étincelant que lorsqu'il faisait, sans y paraître, l'éloge de lui-même.

Certes, permettre à l'auteur des *Lettres philosophiques* condamnées pour impiété par le parlement de Paris de succéder à un cardinal de la sainte Église n'était pas une mince affaire, mais cette gageure enchantait ces dames et il ne déplaisait pas à Richelieu de faire cette petite niche à des dévots qui s'évertuaient à lui barrer la route du Conseil des ministres depuis des années.

Mme de Tencin, tout étourdie d'un tel complot dont elle devenait le pivot, s'aventurait déjà à compter les votes dont elle était sûre sur ses petits doigts potelés étranglés dans des mitaines de filoselle noire. Emportée par le succès de son initiative, la marquise du Châtelet s'aventura jusqu'à demander à Richelieu de leur gagner le soutien de la nouvelle favorite qui haïssait les dévots autant qu'eux et qui ne serait peut-être pas fâchée de choisir au cardinal de Fleury un successeur de sa façon. C'est là que, gagné par l'ivresse du moment, Voltaire se permit d'ajouter en riant qu'il ne doutait pas un instant que les tétons de Mme de La Tournelle agiraient en sa faveur…

À ce mot, Richelieu se figea aussitôt et le masque de Cour vint se substituer sur son visage peint à la figure aimable et souriante qu'il arborait depuis son arrivée. Se moquer de la religion, de l'Église et de ses prêtres, quelle que fût la couleur de leur robe, était une chose, rire des amours du roi et des tétons de sa maîtresse en était une autre. Il se fit un silence qui brûla la gaîté de l'assemblée à la manière de la glace. Le pied de Voltaire venait de glisser sur la flaque de sa propre ironie. Mme de Tencin, épouvantée à l'idée de voir son nom, et donc celui du cardinal son frère, mêlé à ces propos de lèse-majesté, se rappela soudain qu'elle était souffrante depuis plusieurs jours, demanda sa voiture et descendit les marches du grand escalier avec l'agilité d'une jeune biche sans même attendre que ses chevaux fussent attelés. Chacun des invités fit de même, et les deux vieux amants se retrouvèrent en quelques instants dans un tête-à-tête qu'ils n'avaient pas sollicité. Une fois les portes fermées, Mme du

Châtelet dans sa colère se montra plus violente qu'une Junon de théâtre, s'empara du tisonnier de bronze, et Voltaire fut menacé d'avoir la tête rompue pour n'avoir pas résisté au plaisir d'un bon mot.

Château de Versailles, chez la marquise de La Tournelle, quelques jours plus tard

La première représentation de *Mérope* à la Comédie-Française était un immense succès. Les petits-maîtres du parterre scandaient le nom de Voltaire à chaque tomber de rideau pour qu'il parût sur le théâtre. Les femmes pleuraient au balcon et les plus beaux noms de France installés dans les loges encensaient le génie du plus grand de tous les mécréants. Le théâtre menaçait de s'effondrer sous les applaudissements, Mlle Dumesnil d'étouffer sous les fleurs et Voltaire de mourir de plaisir, mais, se faisant violence, il refusait de quitter la loge de Mme de Boufflers où il s'était réfugié et se contentait de présenter à la salle en délire l'air humble et soumis d'un auteur qui savoure l'ivresse du triomphe.

Ce fut le moment choisi pour réparer sa bévue, car en France on pardonne tout au succès littéraire. Quelques jours plus tard, il partit faire sa cour à Mme de La Tournelle qui recevait les hommages à sa toilette avec cet air de lassitude indifférente qui ne la quittait plus. Une toilette de reine où se pressait désormais toute la France, ses grands, ses solliciteurs et ses marchandes de mode. Voltaire dut éprouver sa philosophie, car la marquise ne manqua pas de le faire patienter longtemps dans son antichambre avant de l'admettre, mais son orgueil blessé était heureusement pansé par les compliments que ne manquaient pas de lui faire tous ceux qui traversaient l'appartement. Au moment où le père de *Mérope* était enfin introduit, la maîtresse royale finissait de se poudrer la gorge et lorsqu'elle l'aperçut dans son miroir, un mouvement un peu brusque de ses épaules eut pour effet de dégager largement de son corset l'aréole de ses seins qu'elle avait rose, large et prometteuse. Sans y prêter garde ni même tourner la tête vers le visiteur, elle profita de cette indécence si peu fortuite pour lui lancer :

— Eh bien, Voltaire que feriez-vous de mes tétons si vous en étiez le maître ?

Richelieu avait parlé, la marquise était informée, l'Académie française devenait tout à coup plus éloignée que celle de Saturne… Pourtant, sans se démonter et avec ce sens de l'à-propos qui faisait toute sa force, le philosophe pressa le pas, tomba à ses genoux et lui répondit :

— Mais, madame, je les adorerais !

La favorite partit alors d'un immense éclat de rire qui valait réconciliation et peut-être même agrément pour la grande élection. Voltaire, soulagé, se montra alors étourdissant et réserva à la maîtresse royale plus d'esprit qu'il n'en avait répandu dans tous les salons de la capitale depuis son retour. Il tourna en dérision monseigneur de Mirepoix, le précepteur du dauphin qui s'opposait par tous les moyens à son entrée à l'Académie au point de susciter la candidature de l'évêque de Bayeux pour contrecarrer la sienne. Le bon évêque en avait le sang tout retourné, mais cela ne lui donnait pas pour autant le talent de faire des vers, même en latin de cuisine. Marie-Anne se méfiait de Mirepoix depuis qu'elle avait appris de la bouche même du roi que, à l'approche du carême, ce prélat s'était permis de faire de longues remontrances au monarque sur son éloignement des sacrements. N'étant pas son confesseur, l'évêque n'avait pas poussé la pointe dévote jusqu'à évoquer le salut de son âme, mais il lui dit tout de même sa crainte que, en cas de revers aux armées, le peuple ne vînt à attribuer les malheurs du royaume à son inconduite. Le cadavre du vieux cardinal pourrissait à peine que déjà certains s'employaient à effrayer la timide conscience de Louis XV avec des épouvantails de sacristie. Il était temps de rappeler ces messieurs à davantage de charité chrétienne et plus de modestie.

Au moment où Voltaire se retirait enfin de façon à céder la place aux courtisans qui encombraient maintenant les deux antichambres, la favorite lui fit signe de s'approcher au plus près, si près qu'il crut un instant qu'elle allait le prendre au mot, mais c'était pour lui demander, dans le creux de l'oreille, si son amitié avec le roi de Prusse était aussi vive que certains le prétendaient. Voltaire en rougit d'orgueil et de contentement, allant jusqu'à proposer d'ouvrir sa correspondance avec Frédéric II à la jeune femme pour l'en convaincre. Marie-Anne n'en demandait pas tant, mais voulut s'entretenir seule avec lui et ferma sa porte au reste de la Cour.

Les désastres de la guerre

Château de Versailles, mardi 9 juillet 1743

Cabinet du Conseil

Sa Majesté venait de faire mander tous les ministres qui participaient au Conseil d'en haut, car l'heure était grave. Chacun avait pris place autour de la longue table ovale tendue de damas, mais personne ne s'était assis dans l'attente du monarque. La chaleur était accablante, et les épaisses perruques pesaient sur les crânes inondés de sueur. On se félicitait néanmoins à voix basse que le roi n'ait pas fait retirer les chaises dont il avait autorisé l'usage pendant toute la maladie du cardinal de façon à permettre au vieillard de s'adosser lorsqu'il était pris de faiblesse. C'était là une petite victoire sur les rigueurs du feu roi Louis XIV qui ne tolérait en sa présence, pour ses ministres et conseillers d'État, que le tabouret. Ils n'abandonneraient pas de sitôt une telle assise.

Si les chaises donnaient des airs de grandeur à des hommes qui en manquaient cruellement, les nouvelles, elles, étaient alarmantes et les mines alarmées. À l'arrivée du roi, un huissier du cabinet lui avança son large fauteuil de bois doré et chantourné, chacun s'assit à sa suite sous le regard méprisant d'Alexandre le Grand, juché sur sa stèle face au grand trumeau de glace. Lui au moins avait su autrefois remporter des victoires et conquérir des empires.

Le courrier reçu le matin même du maréchal de Noailles ne prenait aucune des précautions habituelles aux stratèges d'antichambres et aux héros d'entresols. Alors que les troupes françaises étaient sur le point de s'emparer du roi George III d'Angleterre et de son armée acculée sur les rives du Main en Bavière, le duc de Gramont, n'écoutant que son orgueil et trop pressé de participer à cette curée, avait lancé le régiment des gardes françaises dans la bataille sans en recevoir l'ordre du maréchal, son oncle. Ainsi, au lieu d'occuper les hauteurs dont il avait la défense pendant que l'artillerie française pilonnait les Anglais tout à loisir, le duc impatienté de se battre les flancs avait attaqué avec ses troupes d'élite, livrant à Dettingen un combat hasardeux, là où il pouvait enfermer l'ennemi dans une souricière. Trop heureux de profiter de cette bévue qui condamnait les canons français à se taire, les forces anglaises et hanovriennes s'étaient ruées sur les troupes de Gramont avec l'énergie du désespoir, bousculant le prestigieux régiment pour se sauver du piège où elles étaient tombées. À la fin des combats, la terre grasse et noire étanchait un sang bleu de France. Le maréchal de Noailles, ayant su conserver le calme des vieilles troupes alors qu'il assistait à un désastre au lieu d'une victoire, était parvenu à sauver ce qui pouvait l'être et à se replier en bon ordre, mais une occasion magnifique de renvoyer les Anglais chez eux pour s'y occuper de leurs affaires venait d'être manquée. Elle ne se retrouverait pas avant longtemps.

À Versailles, l'inquiétude était à son comble car, comme toujours, la rumeur de la défaite précédait de quelques heures le courrier chargé de l'annoncer, et nombreuses étaient les familles de courtisans qui avaient à la guerre un fils, un mari, un père, un frère ou un neveu. On savait la mort du duc de Rochechouart de façon certaine par sa mère, car la pauvre femme était tombée dans les bras du roi, la veille au soir, pour lui demander de bien vouloir conserver sa charge de premier gentilhomme à son petit-fils âgé de quatre ans à peine. On disait aussi que le duc d'Harcourt et le comte de La Mothe étaient cruellement blessés. Certains n'hésitaient pas à ajouter d'un air pénétré de douleur qu'il s'agissait là d'un nouvel Azincourt, tant la noblesse française paraissait avoir été fauchée sur le champ de bataille. Des listes fantaisistes circulaient, et l'on avait aperçu de grandes dames prises de crises nerveuses dans la galerie des Glaces ou d'autres, que l'on voyait très rarement à la chapelle, se précipiter au pied des saints autels pour implorer l'intercession divine. Depuis le matin, le premier gentilhomme de service comme les plus obscurs valets intérieurs étaient assaillis de questions. On exigeait, on suppliait, on supputait des nouvelles et des noms. C'est à peine si, au moment de traverser le salon de l'Œil-de-bœuf pour se rendre au Conseil, les ministres étaient parvenus à se dégager de l'étreinte angoissée des parents et amis venus aux nouvelles. La malheureuse marquise de La Tournelle ne savait que répondre à tous ceux qui se précipitaient chez elle pour en apprendre davantage.

Elle était elle-même dans les plus grandes alarmes, car elle savait le duc de Richelieu à la tête du régiment de Rohan et le croyait blessé.

Plus grave, si tant est que dans de telles circonstances la gravité puisse se comparer, la situation de la France devenait critique. Abandonné de son principal allié, Frédéric II de Prusse, Louis XV se retrouvait seul pour soutenir les prétentions de l'Électeur de Bavière à la dignité impériale alors que ce principicule couronné n'était même pas fichu de défendre ses propres États héréditaires. La grenouille bavaroise avait voulu se faire plus grosse que le bœuf autrichien, et la France, qui s'était aventurée dans cette fable pour gendarmer le continent, courait maintenant le risque de voir l'Europe tout entière se retourner une nouvelle fois contre elle. Les Anglais, dont la perfidie n'était pas qu'une figure de style, travaillaient à ressusciter contre l'arrière-petit-fils la formidable coalition qui, trente ans plus tôt, avait bien failli emporter la puissance du roi Louis XIV et transpercer la France de part en part. Certes, le royaume n'en était pas là, mais le bruit du canon se rapprochait dangereusement du pré carré. Le roi n'avait rien laissé paraître de sa préoccupation ni de ses inquiétudes, mais il foudroyait du regard ses ministres chaque fois que l'un d'entre eux tentait de justifier une situation injustifiable. Tout ce qui arrivait depuis l'abandon de Prague était dû tout autant à l'indiscipline des troupes et des officiers français qu'à la lenteur des moyens mis à la disposition de l'armée. M. le Cardinal s'était montré bien trop tendre, son grand âge et son immense piété l'ayant tenu dans une sorte d'indifférence aux affaires, et tout s'en ressentait.

Il était temps de prendre des mesures énergiques. À ces mots auxquels le roi ne les avait pas habitués, les ministres baissèrent légèrement les yeux mais ne manquaient pas de se regarder en dessous de façon à essayer de présenter au maître un front qui, pour être soumis, n'en restait pas moins uni. Ils se croyaient indispensables, et cette certitude leur donnait de l'assurance. La place du cardinal de Fleury n'avait pas été pourvue, elle était donc à prendre car ils savaient que le roi s'ennuyait déjà à gouverner par lui-même. Depuis six mois, ils s'observaient, se tendaient des chausse-trappes pour essayer de prendre l'avantage dans l'esprit du roi, mais cette algarade inhabituelle leur faisait craindre qu'un autre, plus malin qu'eux, se soit déjà emparé des rênes du pouvoir à leur insu. Maurepas en concevait une folle inquiétude, lui, auquel quelques jours seulement avaient suffi pour étendre sa domination sur le Conseil, mais qui n'était pas encore parvenu à arracher au roi le mot qui l'aurait placé, de fait, à la tête du cabinet. Seul le cardinal de Tencin résistait à l'emprise de ce dernier, mais c'était à cause de sa sœur, cette nonne prise de fureurs utérines, qui lui mettait des chimères politiques dans la tête. Partout Maurepas voyait des mains de femmes agissant contre lui, et derrière celles de Richelieu se glissant jusqu'au roi à travers les caresses de La Tournelle. Comment se battre contre des putains qui ne disaient pas leur nom ? pensa-t-il. C'était là toute l'injustice du combat qu'il devait mener.

Le comte n'était pas si loin de la vérité, mais il se trompait de cible, car Louis XV ne leur avait lu qu'une partie de sa correspondance avec le maréchal de Noailles, qui commandait aux armées et détaillait déjà une ligne de conduite politique. C'était lui, le danger. Ce vieux renard guettait son heure depuis des années, et sa famille avec lui. Une famille qui, elle aussi, devait tout aux femmes. Le roi donna ses ordres avec une précision et une autorité qui surprirent. Le comte d'Argenson fut chargé de rétablir la discipline dans une armée qui en manquait cruellement et où l'on faisait la guerre pour courir à la gloire bien plus qu'à la victoire. Le falot Amelot de Chaillou portait pompeusement le titre de ministre des Affaires étrangères, mais n'avait jamais été rien d'autre qu'une sorte de secrétaire du cardinal soigneusement choisi pour sa totale transparence et son incapacité à aligner une phrase sans s'embourber dans sa propre salive. Depuis la mort de Fleury, il ne traçait pas une lettre avec sa plume de ministre sans en recevoir l'ordre de Maurepas. Tout étourdi par la colère du souverain, il se vit commander d'empêcher que l'étau diplomatique ne se resserre sur la France. Dès lors que l'Europe entière menaçait de se coaliser pour s'en prendre au roi de France, il fallait unir autour de lui par un solide pacte de famille tous les Bourbons d'Espagne et d'Italie. On devait hâter le mariage du dauphin avec une infante espagnole. Des enfants à marier ou à couronner, c'est encore ce que Philippe V d'Espagne avait fait de mieux. Enfin, il revenait à M. Orry, contrôleur général des Finances, de s'occuper du nerf de la guerre, c'est-à-dire trouver de l'argent, beaucoup d'argent. Les Français étaient riches et se plaignaient toujours d'être pauvres, mais la grandeur du roi et la sauvegarde de la France avaient un prix. L'Église elle-même serait mise à contribution.

Certes, elle était exemptée d'impôts depuis des temps immémoriaux, mais, cette fois, elle se devait de venir en aide à son fils aîné, le Roi Très-Chrétien. Louis XV comptait sur une augmentation substantielle du don gratuit de l'Église de France et se tourna vers le cardinal de Tencin pour le lui formuler. Le prélat en resta les yeux ronds et bouche bée.

Content de lui-même et de cet esprit de résolution, le roi s'apprêtait à lever le Conseil lorsque, au prix de mille efforts de diction, Amelot de Chaillou lui rappela que M. de Grimbergen, le chargé d'affaires de l'Électeur de Bavière couronné empereur du Saint Empire romain germanique par la seule puissance des armées françaises, demandait à nouveau audience dans l'espoir d'obtenir des garanties sur les intérêts de son maître.

Un geste d'humeur échappa au roi, qui asséna à ses ministres que la Bavière commençait à lui faire tourner la tête. Le chargé d'affaires attendrait car, pour l'heure, il avait besoin de se dégourdir les jambes et comptait aller faire quelques pas dans le parc du château où il se rafraîchirait un peu l'esprit. C'était la première fois depuis des semaines que le roi, qui ne jurait plus que par Choisy, descendait à ses jardins, et ce fut un véritable branle-bas de combat, car le bon plaisir de Sa Majesté était, apprit-on, de visiter tous les bosquets. Les fontainiers couraient devant lui pour que les eaux jouent avant son arrivée.

Parc du château, bosquet de la salle de bal

Le roi se faisait accompagner de ses ministres qui avaient bien mérité eux aussi un peu de fraîcheur, de la favorite et de ses deux sœurs. La duchesse de Lauraguais et la marquise de Flavacourt, que ces promenades éreintaient autant qu'elles les assommaient, s'étaient immédiatement empressées de monter à bord d'une des trois petites carrioles qui suivaient le roi pour permettre le repos des promeneurs. Les ministres, trop heureux de faire ainsi leur cour aux deux dames plutôt que de courir les allées, les avaient imitées. Le dauphin, invité par son père à l'accompagner, occupait la troisième voiture tandis que le roi et la marquise de La Tournelle marchaient seuls devant, car personne ne se serait aventuré à interrompre ce colloque singulier. Une fois l'odeur de vase dissipée, le jaillissement des eaux creusait une véritable grotte de fraîcheur au milieu de la chaleur de juillet, et lorsque le roi parvint au centre de l'amphithéâtre de verdure, les fontainiers donnèrent les derniers tours d'écrous pour libérer la totalité des cascades. Le fracas des cataractes devint assourdissant, et les propos du roi et de sa maîtresse parfaitement inaudibles, ce qui permit à la marquise de La Tournelle, très au fait de la situation politique et militaire, d'attaquer son amant au sujet de sa gloire. Depuis plusieurs semaines déjà, elle s'encombrait l'esprit de politique. Non contente de se prélasser dans son bel appartement des attiques où tout Versailles montait se prosterner, elle remuait des idées de grandeur, imaginait des triomphes, se voyait telle une victoire ailée couronner son amant de laurier et distribuer bâtons de commandement ou rubans bleus à des maréchaux couchés à ses pieds sur des lits de drapeaux pris à l'ennemi. Outre sa correspondance avec le duc de Richelieu et ses discussions secrètes avec Voltaire, elle écrivait régulièrement au maréchal de Noailles qui, en courtisan consommé, la tenait informée de la situation.

Une ligue redoutable se formait contre le Maurepas, son mauvais gouvernement et ses méchantes chansons, car Mme de Tencin encourageait secrètement son vieil ami Richelieu à se rapprocher du clan des Noailles de façon à mettre son influence au service de la nouvelle favorite. Tous s'accordaient à penser que la présence du roi à la tête de ses troupes était non seulement de nature à galvaniser les hommes, mais encore à renverser le gouvernement à l'origine de l'impéritie générale et donc de la défaite. Cette idée était devenue une sorte de marotte et, entre deux tasses de chocolat, Marie-Anne ne pensait qu'à cette seule chose, rêvant du moment où son Louis XV se cuirasserait pour la guerre avec autant d'entrain qu'il en avait pour l'amour. Aussi ne cessait-elle de l'entretenir de l'état des troupes, de plans de bataille, de réformes à entreprendre là où le roi espérait déjà le repos du guerrier qu'il n'était pas encore.

C'est donc encore de la guerre que Marie-Anne entretenait son amant pendant qu'ils marchaient sur le sable humide des allées, ne cessant de lui répéter que tout allait de travers dans son royaume. Le roi protestait, mais se faisait rabrouer par sa maîtresse qui n'hésitait pas à lui agiter sous le nez des chiffres qu'elle n'aurait jamais dû connaître, s'étonnant que la marine ait été gratifiée de quatorze millions de livres dans l'année sans qu'un seul navire de guerre ait été mis à flot. Où étaient donc passés ces gros millions dont Maurepas avait la charge ? Où étaient les bateaux et leurs canons ? Où était l'argent ?

Le roi, bousculé, et qui avait espéré trouver un peu de tranquillité d'esprit en descendant à ses jardins, montra à nouveau de l'agacement, supplia sa maîtresse de changer de conversation car elle finirait par le tuer à force de le rudoyer ainsi à propos de sujets qui n'avaient pas leur place dans la bouche d'une femme.

Piquée, Marie-Anne lui répliqua :

— Ah, Sire, je vous tue ? Eh bien, tant mieux. Il faut qu'un roi ressuscite, et je vous ressusciterai !

Accablé tout autant que charmé par cette énergie, le roi baissa la tête et changea de chemin, provoquant à nouveau la cavalcade des fontainiers, ainsi que les soupirs de Diane et d'Hortense qui décidément n'aimaient pas se promener. Les ministres virent alors la silhouette du roi s'éloigner davantage, donnant le bras à une jolie robe de toile d'Indienne imprimée.

Les chagrins d'un tabouret

Château de Versailles,
appartement de la marquise de La Tournelle,
mercredi 17 juillet 1743

Il faisait une chaleur à crever, et Marie-Anne étouffait sous la peau de panthère que le peintre Nattier avait tenu à lui jeter sur les épaules pour cette première séance de pose. C'était une idée du grand prieur d'Orléans, bâtard légitimé du Régent, que de la faire ainsi portraiturer sous les traits de la Force, dont il voulait orner les dessus-de-porte de son salon du Temple. Sur le moment, la jeune femme s'était sentie flattée, mais elle maudissait aujourd'hui le peintre, le prince et cet orgueil qui l'obligeaient à rester roide, la tête haute, l'acier d'une épée lui pesant sur l'avant-bras, les ruisseaux de sueur lui coulant dans le creux des seins, car, pour achever le tout, Nattier n'avait rien trouvé de mieux que de lui faire nouer sous la poitrine une cuirasse d'opéra qui la gainait dans un carcan. Diane de Lauraguais, couchée de tout son embonpoint sur le divan servant d'ordinaire aux plaisirs du roi, lui tenait compagnie, mais refusait de la plaindre car elle aussi avait posé pour la même commande et figurait désormais dans la chambre du grand prieur en allégorie de la Prudence. Ainsi, tout en croquant des dragées, elle ajouta que ce diable de peintre l'avait même contrainte à porter pendant des heures un énorme casque à l'antique dont la visière lui retombait lourdement sur le nez au moindre de ses mouvements de tête.

La comparaison n'était pas pour adoucir l'humeur du modèle, car tout allait décidément de travers. Le voyage à Compiègne était annulé, le roi tergiversait toujours sur son départ à la guerre et l'on cherchait par tout moyen à la chagriner au sujet de son titre de duchesse. Certes, Sa Majesté avait donné des ordres précis et chargé Orry, son contrôleur général des Finances, de lui dégoter une terre de vingt à trente mille livres de rentes qu'il transformerait en duché d'un coup de sceptre, mais l'affaire traînait en longueur. Ce gros bourgeois de ministre, dont le père avait élevé une fortune sur les ruines du dernier règne, soulevait maintenant des difficultés sans nombre et des discussions sans fin dans le seul but de la rendre folle. Cet homme défendait l'or du roi comme s'il s'était agi de son propre argent. C'était de la pure extravagance, ou plus exactement de la mauvaise volonté très bien dissimulée. Orry était aussi rogue et fidèle à son maître qu'un mâtin de ferme, et après n'avoir été que la créature obéissante du cardinal, il se rangeait avec armes et bagages du côté de Maurepas et de son odieuse femme.

Marie-Anne enrageait et transpirait d'abondance. Elle serait bonne pour changer de chemise avant la visite du roi. Trouver quelque part en France une terre de vingt mille livres de rentes ne paraissait pourtant pas impossible à un ministre, fût-il celui des Finances !

Eh bien, le bonhomme expliquait au roi que la chose était d'une grande rareté. Un jour, la terre était rattachée depuis de trop longues années à la Couronne pour en être distraite au profit d'une dame qui n'appartenait pas à la famille royale. Le lendemain, un intendant de province voulant être aimable était parvenu à dénicher une terre passable et disponible, mais elle n'était pas assez noble pour être érigée en duché. En marquisat à la rigueur, car la chose eût été plus aisée. Oh ! Elle les voyait venir, tous ces messieurs avec leurs gros souliers à bouts carrés et leurs airs de jurisconsultes entendus, c'était une conjuration pour lui voler son tabouret et l'obliger à rester debout quand sa sœur était assise.

Son regard se tourna vers Diane qui se prélassait comme une chatte pendant qu'elle posait dans un accoutrement de fille d'opéra. Il lui était facile de tenir des raisonnements et de faire la philosophe, elle qui était devenue duchesse en se donnant la simple peine de convoler et de servir de temps à autre de reposoir à Sa Majesté. C'était bien trop payé pour quelques coups de boutoir donnés à l'aveugle dans cette abondance de chairs, alors qu'elle, Marie-Anne, avait tout conquis de haute lutte, le roi, la Cour et le droit de gagner un tabouret ! Les regards furieux de sa sœur n'empêchaient pas la duchesse de Lauraguais de s'empiffrer de ces délicieuses confitures sèches que le roi aimait à préparer dans ses laboratoires avec les fruits de Choisy ni de conseiller à sa sœur - entre deux bouchées - de se tenir tranquille pour faciliter le travail de l'artiste. Heureusement que l'épée de la Force était trop lourde à manier, car Marie-Anne eût été d'humeur à en fesser sa sœur.

Quelques jours plus tôt, alors que le roi à bout de patience avait fini par lui laver la tête, au sortir du Conseil, Orry était venu proposer, en désespoir de cause, le beau domaine de la Ferté-Imbault qui se trouvait à vendre, mais la favorite ne voulait pas de nom qui allait faire de la peine à la vieille duchesse de la Ferté-Senneterre. Elle se refusait à offenser cette dame, car elle se connaissait suffisamment d'ennemis à la Cour pour ne pas en allonger la liste. Le ministre qui savait tout cela avait alors benoîtement proposé au roi de couper le nom en deux de façon à seulement titrer sa maîtresse duchesse d'Imbault…

Elle, Marie-Anne de La Tournelle, née Mailly-Nesle, duchesse d'Imbault ? Ce pourvoyeur d'Orry ne perdait rien pour attendre. Et pourquoi pas la titrer duchesse *d'Impôt*, tant qu'il y était ! Ah, çà, elle pouvait fredonner d'avance les chansons que Faquinet ne manquerait pas de lui composer avec un nom de cet acabit. Ils la prenaient décidément tous pour une buse, mais elle saurait leur crever les yeux à coups de bec. Il existait à quelques lieues de Versailles un petit village joliment appelé La Queue. Auraient-ils demain l'audace de lui proposer d'en porter le nom ? Elle connaissait parfaitement le méchant mot qui avait fusé à ce sujet lors de la présentation de sa sœur. Décidément, ils se fichaient d'elle. L'oncle Richelieu consulté sur ce chapitre lui avait conseillé par retour de courrier de garder tout simplement le nom avec lequel elle était née et qui était, après tout, l'un des plus anciens de France. Il lui suffisait de le reprendre pour devenir la duchesse de Mailly-Nesle. Marie-Anne, malgré son amitié pour son oncle, jugea l'idée idiote, le roi aussi qui ne voulait plus entendre prononcer ce nom depuis qu'il avait chassé la pauvre Louise de Versailles, et elle écrivit sa façon de penser à Richelieu. Outre qu'il aurait fallu obtenir l'autorisation d'un père à demi fou qui racontait partout avoir engendré une portée de putains sans manquer de se rouler lui-même dans la bauge des bordels parisiens, Marie-Anne se refusait catégoriquement à faire une telle malhonnêteté à la famille de son défunt mari. Certes, le brave homme s'était révélé d'une dévotion et d'un ennui sans bornes, mais il s'était toujours conduit en parfait gentilhomme, poussant la galanterie jusqu'à mourir pour ne pas l'embarrasser trop longtemps et sans avoir eu le temps de la déformer à coups d'enfants. On n'insultait pas le nom d'un mari qui avait poussé si loin la complaisance, d'autant qu'elle ne pouvait pas dire autant de bien du petit duc d'Agenois, son ancien amant, qui refusait maintenant de lui rendre ses lettres. Voilà qui venait ajouter de nouveaux soucis à ceux de son tabouret et de ce peintre qui n'en finissait pas de lui faire le portrait, ce dont elle pensait mourir. Peut-être pourrait-elle obtenir du duc de Richelieu ou du prince de Conti qu'ils s'entremettent de façon à lui obtenir cette restitution d'un homme sur lequel ils avaient un véritable ascendant ? Avec cela, le roi, après s'être montré particulièrement généreux, lésinait sur tout, prétendait même réduire de six à quatre chevaux l'attelage promis lors de la reddition de Choisy. Comment son amant pouvait-il ignorer que c'était se compromettre, pour une femme de qualité, que d'accepter d'être traînée par quatre malheureux chevaux ? N'importe quelle fille d'opéra obtenait six chevaux pour avoir soulevé sa chemise devant un fermier général ! Offusquée par une avarice aussi subite qu'indigne d'un monarque, Marie-Anne s'était montrée intraitable : si son carrosse n'était pas attelé de six chevaux, elle emprunterait une voiture de louage, un de ces fiacres puants à numéro où une femme honnête, même réduite à l'indigence, n'ose pas monter, et c'est dans cet équipage qu'elle l'accompagnerait partout pour lui faire honte de sa ladrerie. Enfin elle commençait à en avoir par-dessus la tête des leçons de prudence dont Richelieu l'abreuvait par courriers depuis les Flandres. Voilà qu'il la trouvait maintenant trop négligente avec Bachelier et Le Bel, les valets préférés de son amant. Le fait est qu'elle n'aimait pas le premier, dont elle savait le rôle dans la faveur de sa sœur la comtesse de Mailly. Quant au second, bien qu'il ne soit pas aussi compromis dans cette sale affaire-là, elle estimait que c'était à lui de chercher son amitié et non l'inverse. Il revenait maintenant aux autres, à tous les autres, de s'incliner et non à elle de courir après le tiers et le quart de la Cour. Elle était maîtresse déclarée et attendait que les hommages viennent jusqu'au pied de son lit.

La vie était suffisamment fatigante pour ne pas s'imposer des devoirs et des obligations inutiles envers des gens dont elle savait qu'elle les mettrait au désespoir si elle oubliait, un matin, de leur adresser la parole. À la longue, cette interminable journée de juillet la tuait plus sûrement qu'une saignée, elle eut un petit étourdissement, puis, de lassitude, elle arracha la fourrure qui collait à sa peau comme une tunique de Nessus, renvoya le peintre, ses couleurs, ses esquisses et ses pinceaux, et demanda son bain où sa sœur la suivit avec ce pas traînant qui l'insupportait car il lui rappelait son aînée.

Le roi, pris au débotté mais prévenu à temps par un des valets de la marquise qu'il rémunérait à cette intention, monta alors les étages quatre à quatre pour se repaître de ce moment qu'il aimait entre tous. Éclaboussé dans des rires furieux, il ne perdit rien des formes sculptées par la chemise mouillée avec plus de réalisme que le ciseau de Falconet.

« Madame la duchesse de Châteauroux, asseyez-vous... »

Château de Fontainebleau, vendredi 13 septembre 1743

Depuis plusieurs semaines déjà, les lourds chariots bâchés de fleurs de lys encombraient la route de Fontainebleau pour devancer l'installation de la Cour. Ce vacarme de roues cerclées de fer heurtant le pavé mêlé aux hennissements transportait portières, lits, canapés, fauteuils, chaises, pliants, paravents, rideaux, pièces d'étoffes de point de Hongrie et de Bergame, grands tapis de la Savonnerie et petits tapis de Turquie ou de peau d'ours, miroirs, bidets, sièges d'affaires, commodes, tables de nuit, flambeaux, pelles et pincettes, draps, nappes, serviettes damassées aux armes de France, batterie de cuisine et boîtes à clous de cuivre doré. Les garçons du garde-meuble, tout glorieux de porter la livrée du roi, insultaient copieusement voituriers et portefaix, donnaient ordres et contre-ordres, vidaient les chopines plus que de raison avant que de se voir houspillés à leur tour par le garde général. L'important personnage les attendait de pied ferme à Fontainebleau dans la cour des offices pour assurer la réception de chaque chariot et en faire l'inventaire tandis que les chevaux fourbus frissonnaient d'aise à la seule odeur de l'écurie. C'est à ce moment que le voiturier et les portefaix se vengeaient des insultes et des coups reçus tout au long des deux jours de voyage en brisant bien involontairement et par maladresse quelques caisses dont le précieux contenu devrait être renvoyé à Paris ou à Versailles. On ne comptait plus les beaux miroirs de Venise et les fragiles marqueteries sacrifiés au cours de ces petites guerres domestiques.

À l'intérieur du château, les ouvriers tendaient, détendaient, clouaient et déclouaient les tapisseries selon les instructions d'un des valets de chambre dont la tête tournait à la seule idée de devoir aménager pour la nouvelle favorite l'appartement du duc de La Rochefoucauld qui ouvrait sur les jardins de Diane et jouxtait fort à propos les petits cabinets du roi. Le pauvre homme était aux cent coups, car il venait de s'apercevoir, ce à quoi Sa Majesté n'avait certainement pas pensé lorsqu'elle avait procédé à l'attribution des appartements, que les fenêtres de la galerie des Réformés plongeaient directement sur l'intimité de la marquise de La Tournelle et, par là, sur celle du roi. En garçon plein de ressources et connaissant son métier, il avait aussitôt fait poser de beaux rideaux de damas aux croisées, mais son ingéniosité condamnait l'appartement à la pénombre en plein jour alors que la marquise était maintenant habituée à la pleine lumière de son logement des attiques à Versailles. On ne pouvait tout de même pas draper de nuit l'appartement de celle que la Cour avait admirée en Point du jour. Consciencieux et prudent, l'homme s'était ouvert de cette difficulté au gouverneur du château, qui avait lui-même soumis ce léger désagrément au premier valet de chambre. On consulta aussi, bien sûr, M. Gabriel, l'architecte du roi et le premier gentilhomme de la chambre, ainsi que la capitaine des gardes auquel incombait en dernier ressort la sécurité du souverain. Après de longues réflexions, il fut décidé de ne pas voler le jour de la favorite et de faire déposer les rideaux, car il était tout aussi aisé d'interdire aux allants et aux venants l'accès à la galerie des Réformés à certaines heures. Dès que le capitaine des gardes aurait conduit Sa Majesté auprès de sa maîtresse, un suisse courrait prévenir la garde qui baisserait aussitôt les hallebardes sous le nez des courtisans égarés ou trop curieux et leur indiquerait le passage de la terrasse découverte. Prendre l'air du soir par ces belles nuits d'automne ne pouvait faire de mal à personne, ce que les médecins de Sa Majesté confirmèrent aisément.

Chacun applaudit à cette sage décision et, soulagé d'un si grand poids, le tapissier eut tout le loisir de parachever son œuvre en accommodant pour la marquise de La Tournelle un appartement sans magnificence excessive mais de beaucoup de goût. Fontainebleau ne pouvait rivaliser avec la grandeur de Versailles ou les raffinements de Choisy ; ici le roi venait courre le cerf, et chacun devait se résoudre à faire à la chasse comme à la chasse.

Le malheureux n'était pourtant pas au bout de ses peines. Ses malles à peine défaites, la marquise de La Tournelle commença à se récrier sur les places réservées à la chapelle aux dames du palais de la reine. Elle refusait de faire ses dévotions si on l'obligeait à s'asseoir puis à s'agenouiller sur des bancs de bois auxquels seul un esprit antique avait pu donner le nom de banquette. Elle était dame du palais, mais n'avait pas pour autant prononcé ses vœux de carmélite. Comment osait-on lui imposer ce supplice alors que la reine disposait d'un merveilleux petit prie-Dieu de bois violet garni de son carreau de plume bien douillet et recouvert de damas ? Ses lamentations parvinrent jusqu'aux grands appartements. Le roi, qui tenait à profiter le soir même du passage qui conduisait de ses petits cabinets à la chambre de sa maîtresse, donna des ordres. Avant la fin de la journée, le bruit des marteaux de tapissiers cloutant les vieux bancs d'office pour les garnir de coussin et de pluche cramoisie assourdit aussitôt les criailleries. Louis XV voulait aimer Marie-Anne à Fontainebleau en prince de la Renaissance, comme Henri II y avait aimé Diane de Poitiers.

Ce même jour, à Worms, l'Autriche, l'Angleterre, le Hanovre, la Saxe et le Piémont-Sardaigne signaient un traité par lequel les puissances coalisées se promettaient d'arracher l'Alsace, la Lorraine et les Trois-Évêchés à la France, mais le roi Louis XV n'en savait rien.

Château de Fontainebleau,
appartement de la marquise de La Tournelle,
mercredi 18 septembre 1743

La lettre reçue du maréchal de Noailles le matin même avait fortement déplu à Marie-Anne, qui trouvait décidément ce premier séjour à Fontainebleau plein de tracas et de déconvenues. Depuis des mois, elle soutenait le parti de la guerre, exhortait le roi à prendre la tête de ses troupes et courir à la victoire. La mort de Fleury laissait le champ entièrement libre aux bellicistes, et même Faquinet donnait le sentiment de seconder ses vues. Aussi, dans une longue lettre envoyée depuis Choisy deux semaines plus tôt, avait-elle fait allégeance au maréchal en lui assurant qu'elle n'avait pas d'autre souci que de contribuer à la gloire de son amant, et que tout ce qui pourrait l'élever au-dessus des autres rois ferait son bonheur. Seulement, elle s'était aussi permis de le sonder sur son propre sort, car, une fois le roi parti, elle ne savait ce qu'il adviendrait d'elle dans une Cour hostile et méchante. Elle convenait, et en réalité n'en pensait pas un traître mot, qu'il lui serait certainement difficile d'accompagner le roi sur le front, mais elle se demandait – ou plus exactement elle demandait au maréchal – dans quelle mesure elle ne pourrait pas le suivre, de loin en loin, de façon à se mettre à portée d'avoir de ses nouvelles tous les jours sans attendre que les dépêches traversent la France. Dans l'espoir d'obtenir son passeport militaire par retour de courrier, elle assurait le maréchal qu'elle ne manquerait pas de prendre désormais son conseil sur tout.

Non seulement la réponse avait tardé mais elle démontrait que, si le maréchal savait commander aux hommes, il ne comprenait absolument rien aux femmes, car sous prétexte de parler avec la franchise que sa correspondante exigeait, sa lettre ressemblait davantage à une gifle qu'à un traité d'alliance. Impossible aux yeux de ce vieil Alceste que des femmes partent à la guerre dans les bagages d'un roi. Cela ne s'était jamais vu et si cela se voyait un jour, il y avait fort à craindre que le public ne s'en émeuve. C'était la traiter en petite demoiselle de Saint-Cyr sous couvert de lui apprendre l'histoire et la géographie. Elle profita donc d'un après-midi où le roi était parti chasser pour s'enfermer dans son appartement et mitonner une réponse à la mesure d'une parfaite insolence déguisée en amitié :

> *Je ne puis pas laisser partir le courrier, monsieur le maréchal, sans vous remercier de votre lettre. Je la trouve telle qu'elle est, c'est-à-dire on ne peut pas mieux et on ne peut plus sensée de tous les points, même jusqu'au dernier…*

Relisant cette entrée en matière où le fiel était encore enrobé de sucre, Marie-Anne la jugea à son goût, trempa sa plume dans l'encrier d'argent, l'essuya soigneusement sur la petite brosse de crin et reprit :

> *… mais, monsieur le maréchal, j'ai des coliques qui ont grand besoin qu'on leur apporte remède, et je crois que les eaux de Plombières seraient merveilleuses et qu'il n'y a que cela pour me guérir.*

La ville d'eau étant à portée des armées, ce projet revenait à se moquer ouvertement de son correspondant, d'autant que la favorite précisait que cette cure pourrait se faire l'année suivante dans le cas où il ne serait pas possible d'entreprendre un si long voyage à plus courte échéance. À moins d'être un sot patenté, le maréchal saurait lire entre les lignes que le roi partirait à la guerre quand sa maîtresse le jugerait bon, c'est-à-dire lorsqu'elle serait officiellement autorisée à être du voyage. Là-dessus, la petite Ritournelle, puisque c'était le gentil surnom dont Noailles usait paternellement à son endroit, abandonnait là le maréchal de France sans autre cérémonie qu'un « Adieu, santé, bonheur et prospérité je vous souhaite et en vérité de bien bon cœur ». Ajoutant avec cette désinvolture qui charmait toujours le roi :

Si le duc d'Ayen est encore en vie, je vous prie d'avoir la bonté de lui dire mille choses de ma part.

Après l'hécatombe de Dettingen, cette phrase revenait à laisser entendre qu'aucun officier, fût-il le propre fils du maréchal, n'était en sécurité sous son commandement. Satisfaite de cette flèche du Parthe bien décochée, Marie-Anne sonna Antoine son valet de chambre pour lui confier ce petit monument de perfidie et pensa qu'il était temps de s'occuper de sa propre gloire avant que de travailler à celle d'un roi si mal secondé. Quant à la France, il lui faudrait attendre qu'elle-même soit bien assise pour se relever de ses défaites.

Le soir, le roi découvrit sa maîtresse chagrine alors même qu'il pliait Fontainebleau et la Cour à ses désirs. Il essayait de comprendre les raisons de cette méchante humeur, mais devait affronter un silence obtus dont il la suppliait de sortir quand enfin elle lui tendit la lettre de Noailles dans un geste d'impatience. Louis XV la lut à son tour et n'aima pas cette condescendance dont le maréchal faisait preuve à l'égard de Marie-Anne. Il prit aussitôt de quoi écrire et retourna au maréchal les mots suivants :

Mme de La Tournelle m'avait communiqué, comme vous le croyez bien, la lettre qu'elle vous a écrite. Je doute qu'on pût la retenir, si j'étais une fois parti ; mais elle est trop sensée pour ne pas rester ou je lui manderais. Les exemples que vous lui citez ne l'arrêteraient pas, je crois, et elle a de bonnes raisons pour cela, que je ne puis vous dire, mais qu'il vous est permis de penser…

Le roi fit relire la missive à Marie-Anne, qui s'en montra très satisfaite, pensant qu'à l'avenir ce royal coup de caveçon éviterait au maréchal de Noailles de lui servir ses sermons de vieux soldat. La vérité était que le maréchal voulait le roi entièrement à lui pendant toute la campagne de façon à le manœuvrer à sa guise et à se préparer une place au Conseil des ministres et peut-être même la première d'entre elles.

Château de Fontainebleau,
appartement de la marquise de La Tournelle,
samedi 19 octobre 1743

Prévenues dès le petit matin par un billet du roi, Diane et Hortense s'étaient précipitées chez leur jeune sœur pour la féliciter de son élévation. Elles pensaient la trouver à sa toilette recevant déjà les hommages de la Cour, mais sa chambre était déserte et Antoine les introduisit dans le cabinet attenant dont les portes-fenêtres ouvraient sur les jardins. Marie-Anne ne les entendit pas même entrer tant elle était affairée. Les placages de bois précieux et les chutes de bronze du grand bureau plat livré pour elle par le garde-meuble quelques jours plus tôt disparaissaient littéralement sous les cartes déployées, les vieilles chartes et les plans terriers dont les parcelles teintées de différents lavis donnaient seules un peu de gaîté à ce grand déballage d'archives. Une poussière seigneuriale folâtrait dans les rayons d'un soleil déjà terni par l'automne. Ce spectacle les laissa interloquées car elles n'avaient jamais vu leur sœur assise à une table pour autre chose qu'écrire son courrier, et elles la découvraient penchée sur d'énormes registres, dont certains paraissaient être l'œuvre de Charlemagne en personne. Marie-Anne leur fit signe d'approcher avec le face-à-main dont elle se servait pour déchiffrer les lignes couvertes d'écritures cabalistiques qui dansaient le sabbat sous ses yeux ; elle avait les mains noires, et sa jolie robe du matin était toute chiffonnée, mais ses yeux riaient de contentement. Autour d'elle, des caisses éventrées vomissaient pêle-mêle cueilloirs, censiers, livres terriers et dénombrements. Tout un petit monde d'alleutiers, de tenanciers et de feudataires se retrouvait ainsi épandu sur les parquets cirés à glace ; ce n'était plus le cabinet d'une jolie femme, mais celui d'un austère feudiste. Diane, aux lèvres de laquelle une plaisanterie restait toujours pendante, s'amusa à demander où étaient passés l'archiviste et le tabellion ? Loin de se mettre en colère, Marie-Anne les invita à venir parcourir des yeux son nouveau domaine. Le roi lui avait fait déposer la veille au soir plusieurs caisses sur lesquelles il était écrit : « À Mme la duchesse de Châteauroux ». Elle en aurait pleuré et trépigné de joie. Sur les immenses cartes déroulées jusqu'à terre, les trois sœurs s'amusèrent alors à enjamber les ponts et à sauter les rivières, parcourir les bois et à traverser les bruyères, à arpenter les taillis et à contourner les tourbières, à recenser les moulins et à dénombrer les forges, à compter les clochers et à nommer les villages. Arrivée sous les murs de Châteauroux, elles s'attendaient presque à voir une armée de Lilliputiens venir à leur rencontre au son des fifres et des hautbois. Tout à coup, Marie-Anne s'étonna que, dans cette partie du royaume, les rivières coulent la tête en bas, mais Hortense lui conseilla de regarder la carte à l'endroit pour rétablir les lois de la physique. Elles rirent alors de leur propre ignorance à s'en décrocher la mâchoire. Reprenant son sérieux, la jeune duchesse de vingt-six ans expliquait doctement les origines de cette seigneurie dont de très anciens parchemins racontaient la fondation par un certain Radulphe de Déols au Xe siècle. Diane jugea que c'était là un nom à coucher dehors avec un billet de logement, mais restait néanmoins impressionnée par tous ces siècles que l'on époussetait désormais sur la tête de sa sœur. Par la suite, la terre de Châteauroux avait été érigée en duché-pairie pour le compte du prince Henri II de Condé avant d'échoir en partage au comte de Clermont qui venait de la vendre avantageusement au roi son cousin. Elle était, depuis, donnée à bail aux fermiers généraux en échange d'un revenu de quatre-vingt-cinq mille livres par an. Orry, toujours soucieux des deniers de son maître, avait proposé au roi un montage ingénieux. La Couronne conservait la propriété réelle du domaine, mais le roi en concédait par brevet le titre et les revenus à la marquise de La Tournelle pour en jouir sa vie durant. Cette clause avait d'abord déplu à Marie-Anne qui se souciait des intérêts de ses enfants à naître si le roi lui en donnait quelques-uns, mais le nom la séduisit tout de suite et le montant des revenus dépassait toute espérance car ils représentaient, à eux seuls, le produit d'un capital de plus de deux millions de livres. La fortune restait viagère, mais elle était considérable et permettait de se soutenir à la Cour. Aussi, depuis la veille au soir, elle était tout à la joie de découvrir son petit royaume, essayant de déchiffrer les vieilles chartes pour découvrir ses droits de suzeraine, sa haute et basse justice, le nombre de ses vassaux comme le montant total des droits de cens, de champart ou de lods et ventes. Elle avait même fait sortir de la bibliothèque du roi le *Dictionnaire de droit et de pratique* de Claude-Joseph de Ferrière pour essayer de comprendre quelque chose au salmigondis gothique auquel elle se trouvait brusquement confrontée, mais, s'étant égarée dans sa lecture, elle avait aussitôt refermé le gros in-folio dans un nuage de poussière grise. Elle laisserait ce soin à son notaire et à ses hommes d'affaires.

L'idée de partir à la découverte de ses terres sur un char de triomphe dessiné par Bocquet accompagnée du Chat botté divertit Marie-Anne un instant, mais lorsque sa sœur lui demanda si elle voyait seulement où se trouvait le duché de Châteauroux, elle hésita, émit quelques hypothèses avant d'admettre dans de nouveaux éclats de rire qu'elle n'en savait fichtre rien. On envoya donc cette fois prendre une géographie chez le roi, mais on déplia ensuite tant de cartes en vain que le voyage finit par les ennuyer toutes les trois. Cette terre était au diable vauvert et faisait bien d'y rester. La présentation de la nouvelle duchesse de Châteauroux devait avoir lieu le lendemain, il paraissait plus urgent de s'y préparer que de se salir les mains avec la suie de l'histoire.

Château de Fontainebleau, appartement du roi, mardi 22 octobre 1743

À peine Sa Majesté avait-elle eu le temps de se faire frotter par ses valets intérieurs pour s'éponger des sueurs de la chasse que les trois sœurs montèrent chez lui en grand habit de Cour. La duchesse de Lauraguais servait cette fois de marraine à Marie-Anne, vêtue pour l'occasion d'un grand habit de satin blanc à fleurs d'or, entourée de la maréchale de Duras, des duchesses d'Aiguillon et d'Agenois, suivie des comtesses de Maurepas et de Rubempré. À Fontainebleau, il y avait toujours moins grosse Cour qu'à Versailles, mais elle était bien plus choisie, et le provincial s'y montrait rarement. La petite harde de femmes parées traversa la galerie des Réformés, la deuxième antichambre et le cabinet ovale avant d'attendre encore un bon quart d'heure dans la chambre du roi que Sa Majesté fût prête à les recevoir. La procession fut enfin introduite dans le cabinet du roi par le duc de Gesvres, premier gentilhomme qui se trouvait pour l'occasion aussi peigné, poudré et maquillé de rouge que celles dont il assurait l'escorte. Ce faisant, il leur adressait mille petits compliments sur leurs parures avec une pointe de jalousie dans la voix, même si, à l'en croire, son habit de drap d'argent brodé de soie rose lui procurait, ce jour-là, beaucoup de contentement.

Chacun à la Cour savait que le corps du duc de Gesvres était habité par les goûts d'une femme, mais il était de trop haute naissance et trop bien traité par le roi pour que cette curiosité lui donnât du ridicule. Ceux qui auraient pris le risque d'en rire se seraient perdus irrémédiablement aux yeux des courtisans dont il était l'oracle. Autrefois, sa femme avait fait beaucoup de bruit en le traînant devant les tribunaux pour démontrer son impuissance et réclamer la nullité de leur mariage, mais elle en avait été fort blâmée par le feu roi Louis XIV. La duchesse de Lauraguais entra la première, puis, très vite, le roi s'adressant à sa maîtresse prononça la phrase sacramentelle qui lui ouvrait les droits du tabouret :

— Madame la duchesse de Châteauroux, asseyez-vous.

Aussitôt après, le roi se levait pour conduire la nouvelle duchesse chez la reine qui s'approcha de sa rivale sans lui tendre la joue et lui murmura :

— Madame, je vous fais compliment sur la grâce que le roi vous a accordée.

La reine prit aussitôt place sur le fauteuil de sa ruelle, et toutes les duchesses présentes dans sa chambre se placèrent de part et d'autre. La nouvelle duchesse de Châteauroux fut invitée à en faire autant et, depuis son tabouret où elle trônait enfin, Marie-Anne dévisagea non sans malice la comtesse de Maurepas, condamnée par l'étiquette à rester debout quand elle était enfin assise. La femme du ministre blanchissait de rage sous le rouge, et la maîtresse royale rosissait de plaisir sous le blanc de céruse. Aucun de ces changements de teint n'échappa à la Cour qui s'en reput jusqu'au lendemain.

La vengeance du comte de Maurepas ne se fit pas longtemps attendre, et le soir même, alors que le flot des courtisans s'échappait de la comédie, chacun trouva sous sa porte une petite chanson qui fredonnait sur le papier ces quelques vers vipérins :

Incestueuse La Tournelle,
Qui des trois êtes la plus belle,
Le tabouret tant souhaité
À de quoi vous rendre bien fière.
Votre devant, en vérité,
Sert bien votre gentil derrière !

Château de Fontainebleau,
chambre de la duchesse de Châteauroux,
mercredi 23 octobre 1743

La veille au soir, Marie-Anne recevait de Richelieu une lettre de félicitations toute pleine de folies et dans laquelle il lui annonçait son retour imminent des Flandres. Au comble de la joie à l'idée de pouvoir partager son triomphe avec l'homme qui l'avait si bien guidée jusqu'au lit du roi, la jolie nièce tournait alors en réponse à son bel oncle un petit billet plein d'impatience et d'amitié :

Vous êtes fol, cher oncle, vous ne savez pas ce que vous dites, venez vite, le plus tôt sera le mieux, je me fais le plus grand plaisir du monde de vous revoir, ne tardez pas un moment, je veux que vous soyez ici demain de bonne heure, j'ai déjà envoyé trente fois chez vous savoir si vous étiez arrivé, je vous dirais même que le roi en est dans une impatience singulière, ainsi je compte que vous ne nous ferez pas languir longtemps. Adieu, cher oncle, ce qu'il y a de sûr, c'est que la duchesse de Châteauroux ne peut pas avoir plus d'amitié pour vous qu'en avait la marquise de La Tournelle. Arrivez, voilà tout ce que l'on vous demande !

Richelieu ne vint pas à Fontainebleau, car ayant pris un peu d'avance sur son congé militaire, il ne voulut pas risquer de se présenter à la Cour alors même que Sa Majesté n'avait pas encore signé son autorisation de quitter l'armée pour se rendre en Languedoc où il devait réunir les états. Il préféra écrire au roi une lettre dont le contenu lui ferait vite pardonner son indiscipline, tant elle l'amuserait, et confia à sa nièce le soin de la lui remettre directement car il est des mains qui peuvent tout.

Château de Fontainebleau, chambre de la duchesse de Châteauroux, mardi 29 octobre 1743

C'est dans le désordre de leurs draps et de leurs chemises que le roi et Marie-Anne aimaient à passer le plus de temps, et les méchants vers de Maurepas, loin de les désoler, augmentaient au contraire leur plaisir. Le roi, dont les longues chasses ouvraient tous les appétits, honorait sa maîtresse de ses faveurs avec une ardeur inaccoutumée, et elle le remerciait des unes en réveillant les autres. Un carrosse à six chevaux entretenus par les écuries royales, un écuyer, un intendant, un premier valet de chambre et plus d'une quinzaine de domestiques, tout était désormais accordé à la nouvelle duchesse de Châteauroux dont la maison se voyait montée sur le même pied que celle d'une fille de France. Un soir, alors qu'il avait couru plusieurs postes dans les bras de sa maîtresse, Louis XV épuisé mais heureux s'était levé en toute hâte, presque nu. Il n'avait conservé qu'un seul de ses bas dans la lutte amoureuse et simplement jeté sa robe de chambre sur ses épaules avant de disparaître dans ses petits appartements, aussitôt suivi par le capitaine des gardes qui dormait à la porte. Marie-Anne crut qu'il était allé chercher de quoi se retrouver et repartir à l'assaut, mais il réapparut portant sous le bras une jolie cassette de maroquin rouge toute dorée au petit fer de fleurs de lys et de lambels. Marie-Anne, qui s'attendait à recevoir l'une de ces boîtes d'or et de diamants avec lesquelles son amant lui marquait habituellement sa satisfaction, ne laissa rien paraître de sa curiosité et montra au contraire cet air de totale indifférence qui fouettait généralement le désir de Louis XV. Elle déposa l'écrin sur le rebord de la table à en-cas à côté d'une tasse vide de son café et n'y prêta pas d'avantage attention. Le roi décontenancé par cette froideur de comédie dut insister pour qu'elle s'en empare. De guerre lasse, elle finit par faire pivoter les petits crochets de cuivre doré qui en fermaient le couvercle avant de l'ouvrir avec lenteur pour découvrir un rang de perles grosses comme des œufs de caille. Devant ce bijou fabuleux, il lui fut impossible de réprimer une exclamation de surprise, et elle battit même des mains comme une enfant. Ce n'était rien d'autre que le collier de la défunte princesse de Conti, et il y en avait pour plus de cent mille livres. Sous prétexte de vérifier que l'orient des perles s'ajustait bien au teint de sa peau, Marie-Anne retira lentement sa chemise dans un de ces artifices de bordel dont Richelieu lui avait maintes fois vanté les succès auprès des hommes et, une fois entièrement nue, elle demanda au roi qui en perdait presque le souffle, tant la nudité des femmes lui était presque inconnue, de bien vouloir lui passer ce trésor royal autour du cou. L'assaut qui suivit fut court et brutal, mais chacun s'en trouva comblé.

Revenus des rivages de la petite mort, les deux amants s'amusaient maintenant des commérages de Cour. La grande affaire du moment n'était pas tant la guerre que le mariage du duc de Chartres, fils aîné du duc d'Orléans. Ce gros et jeune prince s'était autrefois montré très amoureux de Madame Henriette, la fille du roi, mais le cardinal de Fleury n'avait jamais voulu entendre parler de ce mariage qui aurait rapproché d'un peu trop près la branche cadette et trop remuante des Orléans du trône de France. Le jeune homme avait bien failli en mourir de désespoir et, depuis, il ensevelissait son chagrin en mangeant tout ce qui lui tombait sous la main. À bientôt vingt-cinq ans, un premier prince du sang, même obèse, devait se marier. L'Électeur de Bavière eût été très heureux encore de consolider son alliance chancelante avec la France en lui donnant sa fille, mais cette fois, c'est Louis XV qui s'y opposait ; il n'avait pas transformé un petit prince allemand en empereur du Saint Empire romain germanique à coups de défaites françaises pour que ses cousins aillent en tirer le meilleur profit. Le duc d'Orléans qui, par ailleurs, se désintéressait de tout sauf de Dieu depuis sa retraite définitive à l'abbaye de Sainte-Geneviève accepta donc de marier son fils à sa cousine, Mlle de Conti, qu'il prenait pour un modèle de vertu. Le roi, qui connaissait le tempérament de la petite princesse par les rapports de sa police, s'en amusait beaucoup, car à l'inverse de sa promise qui aimait l'odeur de ses valets, le duc de Chartres restait encore bravement puceau. La chose paraissait à peine croyable pour un petit-fils du Régent, le prince le plus débauché de l'univers après le roi Hérode, mais elle était vérifiée et inquiétait le roi, son oncle : un prince maladroit pouvait compromettre le bon déroulement de ses noces, provoquer les rires de toutes les cours d'Europe et porter atteinte au prestige de la France.

Richelieu et le duc d'Ayen, toujours prompts à rendre de tels services, s'étaient donc entremis pour débarrasser le duc de Chartres de son ignorance pendant les derniers mois de campagne et avaient tenu un véritable journal de cette aventure. Aussi le roi tira-t-il de la poche de sa robe de chambre la lettre de Richelieu remise quelques heures plus tôt par Marie-Anne et dans laquelle le duc rendait compte avec beaucoup d'esprit de ses démarches auprès d'une fille publique pour transformer le jeune prince en homme accompli. Louis XV en fit la lecture détaillée à sa maîtresse qui sanglotait de rire, puis on décida qu'un tel chef-d'œuvre de galanterie ne pouvait pas rester sans réponse. C'est Marie-Anne qui, toujours vêtue de ses seules perles, s'apprêtait à aller chercher sa précieuse écritoire quand le roi la retint par le bras, l'allongea sur le lit avant de la retourner et de poser délicatement une feuille au creux de ses reins, mais il attendit que Marie-Anne arrête de glousser pour se mettre à écrire. Le roi raconta qu'il venait de prendre à la chasse un cerf dont les bois étaient aussi hauts que ceux de certains maris bien connus de Richelieu, puis il annonça à ce dernier qu'il avait enfin signé son congé de l'armée pour mieux lui permettre de les rejoindre au plus tôt car la princesse se languissait de son absence et avait de choses très intéressantes à lui confier. Enfin, il arrivait au sujet principal et Marie-Anne retenait sa respiration pour ne pas faire glisser la main du roi qui n'attendait pourtant que cela et qui finit par écrire d'une plume narquoise :

> *Selon ce que vous me mandez de mon gros cousin, le duc d'Ayen doit être content, mais ne serait-ce pas lui qui l'aurait si bien instruit, car on les dit fort bien ensemble ? Je vous avoue que je n'aurais pas été fâché d'être témoin de la perte de son pucelage avec cette jeune fille dont vous me parlez ; il n'y a sûrement point de comédie que cela n'eût valu.*

Le roi marqua une pause puis reprit, écrivant toujours à haute voix :

> *Et s'il éjacule autant qu'il sue, je tiens la pauvre fille au moins hydropique !*

Marie-Anne, n'y tenant plus, ne parvint pas à étouffer son rire, renversa le papier, l'encrier et son amant.

La part du maquereau

Château de Versailles,
samedi 21 décembre 1743

Le petit duc de Rochechouart ne survécut pas longtemps à son père, tué d'un coup de mousquet à la bataille de Dettingen quelques mois plus tôt. Un beau matin, l'enfant âgé de quatre ans à peine avait été subitement pris de convulsions, et les médecins eurent beau le plonger dans un baquet de glace, ils ne parvinrent jamais à faire baisser la fièvre. Le soir, il n'était plus de ce monde. En l'ouvrant, on lui découvrit de l'eau dans la tête, mais sans que ces messieurs de la faculté parviennent à se mettre d'accord sur l'origine de cet étrange mal. La famille refusa de porter le deuil d'un enfant si jeune que personne en dehors de sa nourrice ne connaissait ni ne pleurerait, mais, en mourant sans crier gare, cet enfant mettait la Cour dans un bel embarras. Dès l'annonce de la mort de son père à la guerre, le roi avait en effet confirmé à ce petit garçon la charge de premier gentilhomme de la chambre détenue par son lignage depuis le règne de Louis XIII, et cet arrangement, applaudi de tous, avait été pris avec l'assentiment des trois autres premiers gentilshommes par quartier qui acceptaient de faire le service de l'enfant à sa place jusqu'à ce que le jeune duc ait atteint l'âge pour l'accomplir pleinement.

La mort de l'enfant renversait ce bel édifice successoral, et la famille s'était aussitôt tournée vers le vieux duc de Mortemart auquel cette charge appartenait autrefois, pour qu'il l'occupe à nouveau. C'était là une solution raisonnable, mais ce dernier, qui ne manquait pas d'idées singulières, lui, ne l'était pas du tout. Depuis des années, le vieil homme proclamait sa propre mort et lorsque toute la parentèle vint le trouver pour le presser de faire une démarche auprès du roi sans laquelle la charge risquait de lui échapper, il répondit qu'il était mort et que, en toute logique, un mort ne pouvait faire aucune espèce de requête ni remplir la moindre charge de Cour. Malgré les prières, les chagrins et les suppliques, personne ne put le persuader du contraire, et la seule chose que ses parents obtinrent, c'est qu'il intercéderait en leur faveur auprès des saints du paradis, mais que, pour le reste, il ne fallait rien attendre d'un pauvre trépassé. Sur ces entrefaites, il ne prononça plus une parole et demanda à retrouver son linceul, non sans avoir bu beaucoup de vin pendant le temps de sa résurrection.

Dès qu'à Versailles cet entêtement d'outre-tombe fut connu, la Cour se trouva en l'air. Le duc de Saint-Aignan, dont le père avait lui-même occupé la charge autrefois avant qu'elle passe à Mortemart, se mit aussitôt sur les rangs, mais il n'était pas le seul. En quelques heures, toutes les prétentions familiales se réveillèrent et les ambitions galopaient sur les parquets du château plus vite que les rats un jour de bal paré. Les rescapés de la vieille Cour rappelaient, avec des mines entendues, qu'avec la mort de l'enfant le duc de Saint-Aignan héritait déjà de la grandesse espagnole et que c'était beaucoup. On laissait aussi entendre à demi-mot que le duc de Luxembourg disposait d'une promesse écrite de la main du roi lui assurant la première place vacante à la Cour, mais cela paraissait peu vraisemblable car la promesse, si elle existait vraiment, ayant été faite sous le règne de la comtesse de Mailly, ce passeport paraissait bien périmé. M. de Châtillon la demandait aussi à grands cris, car la majorité de monseigneur le dauphin le laisserait bientôt sans charge ni logement, et ses longues années de service ne méritaient pas une telle infamie. Le duc de La Trémoille assurait pouvoir compter sur l'appui du duc d'Orléans qui ne se souciait pourtant plus de rien, le duc de Bouillon la voulait pour son fils, le comte de Noailles pour son propre compte, et le duc de Boufflers, pour faire bonne mesure, y prétendait aussi. Chacun fourbissait ses arguments, mobilisait ses parents et ses amis, montait des cabales. Devant cette tempête qui se levait et menaçait de submerger le salon de la guerre, les autres gentilshommes de la chambre déclaraient maintenant haut et fort à tous les solliciteurs qu'ils ne se prononceraient en faveur de personne car la désignation dépendait de la seule volonté du roi.

Retirée dans son appartement dont elle avait fait condamner la porte aux importuns et aux courants d'air, alanguie au coin du feu sur la grande chaise longue de son cabinet, un magnifique parement de zibeline lui couvrant les jambes, les mains réchauffées par une tasse de chocolat fumant, les pieds pelotonnés contre une bouillotte d'argent gainée de loutre, Marie-Anne jetait de temps à autre un regard distrait à travers ses fenêtres sur les broderies des parterres que l'hiver, pâtissier de talent, sucrait de neige après l'avoir saisi à la glace. Elle avait son propre candidat pour la charge de premier gentilhomme de la chambre et se faisait fort de lui manifester à cette occasion sa parfaite reconnaissance autant que sa toute-puissance.

Château de Versailles, cabinet du roi,
mardi 24 décembre 1743

Depuis la mort du cardinal de Fleury, il revenait à Maurepas de préparer le Conseil en tête-à-tête avec le roi, et il commençait toujours cet exercice par l'amuser des nouvelles de la Cour et de la ville en distillant comme autant de petits contes graveleux les secrets découverts par le viol des correspondances privées ou les ragots récoltés par l'essaim de mouches du lieutenant général de police, M. de Marville, qui ne manquait pas de les consigner dans des notes confidentielles pour le seul divertissement de Sa Majesté. En effet, le roi n'aimait rien tant que de se délecter du récit des frasques des ambassadeurs étrangers, de l'inconduite du clergé ou de la perversité des propres membres de sa famille. Lorsque l'anecdote était particulièrement croustillante, il en faisait exécuter une copie pour corser la volupté de ses rencontres avec Marie-Anne.

Une fois que les deux hommes rencognés dans l'une des embrasures du cabinet avaient ainsi déshabillé bien des réputations, ils se mettaient sérieusement au travail. Maurepas, comme Fleury le lui avait appris, commençait alors par les décisions nominatives. Le ministre disait un mot au roi de chaque requête avant que Sa Majesté l'apostille de sa décision, inscrivant dans la marge un « bon » ou un « non », à moins que le sujet ne fût renvoyé à plus tard par un « nous verrons ». Les questions d'ordre plus général étaient réservées au Conseil et ses débats. Ce matin-là, le petit ministre affichait l'air le plus détaché du monde ; il fut question des bouchers de Poissy qui réclamaient l'établissement d'une bourse à la viande et du mariage de Mlle de Fleury, nièce du cardinal, anormalement laide et d'une taille minuscule, que l'on venait de fourguer à un Castries du Languedoc au poids de l'or. Le ministre s'était montré particulièrement drôle sur ce chapitre, et Sa Majesté avait souri plusieurs fois à son irrésistible méchanceté. Jugeant le moment bien choisi, Maurepas mit la conversation sur la charge de premier gentilhomme de la chambre, mais le roi redoubla d'attention sur la requête des bouchers de Poissy qui semblait soudainement le passionner et ne répondit rien.

Le ministre se permit alors d'insister. Chaque matin il voyait son antichambre envahie de fâcheux venus le solliciter pour en apprendre davantage sur cette affaire. Sans jamais lever la tête de ses papiers, le roi lui conseilla sèchement de répliquer qu'il n'en savait rien. Malgré la flambée et le petit poêle de faïence portatif déposé aux pieds de Sa Majesté par l'huissier du cabinet, un froid de loup s'introduisit dans la pièce et ne la quitta plus jusqu'à la fin du Conseil.

Château de Versailles,
cabinet de la duchesse de Châteauroux,
Noël 1743

En remontant de la chapelle où il gelait à pierre fendre, Marie-Anne, les doigts tout engourdis malgré son manchon en fourrure d'ours du Canada, tentait de les réchauffer à la cheminée avant de se mettre à écrire. Elle avait tourné sa lettre en esprit pendant l'interminable sermon de l'évêque d'Agen qui n'en finissait plus d'appeler les bénédictions du ciel sur la tête du roi de France, sans se soucier de faire crever de pleurésie toutes les dames de la Cour condamnées au grand décolleté. N'y tenant plus, elle était montée chez elle le *Ite missa est* à peine avalé pour se réjouir par correspondance. Le roi donnait la charge de premier gentilhomme de la chambre au duc de Richelieu comme elle l'en avait prié. C'était sa deuxième victoire en moins d'un mois, et elle espérait bien que Maurepas allait y gagner un abcès de rage. Cela étant, le roi lui avait demandé comme une faveur d'être le premier à annoncer cette bonne nouvelle à leur ami et avait poussé la délicatesse de sentiment jusqu'à faire en sorte que sa lettre arrive à Montpellier, où le duc tenait les états de Languedoc, la veille de Noël. Marie-Anne s'était soumise à ce gentil caprice, mais maintenant que le divin Enfant était né, elle était autorisée à écrire sa lettre :

Vous avez dû recevoir une lettre, cher oncle, qui je crois ne vous aura pas fait de la peine. L'on n'a pas voulu que je vous écrivisse le même jour pour avoir le plaisir

de vous l'apprendre le premier et cela n'est même pas encore déclaré pour laisser le temps à la lettre d'arriver, je suis enchantée que le roi vous ait donné cette charge, il ne pouvait mieux faire, et vous voyez que c'est avec toutes les grâces du monde, en vérité ce petit Rochechouart a bien fait les choses car il ne nous a pas fait attendre longtemps...
Adieu, cher oncle, je crois que vous ne recevrez pas de compliments plus sincères et que vous en êtes bien persuadé.

Elle s'apprêtait à fermer son courrier quand elle se ravisa pour jeter encore sur le papier quelques conseils de peur que, tout à l'ivresse de son succès, le cher oncle ne vienne à en oublier d'élémentaires précautions de Cour :

Vous devez un remerciement au maréchal de Noailles, car sur-le-champ il demanda au roi la charge pour vous et je l'en aime cent fois mieux, voilà ce que c'est que d'avoir de l'esprit !

Enfin en nièce attentive et amie dévouée, elle terminait son billet par des sollicitudes :

Je n'ai pas encore reçu de vos nouvelles, cela m'inquiète, ce serait mal prendre son temps pour être malade !

Elle cacheta la lettre à l'aide d'un joli sceau de saphir fraîchement gravé en creux pour imprimer sur la cire encore molle ses nouvelles armes. Accolées aux « trois maillets de sinople » de l'illustre maison des Mailly-Nesle, plastronnaient maintenant « les tours d'argent, maçonnées de sable et essorées de gueule », de la duchesse de Châteauroux.

Ensuite elle reçut les compliments de Bachelier et de Le Bel, les deux premiers valets de chambre du roi montés à son appartement pour la féliciter de la belle nomination du duc de Richelieu. Les deux hommes se réjouissaient de pouvoir bientôt accomplir leur service sous le regard d'un homme qu'ils savaient non seulement entièrement dévoué à leur maître mais encore son confident le plus intime, ce qui évitait d'avoir à éclairer un béjaune sur les secrets du roi.

Un mouton de Ganges

Vendredi 3 janvier 1744

Paris, quartier du Palais-Royal
aux abords de l'Opéra,
sur le coup de cinq heures du soir

La rue Saint-Honoré était encombrée comme un soir d'opéra. Les carrosses n'avançaient plus malgré les cris des cochers, les hennissements des chevaux et les insultes des hommes. Chacun refusait de céder la préséance sous prétexte de l'embarras, alors que la nuit tombait avec la neige ajoutant au chaos. Un duc et pair s'exaspérait de patienter au cul de l'équipage d'un riche financier et exigeait plus de courage de ses palefreniers. Depuis les fenêtres des maisons, les bourgeois posaient des chandelles de suif à leurs balcons pour éclairer la scène et s'amuser de ce spectacle gratuit avant de souper. Les marchands de vin chaud et les crieurs d'oublies allaient aux portières proposer leur marchandise pour réchauffer les passagers des habitacles ennuyés d'attendre et mordus par le froid. Peu à peu, les laquais sautaient enfin de leurs sièges, allumaient des torches aux braseros des mendiants, dépliaient les marchepieds, hélaient les loueurs de planches pour préserver les bas de leurs maîtres de cette boue de Paris si sale et si collante qu'aucun dégraisseur ne parvenait jamais à en effacer tout à fait la trace. En désespoir de cause, des femmes de qualité emmitouflées dans leurs pelisses descendaient prudemment des voitures, donnant la main à des petits-maîtres jolis comme des Saxe pendant que leurs valets portaient la queue de leur robe le plus loin possible de la fange. Elles se faisaient précéder par quelques aveugles des Quinze-Vingt, tout proche, qui grâce à leur cécité connaissaient si bien chaque anfractuosité du pavé de la rue qu'il n'existait pas de meilleur guide à la nuit tombée.

La lumière des torches tremblant dans les vitres des carrosses donnait à l'ensemble les allures d'une débâcle élégante et fardée, quand tout à coup, venant de la rue Saint-Nicaise, un bruit de galop et les cris de « Le roi ! Le roi ! » eurent plus d'effet qu'un enchantement pour ramener les chevaux à la vie et réveiller les équipages endormis. Les maîtres restés jusque-là cachés derrière leurs rideaux sortaient la tête des portières et donnaient des ordres en tapant de leur canne sur les carrosseries vernies pour faire reculer les voitures, car personne ne voulait prendre le risque de faire obstacle au passage de Sa Majesté. Sans attendre l'effet de ces ordres tardifs, les exempts saisissaient les chevaux aux mors pour les obliger à faire mouvement pendant que les gardes du corps, se substituant aux hommes du guet et de la maréchaussée, totalement débordés, faisaient ranger les carrosses en bon ordre sur la place du Palais-Royal, au pied du château d'eau et le long de la rue de Richelieu. En moins d'un quart d'heure, la voie était libre pour le cortège, mais la nouvelle ayant volé de bouche en bouche et grimpé tous les étages des maisons du quartier jusqu'à la rue des Petits-Champs, une foule assemblée, respectueuse et tête nue sous la neige se regroupait déjà sur la place du Palais-Royal pour regarder le roi descendre de sa voiture accompagné de ses deux filles, Madame Henriette et Madame Adélaïde, qu'il lui avait pris la fantaisie d'amener ce soir-là à l'Opéra pour leur permettre d'assister à la reprise du *Roland* de Lully. Lorsque le même peuple de petits-bourgeois reconnut la duchesse de Châteauroux et ses deux sœurs, des murmures puis des propos plus vifs succédèrent aux vivats et aux applaudissements. Comment le roi pouvait-il oser faire voyager avec lui et dans son propre carrosse les filles de France avec trois fieffées putains dont la place était à l'hôpital de La Salpêtrière ou aux Filles repenties ? Un prêtre qui passait par là en rentrant chez lui rue Neuve-Saint-Roch s'étonna à voix haute d'assister à un tel spectacle le jour même de la fête de sainte Geneviève, protectrice de Paris. Approuvé un peu trop bruyamment, il prit peur et décampa alors que le duc d'Ayen, descendu de la deuxième voiture de suite, son bâton de commandement à la main, donnait des ordres à la garde pour faire reculer tous ces gens à coups de crosse de fusil et de plat d'épée. La neige étouffa le grondement de la rumeur pendant que l'obscurité mangeait la foule.

Le roi, ses filles et ses femmes, qu'aucun de ces vilains cris n'était parvenu à atteindre, s'engouffrèrent dans le ventre chaud de l'Opéra où ils étaient déjà attendus par monseigneur le dauphin et le duc de Fleury, premier gentilhomme de quartier. Six loges étaient réservées à Sa Majesté et sa suite. Le nombre des chandelles avait été doublé pour que chacun puisse admirer la famille royale tout à loisir, et le public resté debout tournait le dos à la scène, les yeux et les lunettes de spectacle braqués vers le balcon où le roi devait paraître. Dès qu'il fut introduit avec ses filles auxquelles leur père avait autorisé à mettre du rouge aux joues pour la première fois, on entendit les cris de « Vive le roi ! Vive mesdames ! ». Les chapeaux volaient en l'air, et les femmes agitaient frénétiquement leur éventail, mais lorsque la maîtresse et ses deux sœurs prirent place dans la loge voisine, elles n'eurent plus à contempler que des nuques, des épaules et des dos. Personne n'eut un regard pour les perles magnifiques de la princesse de Conti que la duchesse de Châteauroux portait au cou.

Comprenant l'offense, le duc de Fleury donna aussitôt les trois coups de canne attendus des machinistes et des musiciens ; le rideau se leva sur un palais de bois peint, et le roi des fées descendit des cieux assis sur un nuage solidement arrimé par des cordages de navire, chantant la gloire du feu roi pendant que sur la scène des furies, des ombres et des génies atrocement grimés exécutaient une contredanse endiablée qui fit battre de joie les mains de Madame Adélaïde, mais d'une joie qui n'était pas sans effroi.

Château de Versailles,
appartement de la duchesse de Châteauroux,
vers onze heures du soir

Aidée de la jeune Marie-Louise, sa deuxième femme de chambre, Marie-Anne jetée dans un profond fauteuil auprès d'un grand feu se dégageait avec peine de l'immense domino de taffetas rouge dans lequel elle était emmitouflée depuis la sortie de l'Opéra. Rêveuse, elle fixait des yeux la flamme du flambeau d'argent abandonné précipitamment sur le tapis d'une table à jeu par Mignon, son laquais surpris dans un demi-sommeil par l'arrivée de sa maîtresse qu'il n'attendait pas si tôt. Il est vrai que les carrosses du roi avaient brûlé le pavé de Paris, car Sa Majesté s'inquiétait beaucoup d'un gigot à la cuillère qui mijotait depuis sept heures dans les cuisines des petits appartements, et bien qu'Elle eût une entière confiance en Moutiers, son cuisinier personnel, Elle voulait être en mesure de vérifier par Elle-même la fin de la cuisson afin d'éviter que la viande ne dessèche et que les sucs ne s'évaporent. C'est dans des moments comme celui-là qu'Elle regrettait parfois d'avoir congédié Lazur, l'homme dont Elle tenait le secret du bon tour de main pour réussir une sauce ou monter un blanc d'œuf, mais Marie-Anne, qui ne pouvait souffrir ce témoin de l'ancienne faveur de sa sœur Louise, n'avait eu de cesse qu'il ne soit congédié. Le cuisinier s'était retrouvé chassé du paradis des petits appartements pour le purgatoire du grand commun où il se mourait lentement de chagrin.

Montées, elles aussi, chez leur sœur, la duchesse de Lauraguais et la marquise de Flavacourt s'étaient précipitées vers un coin de cheminée et, presque enfouies dans une vaste chauffeuse, déjà elles éreintaient *mezza voce* ce malheureux Chassé qui n'était plus que l'ombre de lui-même et dont l'interprétation paresseuse du rôle de Roland avait déçu le public parisien. L'artiste ne devait d'avoir échappé aux sifflets du parterre qu'à la seule présence du roi et de mesdames ses filles. Le chevalier de Grille, qui dénouait le col de son propre domino de soie noire tout diamanté de cristaux d'une neige dont il s'ébrouait encore, leur récita le petit quatrain qui courait les salons depuis le retour du chanteur sur la scène de l'Opéra :

Ce n'est plus cette voix charmante.
Ce ne sont plus ces grands éclats,
C'est un gentilhomme qui chante,
Et ne se fatigue pas…

Les trois sœurs s'en amusèrent, mais, tout en tripotant ses perles, Marie-Anne intervint dans la conversation pour saluer la performance du grand Jélyotte qui avait sauvé la représentation en servant Lully comme il ne l'avait peut-être jamais été de son vivant. Quand le chevalier de Grille se risqua à applaudir les jolis trilles de Mlle Fel dans la grande scène de Thémire, les trois femmes se récrièrent. Cette fille d'opéra était une femme perdue qui couchait avec des peintres et faisait des enfants avec toutes sortes de pères sans jamais les épouser. Sa présence sur la scène de l'Académie royale, alors que les jeunes princesses accompagnaient le roi, était une honte. Les hommes présents gardèrent un silence prudent dont ils n'eurent pas à sortir car un des valets des petits appartements vint annoncer que le petit souper était servi et que le roi n'allait pas tarder.

La troupe quitta le grand cabinet par les antichambres pour gagner directement le palier du nouvel escalier public par lequel on accédait désormais directement aux petits appartements du roi. Comme il s'agissait de descendre simplement d'un étage, Marie-Anne refusa d'abandonner Diane et Hortense en empruntant sa chaise volante, mais elle en actionna quand même le mécanisme par jeu.

Précédée par deux laquais qui ouvraient la voie à la lumière des flambeaux d'argent, la joyeuse bande parcourut l'étroite et sombre antichambre de la salle à manger d'hiver dont la porte était déjà grande ouverte, signe que Sa Majesté ne souhaitait pas voir ses invités l'attendre, mais qu'il voulait, au contraire, trouver tout le monde derrière sa chaise de façon à pouvoir passer directement à table.

Lorsque la nouvelle duchesse de Châteauroux, suivie de ses sœurs et de leurs compagnons d'opéra, entra dans la pièce très basse de plafond mais aux boiseries peintes de fleurs au naturel sur un fond verni de bleu et blanc, la table était déjà dressée par les garçons d'appartement, les grandes girandoles en argent à trois branches et quatre bobèches posées aux deux bouts, ainsi que les assiettes, les plats garnis de hors-d'œuvre et les pots à oille. Une seule table, cette fois, avait suffi, car le nombre de convives était particulièrement restreint cette nuit-là, mais elle était démultipliée à l'infini par les six grandes glaces, principal ornement de cette pièce nouvellement agencée pour le roi.

Dans la cheminée, brûlait un feu si fort que les vitres des trois fenêtres donnant sur le froid de la cour des Cerfs perlaient de buée. Un garçon bleu vint aussitôt rabattre les volets intérieurs pour garder la chaleur. Trompant ainsi l'attente, Marie-Anne taquinait sa sœur Diane sur son essoufflement et son embonpoint. Les autres soupeurs se présentèrent les uns après les autres. Ce fut d'abord l'inévitable marquis de Meuse, que la prévention tenace de Marie-Anne n'était pas encore parvenue à écarter. Le comte de Noailles, gouverneur du château de Versailles et grand ami de Richelieu, arrivait sur ses talons en compagnie de Boufflers. Il fut reçu avec toutes les grâces refusées à Meuse qui restait marqué au fer rouge par son ancienne fidélité à Louise de Mailly. Tous les amis de l'ancienne favorite avaient disparu, comme le pauvre Lazur, des petits appartements, frappés par la disgrâce, et seul Meuse parvenait à s'y maintenir tant son amitié avec le roi était ancienne et parfaitement inoffensive. Le roi, homme d'habitude plus que de fidélité, l'aimait un peu moins que ses chiens mais l'aimait quand même beaucoup. L'omniprésence de la comtesse de Toulouse ou de Mlle de Charolais dans les petits soupers n'était plus ce soir-là qu'un lointain souvenir, aussi effacé des mémoires de la Cour que l'effigie du feu roi sur les vieilles monnaies.

La compagnie se trouvait quasiment au complet lorsque l'arrivée du duc d'Ayen, capitaine des gardes, annonça celle du roi. Louis XV dénouait son grand tablier de cuisine en même temps qu'il faisait son entrée par la même porte que ses invités, car il quittait à peine les fourneaux où il avait tenu à terminer lui-même de cuisiner le beau mouton de Ganges que le duc de Richelieu venait de lui expédier en remerciement de la charge de premier gentilhomme. La bête patiemment nourrie à la main avec les herbes aromatiques des garrigues et engraissée en basse-cour pendant dix-huit mois était parvenue vivante à Versailles, accompagnée de son paysan cévenol, de façon à maintenir son alimentation et à ne pas gâter le goût de la chair tendre et délicate qui en faisait une viande de grand luxe. Le service de la bouche du roi s'était chargé de l'abattre, de la découper selon le goût de Sa Majesté et de la saler de façon à la faire durer le plus longtemps possible, car Louis XV raffolait de la viande de cet animal et réussissait toujours à merveille le gigot à la cuillère. Le roi arrêta d'un geste les révérences avant d'assigner leur place à la duchesse de Châteauroux et à la duchesse de Lauraguais, chacune à son côté, puis de s'asseoir dos à la cheminée où l'attendait une chaise à coussin de damas cramoisi et simplement foncée de cannes, mais au dossier légèrement plus élevé. Les autres s'installèrent aussitôt, car le roi n'aimait pas faire durer les cérémonies dans ses petits appartements. La conversation commença à trotter gentiment sur la soirée, Marie-Anne, piquée par l'accueil que le public lui avait réservé à l'Opéra, se vengea sur Lully qu'elle traita de vieille perruque et d'ennuyeux patenté, au grand étonnement du roi qui n'entendait rien à la musique mais respectait celle que son aïeul avait léguée à la France. Soucieuse de ne pas déplaire et sachant pertinemment où elle voulait en venir, la maîtresse en titre loua aussitôt le livret de Quinault inspiré de l'Arioste. Elle approuvait la noblesse de l'argument qui voyait Roland, le propre neveu de l'empereur Charlemagne, s'arracher à l'amour d'Angélique et aux plaisirs de la fontaine enchantée pour partir à la guerre afin de se couvrir de gloire sur les champs de bataille.

Jamais les affaires de l'État n'étaient évoquées lors des petits soupers, sous peine de voir le roi quitter immédiatement la table et se retirer dans la solitude de ses arrière-cabinets où nul n'était autorisé à le suivre, foudroyant ainsi sur place les convives désespérés d'avoir eu le malheur de déplaire. Marie-Anne n'était pas sotte et connaissait très bien la timidité politique de son amant, mais cet hymne à l'héroïsme, au courage et au désintéressement chevaleresque, déployé par Quinault en un prologue et cinq actes, lui permit de faire passer bien des messages sans avoir besoin de les écrire sur la nappe.

Chacun comprenait, chacun acquiesçait, mais personne ne s'aventurait à faire le moindre parallèle avec la situation militaire de la France. Diane de Lauraguais, qui ne résistait jamais au plaisir d'un bon mot ou d'une pique, se risqua à une perfidie en rappelant d'un ton faussement dégagé que le départ de Roland pour la guerre arrangeait bien les affaires de la belle Angélique qui aimait Médor en secret et trouvait là le moyen de se débarrasser d'un prétendant glorieux mais ennuyeux. Le regard de Marie-Anne se glaça d'un bleu de fer à l'évocation à peine gazée de ses amours avec le joli duc d'Agenois, et le roi, soucieux d'éviter que les choses n'allassent plus loin, lança à la Lauraguais que, décidément, elle n'avait jamais autant mérité ce surnom de « rue des Mauvaises Paroles » qu'il lui avait un jour attribué alors que leur carrosse empruntait cette rue du Parc-aux-Cerfs. Diane se le tint pour dit avec un petit sourire de complicité boudeuse, mais Hortense de Flavacourt trouva, pour sa part, l'allusion si plaisante qu'elle ne manqua pas de la relever en fredonnant de sa jolie voix :

Médor est sans bien, sans noblesse ;
Mais Médor est si beau qu'elle l'a préféré...

Le coup de griffe paru d'autant plus assassin qu'il était donné avec talent. Marie-Anne tressaillit : ce n'était pas la première fois qu'elle surprenait chez Hortense un sous-entendu désobligeant et, depuis quelque temps, elle la soupçonnait de chercher à la désarçonner. Leur complicité de jadis appartenait au passé car si elle acceptait de voir Diane prendre parfois sa suite dans le lit du roi, ne craignant rien du côté de cette grosse croupe, indolente et sans imagination dans la reprise, elle se méfiait maintenant d'Hortense dont l'encolure manquait singulièrement de franchise. Remplissant, par ailleurs, ses devoirs de dame du palais avec autant d'exactitude qu'elle-même en mettait peu, Hortense gagnait sournoisement la confiance de la reine tout en présentant au roi ces regards timides et doux qu'il aimait chez les femmes. Il était loin désormais le temps où les deux sœurs se soutenaient dans l'épreuve et faisaient front commun contre leur aînée, cependant Marie-Anne n'était pas Louise et elle donna, sous la table, un violent coup de pied à Hortense qui réprima un petit cri de douleur mais se le tint pour dit.

Le roi, qui s'amusait jusque-là à observer les trois grâces se disputer publiquement l'honneur de lui donner la pomme, se chagrinait maintenant à l'idée de voir sa belle recette gâtée par une sauce à la grimace. Il tapa dans ses mains pour signifier qu'il voulait être servi. Les grands plats d'argent portant son gigot de mouton firent leur entrée par la porte prise dans la boiserie qui se trouvait derrière lui, à droite de la cheminée. Les exclamations chassèrent aussitôt la fée Grisemine qui menaçait la soirée d'un mauvais sort, on s'esbaudit longuement sur la couleur mordorée de la croûte qui enrobait la viande après les longues heures d'une cuisson patiente. Pendant que les valets intérieurs desservaient le hors-d'œuvre et les potages, les commis des cuisines déposaient les plats de gigot entre les assiettes d'argent et le grand dormant de table de façon que chacun puisse directement se servir sans avoir le désagrément de passer les plats. Une fois que tout fut parfaitement disposé, les valets disparurent, laissant le roi avec ses hôtes. Une délicieuse intimité s'installa dans la pièce, Louis XV se leva alors de sa chaise, saisit la longue cuillère à ragoût posée sur la nappe de lin damassé et commença à attaquer la viande dont il creva la goûteuse carapace pour en libérer le fumet, provoquant des murmures d'admiration de l'assemblée. Au comble du contentement, le roi, dans un geste inouï, remplit lui-même les assiettes de ses deux voisines avant d'inviter chacun à se servir. La duchesse de Châteauroux, ayant surpris de l'étonnement, pour ne pas dire une réprobation muette, dans le regard de certains convives devant l'audace de ce geste, répondit que si le roi de France lavait les pieds des pauvres le jeudi saint, Sa Majesté pouvait bien servir deux malheureuses orphelines. Tous scrutèrent le visage du roi, mais comme l'amant parut enchanté de l'esprit de sa maîtresse, chacun sourit à cette charmante impiété. Dès les premières fourchetées portées aux lèvres, les compliments redoublèrent et l'on félicitait l'art du cuisinier dans sa parfaite maîtrise de la cuisson des viandes. Le roi recevait ces hommages avec beaucoup de sérieux quand le comte de Noailles voulut lever son verre à l'ami absent qui avait eu la générosité de les gratifier d'une chair aussi succulente. Sa Majesté trouva la chose juste et proposa de trinquer, lui aussi, à la santé du duc de Richelieu, qui décidément régnait en Languedoc sur les meilleurs moutons de France, mais les verres étaient presque vides, et la disparition des valets les condamnait depuis le dernier service à ce triste état. Alors, les hommes tendirent le bras vers les petites tables servantes en bois d'acajou disposées derrière chacun d'eux pendant que les femmes rinçaient leur verre dans des rafraîchissoirs en porcelaine de Chine avant de les présenter à leurs échansons improvisés. Les bouteilles de vin de Bourgogne sortirent plusieurs fois de leurs compartiments d'étain étamé où elles replongeaient après chaque tournée, et l'on but plusieurs fois à la santé de Richelieu avant que la conversation aille bondir ailleurs, puis vint le tour des bouchons de champagne qui sautaient jusqu'au plafond dans des rires de joie.

Comme il était de coutume, le roi annonça la fin du souper en proposant d'aller préparer lui-même le café. Les invités, qui s'étaient levés en même temps que lui, s'apprêtaient à passer dans la petite galerie des chasses, mais Sa Majesté s'y opposa, le froid était si vif et la compagnie si réduite qu'il n'était pas nécessaire, pour cette fois, de quitter la table, laquelle après tout, n'était pas louée. Exceptionnellement, le café se prendrait donc dans la salle à manger où la cheminée crépitait d'un feu dont le rougeoiement dessinait sur les murs des ombres à découper. Les convives, un peu décontenancés par cette rupture des habitudes, restèrent debout sans pour autant quitter leur place. Les vrais habitués de ces petits soupers mirent alors à profit ce léger intermède pour aller prendre, eux-mêmes, les tasses à café qui attendaient sagement dans leurs soucoupes sur la tablette d'entretoise des tables servantes. Seul le roi sortit de la pièce pour passer dans l'antichambre des buffets, d'où il revint un quart d'heure plus tard, un torchon glissé dans sa poche et tenant à deux mains une imposante verseuse d'argent toute fumante. Il ordonna que l'on se rassît, posa la cafetière sur la console de marbre avant d'ouvrir lui-même un placard de boiserie et d'en sortir une belle boîte à couverts aux grandes armes de France qu'il posa à son tour sur la console avant d'en soulever le couvercle. Les convives étaient ainsi invités à venir avec leur tasse pour se servir de café et prendre l'une des dix-huit petites cuillères en or réservées aux soupers les plus intimes.

Le froid ayant interdit l'usage des tables à jeux de la petite galerie dont l'unique cheminée aurait été bien en peine de tenir tête aux rigueurs d'une nuit de janvier, il n'était plus question de sortir les cartes, les jetons ou les boîtes de cavagnole ; aussi, pour éviter que l'ennui ne soit trop vite de la partie, la marquise de Flavacourt proposa alors de s'adonner aux bouts-rimés et aux charades. Marie-Anne, heureuse de contrarier sa sœur, suggéra que l'on commence, au contraire, par jouer aux physionomies, ce qui fut aussitôt approuvé par le roi. Le principe en était simple. La favorite lançait un nom connu de tous et l'on devait lui trouver une ressemblance avec un animal familier. Le joueur qui débusquait la ressemblance la plus frappante avait gagné et pouvait à son tour jeter un nom en pâture. Évidemment, la tête de quelques ministres fut offerte en premier à la sagacité des soupeurs. D'Argenson devint

« le veau qui tête » et Maurepas « le chat qui file ». Marie-Anne avait pourtant beaucoup insisté pour qu'il soit désigné sous les traits d'un chapon, mais les autres jugèrent que ce n'était pas du jeu ; l'impuissance du ministre n'étant pas inscrite sur sa physionomie. Elle en convint dans un ricanement mauvais, et la petite flamme qui passa à cet instant dans ses yeux était certainement plus brûlante que celles qui se dandinaient doucement au-dessus des chandelles de cire blanche. Saint-Florentin devint rapidement « le cochon de lait » par la faute de son embonpoint et Orry « le hérisson ». Ressemblance aussitôt saluée car elle renvoyait autant au nez pointu du contrôleur général des Finances qu'à son avarice légendaire, c'était faire coup double ! La gaîté augmentant, les femmes déposèrent sur la nappe, maintenant froissée et maculée, le nom de quelques princes de l'Église. Le cardinal de Tencin fut immédiatement applaudi en « autruche » à cause de sa façon de tenir toujours les yeux écarquillés, et l'on travestit le cardinal de Rohan en « poule qui pond ». Hortense de Flavacourt protesta énergiquement car « la Poule » était le surnom dont Sa Majesté la gratifiait dans ses moments de bonté, et elle refusait de partager ce privilège avec quiconque, fût-il Rohan et cardinal. Ses sœurs la rabrouèrent en lui faisant remarquer qu'elle ne serait vraiment poule que lorsqu'elle aurait pondu !

C'est alors que le roi, qui s'amusait follement, proposa sa propre tête à la sagacité des convives. Bien que le vin de Champagne et les liqueurs aient un peu brouillé les esprits, personne n'était assez ivre pour risquer une plaisanterie à se réveiller à la Bastille, car, malgré ses manières charmantes et la simplicité de sa conversation particulière, le roi ne disparaissait jamais tout à fait sous son tablier de cuisine. Il y eut alors comme une petite gêne. Une voix timide proposa la tête d'aigle, mais c'était une comparaison trop autrichienne, et l'Autriche n'était pas de saison ; une autre suggéra le lion, mais, malgré sa crinière royale, cette bête avait la gueule bien trop épatée pour convenir à un Bourbon. Arrivée à son tour, Lauraguais proposa le cheval. L'animal était noble, avait de longs cils et le regard doux de Sa Majesté. Chacun en convint, et Marie-Anne, un peu prise de vin, ajouta que le roi n'était pas sans autres points communs avec l'animal. La plaisanterie était osée, car jamais le roi ne tolérait en sa présence les propos trop poivrés et n'aimait pas que les femmes se dessalent, tout au moins en public. Aussi frappa-t-il dans ses mains en prononçant la phrase connue de tous qui marquait le retour de la majesté royale et rappelait à chacun d'être plus retenu dans ses propos :

— Voilà le roi !

C'était donner le mot de la fin. Louis XV quitta la table et il eut alors un bref aparté avec Marie-Anne. Tout le monde comprit à cet instant que le froid de cette nuit de janvier n'était pas la seule raison qui avait fait renoncer aux tables à jeux de la petite galerie et à ses interminables parties de cartes. Le roi était comme tout le monde, il n'aimait pas attendre le plaisir.

Le secret du roi

Château de Choisy,
début du printemps 1744
(la date exacte n'a pu être déterminée)

Le carrosse du duc de Richelieu fit une entrée remarquée dans la cour du château, car il n'était pas de quartier et ne figurait pas au nombre des invités. Le nouveau premier gentilhomme de la chambre sauta sur le pavé sans attendre que ses laquais déplient le marchepied au risque de se casser la jambe, mais il avait le jarret aussi endurant que le reste de son anatomie et se précipita vers le vestibule. Il débarquait à l'heure de la méridienne, le château était un peu assoupi et, ne croisant sur son passage que des valets subalternes auxquels il ne convenait pas de s'adresser, le duc monta sans se faire annoncer chez Marie-Anne, car il avait des choses de la première importance à lui apprendre. Il trouva la porte de sa nièce farouchement défendue par Touchard, son maître d'hôtel, qui lui fit respectueusement comprendre que Sa Majesté s'étant retirée dans les appartements de Mme la duchesse de Châteauroux, personne d'autre n'était attendu. Depuis combien de temps durait le tête-à-tête, demanda le duc et, à la réponse, il jugea que le plaisir n'étant jamais si long à atteindre, le roi devait être entièrement revenu à lui. Il passa l'antichambre en faisant sonner ostensiblement le talon de ses souliers sur les parquets autant que les privilèges de sa charge sous le regard épouvanté de Touchard, avant d'ouvrir la porte en faisant jouer bruyamment la serrure puis de passer une tête dans l'entrebâillement. Le roi, en cheveux, la perruque jetée sur le dossier d'un fauteuil à la reine, le justaucorps entièrement déboutonné, un bas encore descendu à mi-mollet, alangui dans une large bergère, regardait sa maîtresse s'abandonner aux mains de ses femmes de chambre pour remettre de l'ordre à sa toilette. Les bruits de pas et les éclats de voix ne l'avaient pas alerté, mais les cliquetis de serrurerie lui firent tourner le regard vers la porte où il vit apparaître la tête du duc de Richelieu. Louis XV resta un moment interdit, mais il pardonnait tout à ce diable d'homme auquel il était convaincu de devoir son bonheur présent. Loin de se mettre en colère, il lui demanda sur un ton d'ironie par quel curieux hasard il se trouvait là sans y avoir été ni invité ni même annoncé.

Sans éprouver la moindre gêne, le duc, toujours dans l'embrasure de la porte, annonça tel un valet de comédie qu'il arrivait là par un hasard dont Sa Majesté serait peut-être plus surprise encore que lui-même ne l'avait été et dont il se devait de lui rendre compte sans perdre un moment, fût-il celui des soupirs. Le roi invita le duc à s'avancer et lui ordonna de s'expliquer plus clairement, car il n'était pas d'humeur à jouer aux énigmes. Richelieu insista sur l'extrême importance de ce qu'il avait à dire à Sa Majesté, tout en désignant du regard les femmes de chambre que Marie-Anne congédia alors d'un simple geste de la main.

Une fois assis avec l'autorisation du roi et certain de ses effets, il commença son récit. Quelques jours plus tôt, M. de Rottembourg, représentant du roi de Prusse qu'il connaissait pour l'avoir rencontré autrefois dans le salon de Mme de Montbazon et dans des lieux encore moins avouables, lui avait fait porter une lettre très mystérieuse dans laquelle il disait avoir des choses à lui faire connaître et demandait à être reçu séance tenante, place Royale, mais dans la plus grande discrétion. Richelieu avait donc préparé cet entretien avec autant de soins et de précautions qu'un rendez-vous galant. Il fit passer le Prussien par des portes dérobées, empruntées plus souvent par des bonnes fortunes que par des plénipotentiaires, mais à peine était-il en sa présence que l'émissaire sortait avec mille précautions d'un portefeuille cadenassé une lettre du roi Frédéric de Prusse contenant une annonce stupéfiante et une proposition qui l'était bien plus encore. Les ennemis de la France projetaient de fondre sur le royaume dès que le roi, car ce n'était plus un secret pour personne dans les chancelleries d'Europe, irait se mettre à la tête de ses troupes pour la prochaine campagne des Flandres. Par cette manœuvre audacieuse, les puissances coalisées comptaient bien battre la France et contraindre ainsi le roi à une paix humiliante au profit de la reine de Hongrie et du roi d'Angleterre. Le roi de Prusse qui, une fois la France défaite, craignait de voir Marie-Thérèse d'Autriche se retourner contre lui pour reprendre la Silésie à laquelle il tenait maintenant énormément, était prêt, malgré sa précédente défection, à passer un nouveau traité avec la France de façon à ouvrir un front en Bohême, ce qui obligerait les alliés à diviser leurs forces et donc à soulager les frontières françaises. Le roi Frédéric terminait son courrier en laissant entendre qu'il savait que le retour de cette alliance entre la Prusse et la France était aussi le profond désir du roi Louis XV. Richelieu ne dit pas un mot de l'ambassade de Voltaire, qui pourtant n'était certainement pas tout à fait étrangère à ce retournement imprévu. Il insista sur le fait que le roi Frédéric mettait pour condition à la reprise des négociations qu'elles soient absolument souterraines et qu'aucun ministre n'y soit mêlé sous une forme ou sous une autre. M. de Rottembourg ne devait prendre d'arrangements pour venir voir le roi qu'avec lui-même ou Mme la duchesse de Châteauroux. C'était la placer *ipso facto* en ministre des Affaires étrangères.

Pendant toute la durée de ce long exposé, le roi s'était employé, tout en arpentant la chambre bleue de long en large, à reboutonner son justaucorps et à redéployer convenablement ses magnifiques manchettes au point d'Alençon. Il observa ensuite un long silence qui promettait de durer sans l'intervention de Marie-Anne, que la perspective de cette alliance, le rôle qui lui était assigné et ses inévitables prolongements militaires comblaient d'aise.

— Que dites-vous de cela ?

À quoi il répondit :

— Cela peut être très bon ; mais il faut l'examiner…

À la suite de quoi Louis XV fit plusieurs questions à Richelieu, et les deux hommes raisonnèrent un long moment sans que Marie-Anne se risque à reprendre la parole, même si elle ne perdait pas une miette de ces considérations diplomatiques et encourageait Richelieu du regard chaque fois qu'il hésitait à se prononcer sans y avoir été invité. Le roi mit pourtant un terme à l'entretien en disant, comme se parlant à lui-même, qu'il convenait maintenant de réfléchir à la manière dont il pourrait rencontrer M. de Rottembourg conformément aux volontés du roi de Prusse sans que la chose transpire, puis il ajouta, s'adressant cette fois directement à Richelieu, qu'il l'autorisait à rester à Choisy autrement qu'en « polisson » et appela Le Bel pour que l'on fasse préparer l'appartement du duc.

Le lendemain matin, après avoir dîné à ses côtés, Richelieu recevait un petit mot de la duchesse de Châteauroux qui en disait long en peu de lignes :

Mandez à M. de Rottembourg qu'il est bien le maître de me venir parler et que je l'attends chez moi.

Le roi n'avait pas eu longtemps à réfléchir pour trouver le moyen d'établir le lien avec la Prusse. Richelieu tout comme la favorite reconnurent cependant qu'ils ne disposaient ni l'un ni l'autre de la science des traités et des archives diplomatiques indispensables au bon déroulement de tractations aussi délicates. Si la France ne voulait pas être dupée, le roi Frédéric étant un être séduisant mais parfaitement retors, le traité se devait d'être négocié par leur seul truchement, mais rédigé par des hommes rompus à l'art des négociations et des congrès diplomatiques. Comme il n'était pas question de mettre la clique Maurepas dans la confidence, l'oncle et la nièce proposèrent au roi d'un commun accord de s'appuyer sur l'expérience des ambassades du cardinal de Tencin et sur la parfaite connaissance de l'équilibre des forces que son âge et ses nombreuses campagnes donnaient au maréchal de Noailles.

Le roi, qui voulait pouvoir se dégager de ces tractations secrètes à tout moment dans le cas où elles tourneraient mal, répondit avec un peu de lassitude dans la voix :

— À la bonne heure, allez leur parler de ma part à tous les deux, et voyez si l'on en voudra en Prusse…

Après tout, ce n'étaient là que des ministres, et le roi Frédéric pouvait en disposer à sa guise.

Paris, jeudi 23 avril 1744

Le Prussien venait d'adresser à la duchesse de Châteauroux une lettre pressante. Il devait la rencontrer le plus rapidement possible. Profitant de ce que le roi était à la chasse pour la journée, elle fit atteler aussitôt et partit pour Paris dans l'heure. Pendant de longues semaines, guidée par Richelieu et par le cardinal de Tencin, elle avait ainsi servi d'intermédiaire entre le roi de Prusse et le roi de France, essayant de lever les préventions et les difficultés sans jamais citer nommément son amant auquel elle rendait pourtant entre deux étreintes un compte exact des avancées du futur traité.

Comme chaque fois, la lettre de Rottembourg lui avait été remise en main propre par Richelieu, elle la lisait et la relisait sans en obtenir autre chose que de l'angoisse. Que se passait-il ? Quel affreux contretemps pouvait justifier de la faire ainsi venir à Paris avec tous les risques que cela comportait pour la discrétion que réclamaient ces rencontres ? Son carrosse avait beau être tiré par six chevaux superbes, le temps pour atteindre Paris lui parut interminable. Plusieurs fois, elle demanda à l'écuyer qui chevauchait à sa portière de faire hâter le cocher, mais c'était compter sans les embarras de Paris et la curiosité que son attelage ne manquait pas de susciter. Alors sa tête, bercée par le roulis du carrosse, retombait sur les parois vernies comme des boîtes et sa pensée vagabondait. Elle s'était prise au jeu de cette diplomatie des petits cabinets à laquelle le roi travaillait souvent le soir en sa présence, la consultant comme une sorte de ministre caché car il entrait désormais avec elle dans des détails de politique et des préoccupations d'État qu'il n'avait certainement jamais partagés avec aucune autre femme. Elle aimait voir la carte de l'Europe se dessiner sur sa table à ouvrage et se plaisait à penser que le sort de villes ou de provinces entières se décidait chez elle, au coin du feu, pendant que son chat courait entre ses jambes après des pelotes de laine. La mise était palpitante, mais elle jouait gros car elle savait que, en cas d'échec ou de révélation, le roi qui tenait ses ministres dans une totale ignorance de ces négociations parallèles, et particulièrement Maurepas, serait contraint de la désavouer voire de la sacrifier à la raison d'État. Or il n'était pas dans ses intentions de terminer sa vie comme Mme de Prie qui avait connu l'ivresse permanente de la haute politique sous le bref ministère du duc de Bourbon, son amant borgne, avant de se retrouver exilée sur sa terre de Courbépine et d'en crever littéralement de rage. Elle-même ne sachant pas vraiment où se situait son tout nouveau duché ne se voyait pas mourir de chagrin là-bas.

Aussi c'est la tête bien sombre qu'elle pénétra dans la chambre de l'hôtel de Richelieu où l'émissaire du roi Frédéric II la rencontrait toujours, les murs du château de Versailles ayant été jugés peu sûrs, car on leur connaissait à peu près autant d'oreilles que Maurepas comptait d'espions, et ce jusque dans le cabinet de la chaise de Sa Majesté.

Rottembourg, qui savait que les absences de la favorite ne pouvaient pas se prolonger sans susciter les commentaires, ne s'embarrassa d'aucun des préliminaires habituels aux gens des chancelleries. Il existait une clause dont son maître faisait désormais une condition à la signature du traité, mais dont il n'avait jamais été question jusque-là car elle nécessitait d'intervenir directement dans les affaires du royaume de France. À ce seul énoncé, Marie-Anne se sentit défaillir. Décidément, Richelieu avait bien raison de lui écrire à longueur de lettres qu'elle n'était qu'une folle. Oui, elle était totalement folle de s'être ainsi lancée tête baissée dans un labyrinthe politique plus dangereux encore que celui du Minotaure. Nattier avait beau lui avoir donné les traits de la Force dans son dernier portrait, elle était, à cet instant, la faiblesse même, et ce satané roi de Prusse, qui préférait pourtant les reins de ses hussards aux cuisses des femmes, allait la dévorer toute crue, sans plaisir mais sans remords. Comment justifier auprès du roi qu'une clause nouvelle, dont elle ne lui avait jamais parlé pour la bonne et simple raison qu'elle l'ignorait, venait de faire son apparition et risquait de mettre à bas l'édifice diplomatique patiemment construit depuis des semaines ? Mais, Dieu du ciel, qu'était-elle allée faire dans cette galère ? Elle en venait à regretter l'oisiveté de ses longs après-midi au cours desquels elle n'avait rien d'autre à faire que d'attendre l'heure de la saillie.

Pour autant, son visage habitué aux dissimulations de Cour ne montra pas le moindre signe d'altération, elle s'installa dans le fauteuil qui lui était avancé par le Prussien et écouta ce que ce diable d'homme avait à lui dire avec autant de détachement que si elle s'apprêtait à l'entendre lui réciter des vers allemands. Langue à laquelle elle n'entendait rien. Elle resta un moment interdite, presque étourdie. Ce qu'elle était en train d'apprendre relevait ni plus ni moins que de la haute trahison. Rottembourg lui révélait sans le moindre ménagement que par trois fois Frédéric II avait fait des ouvertures au cardinal de Fleury restées sans réponses avant de signer, en désespoir de cause, une paix séparée avec l'Autriche. Ces lettres avaient pourtant été transmises au cardinal par l'intermédiaire d'un ministre du roi, et c'était la raison pour laquelle le roi de Prusse refusait désormais tout contact avec les membres du gouvernement de Sa Majesté, préférant placer toute sa confiance dans les véritables amis du roi de France. Maintenant que les deux puissances s'étaient accordées sur les clauses du traité, le roi Frédéric mettait comme dernière condition le renvoi de ce secrétaire d'État indigne de la confiance de son maître, car tout portait à croire que les lettres n'étaient en réalité jamais parvenues jusqu'à leur destinataire.

Marie-Anne, abasourdie, demanda le nom de ce ministre qui méritait, pour le moins, de voir sa tête posée sur un billot. L'émissaire tergiversa, mais la favorite ne fléchissait pas, elle ne se permettrait jamais de porter une telle accusation contre un serviteur du roi sans avoir un nom et des preuves tangibles. C'était le moment qu'attendait Rottembourg pour remettre à la duchesse une copie de cette correspondance diplomatique restée lettre morte. En les ouvrant, elle découvrit que les trois lettres avaient été adressées au cardinal de Fleury sous couvert d'Amelot de Chaillou, secrétaire d'État aux Affaires étrangères.

La duchesse de Châteauroux resta stupéfaite à l'idée qu'un ministre de Sa Majesté ait pu à ce point lui manquer de loyauté, car si le cardinal l'avait réduit au silence par quelques menaces, sa mort aurait dû le libérer depuis et lui permettre de venir tout raconter au roi. À la réflexion, pourtant, la chose ne l'étonnait guère, car elle n'aimait pas cet homme qu'elle prenait pour un balourd et elle n'avait jamais compris comment le cardinal avait eu cette idée saugrenue de confier à un bègue le soin des pourparlers diplomatiques. C'était bien là le signe de sa sénilité. Par ailleurs, elle se doutait que, depuis des décennies, les ministres s'arrangeaient pour faire leur petite cuisine de soupente en tenant leur maître bien à l'écart de ses propres affaires. Cette fois, elle en détenait la preuve.

Aussi, Marie-Anne glissa prestement ces lettres brûlantes dans son manchon de soie, promettant à Rottembourg de rapporter très exactement au roi les propos qu'elle venait d'entendre, et remonta dans sa voiture raccompagnée par Richelieu qui se réjouissait ouvertement de cette divine surprise. Fleury étant mort, il n'était pas utile de le faire sortir de son mausolée tout neuf afin d'exiler ses vieux os chez les jansénistes du cimetière Saint-Médard, mais, pour ce qui était des vivants, ils en tenaient un par les oreilles et avaient désormais entre les mains de quoi faire danser tous les autres. Ils seraient aussi méchants que des fées et les feraient danser jusqu'à ce que mort s'ensuive. Tout le long du trajet, Richelieu, donnant de petits coups de sa canne au bout ferré d'argent sur le plancher de la voiture et poinçonnant sans pitié la précieuse moquette de Beauvais qui le recouvrait, ne cessait de répéter :

— Chasser Amelot du ministère, c'est toujours crever un œil à Maurepas !

Marie-Anne regrettait les dommages faits à son magnifique carrosse par la joie nerveuse de son oncle, mais se réjouissait d'aveugler Maurepas comme Ulysse l'avait fait à Polyphème.

Château de Versailles, appartement du comte et de la comtesse de Maurepas, dimanche 26 avril 1744

Le comte de Maurepas recevait ce soir-là beaucoup de monde, et du meilleur, dans son bel appartement qui offrait une très large vue sur les cours du château. Mlle de Charolais l'honorait de sa présence, car maintenant que la vieille débauchée n'était plus jugée digne par le roi de participer à ses petits soupers, elle courtisait bassement les ministres pour faire hâter le paiement de ses pensions. On arrivait au fruit lorsqu'un valet de la chambre du roi vint chuchoter quelques mots à l'oreille du comte. Le début d'un silence se fit entendre. Le ministre jeta un regard à la dérobée sur le grand cartel de l'antichambre où les tables étaient dressées avant de sourire largement à la compagnie qui, rassurée, reprit ses conversations tout en terminant de massacrer les grandes pyramides de massepain et de fruits confits. Maurepas avait beau offrir la figure la plus détachée qu'un ministre puisse composer pour le public lorsqu'il tremble pour son portefeuille, de petits plis de préoccupation commençaient à riduler le coin de ses yeux, mais il ne pouvait pas quitter la pièce avant la princesse sans lui manquer de respect. À Versailles, un ministre se voyait pardonner des erreurs politiques, pas des erreurs d'étiquette. Enfin le souper s'achevait, les domestiques enlevaient des tables le dernier service, et la princesse se retirait précédée de son chevalier d'honneur qui, tout à l'heure, la chevaucherait en lui criant les ordures qu'elle aimait entendre au moment de parvenir à la jouissance.

Maurepas monta aussitôt en chaise et se fit conduire jusqu'aux guérites de la grille royale où les gardes du corps prévenus le laissèrent passer. Sa montre marquait onze heures du soir. Il fallait une chose bien grave pour être ainsi convoqué par le roi à une heure où Sa Majesté elle-même n'aimait pas à être dérangée.

Introduit par le premier valet de chambre dans le cabinet des Perruques où le roi venait à l'instant de se retirer après le grand coucher, il le trouva en robe de chambre et le foulard de nuit déjà noué sur la tête en train de remuer les bûches d'une main rageuse.

Pour la première fois depuis plus de vingt ans qu'il était à son service, le visage du maître l'effraya. L'œil doux et l'éternel sourire avaient disparu, la mâchoire était crispée et un battement nerveux de la jambe soulevait à intervalles réguliers l'un des pans de la somptueuse robe de chambre. Maurepas recula instinctivement d'un pas lorsque le roi jeta les pincettes de bronze contre le jambage de la cheminée, car le geste avait été si soudain que, l'espace d'une seconde, il crut avoir à esquiver un coup. L'audience fut terrible, le roi montra les lettres du roi de Prusse, exigea des explications, posa les questions de confiance. Le ministre épouvanté jura de sa totale ignorance et de son absolue fidélité, mais le verdict tomba. Dans la mesure où M. Amelot de Chaillou avait choisi d'être ministre du cardinal de Fleury plutôt que du roi de France, il n'avait plus sa place au Conseil. Sa femme et lui devraient quitter la Cour le lendemain et se retirer à bonne distance de la capitale avec ordre de ne jamais en approcher ni d'entretenir le moindre commerce, même d'estime, avec les personnes en affaire avec le gouvernement. Par une dernière considération pour sa femme que la reine protégeait, Amelot ne se verrait pas remettre une lettre de cachet par la main du capitaine des gardes et partirait de Versailles dans son propre carrosse plutôt que dans une voiture fermée, mais le roi confiait à Maurepas le soin d'informer directement son collègue de sa disgrâce, de se faire remettre aussitôt les clés de ses appartements, de ses armoires et tous les papiers d'État en sa possession. Enfin Louis XV ajouta qu'il serait désormais son propre ministre des Affaires étrangères et travaillerait directement avec

La Porte du Theil, le premier commis, puis sans rien ajouter d'autre, pas même un bonsoir, il se retira dans sa chambre à coucher.

Maurepas, les jambes flageolantes et la tête en feu - il avait vu le moment où il allait se pisser dessus -, se précipita chez son vieil ami pour lui tomber dans les bras et lui lancer dans un latin de collège :

— *Hodie tibi, cras mihi* !*

Le pauvre Amelot savait à quoi s'attendre, car le roi l'avait soumis quelques heures auparavant à l'un de ces interrogatoires dont on ne se relève jamais, surtout lorsque l'on a le malheur d'allonger interminablement les mots en s'expliquant. Ses papiers étaient déjà en ordre, les clés de ses armoires sur le plat de son bureau, et il attendait simplement le retour de sa femme qui était au jeu de la reine et ne se doutait absolument de rien. Sa situation de fortune était catastrophique, honnête homme autant que mauvais ministre, il avait mangé tout son bien - près de trente mille livres de rentes - pour faire honneur au service du roi. Il était coulé à fond. Maurepas, qui avait gardé ce baume apaisant pour la fin de l'opération qu'il était contraint de mener, révéla à son ami que Sa Majesté, malgré son mécontentement, lui maintenait sa pension de vingt mille livres, à quoi il ajoutait quinze mille livres sur la tête de sa femme, réversible sur celle de leurs enfants, mais c'était dans le seul souci d'atténuer le chagrin de la reine qui perdait ainsi une amie.

* « Toi aujourd'hui, moi demain ! » Inversion de la locution latine *Hodie mihi, cras tibi* qui se trouvait souvent inscrite sur les sépultures romaines.

Château de Versailles,
lundi 27 avril 1744

Jamais la Cour n'avait été aussi grosse et jamais elle n'avait été aussi chamboulée. Elle attendait le départ du roi pour les Flandres d'un jour à l'autre et se réveillait ce matin-là dans l'étonnement d'une disgrâce ministérielle. Les esprits se cognaient aux événements comme des mouches sur une vitre, on parlait sans savoir et l'on jugeait sans comprendre. Certains affirmaient avec de grands airs de mystère que le renvoi du secrétaire d'État aux Affaires étrangères en annonçait d'autres et des plus éclatants. Un coup de Majesté se préparait qui allait tout renverser, les ministres, les coteries, les cabales et les alliances. D'autres assuraient que le roi mécontent de ce que le Parlement tardait à enregistrer les édits fiscaux nécessaires à la guerre irait lui-même à Paris tenir un lit de justice, son fouet de meute à la main, à l'imitation du feu roi dans sa jeunesse, pour cingler le museau de ces messieurs et les parquer ensuite comme des bœufs dans leur enclos de l'île de la Cité. Enfin, tous prédisaient que demain ce « pays-ci » serait cul par-dessus tête, les antichambres des ministres chancelants se vidaient déjà comme des cuves, et chacun se précipitait vers la Grande Galerie dans l'espoir d'être aperçu du roi au moment où il se rendait à la chapelle.

Depuis les fenêtres de son propre appartement de l'aile des Ministres, le comte d'Argenson observait le déménagement précipité de ce pauvre Amelot et de sa femme qui pleurait à la seule idée d'aller enfermer sa beauté remarquée au fin fond d'une triste province.

Les malles et les meubles encombraient les couloirs où l'on se heurtait déjà à l'obstacle des caisses à bois et des réchauds clandestins, les femmes de chambre couraient en tous sens, et les laquais poussaient de longs soupirs dont il était difficile de déceler si c'était là une façon de plaindre leurs maîtres ou la perte de leur place et de ses pots-de-vin. Quant aux amis du ministre disgracié venus le soutenir dans l'épreuve, ils n'auraient pas été suffisamment nombreux pour faire avec lui une partie de cartes.

Le ministre de la Guerre n'arrivait pas à s'arracher de ce triste spectacle du pouvoir qui vous quitte et raisonnait en homme d'esprit sur la fragilité des grandeurs humaines qui ne sont en réalité que des petitesses sous le regard de Dieu. Après avoir suivi des yeux le départ du carrosse de son ancien collègue auquel les gardes de la Porte eurent tout de même le beau geste de rendre les honneurs, d'Argenson quitta son poste d'observation pour retourner à son bureau. Il poussa les piles de dossiers qui menacèrent de s'effondrer, prit une feuille et écrivit à son frère un récit détaillé des événements de la veille, récit plein de dépits et lourd de la menace sourde qu'il sentait maintenant planer au-dessus de sa tête et de celle de Maurepas :

> *Croyez bien que ceci est la destruction du ministère ; que ce sont les petits cabinets, les Noailles, M. de Richelieu et la maîtresse qui veulent nous détruire pour régner, et ils nous traitent comme vous voyez…*

Lorsque l'on vit le roi sortir en costume de chasse et faire monter ses chiens préférés avec lui dans ses carrosses, on comprit alors que ce n'était pas pour aller à la guerre, mais en forêt de Rambouillet. Aucun des grands seigneurs titulaires d'une charge de Cour n'avait reçu d'ordre pour se préparer à rejoindre la frontière, et il en était de même pour les officiers du grand commun. À Versailles, le temps s'était suspendu à la montre du roi, et tout le monde attendait mais sans très bien savoir quoi.

Château de Versailles,
samedi 2 et dimanche 3 mai 1744

Il y avait encore ce soir-là un monde prodigieux au grand couvert, on étouffait jusque dans l'escalier de la reine où la foule se massait dans l'espoir d'apercevoir le roi. Les huissiers qui précédaient les gentilshommes servants et les officiers de la bouche portant sur des brancards une bonne dizaine de plats durent jouer de leurs baguettes autant que de leur autorité pour faire respecter les convenances. Le maître d'hôtel armé de son bâton à pommeau d'argent alla jusqu'à menacer de faire intervenir la garde si l'on ne se rangeait pas avec davantage de respect. C'est à peine si les gentilshommes servants parvenaient à se faufiler entre la table et les tabourets des duchesses. Le premier service était tout juste disposé quand un appel du pied et le cliquetis des armes rendant les honneurs annoncèrent enfin l'arrivée du roi. Au milieu d'un brouhaha de courtisans, chacun tendait l'oreille ou le cou dans l'espoir de saisir un mot qui mettrait fin à l'attente, mais à aucun moment il ne fut question de la guerre, des

Flandres ou d'un voyage imminent. Au sortir de table, après que monseigneur l'évêque de Soissons, premier aumônier, eut dit les grâces, le roi se lava les mains avec la serviette mouillée qui lui était tendue, puis, comme à son ordinaire, quitta l'antichambre du grand couvert par la porte qui conduit au grand cabinet de la reine. Là, il resta un petit quart d'heure, parlant de choses et d'autres d'un ton aussi badin que ses propos étaient anodins, sans rien dire à sa femme qui tremblait d'émotion et lui remit une lettre faute d'être en mesure d'articuler un traître mot. Comme sa charge lui en faisait obligation, la duchesse de Luynes raccompagna le roi jusqu'aux limites de l'appartement de la reine et se risqua même à lui faire au cours de ce petit trajet un compliment de son invention dans lequel elle formulait des vœux pour sa santé et pour sa gloire, comme on doit le faire à un monarque qui court à l'ennemi. Le roi ne lui répondit rien qui pût laisser entendre qu'elle ne s'était pas fatiguée en vain, la salua galamment et entra dans ses appartements par sa propre salle des gardes, la première antichambre, puis le salon de l'Œil-de-bœuf au milieu de courtisans toujours tassés comme des bûchettes dans un fagot et peints comme des polichinelles de carton découpé. La chambre de parade était à peine plus respirable, même si le premier gentilhomme, aidé des huissiers, était parvenu à filtrer les entrées pour maintenir un semblant d'ordre des rangs et des préséances au milieu de ce grand désordre poudré et doré. Quand Sa Majesté donna l'ordre du grand coucher pour une heure et demie du matin, un murmure de déception partit de la pièce avant d'aller mourir dans l'escalier de la reine, mais le roi était déjà passé dans ses petits appartements pour monter rejoindre sa maîtresse qui l'attendait impatiemment. Elle fut bien désappointée de ce qu'il avait à lui dire, mais n'en montra rien dans l'étreinte.

À l'heure dite, Louis XV retourna dans sa chambre comme pour se coucher, mais il se contenta de changer d'habit sans plus de cérémonie. Dans le petit cabinet du Conseil, il retrouva l'évêque de Soissons, en grand camail de soie, et Sa Majesté n'en marqua aucune surprise. Ils furent rejoints par monseigneur le dauphin auquel le roi parla avec beaucoup de tendresse avant de le confier à son gouverneur, le duc de Châtillon. Enfin, Sa Majesté, toujours suivie de son premier aumônier et de son capitaine des gardes, ressortit par le cabinet des Perruques pour déboucher dans la Grande Galerie où, malgré l'heure tardive, les courtisans se fatiguaient encore à user les parquets de leurs souliers en chevreaux. De là ils se dirigèrent seuls vers la tribune de la chapelle, car personne n'avait été invité à les accompagner. On s'en offusqua.

Le roi agenouillé, pendant que monseigneur de Soissons récitait le chapelet, resta un long quart d'heure dans l'adoration du saint sacrement. Ensuite il emprunta le petit escalier à vis de la chapelle jusqu'au rez-de-chaussée, s'agenouilla à nouveau sous le porche, se signa à plusieurs reprises avant de se relever, de traverser le péristyle et de parvenir au pied de la cour de Marbre où son carrosse l'attendait. Le duc d'Ayen, le marquis de Beringhen, premier écuyer, et l'inévitable marquis de Meuse étaient déjà là et montèrent aussitôt avec lui. La voiture était escortée en tout et pour tout par une vingtaine de gardes à cheval. Une berline de voyage suivait à vide, mais lourde de deux millions en sacs de louis d'or fraîchement battus à la Monnaie de Paris. Enfin une cantine chargée de sa batterie de cuisine et un fourgon à bagages fermaient la marche de ce petit convoi qui passa les dernières grilles vers trois heures et demie du matin avant de prendre tranquillement la route de Sèvres.

Lorsque l'aube se leva sur l'avenue de Paris et que le soleil de mai, très glorieux lui aussi, fit son apparition au-dessus de la place d'Armes, il éclaira la plus belle revue militaire du monde. Une mer blanche de panaches, frettée de l'argent des cuirasses et de l'or des broderies d'uniformes, submergeait le sable et les pavés. La maison militaire du roi se rangeait en ordre de bataille. Près de dix mille hommes et presque autant de chevaux piaffaient d'impatience au son des fifres et des tambours à l'idée d'accompagner le roi à la guerre. De jeunes pages de la grande et de la petite écurie juchés sur les toits, la gorge serrée pour dire adieu à leurs camarades plus âgés tout en leur criant des grossièretés, admiraient maintenant dans leur alignement parfait la compagnie écossaise et les trois compagnies françaises des « Gardes-du-Corps », au milieu desquelles ils distinguèrent facilement les hoquetons rutilants des vingt-quatre gentilshommes de la manche avec, à leur suite, les gardes de la porte et de la prévôté de l'hôtel, les compagnies des « Cent-Suisses », des « Gendarmes de la Garde », des « Chevau-légers », des mousquetaires, des « Grenadiers à cheval », des « Cent-Gentilshommes » et enfin les deux régiments de gardes à pied. Sortant des écuries, les fourriers, les porte-cabine et les porte-manteaux escortaient fièrement les maisons démontables rangées dans leurs étuis de cuir pour le jour où Sa Majesté bivouaquerait avec la troupe. Enfin, plus au loin, le grand commun dégorgeait dans un vacarme assourdissant les énormes chariots de la paneterie, de la cuisine, de la fruiterie, du garde-vaisselle et de la lingerie qui formaient une file ininterrompue et pesante jusqu'aux contre-allées de la place d'Armes. Tous les officiers de quartier, de la chambre, de la garde-robe et de la bouche s'en allaient donc eux aussi, et Versailles se vidait lentement comme un étang que l'on vidange.

Le roi était parti au petit trot et incognito, mais la monarchie française le rattraperait bientôt de tout son faste.

À son lever, ce matin-là, la reine répandit quelques larmes amères, car pour toute réponse à la lettre dans laquelle elle demandait humblement à son royal époux le droit de le suivre dans les Flandres, ce dernier lui avait répondu d'un mot griffonné à la hâte dans la chambre de sa maîtresse que « les dépenses l'empêchaient de l'amener avec lui aux frontières ».

La duchesse de Ventadour fut plus heureuse en recevant, pour sa part, une lettre pleine de tendresse de ce roi dont elle avait été la gouvernante à l'époque où il n'était encore qu'un petit orphelin et qu'elle avait sauvé par sa présence d'esprit de l'ignorance des médecins.

Ma chère maman, priez Dieu pour la prospérité de mes armes et pour ma gloire personnelle. J'emporte à

l'armée toute la volonté possible. Que le Dieu des armées m'éclaire, me soutienne et bénisse mes bonnes intentions. Adieu, maman, j'espère vous retrouver en aussi bonne santé que je vous laisse, je vous embrasse du fond du cœur.
Louis.

Château de Versailles,
appartement de la duchesse de Châteauroux,
lundi 4 mai 1744

Après le départ de la maison militaire du roi, le brouhaha des courtisans et le bruit des carrosses s'étaient tus car tous les seigneurs qui, par leur charge, étaient indispensables à son service et à sa dignité avaient reçu l'ordre écrit de suivre Sa Majesté à la guerre. En quelques heures, le comte de Charolais, grand maître de la maison du roi, le duc de Bouillon, grand chambellan, le prince Charles de Lorraine, grand écuyer, le duc de La Rochefoucauld, grand maître de la garde-robe, le duc de Richelieu, premier gentilhomme de la chambre qui commençait ainsi son service, firent en même temps leurs adieux et leurs malles. La Chapelle suivait aussi, le premier aumônier, monseigneur de Fitz-James, partait accompagné des deux aumôniers de quartier et du père Pérusseau, confesseur de Sa Majesté, le saint sacrement dans leurs bagages.

La reine, elle, cacherait son abandon à Trianon accompagnée de ses entours, laissant ses appartements aux frotteurs de glaces et de parquets, aux balayeurs, aux fumistes, aux vidangeurs et aux valets subalternes qui profitaient de l'aubaine pour tout curer en grand. On ne voyait plus au château que l'agitation des justaucorps rouges et des habits bleus galonnés d'argent. La domesticité restait seule maîtresse du château.

Allongée sur sa chaise longue, Marie-Anne, en grand négligé de satin couleur de l'aurore, méditait sur son sort. Maurepas était une véritable ciguë, un poison sans goût ni odeur qui vous embaumait sans vous laisser même le temps de vous retrouver. L'exil de son complice Amelot de Chaillou l'avait rendu doux comme l'agneau qui vient de naître, et il n'était plus un mot du roi, même le plus insignifiant, devant lequel le petit ministre ne se pâmât, applaudissant à tout rompre au génie de son maître. Mais ce n'était qu'une ruse. Loin de s'opposer au traité avec la Prusse, il l'avait au contraire encouragé tout en ayant la sagesse de ne jamais chercher à prendre l'attache de Rottembourg. Prudent comme un chat de gouttière, Maurepas n'avait pas commis le faux pas qui eût permis de l'assommer d'un coup, il était même devenu le plus ardent partisan de la présence du roi sur le front des troupes malgré la jalousie terrible qu'il nourrissait à l'égard du maréchal de Noailles, dont la faveur et le prestige lui tordaient les boyaux d'envie.

En quelques jours, ce singe de cabinet était parvenu à se rétablir sur ses deux pieds et à désarmer le roi de toutes ses préventions, réussissant même ce tour de force de le convaincre de partir pour les Flandres sans la compagnie d'aucune femme, pas plus la reine que les duchesses de Châteauroux et de Lauraguais. Pour mieux enrober la pilule qu'il faisait avaler au roi,

Maurepas s'était très habilement exclu lui-même du voyage. Il ferait au plus tôt une tournée d'inspection des ports et des arsenaux pour en vérifier l'état, laissant au seul comte d'Argenson, ministre de la Guerre, le privilège d'accompagner Sa Majesté.

Cet homme était le valet de pique en personne, car il s'effaçait pour mieux tenir la favorite en échec et elle était, en cet instant, comme une biche qui sent l'odeur de l'homme mais ne sait pas d'où le coup de feu partira pour l'abattre. Elle savait pertinemment que Maurepas comptait sur cette séparation de corps pour voir la passion du roi mollir avant de s'étioler tout à fait. L'homme tenait les maîtresses du roi pour de mauvaises habitudes que le temps suffit à faire oublier. Elle en pleurait de dépit et de rage. La seule chose qui la consolait un peu, c'est que Maurepas n'était pas parvenu à écarter le duc de Richelieu, auquel sa toute nouvelle charge de premier gentilhomme de la chambre offrait une cuirasse bien difficile à percer. Déjà une lettre écrite depuis Péronne, où le roi avait retrouvé ses aides de camp et le maréchal de Noailles, venait de lui parvenir. Richelieu y tenait la gazette du voyage et de la campagne. Pourtant le silence presque inquiétant du château étreignait Marie-Anne, la cour des Cerfs était plongée dans une sorte d'immobilisme, les volets soigneusement clos de ses petits appartements rappelaient l'absence du roi. Alors la jeune femme, l'esprit encombré par des humeurs noires, s'installa à sa belle écritoire pour couvrir le papier de tristes réflexions :

Voilà le roi à la tête de son armée, c'est bien beau, cher oncle, mais c'est bien triste et ma situation est affreuse, sur toutes choses ayez grand soin de lui et donnez-moi des nouvelles tous les jours. J'espère que la campagne sera brillante, mais je voudrais que l'on en fût de retour, cinq mois sont bien longs, et dans quelle inquiétude ne suis-je pas ! Vous êtes né coiffé car vous vous trouvez dans tous les lieux où est le roi et que j'envie votre bonheur. Je vais demain tristement à Plaisance, vous vous doutez bien de ce qui sera l'objet de nos occupations et de nos conversations, bonsoir, parlez quelques fois de moi pour que l'on ne m'oublie pas tout à fait. Vous connaissez mon amitié pour vous.

Marie-Anne n'eut pas le temps de multiplier les témoignages d'affection épistolaire dont elle était coutumière avec son oncle, car elle avait une autre lettre à écrire et à un destinataire bien plus coriace, dont elle tenait à se faire un allié pour la réussite de son propre plan de campagne. En négociant avec le roi de Prusse, elle avait pris goût à la stratégie et aux diplomaties parallèles ; elle sortit donc une nouvelle feuille de papier et, d'une écriture plus appliquée qu'à l'habitude, traça quelques jolies lignes pleines de cajolerie et de sous-entendus à l'intention du maréchal de Noailles :

Que vous êtes heureux, Monsieur le Maréchal, vous êtes avec le roi, que votre Ritournelle est malheureuse, elle est éloignée du roi. Vous allez voir le roi toute la journée, moi je ne le verrai peut-être que dans cinq mois, c'est bien affreux mais vous ne me plaindrez pas car vous avez bien autre chose à penser, aussi je ne m'y attends pas. Je connais votre attachement pour le roi, ainsi je ne suis

pas en peine du soin que vous prendrez de sa personne, l'on peut s'en rapporter à vous.
Adieu, Monsieur le Maréchal, vous devez savoir à quoi vous en tenir sur l'amitié que je vous ai vouée depuis bien longtemps.

Marie-Anne relut attentivement les deux lettres écrites dans la lumière rousse d'un après-midi qui venait mourir sur les parterres de Versailles et les trouva bien. Elles pouvaient être montrées au roi sans risque, car elles le seraient certainement, si ce n'était par les destinataires eux-mêmes, ce serait sous la forme odieuse d'une copie exécutée par les commis du cabinet noir. Maurepas n'était certainement pas parti sans donner des ordres pour cette sale besogne.

Elle les sabla, les cacheta, puis sonna Antoine, son valet, en le houspillant pour qu'il ne manque pas le départ du courrier. N'ayant plus rien à faire, elle se recoucha en regardant le ciel ; ses bagages ne l'intéressaient pas et elle laissait sa sœur Diane s'affairer avec les femmes de chambre. L'ennui la gagnait et c'était un véritable déplaisir.

Une maison de plaisance...

Nogent, château de Plaisance, lundi 4 mai au dimanche 7 juin 1744

Utilisant le prétexte des travaux importants à faire à son appartement et à celui contigu de sa sœur Lauraguais, notamment ceux que réclamait l'achèvement de sa salle de bains, Marie-Anne quitta brutalement la Cour sans plus se soucier de son service auprès de la reine. Le roi lui avait assuré que, une fois le dauphin marié à l'infante d'Espagne, elle serait désignée comme surintendante de la maison de la dauphine. La charge n'existait pas et n'avait jamais existé, mais Richelieu, toujours prêt à devancer les désirs du maître avant même qu'il ne les exprime, ne manqua pas de rappeler opportunément au roi que son aïeul Louis XIV ne trouvait pas mauvais de voir sa maîtresse la marquise de Montespan occuper la même place auprès de la reine Marie-Thérèse elle-même. Ce simple parallèle suffit à convaincre Louis XV. Dans ces conditions, il n'était plus nécessaire pour la duchesse de Châteauroux de s'obliger à subir l'ennui que la reine distillait autour d'elle avec un soin dévot.

Les deux sœurs avaient alors décidé de répondre à l'invitation de l'un de leurs vieux amis, un de ces hommes aussi riches qu'aimables qui possèdent au plus haut degré l'art de savoir rendre la vie douce et agréable à tous ceux qui pourraient leur être utile un jour. Bien avant que le départ du roi fût connu de tous, Pâris-Duverney, qui en connaissait la date par avance, avait proposé aux deux femmes de venir orner sa belle maison de Plaisance, un château construit comme par enchantement en moins de six mois et dont le luxe étourdissait ceux qui y étaient admis. L'homme, qui avait autrefois tâté de la Bastille, se méfiait de la Cour autant que de la ville, leur préférant la campagne, surtout lorsqu'elle était proche de la route menant à l'étranger, mais il avait eu le bon goût d'y construire une maison dotée de toutes les commodités d'un très bel hôtel du faubourg Saint-Germain. Il trouvait là le moyen d'offrir à ses amis une hospitalité aussi délicieuse que discrète, et Voltaire venait souvent s'y reposer des scènes de jalousie que lui faisait la belle Émilie du Châtelet, dont le caractère s'aigrissait avec l'âge et les infidélités réelles ou supposées du philosophe.

Certes, le financier n'était pas gentilhomme, son grand-père vendait du grain avarié et des poulets rôtis, pour autant il avait des attentions exquises et se refusait obstinément à faire signer la moindre reconnaissance de dettes à une femme de qualité à laquelle il prêtait de l'argent. Il mettait d'ailleurs une telle insistance à respecter cette habitude de grand seigneur qu'aucune ne se risquait jamais à lui faire l'affront d'insister pour s'acquitter d'une formalité aussi ingrate qu'un remboursement. La gratitude d'une jolie femme, aimait-il à répéter, valait toutes les quittances du monde. De même, on jouait toujours gros jeu chez lui, mais sa table de pharaon présentait une particularité merveilleuse, car les dames, au lieu de s'y ruiner comme à la Cour, gagnaient toujours contre la banque. Personne, à dire vrai, ne s'expliquait ce mystère ni la persévérance de l'Italien qui tenait la caisse, mais on s'en amusait et les femmes jouaient gros jeu.

Ce n'était pas là, pourtant, les raisons qui avaient décidé Marie-Anne à accepter l'invitation. Elle n'avait plus de dettes, et ses brevets de pension lui étaient désormais acquittés par Orry avec une régularité rare, en France, pour le contrôle général des Finances. Par ailleurs, le roi au moment de partir s'était approché du charmant petit panier à ouvrage de sa maîtresse pour y faire tomber négligemment plusieurs rouleaux de louis de façon, c'était là son expression, que sa maîtresse conserve toujours sous les yeux la meilleure image de lui !

Au-delà de l'amitié que Pâris-Duverney et ses frères lui témoignaient depuis son enfance, Marie-Anne savait que ce puissant commissionnaire des vivres auquel incombait le ravitaillement des troupes, tant en blé qu'en drap ou qu'en viande, disposait d'une multitude de relais dans l'armée et d'une véritable poste personnelle sur laquelle Maurepas et ses mouchards n'avaient aucune prise. Le financier, comme il arrive souvent, était bien plus puissant en vérité que le ministre. C'était l'assurance pour elle et sa sœur non seulement d'entretenir avec le roi, Richelieu et tous leurs amis, une correspondance inviolée, mais encore d'obtenir, de moment en moment, des nouvelles de toute première main sur les opérations militaires avant même qu'elles eussent été passées au filtre de d'Argenson, ministre de la Guerre, dont la favorite se méfiait comme de tous ceux qui devaient leur carrière au vieux Fleury ou à sa sœur Louise.

Aussi la journée se passait à écrire des lettres, à en recevoir, à les lire et, le soir venu, à descendre au salon, pour les mettre en commun, les comparer, les commenter et en soupeser chaque mot, chaque terme. Les récits, toujours drolatiques, de Richelieu réjouissaient l'assistance, les lettres du maréchal de Noailles étaient lues avec sérieux et déférence, car il était l'oracle de la guerre, quant à celles du roi, Marie-Anne n'en révélait que de rares extraits tout en laissant entendre, par le rouge qui lui montait aux joues et les vapeurs qui soudain l'envahissaient, que l'essentiel était proprement indicible.

Par-delà cette excitation épistolaire, le temps s'étira, et malgré tous les soins que le maître de maison mettait à entretenir la gaîté de ses invitées dans un tourbillon de divertissements digne de la foire Saint-Laurent, la duchesse de Châteauroux languissait et la duchesse de Lauraguais épaississait. Pour tromper l'ennui de ses hôtes, le maître de maison inventa une loterie dont chaque numéro était gagnant, surtout ceux que Marie-Anne tirait nonchalamment d'un petit sac de soie. Un soir, elle gagna une aigrette de diamants à la sultane et le lendemain les pendeloques de brillants qui lui étaient assorties. Il y en avait au bas mot pour plus de quatre mille livres, mais, une fois le répertoire des exclamations épuisé, l'ennui et l'attente reprirent leur place au salon.

Le compte rendu ponctuel des combats effrayait tellement les deux femmes qu'un claquement de porte leur paraissait un coup de canon, et l'arrivée du courrier dans la cour d'honneur du château devenait l'occasion de scènes folles. Les sœurs ouvraient les fenêtres en grand pour interroger les postillons dans le cas où une victoire aurait été remportée ou qu'une bataille ait été perdue. Ensuite elles dévalaient le grand escalier pieds nus pour ne pas être embarrassées de leurs chaussures à talons bobines – la chaleur presque estivale permettait ces petites extravagances –, puis elles se jetaient sur l'homme de confiance de Pâris-Duverney en fouillant elles-mêmes dans sa grande sacoche de cuir pour en retirer les lettres et poussaient des cris de joie dès qu'elles en trouvaient une à leur nom. À la suite de quoi elles distribuaient aux heureux messagers les louis d'or si facilement gagnés la veille à la table de jeu avant de remonter jusqu'à leurs chambres en courant, en sautillant et en riant aux éclats.

Samedi 23 mai 1744

Ce matin-là, un courrier fit l'effet d'une petite bombe explosant au milieu des chinoiseries délicates du grand salon. Marie-Anne, toute tremblante d'orgueil et d'émotion, tenait entre ses doigts une lettre de la main du roi de Prusse qui la remerciait personnellement pour son rôle dans le traité qui scellait désormais une éternelle alliance entre les deux pays. Conscient que la Prusse ne pouvait pas reconnaître officiellement sa dette à son endroit, le roi Frédéric l'assurait d'un sentiment profondément gravé dans son cœur et d'une amitié affectionnée. Le pli écrit à Potsdam et daté du 12 mai lui avait été remis par Rottembourg, accouru à Plaisance.

Les tempes de Marie-Anne bourdonnaient et son cœur battait la chamade, à tel point que sa sœur voulut la faire saigner sur-le-champ, mais on se contenta de lui délacer un peu le corset et le malaise fut de courte durée. Très vite, elle retrouva ses esprits pour faire de petits calculs politiques et se jeter sur sa table à écrire afin d'informer immédiatement Richelieu de cet événement qui changeait bien des choses :

> *Le Rottembourg sort d'ici qui m'a remis une lettre du roi de Prusse, vous pouvez juger de mon étonnement, vous croyez bien que je l'envoie sur-le-champ au roi. Je ne sais pas s'il le trouvera bon ou mauvais ? Remarquez bien la mine qu'il aura, s'il sera de bonne ou méchante humeur ? Je suis très embarrassée pour la réponse et j'ai prié le roi de me la faire mais si vous pouviez vous aussi, de votre côté, m'en faire un petit canevas je vous aurais bien de l'obligation. Si le roi vous en parlait, apprenez-le de lui sur toute chose.*

Marie-Anne hasardait sur le tapis vert de la grande politique une mise qui pourrait lui rapporter gros gain, car elle avait désormais dans son jeu une paire de rois. Si Louis XV ne s'offusquait pas de la liberté prise par Frédéric II pour s'adresser directement à elle, c'est donc qu'il approuvait implicitement son intervention dans une alliance qui pèserait nécessairement sur le sort des armes. Comment dans de telles conditions son amant pourrait-il continuer à lui refuser de venir aux armées afin d'assister à un triomphe dont elle avait elle-même aidé à tirer le char ? Intérieurement, la favorite exultait, le roi de Prusse lui offrait son passeport pour Lille où se trouvaient désormais Louis XV et son armée. C'était un cadeau bien plus précieux qu'un petit chien de Poméranie à mettre dans son manchon, mais, toujours prudente, elle terminait quand même son courrier par ces mots, dont Richelieu ne tiendrait aucun compte : « Brûlez ma lettre. »

Le lendemain, Marie-Anne fut saisie d'un grand découragement, les honneurs et les promotions annoncées par le roi et dont Richelieu lui rendait un compte exact pleuvaient essentiellement sur la coterie de Maurepas. Faquinet, depuis son repaire, continuait donc à tirer toutes les ficelles, et le maréchal de Noailles, elle en était maintenant convaincue, nouait avec d'Argenson une alliance secrète pour ficeler, sans elle, le prochain gouvernement. Le maréchal, comme tous ceux de sa famille, pensait d'abord à la gloire des Noailles. Les ministres se liguaient contre elle, allant jusqu'à encourager sa sœur Hortense, restée à Versailles auprès de la reine, à entretenir une correspondance badine avec Louis XV. La Poule voulait son tour, Marie-Anne le savait et la détestait autant qu'elle l'avait aimée, mais elle ne se laisserait pas faire. Alors c'étaient à nouveau des lettres interminables à son oncle dans lesquelles elle déversait d'abord sa haine contre ce monstre de Maurepas qu'elle voulait voir mourir par le bâton avant de laisser percer son angoisse :

Convenez qu'avec ce que nous savons, l'on peut bien être inquiète ; mais parlez-moi tout franchement, le roi a-t-il l'air d'être occupé de moi ? En parle-t-il souvent ? S'ennuie-t-il de ne me pas voir ? Vous pouvez bien démêler tout cela…

Heureusement arrivait bientôt une lettre du roi qui lui renversait les humeurs en la comblant de protestations d'amour et de beaux espoirs. Le roi avait apprécié que Frédéric II manifeste sa gratitude à sa maîtresse avec autant de grâce et il adressait à Marie-Anne le modèle de réponse qui convenait. Il fut sagement recopié avant d'être expédié le 3 juin sous cette forme :

Sire,
Je suis heureuse de pouvoir me flatter d'avoir pu contribuer à l'union que je vois qui va s'établir entre le roi et Votre Majesté. Je sens, comme je le dois, les marques de bonté qu'elle me témoigne. Je désirerais bien vivement trouver souvent les occasions de lui prouver ma reconnaissance et le profond respect avec lequel j'ai l'honneur d'être, Sire,
De Votre Majesté,
La très humble et très obéissante servante.
Mailly, duchesse de Châteauroux.

Ce petit billet, dont chaque mot avait été pesé au trébuchet, était un modèle de respect, de distance calculée et de diplomatie, mais surtout il venait consacrer une faveur qui n'était plus simplement celle du lit. Marie-Anne était désormais une sorte de ministre sans titre auquel le roi accordait plus de confiance qu'à ses porteurs de maroquins et, en cachetant la lettre au roi de Prusse de ses grandes armes toutes neuves, elle en pleurait de joie et de fierté.

Il lui fallait maintenant à toute force rejoindre le roi, et c'est le duc de Chartres qui précipita les choses en fournissant une belle occasion. Ce gros prince, étant aussi maladroit à monter les femmes que les chevaux, venait de gagner pour toute blessure de guerre une mauvaise fracture. Son poids l'avait fait bêtement tomber de sa monture, et il s'était retrouvé pendu à sa selle, la tête en bas, comme un gros jambon d'Orléans. Sa jeune femme, qui s'ennuyait au Palais-Royal, malgré la bonne volonté de ses palefreniers et l'obéissance vigoureuse de ses laquais, ne crut alors rien de plus pressé que de voler au secours de son époux, lequel, proclamait-elle à l'envi, réclamait les tendres soins d'une épouse. À Paris, on riait sous cape en racontant que la princesse poussait la sollicitude jusqu'à offrir à son maladroit de mari un héritier déjà bien commencé. La duchesse de Chartres ne pouvant tout de même par courir les routes seule et sans escorte, la princesse de Conti, sa mère, se proposa de lui servir de chaperon.

Lorsqu'elle apprit que la jeune et jolie duchesse qui n'avait pas froid qu'aux yeux, accompagnée d'une princesse toute gagnée aux intérêts de Maurepas, s'apprêtait à rejoindre Louis XV à Lille, Marie-Anne devint comme folle. Elle se tourmentait jour et nuit à la seule idée que la mère et la fille, deux démons en robe à panier, seraient certainement des petits soupers de campagne dont elle n'avait jusque-là conçu aucune inquiétude, car seuls les hommes y étaient admis. Aussitôt adressa-t-elle une lettre impérieuse à Richelieu pour lui faire part de sa volonté de se mettre en route. Après tout, dès lors que des femmes du premier rang étaient admises à rejoindre le roi et l'armée, les raisonnements qui lui avaient été servis par le maréchal de Noailles pour l'obliger à se morfondre loin de son amant ne tenaient plus. Elle partait, mais en attendant il fallait parer au plus pressé et verrouiller à distance l'antichambre du roi. Reprenant son sang-froid, Marie-Anne donnait des consignes précises pour cantonner la princesse de Conti et sa fille et les empêcher d'enjôler son amant par leurs manigances :

> *Je ne veux point que le roi donne à souper à cette vilaine femme-là pendant son séjour à Lille, je veux que cela soit comme à Versailles ! Comme elle arrivera avant moi, j'ai voulu vous instruire de mes volontés pour ce que si une fois elle y avait pris pied, il n'y aurait plus moyen de l'en faire déguerpir. Je n'ai pas le temps de vous détailler tout cela plus au long, mais il y a de quoi mourir de peur et si le roi vous en parle, secondez mes intentions...*

À quoi elle ajoutait qu'il fallait lui trouver séance tenante une maison à Lille où elle puisse loger avec sa sœur. La duchesse de Modène, qui établissait son séjour en France pour quelques mois et désirait rendre visite, elle aussi, à son cousin le duc de Chartres, avait eu la complaisance - soufflée par Richelieu - de proposer aux deux sœurs de lui faire cortège. Il était bien difficile de refuser à une princesse du sang une invitation aussi aimable. La grande berline de voyage magnifiquement carrossée et très bien suspendue avait été discrètement ramenée des écuries du roi, suivie d'une gondole à six places pour les valets et les femmes de chambre.

Il restait néanmoins une petite formalité à remplir, car tant que le dauphin n'était pas marié, la duchesse de Châteauroux restait dame du palais de la reine et ne pouvait se permettre de quitter la Cour sans sa permission. Marie-Anne ne décolérait pas, cette stupide charge autrefois si convoitée lui devenait un odieux fil à la patte, mais il fallait se soumettre sans faire de scandale, alors on fit atteler, mais, au moment de monter en voiture, un courrier galopant à un train d'enfer passait la grande grille du château de Plaisance. Voyant ces dames en costume de voyage et sur le point de s'en aller, il cria de loin :

— Menin est tombé ! Le roi a pris la ville !

Marie-Anne exultait, la campagne allait être triomphale et son amant serait bientôt tout aussi couvert de gloire militaire que son aïeul Louis XIV. Elle pensa à cet instant que, dans la mesure où le surnom de Louis le Grand était déjà pris, Richelieu pourrait peut-être suggérer à ses amis académiciens de faire de Louis XV Louis le Victorieux… Cela aurait, après tout, autant de majesté au regard de l'histoire.

Prendre congé...

Château de Versailles,
appartement de la reine,
dimanche 7 juin 1744

Les deux sœurs n'étaient pas parues à la Cour depuis le départ du roi, cela faisait plus d'un mois maintenant, et leur arrivée tira le château de sa léthargie. Leur carrosse jouissant des honneurs du Louvre, elles avaient franchi la grille royale pour se faire déposer au pied de la cour de Marbre avant de monter à leurs appartements où elles voulaient se rendre compte par elles-mêmes de l'avancée des travaux. La chaise volante eut à faire deux voyages, car le contrepoids de plomb ne suffisait pas à contrebalancer l'embonpoint de la Lauraguais. Elles s'en amusèrent comme deux pensionnaires, mais, parvenue au troisième étage, Marie-Anne, après avoir fait un premier tour du chantier, s'impatienta de constater que le buffet de boiserie de sa salle à manger n'avait pas encore reçu le beau plateau de marbre rouge du Languedoc pourtant commandé des mois plus tôt. Elle se jura de sonner les cloches de M. Gabriel, l'architecte du roi. Exténuée par son voyage et couverte de la poussière du grand chemin, Marie-Anne demanda un bain, mais il fallut allumer le feu sous la chaudière avant qu'elle puisse y entrer avec délice. Elle était presque nue, mouillée dans sa chemise, et le roi n'était pas là. Contre toutes les recommandations de la faculté, elle resta deux heures dans sa baignoire de cuivre rouge.

Propres, poudrées, parées et parfumées, Marie-Anne et Diane se présentèrent chez la reine alors que le jeu était déjà commencé. Les courtisans présents remarquèrent le petit air de gêne de la duchesse de Châteauroux assise dans un coin du salon de la Paix, assez loin de la souveraine. Lauraguais, qui ne montrait jamais le moindre embarras, et surtout pas d'elle-même, saluait tout le monde avec cette bonhomie qui ne la quittait jamais. La reine signifia, d'un imperceptible mouvement de tête, que cette présence ne lui avait pas échappé et, au moment de quitter le jeu pour se rendre à la garde-robe, elle passa devant les deux sœurs, s'adressa à l'une puis à l'autre avec une attention marquée, les retenant même pour le souper au cours duquel elle les traita fort bien. Tout le monde nota, en revanche, la distance dédaigneuse que Marie-Anne affectait à l'égard de sa troisième sœur Hortense, restée auprès de la reine et dont la correspondance avec le roi lui était connue et parfaitement désagréable.

Lorsque le jeu reprit, les deux duchesses jouèrent la partie de la reine qui continua à leur adresser ces petits propos aimables et insignifiants qui faisaient le seul ornement de sa maigre conversation. Marie-Anne, prétextant la persistance de ses coliques, demanda alors à la souveraine l'autorisation de quitter son service pour aller prendre les eaux à Plombières. La reine, à laquelle il arrivait souvent d'être affectée de cette petite infirmité, compatit avec sincérité, regretta de ne pas pouvoir faire de même et leur donna congé.

Leurs appartements n'étant pas habitables à cause du retard pris par les travaux, les deux sœurs quittèrent Versailles avant la tombée de la nuit.

Lorsque le lendemain, la reine apprit de la bouche de la duchesse de Modène venue prendre congé, elle aussi, que la duchesse de Châteauroux lui avait honteusement menti sur les raisons de son départ et sur sa destination réelle, elle se contenta de lâcher d'un air de dédain :

— Qu'elle fasse son sot voyage comme elle voudra, cela ne me fait rien…

L'amende honorable

Retrouvailles en chansons

Lille, lundi 8 juin 1744

Le roi ne dormait pas, il savait l'arrivée imminente par un courrier reçu à minuit. Les ducs de Richelieu et d'Ayen dont il avait fait ses aides de camp pour la durée de la campagne des Flandres cherchaient à meubler l'attente en l'entretenant de la seule chose qui le guérissait de sa langueur. Les fenêtres restées grandes ouvertes laissaient entrer une chaleur troublante. La conversation, comme les hommes, s'assoupissait doucement, et seul le craquement des parquets sous le pas de Louis XV luttait encore contre le silence de la nuit quand un roulement très lointain, presque imperceptible, se présenta comme l'espoir d'un renfort. Le roi se précipita au balcon en intimant d'un geste à ses deux compagnons l'ordre de rester où ils se trouvaient pour ne pas ajouter au bruit de sa propre impatience. L'instinct du chasseur se réveillait, il huma l'air, mais les écuries étaient trop proches pour que l'odeur si particulière des chevaux de poste fumants et harassés par un long voyage monte jusqu'à ses narines. Il maudit le carillon du beffroi des halles qui, à cet instant, sonnait deux heures, et dont les sons aigrelets encombraient l'air de leur présence comme ces fines pluies d'automne qui brouillent les pistes et trompent la meute. Le roi, à l'instar de ses chiens, détestait le son des cloches, mais ce soir-là plus encore il pestait contre cette habitude qui veut que l'on réveille les bonnes gens en pleine nuit pour leur donner l'heure. Enfin, le tintement s'éloigna avant de se taire tout à fait, le roi tendit à nouveau l'oreille en s'aidant, cette fois, de sa main comme d'un cornet. Maintenant, il en était certain, on discernait le petit trot de chevaux bien ferrés et le bruit si caractéristique des roues d'une berline roulant sur le pavé. D'Ayen et Richelieu, qui n'avaient pourtant pas bougé d'un pouce, le lui confirmèrent volontiers ; il ne s'agissait pas là des rumeurs d'un convoi militaire, mais de l'élégant crissement d'une berline aux suspensions parfaites. Un quart d'heure plus tard, le vacarme ne laissa plus de doute, et le roi voulut se précipiter dans la cour de l'hôtel du Gouverneur où ses quartiers étaient établis, mais Richelieu l'en dissuada aussitôt. Ces dames étaient logées, tout à côté, au Petit Gouvernement, de façon à éviter le scandale d'une cohabitation, mais Le Bel, aidé par le comte de La Suze, grand maréchal des logis, veillait à tout, et les deux hôtels étaient mitoyens. Une porte de communication devait permettre à la duchesse de Châteauroux de rejoindre les appartements de Sa Majesté dès qu'elle se serait décrassée d'un long voyage. Des ordres avaient même été donnés pour qu'une baignoire de cuivre soit montée des étuves à son appartement, et les domestiques, malgré l'heure tardive, se tenaient prêts à faire chauffer l'eau dans les grandes cuves à lessive. Le roi, lui, n'y tenait plus, un mois d'une longue abstinence, malgré les fatigues et les excitations de la guerre, lui tisonnait le tempérament. Il appela ses valets de garde-robe pour être déshabillé, frotté et parfumé.

Lorsque enfin on vint gratter à la porte, Louis XV, resté seul après le départ de Richelieu, le duc d'Ayen dormant sur un lit de sangle déplié dans l'antichambre, se précipita au-devant de sa maîtresse qu'il trouva parfaitement harnachée pour le combat. Il ne subsistait aucune trace de fatigue sur son visage, des fleurs fraîches ornaient ses cheveux artistiquement apprêtés et un splendide déshabillé de mousseline laissait tout espérer sans rien montrer. Marie-Anne, faisant taire son émotion, essayait de dire au roi sa joie de le revoir et la peine de ces longues semaines passées à se morfondre dans le luxe d'une maison de financier, mais déjà il dénouait d'une main nerveuse les rubans de soie qui fermaient sa casaque, cherchait ses lèvres puis son cou et ses épaules, avant de s'aventurer plus bas et de malmener une chemise de fine batiste dont le cordon fut cassé net pour avoir trop longtemps résisté. Lorsqu'elle se trouva renversée sur le lit, troussée, maintenue d'un geste ferme et le ventre entièrement offert, il ne fut plus question de conversation, les derniers murmures laissèrent rapidement la place aux soupirs, aux halètements puis aux gémissements.

Alors que le roi, longtemps sevré, remontait à la charge pour la deuxième fois, il n'entendit pas sonner le tocsin. Un incendie s'était déclaré avant l'aube à la caserne des suisses, et toute la ville était en émoi. On craignait que le feu ne gagne les maisons voisines. La milice bourgeoise courait en tous sens pour essayer d'arrêter les flammes, les soldats faisaient la chaîne avec des seaux d'eau et le peuple chuchotait, car l'arrivée d'un carrosse chargé de femmes de la Cour à la tenue honteuse et le visage enluminé n'était pas passée inaperçue. Chacun savait par la rumeur à quoi le roi de France avait occupé sa nuit et, dès la messe du matin, les prêtres tonnaient en chaire contre cette Salomé dont la danse indécente avait ensorcelé le roi Hérode. De pieuses Flamandes coiffées de leurs grandes collerettes de dentelles voyaient dans l'incendie de la nuit un terrible avertissement du ciel et priaient pour que leur bonne ville ne subisse pas le châtiment réservé à Sodome et Gomorrhe.

Le roi, lui, dormait profondément après avoir tiré la dernière flèche de son carquois. Lorsque Le Bel vint le sortir de son sommeil, il se faisait tard. Les maréchaux de Noailles et de Saxe attendaient de pouvoir assister au grand lever et monseigneur de Fitz-James, premier aumônier, demandait quand il pourrait célébrer la sainte messe en présence de Sa Majesté. Lui aussi connaissait parfaitement les raisons de ce profond sommeil et fulminait, mais en silence, de devoir faire attendre le bon Dieu pour ménager le repos d'un guerrier d'alcôve. Marie-Anne, elle, était retournée discrètement à ses appartements.

Louis XV, heureux comme un homme enfin rassasié, plaisanta avec ses médecins sur les bienfaits d'une excellente nuit avant d'aller, sous leur contrôle, sur sa chaise d'affaires. L'odeur l'incommodant, il demanda que l'on ouvre grand les fenêtres de la chambre. Le Bel hésita un instant, puis rappelé à l'ordre, il s'exécuta. Le soleil était déjà haut, et l'air du matin avait cette agréable fraîcheur nordique qui donne le rose aux joues. On entendait, au loin, les rumeurs de la ville, mais elles furent soudain couvertes par le pas d'un régiment en marche. C'étaient les gardes suisses qui quittaient leur caserne en chantant à pleine voix, mais les paroles du refrain, d'abord confuses, frappèrent rudement les oreilles du roi lorsqu'il fut repris en chœur par toute la compagnie sur l'air fameux du théâtre de la foire « Ah, madame Anroux ! » :

Belle Châteauroux
Je deviendrai fou
Si je ne vous baise
Belle Châteauroux…

Au passage de la troupe, les éclats de rire fusaient dans les rues et montaient jusqu'à la chambre du roi, ajoutant à la confusion des courtisans venus assister à son lever. Le Bel se précipita aux fenêtres pour les fermer, mais Louis XV le lui interdit. Il fallait laisser les grenouilles coasser, c'était leur métier et la chanson avait bel air.

La réprobation devenait universelle : lorsque la nouvelle fut connue à Paris, on dut faire disperser des attroupements aux carrefours et arrêter deux ou trois nouvellistes à la main qui colportaient les paroles de la chanson. Le roi, craignant que le peuple n'en vienne à offenser sa maîtresse, jugea plus sage, d'un commun accord avec Richelieu et Noailles, que ces dames restent à Lille pendant que l'armée mettait le siège devant la ville d'Ypres. On se sépara donc à nouveau.

Lille, jeudi 25 juin 1744

Le roi était parti depuis deux semaines déjà, mais c'était pour sa plus grande gloire. Refusant les molles banquettes de son carrosse, il avançait, en excellent cavalier et par le plus joli temps du monde, sur les routes des Flandres. Les mousquetaires noirs, marqués de la croix blanche, faisaient l'avant-garde, les mousquetaires gris venaient à leur suite, les chevau-légers à l'habit d'écarlate et aux parements de velours noirs marchaient immédiatement au-devant de Sa Majesté, portant fièrement la cocarde blanche à l'or de leur chapeau. Les gardes du corps, habit bleu et culotte rouge, partageaient avec les gendarmes à cheval l'honneur d'assurer l'arrière-garde. La grande route était bordée de peuples qui avaient balayé le chemin, jeté des fleurs et des feuillages sous le pied des chevaux. Ils étaient venus acclamer le roi et admirer le plus bel homme du royaume. Le moindre village était entièrement pavoisé et les curés sortaient le saint sacrement sur les parvis comme aux jours de procession. Chaque fois le Très-Chrétien faisait halte, descendait de cheval avec ses officiers et se signait avant de remonter en selle. Les villes, elles, s'offraient sans grande résistance. Alors, selon un rituel immuable, après avoir accepté la capitulation de la garnison et assuré la bonne évacuation des blessés, le roi, toujours à cheval, en franchissait les portes, précédé de son grand écuyer, tenant à pleines mains la lourde épée royale dans le fourreau de velours bleu parsemé de fleurs de lys d'or. Les échevins, tête nue, s'avançaient de plusieurs pas pour remettre à leur nouveau souverain les clés de la cité, avant d'implorer à genoux sa clémence. Magnanime, le roi de France, étincelant dans sa cuirasse d'acier où dardaient les rayons d'un soleil d'or, les manches enrichies des plus belles dentelles de Calais, confirmait les droits et privilèges de la municipalité en échange d'allégeance et de serments. Heureux de s'en tirer à si bon compte, ces graves bourgeois criaient alors « Vive le roi ! » et transformaient en vin l'eau des fontaines pour célébrer leur rattachement au royaume de France. Le peuple applaudissait un roi qui provoquait de tels miracles et buvait à sa santé.

De ces scènes dignes du plafond de la galerie des Glaces, Marie-Anne, recluse à Lille par la méchanceté des gens, ne percevait que l'écho et le trouvait bien mauvais, car qui mieux qu'elle avait travaillé à la gloire du roi, le forçant à quitter les délices de Choisy pour se mettre à la tête de ses troupes tout en creusant de ses belles mains une galerie secrète jusqu'à Potsdam. Qui, sinon elle, avait accompli, à leur place, le travail de ministres incapables ? Le traité entre la France et la Prusse avait été signé quelques jours plus tôt, et la maîtresse royale le considérait comme son œuvre. Aussi continuait-elle à noircir les pages de sa mauvaise écriture pour plaider sa cause et obtenir le droit de se rapprocher à nouveau de son amant. Lorsqu'elle apprit par un courrier de Richelieu que la ville d'Ypres était tombée, Marie-Anne en perdit le sommeil et se déchaîna toute la nuit sur sa belle écritoire, souvenir de ses premières nuits passées avec le roi.

Assurément, cher oncle, que voilà une nouvelle bien agréable et qui me fait bien grand plaisir, je suis au comble de la joie. Prendre Ypres en neuf jours, savez-vous bien qu'il n'y a rien de si glorieux, ni de flatteur pour le roi et que son bisaïeul tout grand qu'il était n'en a jamais fait autant ! Mais il faudrait que la suite se soutînt sur le même ton et que cela allât toujours sur cet air-là. Il faut l'espérer et je m'en flatte, parce que vous savez qu'assez volontiers je vois tout en couleur de rose et que je crois que mon étoile, dont je fais grand cas et qui n'est pas mauvaise, influe sur tout. Elle nous tiendra lieu de bons généraux, de ministres, etc.

Marie-Anne n'hésitait pas à ajouter que le roi avait très bien fait de se mettre sous la direction de cette étoile-là…

Il fallait être parfaitement sûre de son pouvoir et du secret de sa correspondance pour confier au papier un tel crime de lèse-majesté, mais après tout elle n'en avait cure, le roi aimait son insolence, et elle en avait fait une arme de séduction redoutable. Qu'il se fâche et la porte de sa chambre lui resterait fermée. Après ces considérations d'usage, l'infatigable épistolière envisageait clairement de se rapprocher de l'armée tout en faisant mine de peser le pour puis le contre. Après tout, elle n'avait pas entrepris ce voyage pour rester loin du roi. Elle irait donc le retrouver à Dunkerque dès qu'il aurait terminé sa tournée des places fortes. Les bagages étaient prêts, les ordres donnés, les chevaux attelés, rien n'arrêterait la belle duchesse de Châteauroux, pas même son confesseur lillois qui l'ennuyait et parlait un trop mauvais français pour prétendre raisonnablement avoir l'oreille de Dieu. Écouter babiller ces gens-là dans leur patois impossible était à se tordre de rire, et elle tenait pour parfaitement acquis que l'on parlait au ciel un français d'une meilleure eau.

Dunkerque, mardi 7 juillet 1744

Chaque jour était une fête au son des fifres et des tambours. Près de trente tables étaient servies en permanence pour accueillir aux frais de Sa Majesté tous les officiers qui voulaient bien se présenter. Le roi passait la journée à caracoler à la tête des troupes et ses nuits à cabrioler dans le lit de sa maîtresse, où la duchesse de Lauraguais venait la suppléer lorsque sa sœur se trouvait hors d'état d'assurer son service. Richelieu avait beau s'inquiéter de ce que les sous-officiers et les simples soldats murmuraient sous la tente, il n'était plus écouté. Sa Majesté aimait se donner de l'exercice, et la duchesse de Châteauroux couvrait son vieil oncle de caresses tout en se moquant de ses conseils de prudence. Son étoile pourvoyait à tout et devait les conduire jusqu'au sommet de l'empyrée, où tels des dieux de théâtre, ils imposeraient bientôt leurs caprices aux pauvres humains et transformeraient Faquinet en pourceau, car chapon il l'était déjà.

Ce fut le moment que choisirent les ennemis de la France pour mettre le traité de Worms à exécution, le prince Charles à la tête d'une puissante armée autrichienne venait de franchir le Rhin au nez et à la barbe du vieux maréchal de Coigny qu'une rétention d'urine empêchait de pisser correctement, ce qui, selon toute vraisemblance, lui troublait aussi un peu la vue. L'Alsace et la Lorraine étaient maintenant directement menacées, et l'affolement partout. Les récits les plus sinistres accompagnaient l'arrivée de dépêches alarmantes. L'ennemi avait coupé à la racine la belle forêt de Haguenau pour dégager le tir de son artillerie, et les pandours du prince Charles, non contents d'avoir violé toutes les nonnes d'un couvent proche, s'étaient ensuite permis de les renvoyer entièrement nues à travers champs où elles couraient comme des perdues en piétinant les récoltes. Richelieu s'était beaucoup amusé de cette mésaventure, regrettant de n'avoir pas eu le privilège de participer lui-même à cette magnifique chasse aux vierges, mais Louis XV, lui, ne riait pas. Son beau-père, le roi Stanislas, l'informait de son départ précipité de Lunéville pour aller s'enfermer avec son trésor et sa petite Cour derrière les puissantes fortifications d'une ville sûre. Il implorait le secours de son gendre, et lui demandait aussi la permission d'envoyer la reine, sa femme, auprès de leur fille Marie à Versailles, où le climat était incontestablement meilleur. On apprenait aussi par autre courrier que la maison de campagne du cardinal de Rohan, évêque de Strasbourg et grand aumônier de Sa Majesté, avait été livrée au pillage par toute une compagnie de hussards sans aucun égard pour les immunités d'un prince de l'Église. La mesure était comble. Déshonorer tout un couvent de religieuses était déjà indigne de bons chrétiens, mais priver un cardinal romain de son argenterie tout en brisant ses porcelaines de Chine et ses précieux trumeaux de glace à coups de crosse portait un peu loin la barbarie. On n'avait rien connu de plus inhumain depuis la dernière visite d'Attila.

Le soir même, le roi réunissait un conseil de guerre auquel tous les officiers généraux et les grandes charges de la Cour furent conviés. Là, sous une tente magnifiquement meublée et tapissée, éclairée de flambeaux d'argent posés sur des sellettes de bois doré, il étonna par son calme et sa détermination, car après avoir exposé la situation de l'Alsace en peu de mots, il laissa simplement tomber :

— Messieurs, nous voilà à la veille d'une grande crise de ce côté-là...

Après que chacun eut donné son conseil, il fut décidé d'interrompre toute opération en Flandres, où le maréchal de Saxe conserverait le commandement d'une partie de l'armée pour protéger la frontière, pendant que le roi, accompagné du maréchal de Noailles, volerait au secours des provinces menacées. La route serait longue, mais le roi déclara son impatience d'être à Metz, ajoutant même :

— Je sais me passer d'équipage et, s'il le faut, l'épaule de mouton des lieutenants d'infanterie me nourrira parfaitement.

La formule fit mouche chez les militaires et vola de bouche en bouche jusqu'aux quartiers des simples soldats où le nom du roi fut acclamé jusqu'au milieu de la nuit. Quant à se passer des femmes, c'était autre chose, Louis XV n'aborda pas cette question et, malgré les exhortations du duc de Richelieu, la duchesse de Châteauroux refusa énergiquement de quitter la place pour aller se mettre, elle aussi, à l'abri. Voulait-on, par hasard, qu'elle fasse escorte à la reine de Pologne ? Il n'en était pas question. Si la France et le roi étaient dans les périls, elle voulait en être et se contenterait, comme son amant, de la ration militaire. La duchesse de Lauraguais ne partageait pas tout à fait ce sentiment, mais elle se soumit à la folie générale et fit, comme à son habitude, préparer les malles non sans veiller avec un soin jaloux aux provisions de bouche. Lorsque le roi et sa sœur seraient rassasiés de manger de la semelle, ils seraient bien heureux de trouver dans ses cantines des tourtes, des terrines et des pâtés, et de ne pas mourir de faim.

Enfin, les nouvelles se firent moins alarmantes ; après les premiers succès dus à l'effet de surprise, l'armée de Marie-Thérèse, mal ravitaillée, marquait le pas. Les Lorrains, récemment rattachés à la France et dont la fidélité aurait pu vaciller, s'étaient montrés intraitables, menant contre les troupes autrichiennes une guerre de paysans. On égorgeait les traînards à la faucille, et les fourches de bois durcies au feu éventraient les dormeurs aussi bien que des sabres. À Metz, le maréchal de Belle-Isle, pourtant disgracié après l'échec de la dernière campagne, avait pris sans attendre les ordres toutes les mesures pour mettre la ville et les évêchés de Toul et de Verdun en état de défense. Le ravitaillement était fait, les milices formées, les canons chargés jusqu'à la gueule et la discipline régnait partout. Aussi, le danger s'éloignant, l'armée ne se mit-elle en route que le 19 juillet. La longue file des régiments de la maison du roi encadrait les lourdes voitures de la Cour, et plus de cent pièces d'artillerie défonçaient gaillardement les chemins et les routes. On fit halte à Saint-Omer, Bergues, Béthune, Arras, Péronne, Saint-Quentin, La Fère, Laon et Reims, où

Louis XV alla se recueillir sur les lieux de son sacre. À Laon, le roi avait été reconnu à l'heure du berger au moment où il sortait de chez sa maîtresse ; il était presque seul, sans autre escorte que les ducs d'Ayen et de Richelieu, mais le grand cordon du Saint-Esprit qu'il ne quittait jamais l'avait trahi. Le peuple s'amusa un peu à ses dépens, et Sa Majesté fut poursuivie par une foule de badauds goguenards qui l'assourdissaient de hourras et de vivats. Importuné par tout ce charivari, le roi dut, pour échapper à l'amour de ses sujets, prendre ses jambes à son cou et serrer les basques flottantes de son habit pour se faufiler à travers la porte étroite d'un jardin restée miraculeusement ouverte. Le lendemain avant le grand lever, Richelieu racontait dans des rires que le roi son maître avait tout l'air de M. de Pourceaugnac poursuivi par un clystère. Le roi le sut, mais ne lui en tint pas rigueur, car jamais il ne s'était autant amusé, et la guerre lui paraissait, pour l'instant, plus divertissante que la paix.

À peine arrivée à Reims, la duchesse de Châteauroux eut un étourdissement en apprenant que son amant de cœur, le joli duc d'Agenois, venait d'être grièvement blessé en Italie. La lettre porteuse de cette mauvaise nouvelle lui glissa des mains et elle s'affaissa dans un bruissement de taffetas que l'on chiffonne. Sa sœur appela à l'aide, courut prendre les flacons de sels dans leur coffret d'amarante pendant que ses femmes de chambre la délaçaient. Ce fut en pure perte, l'évanouissement tournait au malaise. Il fallut coucher Marie-Anne tremblante de fièvre et toujours inconsciente. Le roi dépêcha aussitôt La Peyronie, qui saigna au bras une bonne palette, le rouge restait bien vif et le goût âcre, il n'y avait pas d'inquiétude. Un peu de repos et tout rentrerait dans l'ordre.

L'armée n'avançait plus et bivouaquait dans l'attente d'une guérison de la favorite. Louis XV très sombre ne quittait pas le chevet de sa maîtresse et la voyait déjà morte. Le blanc des lèvres et le gris des joues surtout l'inquiétaient. Tous ceux qu'il aimait un jour mouraient le lendemain, c'était ainsi depuis l'enfance. Dieu le voulait peut-être pour prix de la couronne qu'il lui avait posée sur la tête alors qu'il n'avait que cinq ans. Il réfléchissait à haute voix au lieu de l'inhumation, griffonnait sur son petit carnet de croquis des projets pour un monument funéraire placé sous le signe de l'amour éternel, interrogeait son premier chirurgien pour savoir si, malgré les fortes chaleurs, on pourrait néanmoins prélever le cœur de son amie et le conserver pendant toute la campagne à venir dans un petit sarcophage de plomb. Il ne pouvait se résoudre à abandonner si loin de Versailles un corps qui lui avait été une source de plaisir.

Le surlendemain, pourtant, il n'y paraissait plus. Marie-Anne, après avoir dormi longtemps, recouvrait les sens et le rose incarnat de ses lèvres. Elle réclama du chocolat bien épicé dont elle but plusieurs tasses avant de se lever et de se faire habiller. Une faiblesse de femme ne pouvait pas retarder davantage la marche victorieuse du roi de France. Le soir même, l'armée se remettait en route.

Une entrée royale

Metz, mardi 4 août 1744

Quand Sa Majesté, à la tête de ses troupes, se présenta enfin à la porte de France, un bruit retentit à faire trembler les murailles de la ville, car au même instant, comme prises de folie, les cloches de Metz sonnèrent à toutes volées et, l'Église ayant donné le signal du feu, les cent cinquante canons des remparts tonnèrent d'une même voix. Les chevaux de guerre impeccablement dressés au tumulte ne firent pas un pas de travers, mais des femmes tombaient évanouies. On jugea qu'elles avaient été saisies, non par le fracas des armes, mais par la beauté du roi qui cavalcadait sur le pont des morts, entouré de ses maréchaux et de ses gentilshommes. La foule était si nombreuse sur le passage du cortège que les balcons menaçaient de céder sous le poids des gens et que la moindre lucarne était louée à prix d'or, depuis la veille, pour permettre aux dames d'assister à cette entrée royale.

Après avoir reçu les clés de la ville des mains des échevins, Louis XV continua son chemin pour aller rendre grâce à Dieu. Monseigneur de Saint-Simon, évêque de Metz, l'attendait sur le parvis de la cathédrale protégé des ardeurs du soleil par un dais de soie, entouré de tous ses chanoines portant la chape d'été, la traîne retroussée et leurs belles croix d'honneur. Le prélat tenait précieusement entre ses mains le reliquaire de la vraie Croix qu'il donna à baiser au fils aîné de l'Église. Le cortège entra dans une nef illuminée par des centaines de bougies de cire blanche et plus de trois mille lampions posés sur le jubé et tous les rebords des piliers. Aussitôt, des voix s'élevèrent pour entonner le *Te Deum*, puis l'évêque bénit le roi, les drapeaux et la foule.

Au terme d'une procession qui durait depuis l'aube, Sa Majesté parvint enfin à l'hôtel du Gouvernement où était établie sa résidence. Le maréchal de Belle-Isle, toujours bon courtisan malgré la dureté de la disgrâce, avait pris soin de faire blanchir et meubler à neuf ses appartements avant de les offrir à la Cour. Lorsque Louis XV et sa suite eurent mis pied à terre, les hourras de la foule, le cliquetis des armes et le pas ferré des chevaux laissèrent percer les bruits de marteaux des charpentiers qui élevaient dans la rue voisine une longue galerie de bois. Ce curieux échafaudage devait permettre au Très-Chrétien d'aller entendre la messe à la chapelle de l'ancienne maison abbatiale de Saint-Arnould, toute proche, sans avoir à traverser la rue et, pour être bien certain que rien ne vienne troubler les prières de Sa Majesté, le maréchal des logis avait prié M. de Montholon, président du Parlement et principal locataire des lieux, de faire porter ses meubles ailleurs. La galerie ne se contentait d'ailleurs pas de jouer à saute-ruisseau par-dessus la rue de la Garde qui séparait les deux vieilles bâtisses, elle se poursuivait à l'intérieur même de l'hôtel du Gouvernement pour enjamber la cour des remises avant de desservir l'appartement du roi par une fenêtre dont on avait abaissé l'allège pour la transformer en porte. Sa Majesté était ainsi assurée de pouvoir se déplacer à couvert sans risquer qu'une pluie d'été ne vienne gâter la soie de ses habits. Lorsque le vieil abbé de Saint-Arnould crut bon de se réjouir auprès du premier aumônier, monseigneur de Fitz-James, de ce que la construction de cette galerie de bois était un bel ouvrage de piété royale et un motif d'édification pour les fidèles sujets de Sa Majesté, il s'attira, pour toute réponse, une grimace horrifiée.

Peu à peu la foule se dispersait, les balcons se vidaient, les troupes se casernaient et les officiers se présentaient avec leur billet de logement aux familles désignées pour les recevoir. C'est à ce moment-là que deux voitures de poste couvertes de la poussière des grands chemins, aux rideaux soigneusement baissés, escortées par un détachement de gendarmes de la maison du roi arborant le justaucorps écarlate galonné d'or sous toutes les coutures, firent leur entrée en ville sans déchaîner la moindre canonnade. La première abritait la princesse de Conti et sa fille, la duchesse de Chartres, venue attribuer à son gros mari l'enfant qu'elle portait. Les deux princesses étaient accompagnées de leurs dames et de leurs femmes de chambre. Dans la seconde voiture, un œil habitué aux visages de la Cour aurait reconnu au premier coup d'œil Marie-Anne et sa sœur Lauraguais, lesquelles, comme il avait été convenu, escortaient la duchesse de Modène. La comtesse d'Egmont, fille unique du duc de Richelieu, avait obtenu elle aussi d'être du voyage. Un vol de femmes titrées suivait maintenant l'armée.

Alors que les deux berlines se rangeaient discrètement dans l'arrière-cour du vieux palais abbatial, le maréchal de Belle-Isle, que le roi félicitait pour la présence d'esprit avec laquelle il avait mis la ville et l'Alsace en défense, offrait un banquet servi avec beaucoup de délicatesse et la plus grande somptuosité. Sa Majesté, entourée des princes, des plus grandes charges de sa maison, des maréchaux et de ses nombreux aides de camp, levait son verre avec entrain et distribuait les mots qui encouragent l'officier, comblent le courtisan et flattent les princes du sang. Partout des tables étaient dressées de façon que chacun puisse se remettre des fatigues d'un long voyage sans se soucier de chercher le couvert. Les quatre-vingts fusiliers du régiment Royal-Artillerie qui plantaient la tente à même l'arrière-cour du palais furent eux aussi servis avec une telle abondance que les gosiers se desséchaient dangereusement à force d'appeler toutes les bénédictions de Dieu sur la tête du roi ! Lorsque la prise de Château-Dauphin par le général de Chevert fut connue et que Sa Majesté l'annonça elle-même à la compagnie, la joie des hommes tourna au délire et, dans les cuisines, on ouvrit les barriques à coups de hache pour en faciliter le service.

Au sortir de ce festin qui dura près de trois heures, le roi, loin de se retirer dans son particulier comme il aimait à le faire à Versailles ou à Fontainebleau, promena longtemps la plus belle humeur du monde aux tables de jeu dressées dans ses antichambres, allant jusqu'à parler à des gens qu'il ne connaissait pas alors même qu'il était capable de rester des jours entiers sans adresser le moindre mot à ses familiers. Enfin, le roi s'éclipsa, mais les fusiliers du Royal-Artillerie étaient déjà trop saouls pour entendre son pas pressé à travers les planches mal jointoyées de la galerie de bois qui passait juste au-dessus de leurs têtes.

Dans l'appartement du roi où l'on finissait de desservir les tables et de ranger les jeux, des éclats de voix vinrent pourtant ternir la belle humeur. Un petit groupe d'habits brodés et de perruques poudrées s'était formé autour du premier gentilhomme de la chambre et du grand maître de la garde-robe ; le ton d'abord courtois venait de se lever avec la brutalité d'un vent d'orage un jour d'été. La conversation roulait sur le traité entre la France et la Prusse, dont la signature n'était plus un secret. Le duc de Richelieu se félicitait de cette nouvelle volte-face du roi Frédéric II, qui plantait ainsi son épée dans le dos de la reine de Hongrie et contraignait l'insolente Marie-Thérèse à rappeler ses troupes pour défendre la Moravie. Le duc de La Rochefoucauld, qui n'entendait rien à la stratégie, pas plus qu'à la géographie, et ignorait évidemment tout du rôle joué par son interlocuteur dans la négociation de ce traité, soutenait, au contraire et avec aplomb, que négocier avec un allié aussi peu fiable que le roi de Prusse était une véritable folie et que tout cela n'aurait pas d'autre effet que de prolonger inutilement la guerre en retardant la paix. Les yeux de Richelieu lui sortaient de la tête, sa main se crispait de façon convulsive sur la paume damasquinée de son épée de Cour. Le duc de La Rochefoucauld, lui, n'en démordait pas et en venait à insulter ouvertement le roi Frédéric, persiflant sur ce huguenot qui aimait à ce point la guerre qu'il couchait avec tous ses soldats pour leur donner du cœur au ventre. C'était pousser trop loin la pointe. Richelieu menaçait maintenant de lui faire rendre gorge, les épées étaient prêtes à jaillir des fourreaux, mais l'impossible ne pouvait avoir lieu : se battre dans l'appartement du roi relevait du crime de lèse-majesté. Il fallut toute la fermeté du comte de Charolais, pourtant plus fou à lui seul que les deux débatteurs affrontés mais remplissant alors les fonctions de grand maître de la maison du roi, pour faire respecter la dignité des lieux. Les ducs se quittèrent dans de grands saluts de plumes avant de se tourner le dos pour aller retrouver leurs partisans respectifs.

Un fossé venait de se creuser au milieu de la petite cour de Metz. Deux camps aux inimitiés longtemps contenues n'allaient pas tarder à s'affronter. Le pauvre Bachelier, l'un des plus anciens valets de chambre au service du roi, en avait le sang tout retourné, car il n'imaginait pas voir un jour – et de ses propres yeux – un premier gentilhomme de la chambre en venir aux mains avec le grand maître de la garde-robe devant le lit du roi. La chaleur étouffante de cette journée d'août, jointe à l'extrême tension que les déplacements incessants de l'armée et de la Cour provoquaient chez tous ceux au service de Sa Majesté, lui fit craindre un moment le malaise. Aussi alla-t-il réclamer à La Peyronie un petit coup de lancette pour l'aider à décharger, par une bonne saignée préventive, un trop-plein de bile noire.

Mauvais réveil

Metz, samedi 8 août 1744

La veille, Louis XV, toujours suivi d'une foule conquise, avait passé en revue les fortifications, admiré la cavalcade offerte par les juifs de la ville chantant des psaumes du roi David pour la plus grande gloire du nouveau roi Salomon, reçu avec les égards dus à leur rang les chanoinesses de Saint-Pierre et de Sainte-Marie, dont le sang était si bleu que le ciel d'été en rougissait de jalousie, bu abondamment à la santé de l'envoyé du roi de Prusse arrivé la veille et, enfin, au départ du maréchal de Noailles pour l'armée du Rhin. Pendant que les Prussiens déferleraient sur la Bohême et la Moravie, l'armée française ferait mouvement vers l'Est, coupant ainsi toute possibilité de retraite au prince Charles et à ses Autrichiens. Avant la fin de la saison, la reine de Hongrie se verrait ainsi assiégée dans Vienne et contrainte d'abandonner définitivement ses prétentions sur la couronne impériale. En rabaissant la maison d'Autriche, Louis XV aurait réalisé le grand dessein d'Henri IV.

Jamais le roi n'avait été si gai, cet homme que tout ennuyait si vite prêtait attention à tout, grimpait quatre à quatre les escaliers des redoutes, montait sur le talus sans craindre de s'exposer au feu des francs-tireurs ennemis, passait la journée le cul sur la selle, goûtait le ragoût du soldat, plaisantait avec l'officier et ne refusait jamais de lever son verre. La reine était loin, le vieux cardinal dans l'autre monde et Marie-Anne à ses côtés. Il la baisait à satiété et jusque-là s'en trouvait fort bien. Louis était né pour être le plus grand roi du monde, mais, depuis son départ de Versailles, il devenait le maître de sa vie. Ses armées marchaient à la victoire, il cueillerait demain autant de lauriers sur le champ de bataille qu'il moissonnait déjà, chaque nuit, les myrtes de Cythère dans le lit de sa maîtresse. L'ivresse du bonheur et le goût des plaisirs le gagnaient à tel point que lui, si hésitant de nature, si scrupuleux en matière de religion, en venait à ne plus avoir peur de ses propres désirs. Cheminant botte à botte avec Richelieu, il questionnait sans cesse ce vieux fanfaron d'alcôve sur les délices de ces maisons parisiennes malheureusement interdites à un roi de France, mais où les plus heureux de ses sujets pouvaient atteindre la volupté dans les configurations et les combinaisons les plus savantes. Échauffée par ces conversations gaillardes, auxquelles ses principaux aides de camp faisaient écho, l'imagination du roi était doucement portée à ébullition. Encouragé par cette confiance de pensionnaire, Richelieu, qui se voulait l'anticonfesseur de Sa Majesté, s'aventura à lui chuchoter une suggestion accueillie par un silence si éloquent qu'il fut entendu comme une approbation. À la nuit, lorsqu'il eut accompli la traversée, maintenant habituelle, de la galerie de bois, Louis eut donc l'agréable surprise de découvrir les deux sœurs couchées ensemble dans le même lit. Elles ne dormaient pas et portaient des chemises tellement échancrées et d'une batiste si fine qu'elles étaient mieux que nues. Les contenter chacune à leur tour fut un plaisir de roi, mais lorsqu'il les quitta pour retrouver sa propre chambre, le héros galant se sentit gagné par une immense lassitude. Un véritable engourdissement de tous les membres qu'il attribua à ses prouesses nocturnes le surprit sans vraiment l'étonner.

Vers cinq heures du matin, Le Bel, qui avait aidé cet Hercule amoureux à changer de chemise et à se recoucher avant de rejoindre son propre lit de sangle déplié chaque soir au pied de celui de son maître, fut brusquement réveillé par les mouvements désordonnés de sa main droite. Le cordon de soie rouge qui reliait, pendant toute la nuit, son poignet à celui du roi s'agitait de façon convulsive, Sa Majesté appelait à l'aide. Il ne fallut pas plus d'un instant pour que le valet éveillé en sursaut tombe à bas de sa couchette, écarte les courtines et se présente au chevet de son maître. Le roi se plaignait de violents maux de tête, il avait chaud, la soif le torturait. D'un bond, Le Bel courut à la carafe de cristal qui contenait l'eau de Sa Majesté pour la nuit, versa quelques gouttes de fleur d'oranger dans le verre qu'il lui tendit puis l'aida à boire doucement en lui soutenant la nuque. Le valet parlait à son roi comme à un enfant réveillé par un mauvais rêve, cherchant d'abord à le rassurer car il le savait en proie aux terreurs nocturnes depuis l'enfance, mais la chaleur de sa peau et la transpiration qui trempait le torse de son maître achevèrent de l'effrayer. Après avoir changé lui-même et avec mille précautions les taies d'oreiller de façon à permettre que la tête du roi puisse reposer dans la fraîcheur d'un linge propre, Le Bel s'éloigna, pieds nus et sans bas, réveilla l'huissier d'antichambre qui dormait en travers de la porte pour qu'il coure chercher le premier médecin. Le roi n'était pas bien, et cela ne relevait plus de son office.

Le cartel d'alcôve n'avait pas encore sonné la demie de cinq heures que François Chicoyneau, le premier médecin, en robe de chambre mais la perruque carrée déjà sur la tête, prenait le pouls du patient. Il le trouva bien trop rapide à son goût, et le roi, pleinement réveillé, n'aidait pas à le rassurer, car outre un grand mal de tête et cette étrange lassitude dans tous les membres inférieurs, il se plaignait aussi d'une douleur très vive à l'estomac qui le brûlait jusque dans les reins.

Soucieux et dubitatif, Chicoyneau fit alors appeler le premier chirurgien pour prendre son avis. Certes, l'office était très inférieur au sien car l'exercice de la médecine prenait partout le pas sur celui de la chirurgie, mais il savait les liens de confiance qui existaient depuis des années entre le roi et François de La Peyronie. Liens que l'accouchement, la maladie et la mort affreuse de la marquise de Vintimille avaient encore resserrés. Par ailleurs, les deux hommes natifs de Montpellier avaient été formés dans l'illustre faculté de cette ville qu'ils jugeaient, bien sûr, très supérieure à celle de Paris, toujours tenue en lisière par ces messieurs de la Sorbonne, et partageaient une admiration commune pour le grand Georges Mareschal, qui avait retiré la chirurgie des mains des barbiers pour la remettre entre celles de la médecine. Enfin, ils savaient que leur patois languedocien leur permettait de s'adresser l'un à l'autre par-dessus le lit du malade sans être compris de personne. En parlant la langue du Peyrou, ils s'assuraient le secret et surtout une protection mutuelle.

La Peyronie prit à son tour le pouls du roi, mais avec cette bonhomie méridionale qui le faisait toujours aimer de ses patients. Le timbre chaleureux de sa voix et son accent chantant ne pouvaient pas annoncer de mauvaises nouvelles. Pendant qu'il plaisantait gentiment le roi sur ses fatigues nocturnes, un simple échange de regards lui suffit pour faire comprendre à Chicoyneau qu'il partageait sa préoccupation. Le chirurgien et le médecin s'écartèrent alors de quelques pas sous prétexte de se laver les mains et échangèrent à voix basse leurs premières impressions. Elles n'étaient pas bonnes, pour autant, le pire n'était pas certain. D'emblée, ils écartèrent l'hypothèse de la variole dont il était acquis que le roi l'avait déjà contractée dans son enfance. En revanche, ce qui inquiétait La Peyronie, ce n'était pas la fièvre, elle ne lui paraissait pas maligne et les échauffements de l'épiderme au cours de la nuit pouvaient en être la cause, mais bien la digestion qui, depuis quelques jours, se faisait avec peine. Habitués dès l'enfance par Pierre Chirac, le prédécesseur direct de François Chicoyneau, à aller à sa chaise d'affaires après le réveil et avant le coucher, les intestins du roi étaient réglés de ce point de vue comme le mécanisme d'une horloge astronomique. Or, depuis quelques jours, son balancier d'entrailles paraissait un peu ralenti, et les matières beaucoup moins abondantes qu'à l'ordinaire. Le premier médecin, flatté par le rappel des éminents services rendus à la monarchie par le grand

Chirac, tout à la fois son maître incontesté et le père de sa femme, opinait gravement, un doigt posé entre le menton et la lèvre inférieure, ce qui était chez lui le signe d'une profonde réflexion. Après avoir pris une longue inspiration, il ajouta que les chaleurs excessives des derniers jours avaient certainement éprouvé le roi, qui s'était d'ailleurs plaint à plusieurs reprises, auprès de lui, des ardeurs du soleil.

L'heure du grand lever approchait. Le malaise du roi ne pourrait pas être dissimulé plus longtemps à l'armée et à la Cour. Les deux docteurs se tournèrent alors vers Le Bel qui ne savait quoi faire pour soulager son maître, lui demandèrent de courir prévenir le duc de Richelieu et de faire réveiller la duchesse de Châteauroux. Avant que de s'exécuter, Le Bel ajouta qu'il n'était peut-être pas nécessaire d'alerter le premier aumônier par des propos trop alarmistes. Le roi montrait les signes d'une nervosité qu'un ballet de petits collets, d'étoles et de soutanes ne manquerait pas d'aggraver. La suggestion fut applaudie. L'heure de la messe viendrait assez tôt, et les trois hommes partageaient une même détestation à l'encontre de l'évêque de Soissons dont la hauteur aristocratique et la morgue cléricale les avaient plusieurs fois violemment heurtés. Monseigneur de Fitz-James, qui avait renoncé avec peine et après un terrible débat intérieur à son titre de duc pour revêtir la dignité épiscopale, jetait sur eux un regard qui semblait ne jamais les voir. Durant son service, le prélat ne daignait s'adresser – et encore avec peine – qu'au seul duc de Richelieu, même si la naissance du lointain neveu du grand cardinal lui apparaissait bien obscure pour la dignité de la charge dont il venait d'être revêtu. Fils du maréchal de Berwick, le jeune évêque descendait du roi Jacques II d'Angleterre de la main gauche, ce qui, à n'en pas douter, valait aux yeux de ce chrétien fervent beaucoup mieux que la cuisse de Jupiter.

À peine réveillé et informé de la situation, Richelieu souscrivit à toutes les décisions prises par Le Bel et les médecins. Il les félicita même pour leur présence d'esprit et leur recommanda la plus grande discrétion avant d'annoncer à tous ceux qui attendaient dans l'antichambre que Sa Majesté, épuisée par l'exercice qu'Elle s'était donné la veille sous un soleil accablant, devait prendre du repos et renoncer au cérémonial du grand lever. Tout cela fut dit sur un ton si enjoué et avec tant de sous-entendus dans la voix que chacun comprit ce qu'il fallait comprendre, au point qu'un gendarme présent dans la pièce ajouta avec bonne humeur :

— Toutes ces promenades auxquelles le roi vient de se livrer ces jours-ci, jointes à ses oraisons un peu prolongées à Saint-Arnould, l'auront mis sur le flanc.

On sourit au propos, et chacun se retira pour ne pas troubler davantage le sommeil d'un si grand guerrier.

À l'intérieur de la chambre, la duchesse de Châteauroux, suivie de sa sœur, était accourue à travers la galerie de bois, en robe d'intérieur, ses beaux cheveux rangés en bataille sous un joli bonnet de nuit au point d'Alençon, et veillait maintenant son amant. Assise à son chevet, elle lui chuchotait de petites choses charmantes sans pour autant améliorer son état. Pour dégager les intestins royaux encombrés par les excès des jours précédents, Chicoyneau prescrivit des clystères d'eau simple que La Peyronie s'empressa d'administrer par trois fois, mais le léger mieux ainsi obtenu ne dura pas. Avant que midi sonne à l'abbaye de Saint-Arnould, le roi se plaignit à nouveau de violentes douleurs à la tête et au ventre. La persistance de la fièvre laissait au front des médecins des rides d'inquiétude que Marie-Anne cherchait à déchiffrer sans pour autant prendre le risque de les interroger tant elle craignait leurs réponses. À deux heures après midi, ces messieurs de la faculté décidèrent qu'il était temps de pratiquer une première saignée au bras. Richelieu entraîna aussitôt les deux sœurs vers les cabinets intérieurs situés derrière la chambre du roi pour leur épargner la vue du sang et la peur du malade. Le Bel, lui, ne laissait à personne le soin de porter les palettes qu'il remettait ensuite aux mains des valets de garde-robe, charge à eux de les évacuer tout en les dissimulant aux yeux du public. Cette fois, la fièvre baissa un peu, mais le roi se sentait si faible qu'il dut renoncer à sortir entendre la messe de *Te Deum* célébrée à la cathédrale par l'évêque de Metz pour remercier Dieu des victoires remportées par le prince de Conti en Italie. Sa Majesté n'était plus seulement fatiguée par les efforts, elle était souffrante.

Aussitôt les visages se firent plus graves, et l'antichambre se remplit peu à peu de tous ceux qui venaient aux nouvelles. Pour éviter à tout prix que les rumeurs les plus folles n'aillent se répandre jusque dans les rangs de l'armée, Richelieu n'eut pas d'autre échappatoire que d'inviter le premier aumônier à célébrer la sainte messe dans la chambre du roi. Certes, Sa Majesté était indisposée, mais elle se montrerait en état d'assister à l'office depuis son lit comme elle le faisait à Versailles chaque fois qu'elle prenait médecine.

Avant que le duc de Richelieu ne se soit dirigé vers la porte pour laisser entrer tous ceux qui jouissaient des grandes et des petites entrées, le roi, pris soudain d'un spasme violent, appela, non pas ses valets, mais son premier gentilhomme pour lui demander la bassine. Par pudeur, Marie-Anne s'éloigna un peu, et Louis XV, profitant de ce moment de liberté, glissa furtivement au duc en la désignant du regard :

— Emmenez-la chez elle !

Puis, de la voix la plus forte qu'il lui fut possible de prendre, il ordonna :

— Faites entrer pour la messe.

Un autel portatif venait d'être dressé et, à cinq heures après midi, monseigneur de Fitz-James, en barrette et surplis, assisté par les deux aumôniers de quartier, célébra l'office avec la ferveur et la grandeur d'un évêque français, mais sans jamais approcher les saintes espèces de la bouche du roi. Sa Majesté ne communiait plus depuis des mois, il ne pouvait pas être question de lui donner le bon Dieu.

À peine l'évêque de Soissons avait-il avalé sa dernière bénédiction que Richelieu donnait ordre aux valets intérieurs de démonter l'autel de fortune et faisait sortir de la chambre tous ceux qui n'étaient pas strictement nécessaires au service. Personne n'osa protester contre ce manquement à l'étiquette alors que le roi n'était pas encore habillé. Les deux sœurs purent quitter le petit cabinet où elles s'étaient réfugiées pendant toute la durée de la célébration et reprendre leur place dans la ruelle du lit au plus près du malade.

Avec le soir, il fallut néanmoins les convaincre de partir pour permettre aux valets de préparer la nuit. Les deux médecins se firent installer des lits de sangles dans la chambre, car il n'était pas question de laisser le roi sans surveillance médicale et ce n'était plus l'heure des femmes. C'est presque portée par sa sœur et Richelieu que Marie-Anne regagna ses appartements. Le roi, lui, subit un quatrième lavement qu'il lui fallut aller rendre sur sa chaise percée alors qu'il grelottait de fièvre dans la douceur d'un soir d'été. Pendant ce temps, les garçons ordinaires de la chambre retournaient les matelas et changeaient les draps sous l'autorité de Le Bel, qui veillait à leur parfaite propreté et à la cassure impeccable de chaque pli.

Metz, dimanche 9 août 1744

Au petit matin d'une très mauvaise nuit, les médecins jugèrent que les traitements de la veille n'avaient pas produit tous leurs effets. Le roi se disant toujours tourmenté par des maux de ventre, un nouveau clystère lui fut administré vers six heures, mais ce fut sans effet. Les entrailles entièrement lessivées n'avaient plus rien à rendre. Deux heures plus tard, après de nouveaux conciliabules avec La Peyronie où le latin se mêlait au patois, Chicoyneau décida d'employer les grands remèdes et de faire prendre au roi un violent purgatif à base de sel de Glauber. Cette fois, son effet ne se fit pas attendre. En moins d'un quart d'heure, les évacuations par la bouche et par le ventre se multiplièrent. Le Bel tendait la grande bassine d'argent à son pauvre maître pendant que Marie-Anne, arrivée dès l'aube, soutenait son front et que la bonne Lauraguais lui essuyait délicatement la commissure des lèvres au grand mécontentement des valets dont c'était la charge. Le roi rendait en abondance des matières sales et bileuses devant lesquelles le premier médecin et le premier chirurgien restaient dubitatifs. Sa Majesté était bien malade, mais ils ne savaient toujours pas de quoi. L'indigestion hier manifeste était trop persistante pour ne pas cacher autre chose, une de ces affections malignes qui commencent par présenter les symptômes d'une apparente banalité pour tromper la médecine et les médecins avant de tuer sournoisement le malade à coups de coliques. La fièvre surtout les préoccupait beaucoup. Ils constataient avec Hippocrate qu'elle n'était ni tierce ni quarte, mais bien continue et qu'il ne fallait donc rien en attendre de bon. « *Continua, continua* », répétait Chicoyneau, espérant que cette seule litanie suffirait à lui apporter les lumières de la science des anciens, mais la fièvre empirait et il fallait désormais changer la chemise du roi toutes les heures pour éviter qu'il ne baigne dans sa propre saumure.

Devant la gravité de la situation, Richelieu, auquel sa charge de premier gentilhomme conférait tout pouvoir sur la chambre du roi, décida que, jusqu'à nouvel ordre, l'état de Sa Majesté lui interdisait de recevoir les entrées, petites ou grandes, et donna ordre aux huissiers de ne laisser pénétrer personne, sauf à l'heure de la messe qui devait toujours être célébrée publiquement. Dès que le premier aumônier se présentait, Le Bel fermait alors aussitôt les rideaux du lit pour éviter que les courtisans ne cherchent à deviner l'état du roi en le dévisageant, et les deux sœurs partaient se cacher dans l'arrière-cabinet devenu tout à la fois leur refuge et leur salle à manger. Rien, au regard de l'étiquette, ne pouvait justifier leur présence dans la chambre du roi, car si Marie-Anne était bien dame du palais de la reine, sa charge ne lui donnait pas le droit de rester assise en permanence au chevet du roi de France.

Dans l'antichambre, deux camps recommencèrent alors à se former. Ils se faisaient face et occupaient, comme au théâtre, les côtés opposés de la pièce. Côté jardin, les familiers de Sa Majesté et notamment ses aides de camp, Meuse, Boufflers, Soubise, d'Ayen, Luxembourg, Pecquigny et d'Aumont, tous compagnons de chasse, invités des petits soupers et complices de ses plaisirs, soutenaient publiquement Richelieu. Ils exigeaient le silence dans l'antichambre pour que rien ne vienne perturber le repos du maître. Côté cour, regroupés autour du premier aumônier et des deux princes du sang, présents à Metz, le duc de Chartres et le comte de Clermont, les grands officiers de la Couronne, Bouillon, La Rochefoucauld, Berhingen, Villeroy et Balleroy, gouverneur du duc de Chartres, tous ennemis déclarés de la duchesse de Châteauroux autant qu'ils étaient amis de la religion, ruminaient leur désappointement. En fermant les portes de la chambre, le duc de Richelieu les privait du droit de voir le roi qui était le privilège de leur charge et le droit imprescriptible du sang, le plus souvent royal, qui coulait dans leurs veines. Le duc de Bouillon expliquait aux médecins que sa charge de grand chambellan lui faisait obligation d'assister en personne à tous les examens dont Sa Majesté était l'objet, mais, imperturbable, l'huissier lui fermait la porte au nez lorsqu'il s'essayait à les suivre. Ce qui arrivait était proprement inouï, car même à l'article de la mort, le roi Louis XIV n'avait jamais interdit la porte de sa chambre à ceux qui avaient le droit d'en franchir le seuil. Il était mort, comme il avait toujours vécu, en public. Aussi, l'idée que des apothicaires, des bonnets carrés, des médicastres, des valets, tous gens de peu, nés de rien ni de personne, soient parvenus à chambrer la personne sacrée de Sa Majesté en s'acoquinant avec deux infernales putains était proprement insupportable à tous ces grands seigneurs. La mesure fut comble lorsqu'ils apprirent qu'un médecin juif de la ville avait été introduit secrètement dans la chambre du roi pour une consultation alors qu'eux-mêmes étaient écartés de son lit. On chuchotait au sacrilège, on susurrait à l'attentat, mais, pour l'heure, seuls les regards s'affrontaient.

Le comte d'Argenson, unique ministre présent auprès du roi, passait d'un groupe à l'autre, toujours protégé par le masque impassible et les airs de mystère qui conviennent à la prudence autant qu'à la duplicité d'un grand commis de l'État. Richelieu n'était pas en mesure de lui interdire l'accès à la chambre, car sa présence auprès du roi était rendue indispensable par l'envoi et la lecture des dépêches militaires. À chaque léger mieux, le ministre s'approchait respectueusement de son chevet pour lui chuchoter à l'oreille les nouvelles du front et recueillir ses ordres afin de les transmettre aux armées. Marie-Anne enrageait de ces privautés politiques dont elle était évidemment exclue par la décence et ne doutait pas que, sous couvert de faire seulement son devoir, d'Argenson informait la reine et Maurepas de la gravité de la situation. L'idée que l'ignoble Faquinet puisse se réjouir de ses tourments sous les grimaces de l'inquiétude lui donnait de la fièvre à son tour.

La tension montait ; n'y tenant plus, le comte de Clermont apostropha le premier médecin et le premier chirurgien contraints de traverser l'antichambre plusieurs fois par jour pour aller prendre un peu de repos dans leurs propres appartements. Le prince, la main sur le pommeau de son épée et le chapeau sur la tête, s'était placé en travers du passage et leur rappela avec autant de hauteur que de cérémonie qu'il était grand maître de la maison de Sa Majesté et que, à ce titre, les médecins du roi devaient lui rendre des comptes, puis, désignant d'un geste ample le duc de Chartres, le premier aumônier et tous les ducs qui l'entouraient, il exigea la vérité.

Hors de la chambre du roi, dans laquelle Richelieu était désormais retranché, les médecins n'étaient pas en mesure de se dérober à un ordre princier, aussi Chicoyneau répondit-il avec autant de douceur que d'habileté :

— Nous pensons, M. de La Peyronie et moi, la même chose de l'état du roi ; si vous ne voulez savoir que cela, le voici : il a beaucoup de fièvre ; elle lui donne des transports ; vous en êtes effrayés parce que vous n'êtes pas médecins ; nous n'en sommes pas effrayés parce que nous sommes médecins et, comme tels, nous vous déclarons que la maladie du roi n'a pas encore de caractère.

Cette réponse mit le comte de Clermont hors de lui, car il ne concevait pas de recevoir de leçons, et à plus forte raison d'un docteur Diafoirus. Quant à savoir si la maladie du roi avait du caractère ou n'en avait pas, il s'en moquait comme de sa première saignée. Maintenant, il tempêtait, exigeant de connaître la gravité du mal et la réalité des dangers encourus par le roi, sous peine de les tenir tous pour responsables si un malheur devait arriver.

Sans se départir de son calme, Chicoyneau, que le prince secouait par les grandes manches de sa robe, lui retourna sa menace :

— Puisque, monseigneur, vous nous tenez pour responsables de ce qui n'est pas encore, craignez de répondre de l'effet des alarmes que vous répandez déjà. Si le roi s'en apercevait, nous ne serions plus les maîtres de calmer ses transports fiévreux : vous leur donneriez alors un autre caractère ; vous l'aurez mis en danger, et vous serez cause d'un événement qui n'aura pas dépendu de nous.

La Peyronie approuvait chaque assertion de son confrère d'un hochement de tête. Les aides de camp alertés par l'échange s'étaient approchés et, sans échanger un seul mot avec les princes, firent escorte aux deux médecins pour signifier qu'ils étaient encore sous la protection du roi. L'évêque de Soissons s'interposa à son tour pour rétablir le calme. La Cour avait besoin de tout sauf d'un scandale supplémentaire. Celui qu'offrait le spectacle de la duchesse de Châteauroux et de sa sœur à moitié couchées sur le lit du malade paraissait suffisant à ses yeux. Ces paroles de paix furent suivies d'une discrète invitation à le rejoindre, chez lui, après le souper servi dans les antichambres.

Le soir même, réunis en secret dans l'appartement du premier aumônier, les princes et les grands fulminaient à voix haute contre l'arrogance des médecins. Le comte de Clermont n'était pas encore remis de sa colère. Il avait cassé sa canne sur le dos de son laquais sans parvenir à se purger de ses humeurs et ne pouvait tolérer de se voir mis hors de portée de jouir pleinement des droits de sa charge, la plus haute de tout le royaume de France, par un duc de Richelieu qui n'était après tout qu'un des quatre premiers gentilshommes. C'était la familiarité et surtout la haine que Louis XIV portait à sa propre famille qui avaient donné un tel pouvoir à ces hommes, pourtant placés par les anciennes règles de la Cour de France sous la seule autorité du grand maître. En rappelant cet heureux temps où les princes n'étaient pas traités en valets et les valets courtisés comme des princes, Clermont écumait de rage, au point que l'étrange feu de son regard effraya le jeune duc de Chartres, qui se rappelait avoir entendu raconter que son cousin avait un jour abattu un passant de sang-froid pour le seul plaisir de démontrer son immunité princière. Monseigneur de Fitz-James, un peu lassé par toutes ces criailleries, leva lentement les yeux vers le ciel en même temps qu'il caressait sa croix pectorale enrichie des saphirs de la reine Marie Stuart, puis, comme personne ne prêtait la moindre attention à ce silence religieux, il se mit à marmonner des paroles inaudibles pour signifier qu'il entrait en prière. Lentement, le tumulte s'apaisa, et lorsqu'il s'aperçut qu'il était le seul à continuer d'éructer, Clermont finit enfin par se taire.

Alors l'évêque de Soissons, comme inspiré, dénonça une situation indécente et dangereuse. Indécente parce que les deux pécheresses ne quittaient pas la chambre du roi et dangereuse car une poignée de huguenots travaillaient à la perte de l'État. À ces mots, tous restèrent interdits, car personne ne comprit ce que les protestants venaient faire dans une affaire qui touchait d'abord et avant tout à l'honneur des princes et à l'ordre des rangs. Une pointe de mépris, vite voilée par un grand air de compassion pour ces esprits sans finesse, se ficha aux coins de la bouche de l'évêque et ne le quitta plus. Ainsi donc ils n'avaient rien perçu du vaste complot qui se jouait sous leurs yeux ? Heureusement que, éclairé par la prière et guidé par l'Esprit saint, lui, François, troisième duc de Fitz-James, évêque de Soissons et premier aumônier de Sa Majesté, savait en dénouer les fils diaboliques. Cette fois, le prélat avait obtenu l'attention des princes et, depuis la chaire invisible où il était monté en pensée, il se lança dans une dénonciation vigoureuse de Chicoyneau et La Peyronie, qu'il tenait pour de mauvais convertis prêts à se venger sur le roi des tourments subis autrefois par leurs coreligionnaires. Le seul fait qu'ils soient nés à Montpellier, ville réformée, suffisait à les soupçonner d'hérésie, et les deux hommes, en s'exprimant en patois de cette ville pour couvrir leur forfait, s'accusaient d'eux-mêmes. Huguenots avaient été leurs pères, huguenots ils étaient, huguenots ils restaient. Les princes tout ébaubis commençaient à comprendre. Le roi était tombé dans un piège. Un piège redoutable auquel Richelieu, acquis à la cause des parpaillots qu'il protégeait en Languedoc, et la duchesse de

Châteauroux, achetée par l'or de la Prusse, prêtaient tous les deux une main criminelle. Des princes français pouvaient-ils laisser ces hérétiques attenter aux jours du fils de Saint Louis ? Pour Clermont qui aimait à torturer lui-même les filles dans les bordels de la capitale, ce fut une sorte de révélation, et l'idée d'une nouvelle Saint-Barthélemy le conduisait déjà en rêve aux portes de l'extase. Il jura que si un malheur arrivait au roi, il tuerait les médecins de ses propres mains avant de les jeter par la fenêtre comme le duc d'Anjou l'avait fait autrefois pour le maréchal de Coligny.

Monseigneur de Fitz-James, lui, n'en demandait pas tant. L'heure n'était plus aux excès de la Ligue ni même de la Fronde, il venait de prendre sur les princes et leur parti un ascendant auquel il aspirait de longue date et grâce auquel il espérait bientôt accéder au ministère, puis, un jour, si telle était la volonté du pape et de Dieu, au cardinalat. Fleury était mort, mais personne n'avait eu, jusqu'à présent, assez de courage ou d'esprit pour en revendiquer l'héritage. Or, en France, cet héritage revenait de droit à la sainte Église, surtout lorsque le pouvoir royal était affaibli. Demain, le roi pouvait mourir, le jeune dauphin serait certes en âge de régner, il allait avoir quinze ans le mois prochain, mais pas celui de gouverner par lui-même. Monseigneur Boyer, son précepteur, tenterait bien sûr de jouer la place, mais manœuvrer habilement cet imbécile de Châtillon pour lui faire barrage serait un jeu d'enfant. Une chose, par ailleurs, était certaine : jamais les grands n'accepteraient la férule d'un prélat tiré de la lie du peuple. Enfin, Boyer était loin, la providence voulait que ce soit lui – Fitz-James – qui soit présent dans ces instants terribles et beaux où le mort saisit le vif et où un roi succède à son père. Il se soumettait donc humblement à la volonté du Très-Haut qui le plaçait ainsi sur le chemin du nouveau règne.

Néanmoins, il n'était pas dans les intentions du premier aumônier de compromettre le projet divin par des scènes dignes de la Fronde. L'histoire de France ne s'écrivait plus à coups de dague et de hallebarde, mais avec l'appui de l'éloquence et de l'intelligence. Il appela chacun au calme, à la dignité et à la prière. Le roi de France se mourait, et il pouvait passer à tout moment de vie à trépas sans avoir reçu la consolation de l'Église. Devant une situation aussi grave et la promesse de conserver son titre, ses rentes et la liberté, il ne devait pas être impossible d'infléchir l'impérieuse duchesse de Châteauroux en l'aidant à prendre conscience de ses erreurs et à accélérer son repentir. Une fois les deux sœurs revenues à la raison, il serait facile d'exiger et d'obtenir de Richelieu que l'étiquette soit rétablie et que les médecins rendent publiquement leurs consultations.

Chacun admira la profondeur et la sagesse du propos avant que l'on se quitte, et il fut résolu que dès le lendemain on raisonnerait la duchesse. Clermont regrettait le grand massacre – et peut-être les viols – qu'il caressait déjà du bout de son imagination, mais il accepta de se rendre à l'avis de ce qui prenait déjà l'allure d'un véritable gouvernement dont la tête revenait de droit à l'évêque. Pour le gagner totalement à ses vues, Soissons suggéra qu'il pourrait tenter de convaincre la duchesse de Châteauroux de céder aux exigences de la bienséance et aux commandements de la religion.

Alors que les grands complotaient et que le premier aumônier rêvait à la pourpre cardinalice, la chambre du roi restait plongée dans la pénombre. La fièvre et les maux de ventre continuaient à tourmenter le malade, et les compresses froides que la duchesse de Châteauroux tenait à lui appliquer elle-même sur le front ne lui étaient d'aucun secours. Le roi gémissait doucement, suppliant que l'on fasse venir de Paris le grand Dumoulin, médecin qui faisait des miracles. Richelieu écrivit donc à Paris, mais, ce faisant, il chagrinait les deux hommes de l'art qui s'ingéniaient à sauver le roi sans véritablement y parvenir.

De façon à les rassurer, Marie-Anne, qui savait aussi par les huissiers et les aides de camp l'algarade de l'antichambre, les fit venir dans l'arrière-cabinet où elle se tenait désormais chaque fois que l'on changeait le lit du roi pour s'ouvrir à eux avec cette franchise et cette simplicité qui lui gagnaient les cœurs dont elle avait besoin. Elle leur tint alors le langage de la confiance pommadé d'admiration et de reconnaissance :

— Je connais, messieurs, vos talents et vos personnes : ce n'est pas assez de sauver le roi, il faut sauver le roi et la France. Si sa vie dépend de votre art, sa gloire dépend de votre courage. Aurez-vous celui de résister aux prêtres et aux courtisans qui voudront s'en emparer au moindre danger ? Si ce danger n'existe pas, aurez-vous la force de le soutenir ? S'il existe, aurez-vous la force de m'en avertir ?

Les deux robes noires, émues et flattées, jurèrent qu'elles n'abandonneraient jamais le corps du roi entre les mains des dévots et des princes tant qu'il lui resterait un souffle de vie. Si le danger devenait mortel, la duchesse serait prévenue avant tout autre, de façon qu'elle échappe à des gens qui chercheraient à l'offrir en holocauste à la famille royale ; mais, pour l'heure, ils lui rappelèrent qu'il était avant tout question pour eux de soulager leur patient. Après y avoir longuement réfléchi, ils envisageaient de lui administrer une purge lente avant de pratiquer la grande saignée au pied dont ils espéraient beaucoup.

Le roi dut donc subir à nouveau le feu de la lancette à huit heures du soir, et les valets, ne sachant plus que faire de tout ce sang qui engorgeait les latrines, le jetèrent par les fenêtres au grand scandale des gardes du corps, honteux de voir le sang de Saint Louis traité sans plus de ménagement que celui d'un cochon que l'on égorge dans une cour de ferme pour faire du boudin. Nonobstant ce crime de lèse-majesté, un mieux se fit sentir, et le roi s'endormit.

Metz, mardi 11 août 1744

Au petit matin, guettant le passage des deux sœurs, le comte de Clermont accompagné du duc de Bouillon, grand chambellan et du duc de La Rochefoucauld, grand maître de la garde-robe, surgit devant elles de façon à rendre inévitable l'échange des saluts. Marie-Anne, qui masquait l'insomnie de ses nuits derrière le rouge du Portugal et le blanc de céruse, portait une jolie robe d'Indienne aux couleurs aussi crues que la violence de son regard lorsqu'elle aperçut les trois hommes. Elle leur rendit néanmoins leur salut dans une parfaite révérence, tout en cherchant à poursuivre sa route, mais le comte de Clermont se refusait à lui céder le passage. Trop éloignée de la chambre du roi pour appeler les huissiers à l'aide, elle ne pouvait passer outre sans provoquer le scandale. Le comte de Clermont était prince du sang, et personne ne devait se permettre de prendre publiquement le pas sur lui. Il fallut écouter ce qu'il avait à lui dire sans jamais quitter cet air de soumission respectueuse qui convient lorsqu'un prince vous fait l'honneur de s'adresser à vous. Clermont débita alors la leçon apprise de l'évêque de Soissons, il lui fit les représentations d'usage pour la rappeler aux convenances et au respect de l'étiquette. La chambre du roi ne pouvait pas rester fermée plus longtemps à ceux auxquels la naissance, les charges et le rang donnaient le droit d'assister à toutes les consultations des médecins et des hommes de l'art.

Avec un aplomb où le dédain le disputait à l'ironie, Mme de Châteauroux répliqua qu'il ne tenait pas à elle de décider des entrées auprès de Sa Majesté, mais que si la chose avait été en son pouvoir, il lui aurait été impossible de donner satisfaction au prince, car si l'étiquette était entièrement rétablie, elle-même n'aurait plus le droit de rester auprès du roi pour lui prodiguer les soins dont il avait besoin. Or elle ajouta que son intention était bien de le soutenir de sa présence tant qu'il ne lui donnerait pas l'ordre contraire. Dans ces conditions, il ne fallait donc pas compter sur son aide. Profitant de la stupéfaction des trois hommes qui ne s'attendaient pas à une telle crânerie dans la réponse, Marie-Anne passa son chemin et, suivie de sa sœur pâle comme la mort, disparut dans la chambre du roi dont la porte se referma aussitôt derrière elles. Au teint violacé que prit subitement le visage du comte de Clermont, Bouillon et La Rochefoucauld craignirent un instant l'apoplexie.

L'antichambre ne désemplissait pas ; on s'y trouvait plus pressé qu'au parterre de l'Opéra un soir de première représentation. Chacun restait au plus près de la porte pour s'engouffrer chez le roi à l'heure de la messe ou si un événement grave survenait. La duchesse de Châteauroux ayant pris ses quartiers dans les arrière-cabinets du roi refusait désormais de quitter la chambre pour prendre ses repas chez elle ou à l'une des tables dressées en permanence par les grands officiers de la Couronne. Elle craignait un coup de force des princes et ne voulait pas courir le risque de se voir enfermée par surprise dans ses propres appartements. Antoine Daigremont, son valet de chambre, avait donc installé un petit réchaud d'argent dans le foyer de la haute cheminée d'antichambre où il préparait lui-même les repas de sa maîtresse sous le regard scandalisé des courtisans.

À l'intérieur de la chambre du roi, l'air saturé de l'odeur fétide des purges et des fumigations était à peine respirable, car les médecins, craignant les miasmes extérieurs, avaient ordonné de calfeutrer les fenêtres et de rabattre les volets afin que la lumière du soleil ne vienne aggraver les maux de tête du malade dont le moral était déjà au plus bas. Il se plaignait, gémissait doucement, somnolait, parlait assez peu, mais ce qui inquiétait Marie-Anne au plus haut point, c'était que le roi commençait à parler de Dieu et à réclamer les sacrements. Aussi, pour l'occuper et l'arracher à ses humeurs noires, Richelieu faisait-il appeler le comte d'Argenson à tout moment de façon qu'il entretienne Sa Majesté des affaires de la guerre. Le ministre assis à son chevet l'informait de l'avancée des troupes françaises placées sous le commandement du maréchal de Noailles, qui n'attendait plus qu'un ordre pour franchir le Rhin au nord de Strasbourg et prendre ainsi à revers l'armée autrichienne.

Le roi, qui paraissait sommeiller jusque-là, ouvrit alors les yeux, regarda autour de lui comme égaré, puis, s'adressant à d'Argenson d'une voix de moribond, laissa échapper dans un souffle :

— Rappelez au maréchal de Noailles que le prince de Condé a gagné la bataille de Rocroi cinq jours après la mort du roi Louis XIII, mon aïeul.

Dans la chambre, la phrase fit l'effet d'un coup de pistolet au milieu d'une procession. Pour la première fois depuis le début de la maladie, le roi évoquait sa fin prochaine. Marie-Anne sentit ses jambes l'abandonner et dut s'asseoir sur l'un des tabourets posés devant le balustre de l'alcôve. Elle pleurait le plus doucement possible pour ne pas effrayer davantage son amant. Les médecins affichaient une mine de circonstance. Depuis cinq jours, ils minimisaient le mal sur ordre du premier gentilhomme et par égard pour la maîtresse royale, mais si le maître lui-même prenait conscience de la gravité de son état, alors il n'était plus possible de le cacher au monde. Les trois hommes échangèrent des propos à voix basse, puis, sans que personne y prenne garde, La Peyronie quitta la pièce.

Retirée dans les arrière-cabinets où, aidée par sa sœur, elle remettait de l'ordre à son visage, Marie-Anne se ressaisit. Il n'était pas encore temps de pleurer, mais de réagir, et elle fit aussitôt appeler Richelieu pour lui demander d'arranger un entretien avec le père Pérusseau, confesseur de Sa Majesté. Le duc se récria. Appeler le confesseur sans que le roi en ait clairement exprimé la volonté revenait à lui annoncer qu'il était bel et bien perdu, et à faire flamber le mal. Marie-Anne le rassura, elle ne voulait pas faire confesser le roi, mais avoir un entretien particulier avec son directeur de conscience. Cette fois, Richelieu comprit et approuva sa nièce. Il fallait porter la division au sein même du clergé en essayant de gagner le jésuite à leur cause. L'idée était périlleuse mais excellente.

Introduit par les arrières, le père Pérusseau fut aussitôt mis en présence de la favorite qui, bien décidée à ne pas y aller par quatre chemins, demanda au prêtre de but en blanc ce qu'il adviendrait d'elle si jamais le roi demandait les sacrements. Le bon jésuite, flairant l'ornière, esquivait pour n'avoir pas à répondre, invoquait la providence qui pouvait, à tout moment, venir au secours du Très-Chrétien, et même des médecins dont les talents étaient bien connus. Marie-Anne ne s'en laissait pas conter, elle insistait, plaidait sa cause, suppliait d'être mise en face de la dure réalité, non pas pour elle mais pour la réputation du monarque. Elle devait savoir quel parti adopter et s'y préparer, car, ajoutait-elle dans des sanglots, si elle devait quitter le roi par ordre de l'Église, elle préférait partir d'elle-même plutôt que d'être chassée publiquement avec tout le scandale public qui en résulterait.

Le père Pérusseau ne voulait prendre aucune décision que l'on pût un jour reprocher à la Compagnie de Jésus, laquelle n'avait pas que des soutiens à la Cour, aussi continuait-il l'esquive, citant les Évangiles, encourageant même la duchesse de Châteauroux à se ressaisir, l'invitant à prier de toute son âme pour la guérison du roi. Opiniâtre, Marie-Anne ne lâchait rien, insistait, en appelait à la conscience du prêtre, à la fidélité du sujet et à la miséricorde du confesseur. Acculé, le jésuite effrayé par tout ce déploiement du charme féminin ne trouva alors plus rien à opposer qu'une bien vague hypothèse :

— Madame, le roi ne sera peut-être pas confessé…

— Il le sera ! objecta immédiatement la duchesse que ces atermoiements rendaient à demi-folle de rage avant d'ajouter sur un ton de pénitente : Serai-je renvoyée ? Dites-le-moi, au nom du ciel !

Il ne restait plus au jésuite que la casuistique pour se sauver de ce mauvais pas, et il en abusa. Invitant la favorite à s'asseoir, il se lança dans une longue dissertation théologique. Rien, et surtout pas la pénitence, ne pouvait se déduire d'une confession tant qu'elle n'avait pas eu lieu. Tout dépendrait donc des aveux que Sa Majesté voudrait bien faire et des fautes qu'il était prêt à reconnaître devant Dieu. Cela faisait bientôt deux ans que le roi n'approchait plus les saintes espèces, car il n'avait pas reçu le pardon de ses fautes. C'était là, à n'en pas douter, le signe d'une conscience chargée. Ce n'est qu'après une contrition, secrète, pleine et entière, que le prêtre était en droit d'exiger du pénitent les efforts et les sacrifices susceptibles de le réconcilier avec Dieu, mais il lui était impossible d'en rien décider à l'avance. Avec un air de naïveté qui confinait à l'hypocrisie, le père ajouta que, à titre personnel, il n'avait aucune mauvaise opinion sur les relations qui unissaient le roi et la duchesse. Une tendre et fidèle amitié n'était pas en soi un péché, et tant que, bien sûr, le roi ne lui avait pas avoué une liaison, qui, elle, serait contraire aux commandements divins et aux lois de l'Église, il lui était impossible d'appeler la moindre condamnation sur la pécheresse, ni même d'exiger l'éloignement de l'objet peccamineux.

— S'il ne faut que des aveux..., laissa échapper Marie-Anne, fatiguée par ce salmigondis de séminaire et certaine de ce que le roi aurait à avouer. Est-ce le cas de me faire renvoyer ? N'existe-t-il pas quelque exception pour un roi... ? ajouta-t-elle dans un souffle.

Pris au piège, le confesseur ne savait plus quoi répondre. Loin de Paris, il n'avait reçu aucune instruction du supérieur provincial de la Compagnie de Jésus, ni même de son recteur, quant à l'attitude à adopter dans une situation aussi inédite. Par ailleurs, il se méfiait de l'évêque de Soissons, tête chaude et intransigeante, grand serviteur de l'Église mais dévoré d'ambition, et il craignait par-dessus tout de se voir embarqué par ce prélat hautain dans une croisade qui n'était pas celle de ses frères en religion. Un seul pas de côté dans la mission sacrée dont il était chargé et les Jésuites pourraient se voir retirer la confiance du roi. Fraîchement désigné pour cette mission, il n'avait ni l'expérience ni l'assurance souriante du père de Lignières, son prédécesseur. La fuite était son seul salut ; aussi, tout en parlant avec la duchesse de Châteauroux, cherchait-il à se rapprocher imperceptiblement de la porte dérobée, mais le manège n'avait pas échappé à Richelieu. L'empêchant de poursuivre sa route, il relaya Marie-Anne. Plein de sollicitude, il étouffait le malheureux confesseur de serments d'amitié et d'embrassades, le conjurant de sortir des « car », des « peut-être » et des « si ». Rien ne lui répugnait, pas même la soutane crasseuse et l'odeur forte des macérations religieuses, car il était lui-même aspergé des parfums les plus entêtants. Il prit alors le père Pérusseau par les mains et le ramena vers la favorite qui, jouant son va-tout, tomba aux pieds du prêtre, jura qu'elle quitterait la chambre du roi sur son seul ordre, abandonnerait la Cour pour n'y plus revenir et que, si le roi ressuscitait, elle ne serait plus pour lui qu'une tendre et fidèle amie. Au confesseur toujours de marbre, elle assura que le reste de sa vie serait consacré à son entière conversion et au rachat de ses péchés, car elle seule était coupable. Enfin, jetant sa dernière carte sur le tapis vert du repentir, ravalant son orgueil et ses larmes, elle demanda au jésuite de devenir son directeur de conscience. C'est à lui et à lui seul qu'elle confiait désormais son salut, sa conduite et son âme.

Rien de tout cela n'entama le silence dans lequel le confesseur avait décidé de se murer pour toute défense. Marie-Anne n'ayant plus ni larmes ni promesses à lui offrir, il prit cérémonieusement congé sans avoir ajouté un seul mot.

Appartements de monseigneur de Fitz-James

Pendant que la favorite et le duc de Richelieu étaient occupés à ferrer le jésuite, François de La Peyronie rendait une visite discrète au premier aumônier pour l'instruire de l'état du roi. La fièvre ne baissait pas, les maux de tête et de ventre restaient tenaces, le malade paraissait plus faible chaque jour. Ce qui pouvait passer pour un simple embarras d'entrailles au début recelait certainement un mal plus important. Sa Majesté courait peut-être grand danger, et l'Église devait accomplir ce qui devait l'être. Immobile et muet, monseigneur de Soissons écoutait le chirurgien lui faire son compte rendu. Il le regardait comme on toise un valet malpropre qui a fait tomber le contenu d'un vase de nuit sur les parquets luisants d'une chambre de parade. Pendant que le chirurgien balbutiait des explications inutiles, l'évêque se demandait comment le roi de France pouvait s'en remettre à des praticiens dont les origines étaient à ce point crottées et la religion aussi suspecte, car ces gens découpaient publiquement des cadavres nus sous prétexte de faire avancer la science alors qu'ils charcutaient de leurs mains sales la plus belle créature de Dieu. Ce charlatan, non content d'avoir prétendu trouver le siège de l'âme humaine en fouillant le cerveau des morts, s'était même fait une réputation formidable en redressant la verge des hommes d'un coup de bistouri ! La seule vue de ce personnage donnait la nausée au prélat, qui n'en laissa rien paraître. Cette visite était un signe du ciel, le parti de la favorite et de ce diable de Richelieu se fissurait. La peur faisait son œuvre, et les rats, non contents de quitter le navire, changeaient de barque. Bientôt – il le savait par d'Argenson qui les avait fait prévenir –, la reine, le dauphin et le duc de Penthièvre arriveraient à Metz pour y rétablir l'ordre et la religion. Ce cloaque qu'était devenue la chambre du roi serait nettoyé à coups de fouet, lavé d'eau bénite et débarrassé de ces femmes perdues, de ces libertins notoires, de ces serviteurs corrompus pour laisser l'Église et la famille royale reprendre leur place auprès du roi avant qu'il ne meure en prince chrétien muni des consolations de la religion. Pour l'instant, il fallait encore ménager ces ouvriers de Satan qui travaillaient à sa perte. Aussi le prélat ne manqua-t-il pas de remercier le chirurgien pour sa franchise, non sans regretter le temps perdu, et poussa la condescendance jusqu'à faire quelques pas à ses côtés en direction de la porte de son antichambre. Il ne fut pas question cependant de le raccompagner tout à fait et, lorsque le chirurgien eut disparu, monseigneur de Fitz-James se signa par trois fois avant de se précipiter sur son prie-Dieu comme un homme pris de colique court à la chaise percée.

Sa Majesté se meurt !

Metz, mercredi 12 août 1744

Après l'affolement de la veille, la nuit du roi avait été meilleure, les médecins reprenaient espoir dans leurs traitements et la duchesse de Châteauroux respirait plus à son aise. L'heure de la messe approchant, il fallut bien ouvrir les portes de la chambre et permettre à tous ceux qui jouissaient des entrées de pénétrer dans la pièce, laquelle n'étant pas aussi vaste qu'à Versailles se trouva envahie en quelques minutes. Monseigneur de Soissons portant la chasuble de brocart vert et les gants brodés de la croix s'avançait avec ce petit air de majesté qui ne quittait jamais ce fier descendant des anciens rois d'Angleterre. À la surprise générale, il fit un signe de la main en direction de La Peyronie pour qu'il approche. Le premier chirurgien n'aima pas cet air de complicité, mais s'exécuta. L'évêque lui confia que, après ses révélations de la veille sur la santé du roi, ses devoirs religieux l'obligeaient à éclairer Sa Majesté sur la réalité de son état et à lui proposer la confession.

Un coup de crosse épiscopale n'aurait pas étourdi davantage le malheureux chirurgien. La nuit avait été paisible, peut-être même que le roi, malgré sa faiblesse, entrait en rémission. Lui parler maintenant de la mort revenait à le tuer plus sûrement qu'avec la lame. Il regrettait amèrement sa petite trahison de la veille, maudissait ce cas de conscience qui l'avait contraint à mettre le premier aumônier dans la confidence de ses angoisses. Aussi, d'une voix presque larmoyante dont toute gaîté méridionale avait disparu, il le supplia de ne rien en faire, d'attendre un peu que l'état du malade continue à s'améliorer.

Sans tenir le moindre compte de ces atermoiements, Soissons écarta La Peyronie et, au lieu de se diriger vers l'autel dressé devant les fenêtres, alla droit au roi. Depuis la balustrade qui séparait l'alcôve du reste de la chambre, il s'adressa au duc de Bouillon, grand chambellan, pour qu'elle lui soit ouverte et qu'il puisse ainsi atteindre le lit. Là, il exigea aussitôt des valets qu'ils en tirent les rideaux. Le Bel et Bachelier n'eurent d'autre solution que de s'exécuter. Louis XV, le bonnet sur la tête et le teint pâle, cligna des yeux sous l'effet de la lumière du jour. Dans la chambre, chacun scrutait ce visage fiévreux et cherchait à entendre ce qui allait se dire, mais Soissons était trop fin courtisan pour dévoiler ainsi publiquement ses batteries. S'approchant au plus près du chevet, il s'adressa alors au roi à voix très basse de façon à ne pouvoir être entendu que du duc de Bouillon qui l'avait évidemment suivi jusque-là.

— Sire, Votre Majesté s'aperçoit que je remplis près d'Elle mon ministère.

Le roi se contenta de répondre par un petit signe de tête qui invitait son premier aumônier à poursuivre, ce qu'il fit alors sans ménagement :

— Quand Votre Majesté veut-Elle se confesser ?

Il régnait dans la chambre un silence de cathédrale, et les yeux des courtisans allaient du visage du roi à celui du duc de Richelieu, que le duc de Bouillon venait de déposséder de son pouvoir en ouvrant lui-même la barrière d'alcôve et en autorisant le premier aumônier à accéder directement au saint des saints.

Après un petit moment de réflexion pendant lequel il garda les yeux fermés de façon que monseigneur de Fitz-James ne puisse démêler ce qui relevait du sommeil ou de la prière, Louis XV répondit d'une voix plaintive dans laquelle demeurait encore un peu de fermeté :

— Je suis trop faible à présent et j'ai un grand mal de tête ; je dirai à mes médecins de me donner quelque chose et vous le ferai savoir, car il est vrai que j'ai beaucoup de choses à dire…

Cherchant à déjouer l'esquive, Fitz-James, puisant sa force dans celle de sa foi autant que de son ambition, saisit la perche qui venait de lui être maladroitement tendue pour insister :

— Alors, Sire, il nous faut commencer dès aujourd'hui, et s'il vous vient un accès de faiblesse, nous pourrons toujours continuer demain…

Comprenant qu'il se passait quelque chose et que son maître résistait aux assauts des dévots, Richelieu s'avança de ce pas de Cour qu'il maîtrisait aussi bien que ceux de la danse et glissa littéralement jusqu'au lit du roi sans faire le moindre bruit. Il demanda au duc de Bouillon ce que l'évêque de Soissons était en train de dire à Sa Majesté. L'autre, surpris de trouver Richelieu qu'il croyait à l'autre bout de la pièce derrière son épaule, répondit qu'il n'en savait rien, car ce n'était pas son affaire. À quoi il ajouta que, quand bien même l'aumônier parlerait au roi de choses sérieuses, personne ne pourrait l'en blâmer au regard des circonstances. Pendant que les deux ducs s'affrontaient ainsi à fleurets mouchetés, le roi, lui, gardait un silence obstiné, refusant par là même de faire appeler son confesseur.

L'évêque de Soissons dut alors se résoudre à quitter l'alcôve pour rejoindre l'autel et célébrer la messe. Aussitôt les valets tirèrent les rideaux du lit, sans attendre que Bouillon leur en donne l'ordre. Ils protégeaient leur maître de l'intrigue qui se nouait autour de sa mort prochaine, et Richelieu rabattit dans un claquement sec le portillon ménagé dans le balustre juste avant que les chapelains entament l'introït. La petite cour des serviteurs et des favoris se refermait déjà sur le roi. Dès que la messe fut dite et la pièce vidée des courtisans, Richelieu alla libérer la favorite des arrière-cabinets où elle n'avait évidemment rien vu, rien entendu de la scène qui venait de se jouer devant un public dont elle et sa sœur étaient exclues par les convenances.

Le roi demanda aussitôt à les voir. Marie-Anne se précipita à son chevet, mêlant les larmes aux caresses. Richelieu restait un peu en retrait pour ne pas importuner les deux amants, mais le roi lui fit un petit signe :

— Approchez l'un et l'autre. Vous voyez tout ceci, je ne suis maître de rien. L'évêque de Soissons va revenir, il me donnera sûrement les sacrements. Si tel est le cas, épargnez-moi, montez chez vous, le duc de Richelieu aura soin de tout.

Puis, s'adressant au duc, il ajouta :

— Je vous la confie…

La journée se passa dans les larmes et les effusions. Dès que le roi s'endormait, Marie-Anne quittait l'alcôve pour prendre du repos dans les arrière-cabinets où sa sœur cherchait à la distraire, l'obligeant à manger un peu et l'aidant à se changer pour qu'elle reste toujours fraîche. Dès que le roi se réveillait, Richelieu se précipitait pour lui tâter le pouls qu'il trouvait toujours meilleur que l'heure précédente de manière à rassurer son ami et son maître. Prévenue par les valets, Marie-Anne venait alors au chevet de son amant qu'elle cajolait. Au beau milieu de l'après-midi, dans un élan de tendresse, le roi s'empara de ses mains, qu'elle gardait toujours douces et parfumées d'onguents, pour les embrasser avec transport, mais à peine eut-il fait ce geste qu'il les repoussait laissant échapper :

— Ah, princesse, je crois que je fais mal !

Pour essayer de le guérir de ces scrupules religieux, Marie-Anne se pencha au-dessus de son amant et lui ferma la bouche en y déposant un long baiser, mais le roi détourna la tête. L'enfer l'effrayait, et il répondit à ce baiser par une phrase qui sonnait comme le début d'un abandon :

— Il va falloir, peut-être, nous séparer…

Tout au long de cette fin de soirée, le roi montra les signes de la plus grande agitation. Sa pensée se troublait, il prononçait des paroles sans suite où l'on reconnaissait parfois des bribes de prière entre deux suffocations d'un réel désespoir. Ses sentiments religieux, aussi profonds que sincères, venaient se heurter à des sentiments plus profanes, à des images dont il aurait aimé bannir le souvenir tant elles lui rappelaient ses fautes. Il ne craignait pas tant de mourir que de mourir damné, condamné à la géhenne pour l'éternité, sans espoir de pardon d'un Dieu qui l'avait placé au-dessus des autres pour être leur guide et non leur corrupteur. En trahissant ses devoirs de Roi Très-Chrétien, il avait trahi Dieu le Père tout-puissant et il savait, Fleury le lui avait assez répété dans son enfance, que Son pardon ne valait pas pour les mauvais rois. Alors la tête lui tournait, il appelait soudain à l'aide avant de retomber dans une sorte de prostration. Pour essayer de calmer ses angoisses, Marie-Anne promettait de partir, mais n'avait pas la force de quitter son siège.

Dans l'antichambre, la foule du matin se reformait, on attendait que les portes de la chambre s'ouvrent à nouveau pour laisser le duc de Bouillon prendre directement l'ordre du roi. C'étaient, avec la célébration du saint mystère, les seuls moments de la journée où l'étiquette de la Cour était un tant soit peu respectée. Furieux de son échec du matin, mais convaincu que le roi viendrait bientôt à résipiscence, l'évêque de Soissons voulait profiter de l'occasion pour exhorter le malade à se mettre en règle avec Dieu. Indifférent à cette agitation, le grand régulateur de parquet posé entre les deux fenêtres de la pièce égrenait les quarts d'heure sans que la porte s'entrebâille. À bout de patience, le prélat, excipant des prérogatives de sa charge, s'avança jusqu'à l'huissier de la chambre et exigea d'un ton presque menaçant qu'il lui ouvre grand le battant. L'huissier, que son justaucorps de laine bleue entièrement couvert de parements, de galons d'argent et de passementerie de soie rouge mettait à l'abri de toutes les avanies, sans se départir de son calme ni de sa posture hiératique, s'y opposa en répondant simplement sans même jeter un seul regard à l'évêque :

— Le roi n'est pas seul, monseigneur, et ne vous a pas fait appeler...

Mortifié par ce nouvel échec, l'évêque s'en retourna dans un feulement de soieries offusquées et un bruissement de dentelles froissées.

Cette fois, l'alerte avait été chaude, ce qui décida Richelieu à écarter toute nouvelle intrusion dans la chambre du roi. Il fallait à toute force empêcher les dévots de livrer à nouveau bataille et de tirer ainsi profit de l'état de grande faiblesse d'esprit dans lequel se trouvait le malade.

Comme chaque soir, le duc fit donc une apparition dans la première antichambre, mais au lieu d'inviter le duc de Bouillon à le suivre pour venir prendre l'ordre de la bouche même du roi, il l'informa devant une assistance médusée que, Sa Majesté s'étant endormie, les médecins refusaient de réveiller leur patient. Il lui revenait donc, en tant que premier gentilhomme de la chambre, le soin de donner le mot de passe censé verrouiller les allées et venues sous le toit du roi pendant la nuit.

Outré d'un tel propos qui renversait l'ordre des rangs et mettait la Cour cul par-dessus tête, le duc de Bouillon dit hautement que chacun était libre de venir prendre l'ordre d'un Vignerot - c'était là le véritable nom de la famille du duc avant qu'une nièce du grand cardinal ne relève celui des Richelieu -, mais que pour sa part il s'y refusait et se retirait sur-le-champ pour ne pas être le témoin, ni même le complice, de cette usurpation sans précédent dans les mémoires. Un murmure d'approbation s'éleva dans la petite troupe poudrée et satinée qui entourait le grand chambellan, mais, pour toute réponse à l'insulte, le duc de Richelieu leur ferma la porte au nez et l'huissier vint dérouler son lit de camp devant le seuil pour bien signifier que la journée était terminée et que le roi dormait.

Metz, jeudi 13 août 1744

Cette fois, le roi passa une nuit véritablement affreuse, la fièvre n'avait jamais été aussi forte et, à trois heures du matin, ses médecins réveillés par Le Bel le pensèrent perdu tant les convulsions étaient violentes. Appelés à la rescousse, des médecins de Metz confirmèrent le diagnostic avant l'aube. Sa Majesté était perdue et sans ressources. Effrayé par l'état du malade, La Peyronie se décida à quitter la pièce pour faire prévenir monseigneur de Fitz-James en toute hâte. Le roi n'avait peut-être plus que quelques heures à vivre, et l'héritier de Saint Louis ne pouvait pas mourir sans avoir reçu les derniers sacrements. Éperdu, le chirurgien courait en tous sens, réveillait les huissiers endormis sur leurs lits de sangles, appelait à l'aide, affolant toute la maison. Dans l'escalier, il tomba nez à nez avec le duc de Bouillon, accouru lui aussi au premier bruit et auquel il décrivit en quelques mots la gravité de la situation. Le mal que l'on croyait jugulé avait brutalement empiré dans la nuit, et Sa Majesté était au plus mal. Bouillon écouta sans prononcer un mot, mais lorsque La Peyronie eut terminé son compte rendu, il lui lava la tête méchamment, lui reprochant d'avoir hasardé jusqu'à la dernière extrémité de prendre sur lui et sur lui seul toute la conduite de la maladie du roi, alors même qu'il aurait dû, dès les débuts de cette indisposition, le tenir informé de chaque consultation. Il rappela avec beaucoup de cérémonie dans la voix qu'il était grand chambellan de la maison du roi et que, à ce titre, il était non seulement en droit d'assister à toutes les consultations, mais encore d'être instruit à tout moment de ce qui touchait à la santé de Sa Majesté.

La Peyronie, livide et contrit, ne répondait rien, préférant laisser passer l'orage plutôt que d'expliquer qu'il n'avait fait qu'obéir aux ordres du roi, mais le duc de Bouillon poussait son avantage tout en continuant à gravir les marches de l'escalier, haussant le ton alors que, depuis des jours, chacun chuchotait à l'approche des appartements du roi. Arrivé sur le palier qui conduisait à la première antichambre, il fit appeler un huissier pour lui dire très fermement et tout aussi solennellement qu'il était bien décidé à se passer de l'autorisation du duc de Richelieu pour entrer dans la chambre de Sa Majesté, car il comptait se jeter aux pieds de son roi pour lui représenter le désespoir où il était d'être tenu ainsi à l'écart de sa personne et de ne savoir directement de ses nouvelles. Seul un ordre exprès de Sa Majesté pourrait l'empêcher de passer outre la volonté du premier gentilhomme et de prendre la place qui lui revenait de droit.

L'huissier s'inclina respectueusement avant de retourner d'où il était venu, mais, malgré cette petite harangue, la porte de la chambre du roi resta fermée. Peu à peu, les courtisans réveillés par les clameurs inhabituelles affluaient. Bientôt on vit arriver l'évêque de Soissons revêtu de tous les parements épiscopaux ; il était accompagné du duc de Chartres et du comte de Clermont, mais aussi de tous les grands seigneurs de son parti, La Rochefoucauld et Balleroy, tous armés de leurs cannes et la main sur la garde de leur épée. Jamais, depuis la Fronde, les grands ne s'étaient permis une telle démonstration de force à quelques pas de la personne du roi. Bouillon alla aussitôt à leur rencontre pour leur relater en quelques mots ses échanges avec le chirurgien et leur confirmer la gravité de la situation. Or la porte de la chambre demeurait parfaitement close et l'huissier répétait qu'il n'avait pas encore reçu ordre d'en ouvrir le battant.

Les princes et les grands seigneurs regroupés autour de la chasuble miroitante du premier aumônier tinrent un petit conciliabule. La situation ne pouvait pas en rester là, peut-être que le roi serait mort avant que les cloches de Saint-Arnould et les pendules sonnent midi. Il fallait obtenir les entrées, et à toute force. Chauffé à blanc depuis la veille par sa femme et sa belle-mère, la princesse de Conti, qui détestait ouvertement la favorite, le jeune duc de Chartres, bien que mal remis de sa chute de cheval, proposa d'exiger lui-même les entrées. Il était le fils aîné du premier prince du sang et le parent le plus proche du roi présent à Metz. Malgré son jeune âge et sa balourdise, tant au lit que sur les champs de bataille, ce titre, à défaut de prestance, lui donnait une assurance inaccoutumée. Le comte de Clermont, surpris par une telle audace, regretta presque de céder la tête de sa petite armée fardée, poudrée et parfumée, à ce gros blanc-bec, mais il s'inclina devant les droits sacrés de la primogéniture.

De son pas lourd, le duc de Chartres, le gilet barré du cordon bleu du Saint-Esprit, avança en chaloupant jusqu'à la chambre du roi avant de se planter devant l'huissier. Là, il attendit, sans le demander, que ce dernier ouvrît la porte comme il l'aurait fait à Versailles à peine le prince eût-il paru, mais l'huissier, comprenant la gravité de tout ce manège, hésitait. Il respectait précisément des consignes et ne recevait d'ordre que du roi ou du premier gentilhomme. Aussi s'inclina-t-il profondément, entrebâillant à peine le battant pour s'engouffrer à l'intérieur de la chambre tout en laissant le gros jeune homme piétiner sur le palier.

Quelques minutes plus tard, le duc de Richelieu vêtu du bel habit de taffetas rouge qu'il aimait toujours à porter pour rappeler sa parenté cardinalice fit son apparition. Rien sur son visage ne laissait paraître la chaleur d'étuve dans laquelle baignait la chambre du roi depuis cinq jours, ni même les nuits sans sommeil passées à veiller le malade et à rassurer ses maîtresses.

Chartres, qui avait à qui parler, rassembla son courage et exigea le droit d'entrer. Richelieu lui répondit alors fort respectueusement :

— Monseigneur, Votre Altesse Royale ne peut entrer.

Interloqué, le jeune prince rétorqua :

— Mais qui donc, monsieur le duc, s'y opposera ?

— Moi, monseigneur. Et Votre Altesse Royale ne m'en disputera pas le droit. Sans doute les grandes et petites entrées vous sont acquises ; mais il ne s'agit point ici de cérémonial, c'est la convenance qui fait foi.

— Précisément, s'insurgea Chartres. Et c'est dans l'intérêt des convenances que je dois entretenir le roi.

— Aussi, répondit Richelieu, je suis surpris que vous songiez à faire une scène à Sa Majesté dans la situation où elle se trouve.

Cette fois, la coupe était pleine pour le prince, que le comte de Clermont était venu opportunément épauler de sa présence en s'approchant, lui aussi, de l'entrée. Il regardait Richelieu sous le nez, comme pour le mettre au défi de résister plus longtemps à deux princes du sang. Chartres, enhardi par ce renfort, crut bon de faire de l'esprit comme si le duc de Richelieu n'existait pas :

— Bon, bon, je ne suis pas surpris, dit-il à Clermont, il est en réalité tout simple que le maquereau du roi soutienne sa putain…

À peine avait-il achevé de cracher son insulte qu'il voulut passer en écartant d'un geste le duc qui lui barrait le chemin. Richelieu, hors de lui, dégaina son épée qu'il plaça en travers de la porte en criant à moitié :

— Non, monsieur, vous ne passerez pas !

— Comment ? hurla Chartres, éberlué qu'un gentilhomme ose sortir son épée devant lui et sur le palier de la chambre du roi. Un valet tel que toi refusera la porte au plus proche parent de ton maître !

Puis le prince, écumant de rage, leva sa canne pour en frapper le duc, qui esquiva avec cette agilité de corps qui, à près de cinquante ans, en faisait encore un athlète de l'amour et un danseur digne d'éloge. Sa réponse fut un coup de cravache comme jamais le jeune duc de Chartres ne pensait en recevoir un jour.

— Si vous avancez d'un seul pas, monsieur, je vous passe mon épée à travers le corps.

Puis, ajoutant à la menace des mots qui, à la Cour, pouvaient tuer plus sûrement qu'une lame d'acier,

Richelieu saisit la perche qui venait de lui être bêtement tendue pour assommer moralement son jeune interlocuteur :

— N'oubliez pas, monseigneur, qu'un valet de ma sorte ne se laissera jamais frapper par un prince qui porte le nom de Gaston d'Orléans, ce pauvre prince des complots que mon grand-oncle le Cardinal a vu plus d'une fois tomber à ses pieds pour implorer sa pitié...

L'insulte était folle. Le duc de Chartres, totalement abasourdi par la violence du propos, chancelait de tout son poids et aurait peut-être lui aussi fini par rouler aux pieds d'un Richelieu, si le comte de Clermont, souhaitant mettre un terme à toute cette honte, n'avait littéralement enfoncé la porte d'un coup d'épaule. Tous s'engouffrèrent alors dans la chambre à sa suite, martelant les parquets de leurs talons rouges et du bout de leurs cannes. La partie était perdue, Richelieu le savait et n'opposa plus aucune résistance. L'ennemi était dans la place et ne la quitterait plus. Maintenant il s'agissait de s'y maintenir.

C'est le duc de Bouillon qui s'approcha alors très respectueusement du lit de Sa Majesté et lui parla de la manière la plus forte et la plus touchante sur la douleur dans laquelle se trouvaient les princes de sa famille et ses plus fidèles serviteurs, empêchés par la seule volonté du premier gentilhomme de lui montrer leur zèle, leur attachement et leur respect.

On entendit alors la voix du roi répondant faiblement à travers les rideaux de son lit :

— Votre respect est trop bruyant, monsieur le duc, mais vous ne devez pas avoir tort, il faut laisser la Cour entrer et entendre la messe.

Encouragé par ce premier succès, Bouillon prit la liberté de parler au roi de ses devoirs de chrétien, mais il s'attira cette fois pour toute réponse :

— Messieurs, je le voudrais bien, mais il n'est pas encore le temps.

Depuis son lit, le roi entendit le début de la messe, il essayait de prier tout en se préparant intérieurement aux aveux qu'il aurait bientôt à faire à son confesseur. Aveux qu'il retardait, non pas à cause de ses fautes – il avait la chair faible et ne savait pas résister à cette faiblesse –, mais parce qu'il craignait ainsi de provoquer la camarde et de précipiter sa propre mort.

Épuisé par la maladie, taraudé par la fièvre et bercé par la voix des prêtres qui psalmodiaient l'introït, il sentit ses dernières forces l'abandonner et, malgré sa volonté d'assister au mystère divin, tomba dans le sommeil comme une pierre au fond d'un puits. Il se mourait, appelait à l'aide, criait en songe : « Je me meurs ! » Mais personne ne semblait plus l'entendre.

Des flammes soudain dansèrent devant ses yeux à travers une brume épaisse, des ombres s'agitaient, silencieuses et menaçantes. Elles exécutaient autour de lui une sarabande macabre comme on en voit aux murs des vieilles églises. C'était le bal des damnés. Une peur atroce le saisit. Il venait de mourir et se trouvait déjà aux portes de l'enfer où il serait bientôt précipité après le jugement de Dieu. D'instinct, il cherchait, sans y parvenir, à réciter le Notre-Père pour tenter de se sauver encore en implorant la miséricorde divine, mais il était parti sans se confesser ni recevoir le viatique, il était mort comme un chien, lesté du poids de toutes ses fautes, et maintenant il tombait à une vitesse vertigineuse au fond du gouffre de l'enfer. Tout en lui était froid, glacé, il frissonnait, peut-être se noyait-il déjà dans les eaux gelées du Cocyte. C'était là, il le savait, le pire des châtiments. Le châtiment réservé aux traîtres. Oui, aux traîtres, car en offrant au peuple qui lui avait été confié par Dieu le spectacle de ses turpitudes, il avait trahi le serment du sacre. Il avait trahi Dieu le Père. Tout était donc perdu et pour les siècles des siècles.

Son visage ruisselait de larmes d'effroi quand il sentit vivement la morsure du feu au visage et sur le torse. Il brûlait. Il brûlait en enfer ! Alors il cria comme un dément dans un dernier sursaut :

— L'enfer ! L'enfer ! Je suis en enfer !

Aussitôt il sentit un linge humide se poser sur son front. Se pouvait-il ? Une voix familière lui parlait, cherchait à le réveiller. Il grelottait de fièvre, mais il était encore vivant. La voix se faisait toujours entendre, elle lui présentait des excuses. Il avait perdu connaissance pendant la messe, appelé à l'aide et, pour essayer de le faire revenir à lui, les médecins avaient ordonné de faire brûler sous son nez une feuille de papier parfumé. C'est la cendre brûlante de cette médecine à demi consumée qui venait de le faire ainsi souffrir.

Le roi ouvrait maintenant les yeux et, parmi tous les visages qui se penchaient au-dessus de lui, il reconnut celui du duc de Bouillon. Alors, dans un geste nerveux d'une force désespérée, il se redressa, s'agrippa à son habit et lui cria en pleine face :

— Mon Bouillon, mon Bouillon, adieu, je me meurs, je ne vous reverrai plus !

Puis, le repoussant avec la même violence pour se laisser lourdement retomber sur ses oreillers trempés de fièvre, il supplia, le regard déjà révulsé :

— Le père Pérusseau ! Vite !

En l'espace d'un instant, la peur jeta un seau d'eau glacée sur la chambre surchauffée. Le roi se mourait. D'un bond, le duc de Bouillon sauta la balustrade de bois doré pour se précipiter dans l'antichambre et appeler le confesseur. Son apparition consterna la petite foule des courtisans et des officiers qui ne cessaient d'attendre. Chacun allait se répétant :

— Sa Majesté se meurt…

La rumeur passa aussitôt la deuxième antichambre, dévala les grands escaliers, se répandit dans la cour, gagna la rue et enfin toute la ville. Le roi de France mourait et il mourait à Metz, vieille capitale franque. Les gens accouraient, envahissant les places, encerclant de leurs tremblements le vieux palais du Gouvernement. Les hommes regardaient fixement les fenêtres de la chambre du roi, car c'est là que le grand chambellan viendrait crier : « Le roi est mort ! Vive le roi ! » Les femmes pleuraient en silence ou disaient les prières, personne ne soufflait mot de peur de hâter le destin. Les tire-laine profitaient de l'aubaine pour faire les poches des bourgeois tout en reniflant bruyamment de chagrin.

Le père Pérusseau entra, baisa délicatement son étole avant de la passer et de s'agenouiller au chevet du roi. Chacun se retira de façon à respecter le secret essentiel à la confession, les huissiers firent sortir de la chambre tous ceux qui n'avaient aucune raison d'y rester et demandèrent à tous les autres de s'écarter de plusieurs pas. Monseigneur de Fitz-James et les deux aumôniers de quartier qui venaient de célébrer et de servir la messe récitaient déjà la prière des agonisants. Le Bel, Bachelier et les autres valets de chambre dissimulaient mal leur trouble. Quant aux médecins, ils ne pipaient plus mot. Pour eux, le roi était condamné, et son salut ne relevait plus de leurs talents.

Abandonnées dans les arrière-cabinets, serrées l'une contre l'autre, Marie-Anne et sa sœur Diane tentaient d'interpréter les événements qui se jouaient dans la chambre du roi à travers les bruits qui parvenaient jusqu'à elles, mais sans saisir autre chose que la terrible litanie des saints scandée d'une voix de bronze par l'évêque de Soissons et reprise en écho par tous ceux qui se trouvaient encore dans la chambre. Depuis le début de la messe et l'attaque du roi, plus personne ne pensait à venir leur donner des nouvelles. Aussi les deux femmes se raccrochaient-elles aux espoirs les plus fous et aux derniers propos du duc de Richelieu qui, en les conduisant vers ce réduit, s'était voulu rassurant.

Une fois confessé, le roi demanda à boire. Or, dans l'affolement des dernières heures, personne n'avait pensé à renouveler l'eau des carafes de nuit. Exaspéré par tant de négligence qui en disait long sur la qualité du service de Richelieu, le duc de Bouillon, se refusant désormais à adresser le moindre mot aux différents valets, tous gagnés, selon lui, aux intérêts de la duchesse, sortit à nouveau dans l'antichambre pour demander que l'on apportât une eau bien fraîche. Interrogé par un officier sur l'état du roi après le malaise qui venait de précipiter l'arrivée de son confesseur, le grand chambellan, tout occupé de sa carafe, répondit sans prendre garde à ses propos :

— Cela est passé.

Des courtisans massés au fond de la pièce entendirent « Il a passé ». La nouvelle de la mort du roi se répandit à nouveau comme une traînée de poudre. Bouillon, aussitôt assailli de questions, comprit son erreur et, pour la réparer, fit crier par les fenêtres que le roi était toujours vivant et s'apprêtait à recevoir le viatique. La folle rumeur retomba aussitôt, mais elle resta sournoisement tapie dans un coin d'ombre, prête à sauter à la gorge de la Cour et de la ville dès la prochaine alerte.

Richelieu mit à profit ce petit tumulte pour aller retrouver les deux femmes cloîtrées de peur dans les petits cabinets et leur expliquer que si tout n'était pas perdu, elles l'étaient assurément si elles ne quittaient pas immédiatement les lieux. Le Roi Très-Chrétien ne pouvait pas recevoir le viatique avec ses deux maîtresses à son chevet. En effet, l'évêque de Soissons, qui gagnait désormais la partie, avait fait dire à Richelieu qu'il était dans son intention de demander le départ des deux sœurs, mais qu'elles étaient encore libres de devancer les ordres de l'Église car, par respect pour le roi, il ne tenait pas à les humilier publiquement. Marie-Anne, tremblante de rage, ne put s'empêcher de se moquer hautement de cet hypocrite mitré et ambitieux qui prenait soin de la ménager en secret avant de la clouer au pilori, car il lui vouait en réalité une haine éternelle depuis qu'elle s'était opposée à ce qu'il obtienne la place du vieux cardinal de Rohan dont il guettait la mort avec une attention de charognard. Pour autant, elle céda aux supplications de son oncle, car elle savait qu'une accusation publique la perdrait à jamais.

Les deux femmes empruntèrent la galerie de bois et, à peine arrivée dans ses appartements, Marie-Anne dut être délacée par la Dalleron et sa fille, ses deux fidèles femmes de chambre, tant elle étouffait d'angoisse autant que de colère dans son corps baleiné. Prise d'étourdissement, elle fut rappelée à elle par le flacon de sels qui, depuis les débuts de sa grossesse, ne quittait jamais les larges poches de la duchesse de Lauraguais.

Une fois les deux sœurs aux mains de leurs domestiques, Richelieu s'assura que leurs bagages se préparaient et, comme le roi le lui avait demandé, veilla à tout. Au-dehors, la foule grondait, accusant la favorite d'être coupable de la maladie et peut-être bientôt de la damnation du roi. Dans ces conditions, il paraissait impensable qu'elles quittent la ville dans leur berline vernie, dont le luxe n'était pas passé inaperçu au moment de leur arrivée. Il pensa même qu'elles devaient être placées sous bonne escorte, de manière à éviter les insultes et les menaces de la populace. Le maréchal de Belle-Isle, gouverneur de la ville de Metz, parfait gentilhomme et toujours courtisan, pourvut à tout. Il tenait en permanence à la disposition de la Cour plusieurs voitures à ses armes. Personne à Metz n'oserait y porter la main. Les deux femmes y monteraient, accompagnées des dames de leur suite et de la propre nièce du maréchal qui leur serait un passeport vivant partout en Alsace et en Lorraine. Les domestiques les rejoindraient en prenant leur place dans la grande berline dont on aurait pris soin de masquer les armoiries, et les bagages suivraient dans les fourgons. Un détachement de sa garde personnelle leur ferait escorte. Là encore, personne n'aurait l'impudence de chercher querelle à un convoi entouré de l'uniforme vert à veste et retroussis écarlates qui signalait partout la présence du gouverneur de la province. Restait, enfin, à leur trouver un refuge. Richelieu insista pour que la duchesse ne s'éloigne pas trop. Le roi n'était pas si mal qu'il en était lui-même persuadé, et il espérait que cette comédie se terminerait bientôt. Les médecins n'étaient que des sots patentés, les princes des idiots titrés et les prêtres des faiseurs de contes. Sa Majesté était homme d'habitude et ne détestait rien tant que les visages nouveaux. Dès que la fièvre retomberait un peu et que le diable et son train s'éloigneraient de ses cauchemars, il réclamerait à ses côtés la femme qu'il aimait et dont la seule vue du grand décolleté suffisait à le rassurer sur sa force vitale.

Charmée de ses propos sans rien en montrer, Marie-Anne outrait son chagrin et, entre deux hoquets, assurait ne pas vouloir s'éloigner du roi de plus de deux lieues. Belle-Isle, toujours galant homme, la rassura. Il connaissait un président du parlement de Metz, magistrat obligeant et obligé qui possédait une jolie campagne à quatre lieues de la ville. Il ne doutait pas que le bonhomme mettrait cette maison à la disposition d'une dame de qualité, et pour le temps qui conviendrait. Toujours duchesse de Châteauroux alors que le feu de la disgrâce lui léchait déjà les bas de robe, Marie-Anne fit mine de discuter les quatre lieues qui lui paraissaient deux de trop. Pressé d'en finir et de regagner la chambre du roi où tout pouvait arriver, Richelieu transigea. Jusqu'à présent, la duchesse de Châteauroux et sa sœur n'avaient pas reçu l'ordre exprès de faire leurs malles, mais un avertissement officieux du chef des cagots. Elles avaient quitté l'appartement du roi, il suffisait qu'elles se tiennent prêtes à s'exécuter en toute hâte si l'ordre venait. Dans ce cas extrême, deux lieues de plus ou de moins ne changeraient plus rien à l'affaire.

Une fois ces résolutions prises, Richelieu regagna l'hôtel du Gouvernement, mais sans emprunter la galerie de bois qui sentait désormais le soufre. Il traversa la rue comme tout le monde. Au moment où il montait le grand escalier quatre à quatre, son regard croisa celui du comte d'Argenson qui descendait en sens inverse. Un court instant, il pensa que le pire était advenu, mais ce n'était heureusement pas le cas. Le roi se confessait, ce qui promettait d'être assez long. Contrefaisant à merveille l'ami fidèle et préoccupé, d'Argenson le mit alors en garde. La cabale grondait contre sa personne et il devait lui aussi quitter la place pour éviter d'avoir à essuyer de fâcheux instants. Richelieu fit l'étonné. Il était premier gentilhomme de la chambre, sa place était là où se trouvait le roi, et nulle part ailleurs. L'autre se montra alors plus explicite, Sa Majesté recevrait les sacrements, l'évêque de Soissons exigerait publiquement le départ des deux sœurs et le mettrait directement en accusation. Il courait le risque d'être chassé lui aussi, et devant toute la Cour. Comme Richelieu, loin de prendre le chemin de ses appartements, marchait toujours du même pas en direction de ceux du roi, le ministre, qui courait presque derrière, tenta une dernière fois de l'en dissuader :

— On vous apostrophe déjà, comme l'ayant entraîné dans tous ses désordres. Si vous m'en croyez, je vous conseille de ne pas vous montrer ou de vous tenir éloigné du lit pour que le roi ne puisse pas vous voir.

— Je suis bien loin, lui répondit Richelieu, de penser comme cela. Je vous assure, au contraire, que je serais très aise que cela arrivât parce que ce serait un moyen de dissiper tout ce mystère et de confondre tous les imposteurs.

Sans être certain de bien comprendre ce que ces propos contenaient de sous-entendus, le comte d'Argenson se garda d'insister, et Richelieu retourna dans la chambre du roi où il reprit son service comme sa charge l'autorisait à le faire.

Le premier aumônier, qui venait de s'entretenir longuement avec le roi, traversa la chambre en prenant soin de balayer lentement le parquet de sa longue cape de soie et sans jeter un seul regard au premier gentilhomme qui se tenait, à nouveau, devant la balustrade de bois doré. Arrivé devant la porte de la chambre, il l'ouvrit dans un geste théâtral, avant même que les huissiers n'aient pu accompagner un geste si peu convenable pour un évêque. La foule des courtisans agglutinés dans l'antichambre depuis le matin, au point de ne plus pouvoir s'y mouvoir, se figea aussitôt. Alors monseigneur de Fitz-James se racla un peu la gorge pour trouver sa voix de prédicateur et déclara publiquement :

— Si le roi avait la force de se faire entendre, il vous apprendrait que, pour entrer en état de grâce et recevoir l'absolution, il m'a juré de chasser de la Cour Mme de Châteauroux et Mme de Lauraguais.

Un long murmure se fit entendre, ce chuchotement, tout à la fois grave et jubilatoire, qui accompagne toujours, à Versailles, le renvoi d'un ministre ou la chute d'une favorite. Sans y prêter la moindre attention, le prélat retourna à l'intérieur de la chambre, mais, au lieu de se diriger vers l'alcôve, il s'avança jusqu'à l'arrière-cabinet dont les deux femmes avaient fait leur principal séjour depuis la maladie du roi. Là encore, c'est lui qui ouvrit la porte dans un geste tout aussi étudié, puis, sans mettre le bout de son soulier gainé de soie violette dans la pièce vide, il déclara :

— Le roi vous ordonne, mesdames, de vous retirer sur-le-champ !

Richelieu savait pertinemment que la pièce était vide depuis la fin de matinée, aussi ne put-il s'empêcher d'admirer l'habileté du prélat qui mettait en scène la colère de l'Église tout en ayant pris soin d'avoir fait avertir les deux femmes pour qu'elles puissent se mettre à l'abri de la colère des cieux. Tant que le roi n'avait pas rendu le dernier soupir, il convenait de se prémunir d'un retour de sceptre tout en faisant preuve de charité chrétienne. Maintenant, le duc s'attendait à ce que Soissons mette à exécution les menaces à peine voilées dont il avait certainement chargé d'Argenson de lui faire part. Richelieu s'était crânement disposé, derrière le balustre et bien en vue, de façon que personne ne puisse ignorer sa présence. Sa réponse était prête, mais Son Excellence révérendissime, monseigneur de Fitz-James, au lieu de lui adresser le moindre reproche, lui demanda en aparté si les deux femmes avaient quitté la ville, car tant qu'elles seraient présentes, le roi ne pourrait recevoir le pardon de l'Église.

Richelieu répondit qu'il sortait à l'instant de chez elles, qu'elles achevaient leurs paquets en attendant la voiture mise à leur disposition par M. de Belle-Isle.

À quoi il ajouta que, quand bien même elles seraient parties à pied vers leur exil, elles ne pouvaient aller plus vite car si l'on voulait éviter un scandale encore plus grand elles devaient prendre des précautions pour échapper à la foule qui grondait au-dehors.

L'évêque, comme pénétré de tout ce qu'il venait d'entendre, quitta Richelieu avec toutes les marques d'amitié et de confiance, mais dès qu'il fut retourné au chevet du roi, il déclara que si, après sa confession, Sa Majesté souhaitait recevoir le saint viatique, ces dames devaient avoir quitté la ville. À quoi l'évêque de Metz, accouru dès qu'il avait appris que le roi se trouvait mal, ajouta d'une voix à peine audible et comme effaré lui-même de ce qu'il allait dire que le saint sacrement serait retiré de toutes les églises de la ville aussi longtemps que la présence de ces femmes la souillerait de leur présence. C'était toute une ville privée de la sainte communion par la seule faute de deux pécheresses. Monseigneur de Soissons, auquel on devait cette nouvelle sévérité, mais apparemment mécontent du bredouillement de son confrère, parla alors plus haut et plus fort :

— Que l'on ferme les saints tabernacles afin que la disgrâce soit plus éclatante !

Il faisait plein jour, mais la nuit de l'excommunication menaçait de s'abattre sur Metz et ses habitants.

Enfin, s'adressant directement au roi, Fitz-James lui déclara, mais sur un ton plus bas, que toutes les lois de l'Église et les canons défendaient précisément d'apporter le viatique lorsque la concubine du mourant était encore dans la ville et qu'il priait donc Sa Majesté de donner de nouveaux ordres.

Le roi, torturé par la peur de l'enfer et le mal de ventre, n'hésita pas une seconde et demanda que la duchesse de Châteauroux et la duchesse de Lauraguais quittent la ville sur-le-champ.

Richelieu n'eut aucune peine à voir le danger terrible que tout cela faisait désormais peser sur ses tendres nièces. Dès que la population de Metz apprendrait que la présence des deux femmes la privait du bon Dieu, ce serait un déchaînement et peut-être un massacre. Il courut aussitôt à leur appartement dont le prince de Soubise sortait à peine. Elles étaient déjà prévenues, et le coup était terrible car porté par le roi lui-même. Il fallait partir ou être taillées en pièces. Marie-Anne éperdue cherchait un appui, mais le sol se dérobait sous ses pieds. Où devait-elle se rendre ? Qui accueillerait un tel objet de scandale ? Devait-elle se retirer à Châteauroux ? Mais c'était à l'autre bout de la France, et elle ne savait pas si les murs de la vieille forteresse médiévale qui paradaient sur ses armoiries toutes neuves étaient en mesure de l'abriter. Qu'allait-elle devenir dans un sombre château gothique entourée de vassaux qui la connaissaient uniquement par les droits féodaux exorbitants que les commis de la ferme générale collectaient en son nom ? La duchesse de Lauraguais, dont la placidité était légendaire, même au lit, offrit une planche de salut. D'une voix calme et toujours rieuse, elle expliqua que son mari avait loué un bel hôtel, rue du Bac, pour abriter la fin de sa grossesse. Marie-Anne l'y suivrait et l'aiderait dans ses couches. Le public n'aurait rien à redire à ce charmant tableau de famille. Richelieu applaudit à tout. Le temps pressait et, pendant qu'il donnait le bras à Diane, le maréchal de Belle-Isle, lui, soutenait Marie-Anne de la force du sien pour atteindre la voiture où il porta littéralement la jeune femme, plus morte que vive. Ils croisèrent alors le comte d'Argenson, lui aussi logé à l'abbaye de Saint-Arnould, mais le ministre, son portefeuille de maroquin sous le bras, l'air affairé, n'eut pas un mot pour la favorite renvoyée, seulement un regard plein de mépris qu'elle n'était pas près d'oublier.

Arrivé aux voitures, Belle-Isle donna à ses hommes des ordres sans faiblesse : ils devaient faire sauter la cervelle de tout manant qui oserait s'approcher du convoi à moins de dix pas car ils répondaient désormais sur leur vie du sort des passagères. Ensuite il tira lui-même les rideaux des portières, prit le soin de vérifier que les deux postillons étaient armés eux aussi et fit signe au cocher de fouetter les chevaux.

La voiture s'ébranla dans le cliquetis des attelages auxquels on avait pris soin d'enlever les clochettes d'apparat. Elle passa d'abord sous la lourde porte charretière de l'abbaye de Saint-Arnould avant de s'engager à petit trot dans la rue des Hauts-Prêcheurs. Il suffit aux chevaux de faire quelques pas, puis de prendre à gauche par la rue du Moyen-Pont pour traverser la Moselle et, de là, gagner les coteaux. Dans la cour des remises de l'abbaye, deux hommes en grand habit de Cour, bas de soie, chaussures à boucles de diamants, l'épée au côté et chapeaux en tête, poussèrent ensemble un soupir de soulagement. Le duc de Richelieu et le maréchal de Belle-Isle s'étaient conduits en véritables gentilshommes français et amis du roi. Maintenant il leur fallait préparer l'avenir chacun de son côté.

À l'intérieur de la voiture, Marie-Anne pleurait tout à la fois de rage, d'humiliation et d'épuisement. L'air égaré, elle remontait d'un geste machinal la petite montre d'or émaillé de rouge que le roi lui avait offerte pour les étrennes de 1743. Le roi auquel elle n'avait pas eu le temps de dire adieu et qu'elle ne reverrait peut-être plus. Cette seule idée lui brisait les côtes d'angoisse. Assise sur l'autre banquette, sa sœur Diane ouvrit le panier qui avait été posé là par le brave Antoine, le fidèle serviteur de Marie-Anne ; il contenait plusieurs pâtés en croûte, une tourte, deux gros poulets froids, un flacon de vin d'Alsace, de la brioche, une belle grappe de raisins précoces et de magnifiques mirabelles cueillies le matin même dans le verger des moines de Saint-Arnould. Ainsi mourraient-elles peut-être de honte, mais pas de faim. Cette seule perspective réjouissait déjà Mmes de Bellefonds, du Roure et de Rubempré, qui, n'étant venues aux armées que pour tenir compagnie à la duchesse de Châteauroux, avaient été priées de continuer à égayer de leur conversation son triste voyage.

Dès que monseigneur de Fitz-James fut assuré du départ des pécheresses, il sortit de la chambre du roi, traversa les appartements où les courtisans s'effaçaient déjà devant lui comme ils avaient pris la longue habitude de le faire avec le cardinal de Fleury. Les deux aumôniers de service tenant les bords de sa lourde chasuble, le prélat descendit le grand escalier, sortit dans la cour et s'avança jusqu'à l'immense porte cochère au seuil de laquelle l'abbé Dupuy, curé de la paroisse Saint-Victor, avait déposé le saint sacrement sur un reposoir décoré aux armes de France. Dans la rue, les hommes, chapeaux bas, et les femmes, mains jointes, étaient tombés à genoux et entonnaient le *Salve Regina*. L'évêque s'empara de l'ostensoir, le baisa précautionneusement avant de l'élever au-dessus de la foule dont les nuques se courbèrent encore davantage. Il fit ensuite le chemin en sens inverse, les gardes du corps présentaient les armes sur son passage, les seigneurs, les princes et les soldats mettaient genou à terre dans de grands signes de croix. L'assemblée n'était plus que d'hommes, tant les femmes semblaient avoir disparu. C'est devant une cour toute masculine et les yeux baignés de larmes que le roi put enfin recevoir la sainte communion.

Une fois qu'elle eut été administrée, les médecins particulièrement inquiets de l'état moral de leur patient demandèrent à Richelieu qui remplissait parfaitement son office de faire vider la pièce afin que le roi puisse se reposer. C'est alors qu'une nouvelle scène éclata dans l'antichambre. Les princes et les grands seigneurs prenaient à partie les valets de chambre, les médecins et les familiers de Sa Majesté. La Peyronie fut insulté, traité de huguenot, de fanatique et de camisard ! Lui qui avait été le médecin personnel du maréchal de Villars lors de la campagne des Cévennes le prit comme une offense…

Le pauvre marquis de Meuse, habitué à plus d'égards depuis bientôt vingt ans qu'il ne quittait jamais le roi et commotionné par cet éclat, se trouva mal et s'effondra sur les parquets. Le malaise mit fin à l'incident, mais Clermont brandissant sa canne se félicitait à haute voix d'avoir vu, de ses propres yeux, les deux putains partir la paille au cul ! Le mot fit florès et vola jusqu'à Versailles où une lettre du duc de Bouillon annonçait à la reine les graves événements de la journée. Le comte d'Argenson faisait de même, doublant son courrier d'un récit amusé du départ des deux sœurs à son ami le comte de Maurepas.

*Dans la maison du président de ***,*
à quatre lieues de Metz

Arrivée à la tombée du jour dans une maison démeublée où personne n'était venu l'attendre, la favorite déchue avait à peine touché au dîner servi dans une simple vaisselle de faïence comme en usent les gens du commun. Ce n'est qu'à neuf heures du soir que la berline et le fourgon à bagages avaient enfin fini par les rejoindre, après avoir longtemps cherché leur route. Marie-Anne avait pu alors se déshabiller, aidée par ses deux femmes de chambre, pendant que Mignon, son valet, lui faisait un récit horrifié des scènes de l'après-midi et de la comédie à laquelle monseigneur de Fitz-James s'était livré.

Une fois coiffée et rafraîchie, Marie-Anne regrettait de s'être laissé emporter par une crise nerveuse dans la voiture. La haine des dévots et l'esprit de revanche lui remettaient peu à peu les idées en place. Le roi vivait encore, et c'était l'essentiel, mais des palpitations lui venaient lorsqu'elle voyait le visage des princes déformés par la haine et les grands airs ecclésiastiques de l'évêque de Soissons, qui n'était qu'un cafard mitré. Quant à imaginer la joie de Maurepas lorsqu'il apprendrait les circonstances de son départ de Metz, elle s'en mordait les lèvres jusqu'au sang et en perdait le souffle. Pour mieux respirer, elle était allée ouvrir les fenêtres de sa chambre. La nuit était plus douce que sa vie, mais elle jugea qu'après tout elle était moins belle et dégageait un ennui presque incommodant. Elle se fit apporter son écritoire de voyage gainé de chagrin noir et, à la seule lumière d'un petit bougeoir d'argent, elle écrivit une longue lettre à son oncle qu'elle venait de quitter dans des conditions aussi fâcheuses. Il était son seul ami, son seul soutien, son seul espoir et son dernier lien avec le roi. En écrivant, elle sentit ses forces lui revenir, car elle pliait la réalité à sa volonté par la seule force de sa plume qui crissait sur le papier à une vitesse folle, alignant les idées dans le plus grand désordre. Aussi commença-t-elle par lui dire sa confiance dans la maladie du roi dont elle se flattait qu'il en reviendrait, lui renvoya Gerbault, son écuyer, pour qu'ensemble ils décident de la route qu'elle devait suivre et trouvent les meilleurs chevaux. Elle avait fait définitivement le choix de retourner à Paris dès lors qu'on lui laissait encore la liberté de sa destination. C'est à Paris qu'il fallait être au cas où le roi mourrait, et c'est à Paris qu'elle devait être si le roi en revenait. En s'y retirant, elle montrait qu'elle obéissait humblement à ses ordres, mais elle restait à la source de toutes les nouvelles et surtout à portée de ses derniers amis. Ce qu'elle voulait par-dessus tout, c'étaient des nouvelles du roi à toute heure du jour et de la nuit, et suppliait son cher oncle de veiller à ce qu'elle n'en manque jamais.

> *Enfin faites comme vous voudrez, mais il faut que j'aie plusieurs fois par jour des nouvelles sans quoi la tête nous tournerait et en vérité je n'ai pas besoin de cela car il faut l'avoir bonne pour résister à tout ce qui m'arrive…*

La paille au cul !

Metz, vendredi 14 août 1744

Après une nuit pire encore que celle de la veille, la chambre du roi restait aux mains de l'Église et des dévots qui s'attachaient à faire le vide autour du mourant. La duchesse de Châteauroux à peine sur les routes, tous les aides de camp de Sa Majesté recevaient un ordre du comte d'Argenson de rejoindre l'armée du Rhin. Seul le marquis de Meuse, toujours souffrant et mal remis de son malaise, était autorisé à rester mais ne quittait pas son lit. En quelques heures, les ducs de Boufflers, d'Ayen, de Pecquigny et le prince de Soubise avaient plié bagage. Tous les joyeux soupeurs de Versailles, les galopins de Choisy, les compagnons de chasse et de plaisir quittaient Metz, emportés par la conversion du roi. Au milieu de cette débâcle, seul le duc de Richelieu tenait tête à la cabale. Protégé par sa charge, il restait attaché à la balustrade de bois doré comme un naufragé s'agrippe à la proue du navire qui sombre.

En fin de matinée, Sa Majesté, bien que saignée à la jugulaire, eut un nouvel accès de faiblesse et des troubles d'esprit. Ses médecins le jugèrent irrémédiablement perdu, et comme leur consultation était désormais publique, il leur fut impossible de le dissimuler. Il fallait cette fois lui administrer l'extrême-onction, et sans plus attendre. On fit aussitôt appeler monseigneur de Fitz-James qui arriva simplement vêtu du petit habit ecclésiastique, sans aucun de ses ornements sacerdotaux. Les princes se consultaient du regard, personne ne comprenait et chacun s'interrogeait. Le comte d'Argenson, lui, se tenait en retrait avec l'air grave d'un homme qui sait ce que les autres ignorent.

L'évêque s'avança jusqu'au lit de Sa Majesté et lui tint un langage d'une fermeté inouïe. Il venait d'apprendre que les deux femmes, objet du plus grand des scandales, loin d'être parties cacher leur honte dans un lieu retiré propice à la pénitence, gîtaient depuis la veille dans une maison à quatre lieues de la ville, prêtes à revenir pratiquer auprès du roi leur odieux commerce si le diable les y rappelait. Il s'approcha du lit dont tous les rideaux avaient été ouverts, et chacun pouvait voir que Louis XV, la figure défaite, les yeux hors de la tête, l'écoutait sans prononcer un mot et opinait faiblement après chaque parole que l'évêque lui susurrait à l'oreille. Puis, après un très long quart d'heure, Fitz-James revint à la barrière pour déclarer que Sa Majesté souhaitait voir les deux sœurs quitter immédiatement leur repaire et continuer leur voyage. Un murmure d'approbation parcourut la pièce quand on entendit tout à coup la voix du roi répondre comme en écho à celle de l'évêque :

— Qu'elles aillent où elles voudront, mais qu'elles partent !

Monseigneur de Soissons poursuivit et se permit de s'adresser directement au roi :

— Sire, est-il bien dans l'intention de Votre Majesté que la galerie de bois qui relie cette maison à la résidence abbatiale de Saint-Arnould soit détruite avant la nuit ?

— En effet, je le veux, reprit le roi.

Alors le prélat fit appeler le maréchal de Belle-Isle, gouverneur de la ville, et toujours de cette voix terrible qu'il prenait en chaire, il donna ordre de faire détruire la galerie avant le lendemain matin afin que les solennités de l'Assomption ne soient pas souillées par cette machine d'Opéra. Enfin, il ajouta que l'intention de Sa Majesté était aussi que la duchesse de Châteauroux ne restât pas auprès de la future dauphine comme surintendante de sa maison, et sans même qu'il ait à demander au roi de confirmer sa décision, ce dernier ajouta que telle était bien son intention, avant de conclure dans une sorte de spasme :

— Ni sa sœur !

Richelieu, imperturbable, assistait à l'effondrement public de ses rêves secrets. Tout ce qu'il avait construit depuis deux ans avec Marie-Anne en la guidant patiemment à travers les détours du sérail s'écroulait aussi sûrement que la galerie de bois le ferait tout à l'heure. Il n'aimait pas cette comédie dont il pensait être la farce et croyait en avoir fini de ce calvaire lorsque monseigneur de Fitz-James annonça que les péchés de Sa Majesté ayant causé un scandale public, ils ne pouvaient lui être remis, selon son confesseur, que par une réparation publique. Il fallait pour cela que, en dehors des princes et de la Cour, toute la population de

Metz puisse se rassembler autour de lui pour entendre ce que le roi avait à dire à ses peuples avant que de se présenter devant le seul Juge.

L'étonnement se lisait sur tous les visages, mais le premier aumônier regagna ses appartements sans rien ajouter. Richelieu fit aussitôt vider la chambre afin que le roi puisse respirer tout en se précipitant à son chevet pour lui dire des paroles réconfortantes, mais le roi dormait déjà, ou tout au moins faisait semblant.

Château de Versailles,
appartement de la reine

La reine, qui, depuis cinq jours, recevait secrètement des nouvelles de son époux par l'intermédiaire du comte d'Argenson et du duc de Bouillon, était dans la plus grande agitation. Elle n'avait plus la tête au jeu et écourtait les longues parties de cavagnole dont elle aimait pourtant le divertissement à la folie. Dès le premier courrier l'informant de la maladie, elle avait aussitôt envoyé à Metz M. de Saint-Cloud, son écuyer ordinaire, voir le roi, lui marquer l'inquiétude où elle était de son état, car elle savait les médecins acquis à ce diable de Richelieu et surtout à sa terrible rivale. L'écuyer était revenu à midi, mais son compte rendu ne permettait pas d'avoir une idée bien claire de l'état du roi. La pauvre souveraine, seule, dans un château déserté par la Cour, ne savait plus à quel saint se vouer. Lui fallait-il partir à Metz alors que le roi ne la faisait pas demander ? Devait-elle quitter Versailles pour Compiègne ou toute autre maison qui la rapprocherait des frontières ? Monseigneur de Tavannes, archevêque de Rouen et son propre aumônier, homme de sang-froid et au jugement sain, lui conseilla d'attendre de plus amples nouvelles. Il ne fallait pas mécontenter le roi par des décisions intempestives prises sur la foi de rumeurs discordantes. Sa Majesté n'aimerait certainement pas savoir la reine de France se promenant sur la grand-route en simple voiture de poste alors que le pays était en guerre et qu'il ne l'avait pas fait appeler. Elle devait se contenter d'adresser une lettre au comte d'Argenson dans laquelle elle s'ouvrirait de sa volonté de rejoindre le roi à Metz. Le ministre jugerait si les conditions étaient requises pour se faire le porteur de cette requête.

La souveraine en convint, mais, sur les coups de neuf heures du soir, alors qu'elle était à sa table de jeu, il arriva un courrier du duc de Bouillon. La reine s'en saisit sans autre forme de cérémonie, le décacheta avec une vigueur dans le geste qui étonna ses dames du palais. Aussitôt le silence se fit, et l'on n'entendit plus ni les annonces, ni le cliquetis des jetons de nacre, ni les soupirs des joueuses mécontentes de leur donne. Tous regardaient la reine lisant la lettre. Soudain, son visage devint effroyable, ses lèvres tremblèrent, les larmes lui montèrent aux yeux et, ne sachant quelle attitude prendre, elle quitta le jeu pour se précipiter vers ses cabinets particuliers, laissant à peine le temps aux dames de s'incliner sur son passage et obligeant la duchesse de Luynes, sa dame d'honneur, et la duchesse de Villars, sa dame d'atours, à courir derrière elle en relevant leur bas de robe. Quelques instants plus tard, les rares familiers de la reine encore présents dans son antichambre virent monseigneur le dauphin et son gouverneur, M. le duc de Châtillon, s'engouffrer dans ses appartements. La consternation n'avait pas besoin de pinceau pour être peinte sur des visages déjà fardés à outrance.

Quand la reine sortit de son cabinet, ce fut pour aller droit à la chapelle où elle pria environ un quart d'heure et, alors qu'elle en sortait, elle fut rejointe par ses filles qui fondaient en larmes à chaque parole consolante que leur mère essayait de leur adresser. La famille royale retourna dans les appartements de la reine où, chaque fois que l'on grattait à la porte de la chambre, la pauvre souveraine s'attendait à recevoir un courrier fatal. Elle lut alors à haute voix la terrible lettre du duc de Bouillon qui racontait les détails effrayants de la journée de la veille. Toute la Cour savait désormais que, après une nuit difficile, le roi pris de convulsions avait appelé le père Pérusseau au secours de son âme et qu'il s'était confessé avec beaucoup d'édification. Pendant cette pénible lecture, la reine s'aidait ostensiblement de son face-à-main, alors qu'elle n'éprouvait jamais de difficulté à déchiffrer les cartes de son jeu, et sautait d'évidence certains passages, attentatoires à la dignité de son époux.

Château de Versailles,
appartement du comte de Maurepas

Au même moment, le comte de Maurepas, assis à son bureau, largement éclairé par une paire de flambeaux en bronze doré portant chacun trois belles bougies de cire blanche, lisait et relisait lui aussi une lettre décachetée, mais sans montrer autant d'émotion et de tristesse que la reine. Le comte d'Argenson lui racontait par le menu et sans rien omettre la confession du roi et le renvoi de la duchesse de Châteauroux et de sa sœur. Le ministre en aurait bondi de joie et applaudi si, dans un moment où chacun à la Cour retenait son souffle, un tel comportement n'eût paru inconvenant aux domestiques. Personne ne devait rire en France alors que le roi entrait en agonie. Aussi, pour masquer son bonheur, plongeait-il son visage entre ses mains et, là, riait à en pleurer. Il se chargerait de faire enfermer la putain dans un couvent et assisterait en personne à sa prise de voile. Le bon évêque de Soissons, que l'on ferait bientôt archevêque de Paris, choisirait lui-même l'ordre religieux le plus sévère, et Maurepas imaginait à l'avance cette jolie peau, habituée aux douceurs du luxe, rougie jusqu'au sang par la bure. Enfin, lorsqu'elle aurait été tondue, il se ferait faire un portrait du roi avec les cheveux de son ancienne maîtresse et le porterait dans un médaillon autour du cou ! Alors, n'y tenant plus, il se leva et fit plusieurs fois le tour de la pièce, esquissant furtivement de petits pas de danse dès que son valet avait le dos tourné. Enfin, il le chassa sous un prétexte quelconque, demanda son secrétaire particulier auquel il dicta les quelques vers qui lui étaient venus dans un fou rire :

Vous partez donc, grande duchesse,
La paille au cul !
Qui de nous l'aurait jamais cru ?
Que Louis rempli de tendresse
Renverrait un jour sa maîtresse
La paille au cul !

Le secrétaire n'eut pas besoin d'ordres pour passer la nuit à recopier ce petit couplet en plusieurs centaines d'exemplaires. Au petit matin, bien ficelés, ils seraient confiés à un homme de confiance chargé de les répandre jusqu'à Metz tout en prenant bien soin d'en laisser tomber quelques-uns de son havresac à chaque relais de poste. Ce soir-là, si Maurepas en avait été capable, il aurait bien fait un enfant à sa femme.

Metz, hôtel du Gouvernement

À la nuit tombante, les carrosses de ces messieurs du parlement de Metz, invités à venir entendre ce que le roi avait à dire à ses peuples, encombraient la rue de la Haute-Pierre qui conduit à l'hôtel du Gouvernement. Ils étaient tous revêtus, non pas de leur robe de pourpre à rabats de dentelles, propre à leur état, mais de la robe noire conforme à la gravité des temps, tout en arborant, malgré la chaleur infernale, la perruque longue et frisée. Les échevins les précédaient, comme à la procession de la Fête-Dieu, chacun d'un air confit et plein de contentement. L'hôtel était illuminé comme pour un jour de fête, et il régnait à l'intérieur de la cour et sur toute la volée du grand escalier un désordre indescriptible, les gardes ayant reçu ordre de laisser entrer tous ceux qui se présenteraient à l'exception des femmes de mauvaise vie et de la populace. Les huissiers d'antichambre peinaient à faire respecter une étiquette emportée par le flot continu de gens qu'ils ne connaissaient pas et dont certains n'avaient même pas pris la peine de mettre un chapeau ou de ceindre une épée au côté. L'arrivée de monseigneur de Saint-Simon, évêque du diocèse de Metz, suivi de tous ses chanoines et d'une grande partie du clergé de la ville, permit néanmoins de remettre un peu d'ordre dans les préséances, au prix de quelques coups de bâton.

La Cour, ou plus exactement ce qu'il en restait depuis le départ des duchesses et des aides de camp, s'était repliée dans la chambre du roi où l'on obéissait désormais à toutes les volontés du premier aumônier. Lorsque ce dernier estima que l'assemblée était assez nombreuse, il fit ouvrir les portes et les fenêtres des appartements pour que chacun puisse entendre ce qui allait se dire. Enfin il ordonna d'un geste aux valets de tirer les rideaux de lit qui dissimulaient encore le visage du roi à la foule. Devant ce visage mangé de barbe et cerné de bistre, un silence religieux tomba sur l'assistance, et le prélat, vêtu avec le plus grand apparat, s'approcha de la porte pour déclamer d'une voix de grand prêtre d'opéra :

— Le roi, messieurs, demande pardon à Dieu et à ses peuples du scandale et du mauvais exemple qu'il leur a donné. Il reconnaît qu'il est indigne de porter le nom de Roi Très-Chrétien et de fils aîné de l'Église. Il promet donc d'exécuter toutes les conditions que son confesseur exigera de lui.

À quoi il ajouta que Sa Majesté ordonnait à tous les évêques du royaume de faire lire en chaire cette amende honorable dans toutes les paroisses du royaume pour qu'il ne soit pas un seul de ses sujets qui ne s'imprègne de l'étendue de son repentir et de la sincérité de sa conversion. La foudre tombant au centre de la pièce n'aurait pas laissé sur les visages la marque d'une plus grande stupéfaction. Le roi, le roi entré en héros dans la ville quelques jours plus tôt, le roi de France et de Navarre, le roi sacré à Reims se jugeait lui-même indigne de la mission divine qui lui avait été assignée par le bon Dieu. Les prêtres priaient de toute leur âme pour que les conséquences de péchés si grands ne viennent pas s'abattre sur la France, les princes demeuraient interdits et le reste de l'assistance abasourdi.

Une seule voix s'éleva dans le dos de l'évêque, celle du duc de Richelieu qui laissa échapper, comme par mégarde mais pour être entendu :

— Ah, mais quel Jean-Foutre !

Peu à peu la foule, comme frappée elle-même d'anathème et craignant les manifestations de la colère de Dieu, refluait silencieusement, guidée par les huissiers et les officiers de la maison du roi pressés de fermer les portes derrière cette invasion.

D'une voix faible, le roi appela alors le duc de Bouillon et lui murmura à l'oreille :

— Vous n'avez plus qu'à me servir maintenant, il n'y aura désormais plus d'obstacle ; j'ai sacrifié mes favorites et mes favoris à la religion, et à ce que l'Église exige d'un Roi Très-Chrétien et de son fils aîné.

Les princes satisfaits de ce retour à l'ordre normal de la vie de Cour reprirent chacun la place qui leur était assignée par l'étiquette, et l'on vida enfin la chambre pour laisser Sa Majesté reposer.

Château de Versailles,
appartement de la reine

Alors que tout ce qui restait de Cour à Versailles était venu se répandre chez la reine, un courrier du comte d'Argenson arriva sur le soir. C'était la première fois que le ministre prenait la liberté de s'adresser directement à elle. Le pire devenait certain ; aussi la reine réfugiée dans son cabinet en sortit-elle avec une précipitation inaccoutumée, ne laissant à personne le soin de décacheter la lettre et la parcourant avec les yeux d'une folle. Par bonheur, la missive était moins effrayante que celle du duc de Bouillon, mais elle ne gazait rien de l'état du roi et ajoutait que Sa Majesté trouvait bon désormais que la reine s'avance au moins jusqu'à Lunéville, que monseigneur le dauphin et mesdames ses filles pouvaient la suivre mais en s'arrêtant à Châlons.

En quelques instants, ce fut comme si le feu avait pris aux rideaux de l'appartement. Madame Henriette tomba soudain sur le tapis avec le bruit d'un sac de blé qui se décroche de sa poulie, se roula par terre en poussant des cris affreux. Elle implorait Dieu et tous ses saints. La reine, entièrement prisonnière de son corps de robe tout caparaçonné de broderies d'argent, ne put esquisser le moindre mouvement pour relever sa fille. La duchesse de Luynes et les dames présentes, tout aussi ligotées par leurs traînes et leur corset, appelaient à l'aide, et c'est monseigneur le dauphin qui vola au secours de sa sœur épuisée par les spasmes nerveux, la redressa comme un mannequin d'osier et la fit asseoir sur un fauteuil avant de lui passer un flacon de sels sous le nez. Madame Adélaïde, un peu jalouse de cette attraction particulière que son aînée offrait à la Cour et commotionnée par tout ce qui arrivait, ne voulut pas être en reste. Elle aussi aimait son père à la folie et comptait bien le faire savoir. Aussi, tremblant tout à coup des pieds jusqu'à la tête, s'agita-t-elle en des mouvements désordonnés qui firent croire à sa gouvernante qu'elle était prise du mal des ardents.

Lorsque, enfin, chacune eut repris ses esprits, la reine Marie annonça qu'elle partait dès le lendemain. Cette fois le feu ne se contentait plus de monter aux rideaux, il prenait aussi aux tapis, brûlant les pieds des courtisans qui, à leur tour, furent saisis de transes. Toutes ses dames, y compris Hortense de Flavacourt, la propre sœur de Marie-Anne, suppliaient la souveraine de les autoriser à l'accompagner. M. de Saint-Florentin, ministre de la maison du roi, arrivé à la rescousse, tentait de raisonner très respectueusement la reine sur ses intentions. Il n'était pas question pour elle de partir en pleine nuit dans ses carrosses, les essieux et les dorures de ces chars de parade n'étaient pas étudiés pour affronter les ornières des routes de France. Il fallait trouver de vraies berlines de voyage, plus sûres et plus commodes. M. de Tessé proposa aussitôt les siennes, mais les dames du palais se récriaient. La reine et sa suite ne pouvaient tout de même pas voyager dans deux simples voitures comme des Anglaises en visite. Saint-Florentin, lui, essayait de gagner du temps, cherchait des équipages en état de rouler qui n'aient pas été réquisitionnés par l'armée, comptait le nombre de chevaux nécessaires, imaginait plusieurs itinéraires, composait l'escorte et estimait les frais considérables, mais la reine resta intraitable. Elle partirait le lendemain matin quitte à se faire prêter l'argent du voyage. Telle était sa volonté, car telle était la volonté du roi.

Metz, samedi 15 août, jour de l'Assomption

Après un très léger mieux pendant lequel le roi avait semblé dormir un peu, il passa une nuit véritablement atroce. À une heure du matin, le malade criait à l'aide, suppliant de recevoir l'extrême-onction. L'évêque lui en avait fait la promesse, car, après sa confession publique, rien n'y faisait plus obstacle, et il était, comme tout pécheur repenti, en état de recevoir le pardon de ses fautes. Les médecins se précipitèrent, jamais la fièvre n'avait été aussi forte et rien ne permettait plus de la faire baisser. Quelques instants plus tard, le roi ne se plaignit plus de ses maux de tête, mais plongea subitement dans une sorte de sommeil comateux, une prostration complète de tous les membres dont aucun ne répondait plus aux sollicitations. L'agonie commençait, il fallait appeler monseigneur de Fitz-James pour qu'il vienne administrer les derniers sacrements à Sa Majesté. Pourtant, dans une dernière tentative pour ramener leur maître à la vie ou à tout le moins pour prolonger encore un peu celle-ci, ses médecins décidèrent d'appliquer des vésicatoires sur les parties les plus charnues des jambes, des cuisses et des fesses du moribond. Il s'ensuivit aussitôt l'écoulement abondant d'un sérum épais qui libéra un peu la tête du roi. Enfin ils cherchèrent à faire avaler de force à leur patient quelques gouttes du lilium de Paracelse, car, selon les enseignements de la faculté de Montpellier, ce cordial tiré d'une décoction de métaux avait la réputation de réveiller les morts. Tout au moins pour recevoir le bon Dieu une dernière fois.

C'est à cet instant que l'on entendit frapper trois coups à la porte de la chambre qui résonnèrent comme à l'intérieur d'un sépulcre. L'évêque de Soissons, accompagné du père Pérusseau et des deux aumôniers de service, se présentait pour administrer à Sa Majesté les derniers sacrements. Il portait le camail de soie mauve sur un rochet de dentelles d'une extrême finesse, la croix pectorale suspendue à un cordon de soie tressée de vert et d'or, et l'énorme améthyste épiscopale miroitait doucement dans la faible lumière des cierges.

Le prélat s'avança pour faire le tour de la pièce en prononçant les paroles sacramentelles :

— Que la paix du Christ soit dans cette maison et dans tous ceux qui l'habitent.

À la suite de quoi, il se dirigea à pas mesurés vers la table qui venait d'être dressée à la hâte pour y poser l'huile sainte, et baisa l'étole violette avant de la revêtir par-dessus le camail. Plongeant le goupillon de vermeil dans le bénitier que lui présentait l'un des deux aumôniers, il commença par en asperger la pièce en ayant soin d'arroser largement la porte donnant accès aux arrière-cabinets où la duchesse de Châteauroux et sa sœur avaient élu domicile au début de la maladie du roi. D'un simple signe de tête, il ordonna, comme la veille, au premier valet de tirer les rideaux du lit qu'il aspergea à son tour pour y former une croix d'eau bénite. Le malade sembla réagir à la fraîcheur de cette eau qui ruisselait maintenant sur son visage. Il ouvrit un œil effaré, mais son premier aumônier continuait le rite et, regardant fixement la porte que quelques jours plus tôt la duchesse de Châteauroux empruntait pour rejoindre son amant, il prononçait les paroles liturgiques qu'il teintait ainsi d'une coloration particulière :

— Seigneur Jésus-Christ, faites entrer dans cette maison, sur les pas de votre prêtre, l'éternel bonheur, la divine félicité, la joie pure, la charité féconde, la santé qui ne se perd pas.

Il marqua un petit temps d'arrêt pour ménager son effet avant de reprendre :

— Que les démons soient écartés de cette demeure. Que les anges y apportent la paix et que de cette maison disparaisse toute atteinte à la Charité. Manifestez en moi votre puissance divine et bénissez mon ministère. Sanctifiez l'entrée de votre prêtre dans cette demeure, vous qui êtes Dieu saint et miséricordieux, et qui avec le Père et le Saint-Esprit vivez dans les siècles des siècles.

Le Bel et Bachelier, qui se tenaient tout près du lit de leur maître, se désespéraient de le voir s'agiter, cligner des yeux et essayer de parler sans y parvenir, ou bien, lorsqu'il laissait échapper quelques paroles, de n'entendre qu'un fatras de mots sans suite ni raison. Les deux valets savaient pertinemment qu'en cas d'extrême urgence l'Église permet au prêtre qui apporte l'extrême-onction d'accélérer le rituel et d'omettre les trois dernières oraisons indiquées par le Missel romain pour en venir directement à l'onction salvatrice, et prononcer brièvement la bénédiction apostolique *in* *articulo mortis**. Au lieu de cela, l'évêque de Soissons, pénétré de sa mission, ménageait ses effets, donnait à son surplis d'élégants mouvements, multipliait les aspersions, les grands signes de croix, pesait chacun de ses mots, exhortait l'assemblée à prier pour le roi et récitait avec application la litanie des saints, ce qui provoquait chez le malade un redoublement d'agitation.

Alors que le cérémonial s'éternisait à coups de *Pater* et d'*Ave*, Le Bel n'y tenant plus s'écria à voix haute :

— On veut donc tuer mon maître !

Le duc de Bouillon voulut intervenir pour faire taire l'insolent, mais monseigneur de Fitz-James l'en empêcha, haussa seulement les épaules et continua d'exécuter son lent ballet liturgique. Il fallut ensuite tenter d'obtenir du roi la récitation du *Confiteor* par lequel l'agonisant se reconnaît une dernière fois pécheur avant de pouvoir réclamer le pardon de ses fautes. L'évêque, écartant avec hauteur les valets et les médecins qui se pressaient encore au chevet du roi, releva alors lui-même la tête du souverain qui dodelinait maintenant de façon convulsive. Avec une patience doucereuse, il cherchait à lui faire répéter chacune des phrases de cette prière, mais n'obtenait qu'une bouillie de mots inarticulés, noyés dans l'écume d'une salive roussâtre. Néanmoins, il prétendit avoir entendu très distinctement le roi chuchoter dans un effort ultime :

— *Mea culpa, mea culpa, mea maxima culpa***.

Ayant obtenu ce qu'il voulait, il retourna chercher lui-même la burette d'huile sainte et, avec l'aide des

* « À l'article de la mort. »

** « Ma faute, ma faute, ma très grande faute. »

médecins obligés de maintenir fermement le malade qui délirait de fièvre, l'évêque dessina une croix onctueuse et parfumée sur les yeux, les oreilles, les narines, la bouche, les mains et enfin les pieds du roi de France. Chaque fois, il prononçait la même phrase :

— Par cette sainte onction et son immense miséricorde, que le Seigneur pardonne tous les péchés que vous avez commis par là.

Une fois le corps du roi badigeonné d'huile sainte, tous entonnèrent alors le *Kyrie*. L'évêque répéta les mots de l'apôtre Jacques, récita les ultimes prières et tout fut terminé. Le roi pouvait comparaître devant son créateur, il se mourait et on l'abandonna.

Le comte d'Argenson et le maréchal de Belle-Isle profitèrent du mouvement de foule qui accompagna le départ du premier aumônier pour quitter la chambre sans être remarqués. Empruntant chacun des chemins différents de façon à ne pas attirer l'attention, ils se retrouvèrent quelques minutes plus tard dans l'appartement du maréchal, immédiatement situé au-dessus de celui du roi. De là, il leur suffisait de tendre l'oreille de temps à autre pour suivre l'évolution des événements, mais, en attendant la mort du roi, ils se devaient de préparer l'avenir, le leur comme celui du royaume, ce qui était à leurs yeux une seule et même chose. Selon leurs informations, Maurepas était déjà en route pour Metz, et il précédait de quelques heures à peine le dauphin qui serait peut-être roi de France à son arrivée. Le garçon élevé par le duc de Châtillon était dévot, mais il ne serait pas difficile de profiter des rivalités qui ne manqueraient pas de survenir entre les évêques de

Soissons, de Mirepoix et de Rouen. Ces disputes de clercs devraient permettre aux ministres et aux officiers généraux de tirer leur épingle du jeu et de continuer à mener leur politique. Dans ces circonstances tragiques, au cours desquelles un règne bascule vers un autre, il convenait de présenter au futur roi un projet de gouvernement et un ministère composé d'hommes d'expérience sur lesquels il pourrait s'appuyer. C'est ce à quoi ils s'employèrent pendant plusieurs heures, avec cette jubilation retenue qui accompagne toujours ces moments où l'on croit écrire l'Histoire en tête-à-tête.

Le comte d'Argenson terminait de rédiger un premier texte lorsqu'un grand remue-ménage à l'étage du dessous suspendit sa plume. Belle-Isle se précipita tête la première dans le foyer de la cheminée pour essayer d'en entendre davantage par les conduits. On criait, on remuait. À n'en pas douter, le roi venait de mourir. Aussitôt le ministre fourra tous ses papiers dans son portefeuille, puis courut aux nouvelles. Avant même de descendre à l'étage inférieur, il fit atteler ses chevaux car il voulait maintenant partir au plus vite à la rencontre de la reine, lui annoncer lui-même la nouvelle et être le premier à faire sa soumission au nouveau roi.

Dans la chambre, le roi respirait encore, mais paraissait être entré en agonie. Devant l'imminence de cette fin, le duc de Bouillon s'approcha de Bachelier, le plus ancien des premiers valets de chambre en service auprès du roi, et exigea avec rudesse la cassette de Sa Majesté qui contenait peut-être un testament, afin, assurait-il, de pouvoir la remettre lui-même entre les mains du Parlement et de la Chambre des pairs, comme sa charge l'ordonnait. Bachelier, qui assistait son maître dont il essayait d'adoucir les derniers moments en lui rafraîchissant le front et en glissant sous sa tête douloureuse des oreillers secs, s'y refusa. Tant que Sa Majesté conserverait un souffle de vie, cette cassette qui enfermait tous ses secrets et ceux de l'État resteraient entre ses mains. Bouillon le menaçait déjà des pires châtiments lorsque le duc de La Rochefoucauld, alerté par la dispute, s'invita dans la conversation, prétendit à son tour que cette cassette lui revenait de droit en tant que grand maître de la garde-robe et que lui seul pouvait en remettre le contenu, non pas à ces messieurs du parlement de Paris – qui ne la méritaient certes pas –, mais à monseigneur le dauphin en personne dès lors qu'il serait devenu roi. Bouillon s'emporta, cria à l'usurpation et au mensonge, excipa de précédents anciens, éructa des injures. Les ducs en arrivaient presque aux mains lorsque Bachelier, sauvé par cette querelle de préséances, les mit tous les deux d'accord. N'étant pas en mesure de trancher une question aussi épineuse, il remettrait la cassette au grand maître de la garde-robe et sa clé au grand chambellan, mais, pour l'heure, le roi vivait encore et ses secrets demeureraient en sa possession.

C'étaient bien les rumeurs de cette dispute aristocratique qui avaient alerté le maréchal de Belle-Isle et interrompu le comte d'Argenson dans la rédaction de leur projet de gouvernement. Aussi le ministre préféra-t-il repousser son départ de quelques heures, mais, lorsqu'il descendit dans la cour pour donner les ordres, il tomba nez à nez avec le duc de Chartres et le comte de Clermont, déjà prêts à sauter dans leurs voitures pour se lancer dans une véritable course au dauphin.

À six heures du matin, tous ceux qui étaient encore présents dans la pièce récitaient la prière des agonisants.

Château de Versailles, cour royale

À peu près au même instant, la reine qui n'avait pas fermé l'œil de la nuit, passant de son prie-Dieu à ses petits cabinets pour vérifier ses malles, montait en voiture dans la cour du château après avoir entendu la messe à cinq heures du matin. M. de Saint-Florentin qui avançait les frais de voyage était aussi parvenu par des prodiges à trouver quatre grandes berlines de voyage à huit chevaux. Sa Majesté, sa dame d'honneur, sa dame d'atours et ses dames du palais montèrent dans les trois premières. Quant aux femmes de chambre et aux lectrices, elles s'entassèrent tant bien que mal dans deux voitures plus petites et qui n'étaient attelées qu'à six chevaux. Une quatrième berline était réservée aux hommes ; c'est là que prirent place monseigneur de Tavannes, premier aumônier, le marquis de Chalmazel, premier maître d'hôtel, M. de Saint-Cloud et M. de Tessé, ses écuyers, qui veillèrent jusqu'au premier coup de fouet à la bonne organisation du convoi escorté par un détachement des gardes du corps. M. de Lizard, écuyer cavalcadour, prit la route à cheval sans jamais quitter du regard la voiture de la reine qui entreprenait là son plus long voyage depuis son mariage, mais dans un désordre tel que les palefreniers de la Grande Écurie en sourcillaient de honte.

À midi, un nouveau convoi franchit la grille royale pour attendre monseigneur le dauphin et ses sœurs au pied de la cour de Marbre. Les instructions contenues dans le courrier du comte d'Argenson étaient parfaitement claires : les enfants de France avaient autorisation de partir, mais uniquement après la reine. Ils devaient ensuite se diriger vers la ville de Châlons pour y attendre les ordres de Sa Majesté. M. de Châtillon, le gouverneur du dauphin, avait lui d'autres projets en tête, et lorsqu'il s'en était ouvert au chancelier de France la veille au soir, ce dernier s'était hautement écrié, au point d'être entendu de la compagnie et des laquais :

— Monsieur, vous vous en repentirez !

Ce à quoi l'autre avait répondu avec l'aplomb de tous les imprudents à projets politiques :

— Monsieur le chancelier, sachez que je prends à mon compte toutes les suites de cette décision.

Metz, hôtel du Gouvernement

La porte dérobée qui avait permis à la duchesse de Châteauroux de se retirer de chez le roi par les arrières s'ouvrit dans un petit grincement plaintif. Le Bel se précipita alors au-devant du duc de Richelieu qui avait disparu depuis deux heures sans que personne y prenne garde et lui fit signe que la place était libre. Le roi abandonné de tous restait aux mains de ses valets qui ne quittaient pas son chevet. Seuls les deux aumôniers de service continuaient à prier au pied du lit.

Un homme portant de grosses chaussures à simple boucle d'argent, un habit de drap grossier qui sentait la coupe militaire et une trousse de cuir sous le bras suivait le duc. Il ne salua personne, vida le contenu de sa trousse à même le lit, souleva la courtepointe puis la chemise du roi dont il exposa brusquement la nudité. Il accomplit cette succession de crimes de lèse-majesté sans provoquer aucune réaction ni des valets ni des aumôniers interloqués.

Le roi, lui, paraissait plongé dans un coma profond, et, sans lui demander son autorisation, l'homme lui palpa soigneusement le ventre avant d'enlever sa perruque de crin et de la tendre à Richelieu pour se lancer plus commodément dans une auscultation indécente. Là encore, Le Bel et Bachelier ne marquèrent pas le moindre étonnement. Enfin, au bout d'un bon quart d'heure de ce petit manège, le bonhomme se tourna vers eux pour déclarer simplement :

— Il n'y a point d'inflammation d'entrailles, et j'espère pouvoir le sauver…

À ces mots, le roi ouvrit soudain les yeux et demanda d'une voix faible qui était cet homme qui se permettait de le toucher. Richelieu lui expliqua qu'il s'agissait d'un ancien chirurgien-major du régiment d'Alsace dont il avait entendu dire beaucoup de bien de la part d'officiers qui s'étaient trouvés mieux de ses traitements. Louis XV, les joues creusées, le regard vitreux, la chemise retroussée jusqu'à la poitrine et son turban de nuit presque dénoué, parla d'une voix plus ferme, demandant à l'homme de reprendre son auscultation afin de s'assurer de son diagnostic. Ce que le chirurgien-major fit avec bonhomie.

Alertés, les médecins du roi avaient repris leur place dans la chambre. Ils ne disaient rien, regardant avec mépris ce charlatan faire étalage d'une science de bohémien. Le roi était perdu, ils le savaient, l'abandonner aux mains d'un empirique ne changerait rien, sauf à précipiter sa fin, quand tout à coup l'impensable se produisit. Le vieux chirurgien-major, certainement fatigué de sa journée, s'était assis sur le bord du lit et déclarait au roi d'un ton placide :

— Sire, si Votre Majesté désire régner encore longtemps, il faut me laisser régner seul aujourd'hui et faire sortir de votre chambre ce monde qui l'encombre…

Le roi, qui écoutait cette petite harangue avec autant d'attention que d'étonnement, se tourna vers Richelieu et lui dit d'une voix où l'on retrouvait de la majesté :

— Monsieur le duc, faites vider la chambre.

Le premier gentilhomme claqua aussitôt des mains et prononça la phrase d'étiquette :

— Messieurs, sortez !

Jamais la faculté de médecine n'avait été à ce point humiliée, et le docteur Dumoulin, qui venait d'arriver à Metz, regrettait d'avoir entrepris un si long voyage pour se voir préférer un chirurgien-major !

M. de Moncharvaux, car tel était son nom, administra alors au roi un purgatif léger, puis une potion de sa composition dans laquelle il avait fait entrer tous les fortifiants à sa portée ; safran, clou de girofle, cannelle, gingembre, sucre, anis, coriandre, vin d'Espagne, fleur d'oranger et eau de mélisse. À la suite de quoi il proscrivit tout recours aux saignées, car il y voyait la principale raison de l'état d'extrême faiblesse dans lequel se trouvait le roi. C'était finir de piétiner la faculté, mais le patient obéit sagement et avala tout ce que l'on voulut. Satisfait, le curieux personnage se tourna alors vers le duc de Richelieu et les valets de chambre médusés pour assurer crânement :

— Le roi sera sauvé.

La Peyronie, qui n'avait pas encore quitté la chambre, s'apprêtait à protester contre toutes ces folies lorsque le roi sur lequel la médecine agissait avec rapidité demanda le bassin d'argent. Ses entrailles se libérèrent enfin. Bachelier se précipita aussitôt pour l'aider dans son évacuation, mais alors qu'il s'apprêtait à aller en montrer le résultat aux deux médecins, Richelieu s'en saisit pour le faire à sa place, sacrifiant au passage ses somptueuses manchettes de dentelles blondes qui trempèrent aussitôt dans ce cloaque humain. L'odeur était pestilentielle, mais en présentant le vase puant aux narines de Chicoyneau, il chuchota à l'oreille dans ce patois de Montpellier qu'ils étaient les seuls à comprendre que cette odeur valait bien tous les parfums de l'Arabie heureuse car elle était celle de la revanche.

À Paris

Au petit matin, les Parisiens qui s'apprêtaient à fêter les solennités de l'Assomption furent réveillés par la rumeur qui jappait à leurs portes. La nouvelle de la maladie du roi était partie de Versailles pour se répandre tel un feu de broussailles jusqu'aux faubourgs de la ville. Sur le boulevard, des passants allant à la messe avaient vu filer les voitures de la reine à une vitesse qui trahissait la gravité du mal. Si la reine partait, presque en chemise et dans un si maigre appareil comme si elle avait le diable à ses trousses, c'est que le roi était à la dernière extrémité.

En moins d'une heure, la ville fut en l'air, et lorsque les prêtres de paroisse reçurent instruction de l'archevêque d'exposer le saint sacrement et d'entamer les prières des quarante heures, la consternation l'emporta sur la stupéfaction. Le roi se meurt, se disait-on de bouche en bouche tout en se signant comme pour conjurer l'effroyable promesse de ces quelques mots. Le vieux roi avait rendu son âme à Dieu après une longue et majestueuse agonie, libérant la France de cette main de fer qui la courbait impitoyablement depuis plus d'un demi-siècle, mais comment concevoir que le roi vivant, ce jeune roi beau comme un astre, né pour toutes les victoires, puisse être ainsi terrassé du jour au lendemain par une maladie diabolique pour mourir loin de sa capitale, au milieu d'ennemis qui s'apprêtaient à fondre sur le royaume, le transpercer et dévorer ses peuples ?

Dans les maisons, un incendie aurait plus sûrement précipité leurs habitants dans les escaliers et dans la rue. Le bourgeois du premier étage, riche de ses rentes sur l'hôtel de ville et principal locataire respecté, se chargeait presque naturellement de conduire tout son monde à la paroisse y implorer la sauvegarde du roi et de la France. La petite ouvrière à façon qui, contre toutes les lois de l'Église, travaillait en secret un jour chômé pour s'acheter de jolis rubans à la prochaine foire, jetait son ouvrage avec horreur comme si ses doigts brûlaient, craignant que son petit péché n'ait contribué à perdre le roi en mécontentant le bon Dieu. Des voisins qui ne s'adressaient plus la parole depuis des années à cause d'un vieux procès se regardaient avant de fondre en larmes et de tomber dans les bras l'un de l'autre. Sur les berges, les lavandières qui, la veille encore, se disputaient la meilleure place à coups de battoir récitaient ensemble leur pauvre chapelet de buis. De graves magistrats du parlement de Paris cherchaient à rassurer avec des mots trop savants des laquais dont ils ne connaissaient pas même le nom quelques heures plus tôt. Autour de la fontaine des Innocents où elles aimaient à venir se rafraîchir entre deux clients, les prostituées se refusaient tout en insultant copieusement ces hommes qui pensaient à mal alors que le roi de France était à l'article de la mort. Partout où l'on possédait un portrait du souverain, on l'exposait aux fenêtres et aux balcons afin d'offrir son visage adoré aux implorations de la foule. Alors les Parisiens tombaient à genoux, souffrant et priant pour celui qui se confondait avec la France. Les boutiques des mauvais peintres du petit-pont Notre-Dame qui barbouillaient à la chaîne de grossières effigies de la famille royale, dont la facture maladroite ne valait pas le prix de leurs bordures de bois doré, étaient littéralement prises d'assaut car chacun voulait rapporter chez lui l'image du monarque. Une file ininterrompue de voitures et de carrosses vides patientait devant la grande poste, car toutes les maisons nobles et notables de la ville avaient envoyé là leurs équipages attendre des nouvelles du Metz.

Dans toutes les églises du pays, le peuple se relayait devant les autels jusqu'au bout de la nuit dans une adoration permanente du saint sacrement. La France entière était à genoux pour implorer le ciel de sauver son roi.

Bar-le-Duc, lundi 17 août 1744

Les voitures de la reine brûlèrent les étapes, parcourant d'une seule traite le chemin de Versailles à Soissons. Tout ce qui n'obéissait pas suffisamment vite aux ordres des postillons ou n'avait trouvé le temps de se ranger sur les bas-côtés était impitoyablement renversé dans les fossés. Les chevaux hennissaient d'épuisement et d'effort. À chaque relais, lorsque le premier écuyer se présentait à la portière pour prendre les ordres de la souveraine, il recevait toujours la même réponse, il fallait repartir sans attendre et faire crever les bêtes sous le fouet. Assommées par les cahots de la route, effrayées par les cris des palefreniers et le tremblement incessant des vitres prêtes à rompre, les dames de la reine la suppliaient timidement de leur laisser prendre un peu de repos, mais recevaient en retour l'ordre de se taire sous peine d'être débarquées à la prochaine poste, le tout ponctué d'affreux jurons polonais. Cette reine dont elles n'avaient connu jusque-là que la patience et la résignation se révélait un tempérament de feu sur cette route endiablée. Marie Leszczynska, dont l'enfance restait marquée par les affres de la fuite et les duretés de l'exil lorsque son père le roi Stanislas avait été chassé du trône de Pologne, fixait d'un regard glacé de mépris ses dames du palais confites dans les douceurs de la Cour comme des fruits de Noël dans le sucre. Les pauvres duchesses, toutes tremblantes et baignant dans leurs odeurs, n'avaient plus d'autres ressources que de prier en secret pour que la voiture ne verse pas dans une ornière et que ce voyage se termine enfin.

De l'autre côté de la ville, trois berlines, rideaux baissés, couvertes de poussière et d'ordure, attendaient l'autorisation d'y pénétrer pour relayer à leur tour. Dans la nuit du 14 au 15 août, la duchesse de Châteauroux et sa sœur avaient reçu l'ordre de quitter le château où elles s'étaient réfugiées à quatre lieues de Metz. Réveillées en plein sommeil, elles avaient craint un moment l'arrestation avant de monter en voiture en chemise et manteaux de lit. Sur la route, les populations révoltées par l'amende honorable du roi, lue en chaire lors de la messe du dimanche, s'étaient montrées de plus en plus hostiles. Chaque fois, c'étaient des cris, des insultes, et surtout cette chanson terrible qui résonnait toujours à leurs oreilles et collait désormais à leurs pas comme la paille au cul. L'officier chargé de les escorter, sommé par un courrier secret du maréchal de Belle-Isle de choisir un itinéraire qui ne croisât pas celui de la reine, s'y était employé de son mieux, mais les détours, l'hostilité des villageois, le manque de chevaux de poste et les nerfs de ces dames l'avaient contraint à reprendre la grande route. Heureusement, une estafette envoyée par la reine au-devant de son père le roi Stanislas venait d'éviter de justesse une confrontation honteuse. Aussi les berlines attendaient-elles que Sa Majesté s'éloigne pour reprendre la route. Les passagères avaient pour instruction de ne pas en sortir, et il régnait à l'intérieur des voitures une chaleur insoutenable, car le soleil d'août chauffait maintenant à blanc la caisse de bois vernis aux fenêtres fermées. Marie-Anne s'épongeait le front et étanchait le ruissellement de son décolleté d'un mouchoir brodé aux armes du roi qui était à tordre, mais qu'elle ne voulait échanger contre aucun autre. Suffoquant de chaleur autant que de rage, elle ruminait sa haine tout en implorant la miséricorde de Dieu. Le visage de ses ennemis l'obsédait. Ils étaient le reflet de sa honte et l'objet de sa fureur.

Enfin, la voie était libre, on pouvait entrer dans Bar-le-Duc. Au relais, les uniformes, les pistolets d'arçon, les visages défaits et les vêtements somptueux mais poudrés de poussière des deux femmes inclinèrent le maître de poste et les garçons d'écurie à un peu de compassion. L'éclat de l'or, un or que ces femmes répandaient à profusion, fit le reste, et Marie-Anne put ainsi profiter du bain que la reine avait refusé de prendre.

À sept heures, la nuit venait de tomber, on frappa doucement à la porte de la chambre. La favorite déchue, aidée par ses deux femmes de chambre, reprenait visage humain. Lavée, frottée et parfumée, elle s'apprêtait à se coucher dans un lit dont tous les draps avaient été changés pour en chasser les punaises et les puces qui grouillaient toujours dans ces lieux de passage. La tête d'une servante d'auberge se montra dans l'entrebâillement, elle avait noué autour de son cou son plus beau foulard d'Indienne pour monter chez ces femmes qui, malgré les fatigues du voyage, lui étaient apparues plus belles et bien plus élégantes que toutes les saintes du paradis peintes aux murs de l'église. La jeune fille tenait une lettre d'une main tremblante, mais resta à demi hébétée lorsqu'elle vit le nécessaire de toilette de la duchesse étalé sur la pauvre table de noyer où on posait habituellement le broc d'eau chaude. L'argent étincelait comme sur le maître-autel au moment de l'élévation. Jamais elle n'avait rien vu de si beau et de plus finement ciselé, les reflets du métal précieux tournoyaient autour de la flamme des deux chandeliers de voyage comme les fées un soir de pleine lune. Impatientée par cette idiote qui gardait la bouche ouverte sans prononcer un mot, Marie-Anne lui arracha la lettre des mains dont elle cassa le cachet d'un geste sec. C'était un long courrier de Richelieu qui racontait les scènes affreuses de la veille, décrivait le rôle de chacun et lui annonçait sa déchéance publique. Elle ne serait jamais surintendante de la maison de la future dauphine. Il y était cependant aussi question de l'intervention du chirurgien-major, et la lettre se terminait par une apostille dans laquelle il était écrit que, au moment où le courrier partait, l'état du roi s'était nettement amélioré. Le pouls était beaucoup plus net, la chaleur plus tempérée, la tête libre tout à la fois de douleur et de somnolence. Le malade avait même pu absorber un bouillon sans l'avoir immédiatement rendu. Pour autant, la fièvre paraissait bien maligne et pouvait se réveiller avec la nuit, aussi l'oncle aimé ajoutait-il, un peu sombre, que l'espoir n'était pas encore permis. Devant cette situation encore très indécise, il lui conseillait par mesure de prudence de faire des démarches auprès du duc de Broglie et de l'évêque de Mirepoix, ennemis jurés de l'évêque de Soissons, de façon à assurer ses arrières si jamais le roi venait à trépasser.

Le cœur de Marie-Anne battait la chamade, elle avait cru défaillir au récit de la terrible nuit et de cette affreuse humiliation de l'amende honorable, son sang s'était figé dans ses veines, mais désormais il coulait à nouveau, plus chaud et plus amoureux que jamais. Elle le sentait, elle le savait, le roi vivait, le roi vivrait, elle l'aimait maintenant de tout son cœur et de toute son âme, c'était la seule chose qui comptait à ses yeux. La lettre parcourue, elle poussa un cri de joie et bondit de son fauteuil pour embrasser la servante dont le regard n'avait pas quitté le nécessaire d'argent ni les fioles de cristal remplies des parfums les plus rares. La pauvre fille enveloppée de l'odeur du jasmin et du musc sortit tout étourdie de cette étreinte, mais elle pensa perdre connaissance lorsque, d'une jolie bourse de velours brodée de ses armes, la duchesse de Châteauroux sortit un double louis d'or d'une valeur de cinquante livres qu'elle lui donna pour la remercier d'avoir été la messagère de l'espoir. La petite fille écarquilla les yeux, jamais elle n'avait vu tant d'argent, et demanda ingénument si cela était suffisant pour trouver un bon mari. Marie-Anne partit d'un joli petit rire, fouilla dans ses poches et tripla la mise en ajoutant qu'avec cela elle pourrait au moins épouser le fils du maréchal-ferrant ! À quoi la servante répondit que, à tout prendre, elle préférait encore le fils du meunier, qui lui avait déjà montré la tête du loup et qui était bien mieux bâti que le fils du maréchal-ferrant. Prise soudain d'une joie folle, la maîtresse du roi de France se mit à danser le grand menuet sans violon ni musique et donna à la fille une boîte d'écaille pour y mettre son or en lui faisant jurer de se marier au plus vite. En redescendant l'escalier de bois aux marches lustrées par l'usure, la servante qui croyait depuis l'enfance à l'existence des fées savait maintenant qu'elles ne vivaient pas dans la forêt, mais à Versailles.

Une fois sa toilette soigneusement rangée dans son coffret de voyage, Marie-Anne se lança dans l'écriture d'une longue réponse à son oncle où elle commençait comme toujours par le houspiller.

Je ne sais pourquoi, cher oncle, vous ne voulez pas que je prenne de l'espérance puisque le mieux est considérable, et que les médecins disent eux-mêmes qu'il y a grande espérance. Je vous assure que je ne peux pas me mettre en tête qu'il en meure ; il est impossible que ce soient les monstres qui triomphent, mais ce que vous me dites de M. de La Rochefoucauld me fâche beaucoup. Aussi ne le laissez jamais en tête-à-tête avec le roi. Je crois bien que tant que la tête du roi sera faible il sera dans la grande dévotion, mais dès qu'il sera un peu remis, je parie que je lui trotterai furieusement dans la tête et qu'à la fin il ne pourra pas résister et qu'il parlera de moi et que tout doucement il demandera à Le Bel ou à Bachelier ce que je suis devenue. Comme ils sont pour moi, mon affaire sera bonne, je ne vois rien du tout en noir pour la suite si le roi en revient et en vérité, je le crois.

Sur cette confiance en l'avenir, elle assurait qu'elle continuerait son voyage jusqu'à Sainte-Menehould et qu'elle y resterait avec sa sœur jusqu'à la pleine guérison du roi après avoir renvoyé les autres dames à Paris. Sa Majesté avait bien dit qu'elle devait le quitter, mais sans lui assigner le moindre lieu de résidence, et si le séjour de cette ville lui plaisait, qui pourrait trouver à y redire ? Que le roi vive ou meure, quarante lieues de différence ne feraient rien à l'affaire.

À quoi elle ajoutait, de sa petite écriture aussi serrée qu'effrontée qui filait sur le vélin comme une souris sur les parquets d'un riche presbytère, que les démarches conseillées par son oncle lui paraissaient très au-dessous de sa qualité et de son rang :

> *Si le roi en meurt je me rendrai à Paris où je vous attendrai pour pouvoir vous parler et à l'égard de ma charge auprès de la dauphine, si je ne l'ai pas cela m'est égal mais je ne veux rien avoir à me reprocher. Du reste qu'est-ce que l'on pourra me faire ? Je resterai à Paris, avec mes amis, mais je vous assure que je regretterai le roi toute ma vie, car je l'aimais à la folie et beaucoup plus que je le faisais paraître mais tant qu'il est vivant il ne me convient pas de faire aucune démarche auprès de qui que ce soit. Il faut souffrir avec patience tous les tourments que l'on voudra me faire. S'il en revient, je ne l'en toucherai que davantage et il sera plus obligé à une réparation publique. S'il en meurt je ne suis pas pour faire des bassesses dût-il m'en revenir le royaume de France. Jusqu'à présent je me suis conduite tel qu'il convenait avec dignité et je me soutiendrai toujours dans le même goût car c'est le seul moyen de me faire respecter, de faire revenir le public pour moi et de conserver la considération que je crois que je mérite.*

Plus elle confiait ses espoirs au papier, plus Marie-Anne reprenait confiance dans cette étoile qui lui avait toujours indiqué le bon chemin. Un peu échauffée par son bain et le verre de vin qui lui avait été servi, elle continuait ainsi, déroulant ses rêves de vengeance avec une précision aussi imprudente que diabolique :

> *Si le roi en revient, cher oncle, que cela sera joli, vous verrez, je suis persuadée que ceci sera une grâce du ciel pour lui faire ouvrir les yeux et que les méchants périront car si nous nous tirons de tout ceci vous conviendrez que notre étoile nous conduira bien loin et que rien ne nous sera impossible…*

Enfin, presque effrayée de sa propre audace à la relecture de sa lettre et du danger qu'elle représentait si elle tombait entre les mains du cabinet noir ou de l'odieux Faquinet, elle ajoutait au bas de la feuille avant de la sabler, de la plier puis de la cacheter : « Brûlez mes lettres. »

Le Bien-Aimé

Metz, lundi 17 août 1744

Après avoir crevé plusieurs chevaux, la reine arriva à Metz dans la soirée. L'appartement du rez-de-chaussée donnant sur le jardin lui avait été préparé, mais elle refusa catégoriquement d'y mettre les pieds tant qu'elle ne serait pas montée voir le roi. C'est donc en robe de voyage tout empesée de sueur que la reine entra seule chez son époux. Louis XV sortait de sa somnolence, et la reine étouffa un cri lorsqu'elle découvrit son visage creusé par la maladie, le teint blafard, les yeux battus de fièvre et cette barbe monstrueuse qu'elle ne lui avait jamais connue. Épuisée par le voyage, secouée par les cahots de sa voiture autant que par les émotions, la reine ne parvenait pas à se relever de la grande révérence dans laquelle elle avait aussitôt plongé, autant par respect pour le roi que pour trouver moyen de lui cacher ses larmes et ses tremblements incontrôlés. Richelieu lui offrit son bras, qu'elle ne saisit qu'à regret, et la conduisit jusqu'au lit.

Là, le roi demanda à l'embrasser, puis il s'adressa à elle avec une grande douceur :

— Je vous ai donné, Madame, bien des chagrins que vous ne méritez pas : je vous demande pardon du scandale que je vous ai donné et des peines dont j'ai été la cause.

Richelieu reconnut là la main et le style de l'évêque de Soissons, l'amende honorable se poursuivait. Cette farce sinistre et contraire à tous les véritables principes de la religion ne finirait donc jamais, pensa le duc.

La reine, elle, était restée interdite un long moment, comme si ces mots s'adressaient à une autre, puis, s'effondrant à nouveau en larmes, elle lui répondit avec cet esprit d'abnégation dévote qui avait toujours exaspéré son époux :

— Vous n'avez jamais eu besoin de pardon de ma part. Dieu seul a été offensé, ne vous occupez, je vous prie, que de Dieu...

Le roi sourit très légèrement, mais il n'aima pas cette réponse aspergée d'eau bénite plus que d'affection et demanda à reposer à l'abri de ses rideaux.

Quelques heures plus tard, l'arrivée du dauphin, flanqué de son mentor, le duc de Châtillon, sema le trouble. Le prince n'était pas espéré si tôt, les ordres du roi transmis par le comte d'Argenson étaient pourtant très clairs, le fils pouvait partir de Versailles peu après sa mère et accompagné de ses sœurs, mais il devait arrêter sa route à Châlons et y attendre les ordres. Le comte d'Argenson et le comte de Maurepas, qui, lui aussi, venait d'arriver, se consultèrent gravement sur cette situation particulièrement embarrassante, car aucun des deux ministres ne tenait à ce que leur maître ne puisse penser qu'ils avaient manigancé cette embardée pour complaire à un enfant de quinze ans appelé à lui succéder. Ils savaient que les rois s'efforcent toujours de mourir dignement, mais ne pardonnent jamais d'avoir été enterrés trop vite. On décida donc que la santé du père ne lui permettait pas de voir le fils, et le dauphin resta assigné à résidence à l'abbaye de Saint-Arnould dans l'appartement encore tout imprégné des parfums de la duchesse de Châteauroux. Le duc de Châtillon eut beau protester que le dauphin, en écoutant ses pieux conseils, n'avait fait qu'obéir aux lois naturelles qui exigent d'un fils qu'il vienne assister son père dans les derniers instants, les ministres et la reine, effrayés par les conséquences d'une telle désobéissance, présentèrent un front commun. L'arrivée du dauphin devait être cachée au roi afin de lui épargner de nouvelles émotions propres à ébranler une constitution déjà passablement éprouvée, et personne n'assumerait une précipitation qui confinait au crime de lèse-majesté.

Pourtant, un peu plus tard, Richelieu, laissant une pointe d'indignation ombrer sa voix, se faisait un plaisir d'informer le roi de la présence de son fils à Metz. Sa Majesté eut alors un mot terrible, comparant le dauphin à ces cadets de Gascogne qui se précipitent au chevet d'un vieux père pour arrondir leur part de l'héritage. Dès lors, personne ne prit plus le risque d'aller saluer le dauphin, qui resta seul dans ses appartements en tête-à-tête avec son gouverneur.

En pleine nuit, le roi, pris d'une nouvelle crise de scrupule, fit appeler la duchesse de Villars, dame d'atours de la reine, car il la savait très attachée à son épouse. La pauvre femme, réveillée sans ménagement par Le Bel, fut conduite en robe de chambre et toute tremblante auprès du souverain qui lui demanda tout à trac si, à son avis, le pardon de la reine était vraiment sincère, car – ajouta-t-il – sans ce pardon, l'enfer le guettait. La duchesse, qui était toute Noailles par la naissance, sut faire une réponse d'une parfaite courtisanerie qui ne rassura pas le roi sur le pardon de sa femme, et, de mécontentement, il se retourna dans son lit pour lui présenter le dos.

Au cours de ces crises spirituelles, Louis XV parlait tout seul, assurant qu'il accepterait volontiers la mort si telle était la volonté de Dieu car c'était là le seul moyen, il en avait parfaitement conscience, de libérer ses peuples d'un roi incapable. Le Bel et Bachelier avaient alors toutes les peines du monde à le rassurer, à le calmer puis à le border pour qu'il se tienne plus tranquille.

Mais, cette nuit-là, rien n'y fit. L'angoisse de la damnation l'étreignait à tel point qu'il voulait se jeter à bas du lit pour prier en chemise et à genoux. Le recoucher fut un combat. Aussi, lorsque le roi, dont rien ne parvenait à diminuer l'exaltation, demanda à voir le duc et la duchesse de Luynes, les plus intimes amis de la reine, Le Bel ne se le fit pas dire deux fois et, laissant à nouveau son maître à la garde de Bachelier, il alla tambouriner à leur porte. Le couple, qui logeait audessous de l'appartement de Sa Majesté, fut sur le pied de guerre en quelques instants à peine, et la duchesse, pourtant brisée par son voyage au côté de la reine, se présenta devant le roi en grand habit comme s'il eût fait jour et que l'on fût dans la galerie des Glaces. La vie de Cour exigeait une santé de crocheteur et une parfaite indifférence à tout ce qui n'était pas la volonté du roi. Lui seul décidait du jour ou de la nuit, du réveil ou du sommeil, de la joie ou de la tristesse. Le reste n'existait pas et, en réalité, n'avait été créé par Dieu que pour les gens du commun, mais, dans ce pays-ci, les lois de la nature, si elles n'étaient pas suivies par le roi, n'en étaient pas.

Dans un très long discours pour un homme qui parlait peu, Louis XV demanda pardon à la duchesse non seulement du scandale et des peines que la reine avait eues et dont il était la cause, mais encore des fautes qu'il avait envers elle. Sa Majesté faisait certainement allusion à ce voyage de Choisy auquel la duchesse avait refusé de faire escorte à celle qui n'était encore que marquise de La Tournelle, mais ni le mari ni la femme ne cherchèrent à en savoir davantage. Le couple était trop rompu aux usages de Cour pour savoir que l'humilité et le pardon des princes peuvent s'offrir en spectacle aux prêtres pour leur propre salut et aux peuples pour leur édification, mais qu'il n'était jamais bon qu'un roi exprime de tels sentiments devant des courtisans dans le secret d'une alcôve. C'étaient là des confidences à recevoir le lendemain une lettre de cachet pour aller se morfondre dans ses terres et ne plus jamais paraître à Versailles. Les Luynes, gardant les yeux baissés, assurèrent le roi des bons sentiments de la reine, trop chrétienne pour faire languir son pardon, puis se retirèrent après de profondes révérences et marchant à reculons.

À la suite de ces allées et venues nocturnes, le roi dit qu'il avait faim. Le Bel, au comble de la joie, prit la peine de faire réchauffer lui-même un peu de bouillon maigre qu'il vint lui présenter, genoux à terre, dans une écuelle d'argent fermée de son couvercle. Le roi en but la moitié, puis replongea dans un sommeil profond. Le premier valet resta un long moment auprès de lui sans faire le moindre bruit de façon à écouter sa respiration dont la régularité le rassura. Peut-être que son maître était vraiment sauvé. Il rendit grâce à Dieu.

Mardi 18 août 1744

Sainte-Menehould

Trois berlines d'une dimension peu commune stationnées dans la cour du relais attiraient la curiosité des voyageurs de la malle-poste qui venaient d'arriver de Paris et se dégourdissaient un peu les jambes. Les portes de la première voiture s'ouvrirent. Un laquais à la livrée indéchiffrable tant elle était poussiéreuse sauta de sa banquette pour déplier le marchepied avant d'ouvrir la portière. La duchesse de Châteauroux, sa sœur et leurs dames de compagnie en descendirent. Malgré le désordre des toilettes, les yeux bistrés de fatigue, le teint brouillé, les deux femmes portaient un tel air de grandeur que personne n'osait les questionner, ni même les approcher. On se risquait seulement à les observer du coin de l'œil. Les plus téméraires essayaient d'en apprendre davantage des postillons, mais le regard farouche des quelques hommes d'escorte qui accompagnaient le convoi suffisait à écourter les conversations. Le maître de poste, chapeau bas, boutons dorés à son gilet d'écarlate et culotte de peau, se présenta pour prendre les ordres.

Lorsque la duchesse déclina son identité, les jambes du malheureux se mirent à trembler et il appela sa femme à la rescousse. Il fallait au plus vite préparer un déjeuner pour ses dames et leur offrir les meilleures chambres de la maison. Marie-Anne écoutait l'obséquieux bonhomme d'une oreille distraite, mais lorsque, au milieu de son insupportable bavardage, elle comprit qu'une lettre l'attendait déjà, elle exigea qu'elle lui soit remise avec un tel ton que le pauvre homme tout bafouillant sortit des larges poches de son justaucorps une missive cachetée aux armes de Richelieu. Avant qu'il n'ait pu s'excuser, elle la lui arracha des mains, et la lut avec avidité. Très vite, des larmes lui montèrent aux yeux, mais le fracas d'un nouvel équipage franchissant les portes du relais interrompit sa lecture. Comme un malheur n'arrive jamais seul, Marie-Anne n'eut aucun mal à reconnaître la voiture de sa sœur Hortense. En effet, quelques minutes plus tard, les garçons d'écurie s'étant précipités pour saisir les chevaux aux mors et permettre l'immobilisation complète de la voiture, la marquise de Flavacourt en descendit. Les deux sœurs se firent face dans la cour de ce relais de poste sans marquer le moindre désappointement. Elles se saluèrent avant d'échanger des propos insignifiants, comme si elles se croisaient à la sortie de la chapelle royale. Accourue pour prévenir toute dispute, Diane de Lauraguais usait de son caquet pour essayer de rompre la glace en plein mois d'août. Hortense expliqua avec flegme qu'elle rejoignait tout simplement la reine à Metz pour faire son service auprès d'elle car elle était de semaine et demanda très innocemment des nouvelles du roi. Marie-Anne se contenta de dire que, à sa connaissance, elles étaient meilleures que celles qui se colportaient à Paris et que Sa Majesté avait toute chance de guérir de sa maladie si la cabale de dévots qui s'était emparée de son esprit ne le tuait pas à force de l'effrayer avec toutes sortes de diableries.

La conversation vite languissante fut interrompue par la femme du maître de poste venue annoncer respectueusement aux trois femmes qu'un plat de pieds de porc panés à la Sainte-Menehould les attendait à l'intérieur de la salle et qu'elles lui en diraient des nouvelles. Marie-Anne déclina car – répondit-elle en regardant sa sœur Hortense droit dans les yeux – un coup de pied de l'âne venait déjà de lui être servi, et elle s'en trouvait rassasiée. Elle demanda simplement à pouvoir s'étendre dans une chambre et de l'eau chaude pour se débarbouiller.

Metz

Un prie-Dieu était disposé dans la ruelle à côté du lit du roi, et lorsque le duc de Richelieu ouvrit les portes de la chambre, il annonça l'arrivée imminente de la reine qui venait assister à la messe aux côtés de son époux. Lorsqu'elle fit son apparition, accompagnée de sa dame d'honneur et de sa dame d'atours, suivie de monseigneur de Fitz-James, lui-même flanqué de monseigneur de Tavannes portant le saint viatique, la foule des courtisans s'écarta comme la mer Rouge devant Moïse. Les hommes mirent genou à terre, les quelques femmes encore présentes plongèrent dans une révérence respectueuse accompagnée de charmants signes de croix.

La messe fut célébrée par l'évêque de Soissons dont c'était le privilège et qui fit résonner chaque mot de la parole de Dieu comme autant de coups de trompe. L'Église triomphait, et lui avec. Par sa rigueur et sa fermeté, il venait de démontrer sa domination sur le plus grand roi du monde qui, à l'article de la mort, avait baissé la tête comme le plus humble des fidèles du Christ pour recevoir les sacrements et obtenir le pardon de ses fautes. Il n'était rien de plus puissant sur terre que les humbles serviteurs de Dieu. Aussi, au moment de l'élévation, l'évêque s'élança-t-il dans un formidable étirement de tous ses membres pour porter au plus haut le précieux ostensoir, qui vint habilement à la rencontre d'un joli rayon de soleil qui traversait la pièce sans y prendre garde. L'objet d'orfèvrerie sembla soudain s'embraser, projetant sur le sol de la chambre et les boiseries fraîchement blanchies le miroitement de tous ses rubis comme autant d'éclats de braise incandescents qui roulaient maintenant aux pieds des souverains et des prêtres. C'était le cœur brûlant du Christ qui se manifestait, et jamais sa présence n'avait paru aussi réelle à la reine qui se prosterna, le front posé sur le brocart de son prie-Dieu.

Après avoir communié sous les deux espèces, l'évêque se retourna puis s'avança vers le lit du roi, passa la balustrade restée ouverte et lui donna la sainte communion. Le roi épuisé pleurait de soulagement. Ensuite, ce fut le tour de la reine qui voyait la réalisation de tous ses vœux et promettait à la Vierge plus de neuvaines qu'elle n'en avait jamais récité tout au long de sa triste vie. Le roi était pardonné, lavé de ses péchés et réconcilié avec Dieu. Il méritait de reprendre le nom de Très-Chrétien et de fils aîné de l'Église. Les prières de la France pouvaient à nouveau monter sans crainte vers le ciel. Lorsque l'évêque entonna le *Magnificat*, il fut repris par tous ceux qui étaient présents avec une ferveur retrouvée. Le roi était sauvé, corps et âme, et le royaume avec lui.

Seul le duc de Richelieu restait de marbre, n'accordant à la religion que les gestes extérieurs de la dévotion. Quelques heures plus tôt, le comte de Clermont et le duc de Chartres étaient venus exiger qu'il se démette de sa charge de premier gentilhomme de la chambre, car il ne pouvait continuer, selon eux, à servir le roi quotidiennement après s'être rendu complice d'un si grand scandale. Avec le courage d'un grand seigneur libertin, le duc répondit que le scandale n'aurait jamais été aussi grand si certains n'avaient pas eu la folie de le rendre public et que, pour ce qui était de sa charge, il la tenait du roi et ne la rendrait que sur son ordre. Il était sauf pour cette fois, mais l'alerte avait été chaude. L'étau de la terrible cabale se resserrait dangereusement et, en excellent militaire, il pensa qu'il était peut-être temps de battre en retraite pour éviter de tomber aux mains de l'ennemi.

Sainte-Menehould

La lettre de Richelieu et sa rencontre avec Hortense avaient plongé Marie-Anne dans le plus grand abattement. La veille encore, elle plaçait tous ses espoirs dans son étoile, mais, ce soir-là, son courage l'abandonnait.

À quoi bon se battre quand tout était perdu ? Le roi paraissait sorti d'affaire, mais c'était pour donner le spectacle d'une réconciliation éclatante avec sa femme. Réconciliation que Richelieu pensait sincère. Il avait beau se moquer de l'excitation du pieux entourage de la reine qui espérait, une fois le roi entièrement rétabli, de véritables retrouvailles charnelles, la reine triomphait et se donnait le ridicule de paraître en robe couleur de rose à quarante ans passés et malgré son embonpoint. Quant à la duchesse de Villars, sa dame d'atours, elle arborait d'énormes rubans verts pour dire son espoir de voir les deux époux convoler à nouveau. À cette seule idée, le cœur de la favorite renvoyée battait la chamade, ses tempes bourdonnaient, son sang ne faisait qu'un tour et lui montait aux joues. La reine n'était rien et n'avait jamais rien été d'autre qu'une stupide poupée polonaise aux mains de la marquise de Prie et de son amant le duc de Bourbon. Son mariage avec le roi de France était une honte pour la Couronne, et elle savait combien le roi était conscient d'avoir été poussé à la mésalliance par ce couple de débauchés. La pauvre créature s'était même essayée au début à faire de la politique comme une bête et avait vite été renfermée dans son enclos par le cardinal de Fleury. Pendant près de vingt ans, le vieux retors l'avait alors tenue en lisière, la faisant tourner sur elle-même comme un enfant le fait d'un toton. Cette étrangère avait à peu près autant d'esprit qu'une bécasse en sauce et elle espérait à nouveau régner ? Pauvre femme, pauvre fille d'un roi sans royaume, pauvre reine qui avait pondu huit filles pour un seul dauphin. Pauvre dévote, pauvre niaise, son pouvoir était nul et le resterait. Et voilà qu'elle voulait devenir un personnage ? La jument en mourrait à la peine. Tout au plus deviendrait-elle le jouet de cet ambitieux évêque de Soissons qui, très certainement, se voyait déjà récompensé du chapeau de cardinal pour avoir humilié le roi de France devant tous ses sujets et l'Europe entière. Un chapeau rouge sur cette tête d'épervier, cela aurait bonne mine. Maurepas, lui, continuerait de s'agiter dans la coulisse, de distribuer les charges et les croupes* sur la ferme générale à ses amis. Il contreferait le dévot devant l'Église pour mieux s'en moquer dans ses chansons et compléter sa liste de curés débauchés qu'il faisait traquer par la police des mœurs. De cette façon, il était assuré de pouvoir braquer un pistolet chargé sur la tempe de l'évêque de Soissons lorsque ce dernier aurait la prétention de gouverner autre chose que les âmes. Elle savait que l'odieux Faquinet avait donné ordre au lieutenant général de police de faire dresser procès-verbal chaque fois que ses hommes surprenaient un petit collet ou un gros tonsuré entre les cuisses d'une fille. Ah, ils étaient beaux, les dévots ! Et ce Bouillon, cet horrible Bouillon, qui la mettait dans une colère affreuse, comment le roi pouvait-il tolérer au pied de son lit une telle espèce ! C'était à devenir folle. D'ailleurs, à l'évocation de tous ces noms, elle devenait positivement folle et ses dents crissaient de rage. L'idée d'abandonner le roi aux mains de tous ces gens lui était odieuse et lui donnait des vapeurs à lui tourner la tête. Alors, pour se calmer, elle essayait de se convaincre qu'elle

* Bénéfices réservés à des particuliers sur la ferme générale.

avait été bien bête d'endurer tant de tourments pour ne recevoir en retour que des coups de goupillon et des insultes. Aussi en venait-elle à souhaiter bien du plaisir à sa sœur Hortense qui, en ce moment même, tuait ses chevaux pour aller à Metz dans l'espoir de se repaître de ses restes et méritait bien, elle aussi, un joli sermon de M. de Soissons. À moins que le roi lui-même ne se chargeât de la jeter dehors, comme il l'avait fait avec elle en la chassant publiquement. À ce seul souvenir, les larmes lui montaient aux yeux, et la rage lui raidissait tous les muscles. Le sommeil devenant impossible, elle demanda son écritoire et, n'ayant personne à qui parler car sa sœur Diane dormait déjà du sommeil du juste, elle confia son désenchantement par écrit à Richelieu :

> *Tout ceci est bien terrible et me donne un furieux dégoût pour ce pays-ci que j'ai habité bien malgré moi et bien loin de désirer d'y retourner un jour comme vous le croyez, je suis persuadée que quand on le voudrait, je ne pourrais pas m'y résoudre. Tout ce que je voudrais par la suite c'est que l'on réparât l'affront que l'on m'a fait et n'être pas déshonorée, voilà, je vous assure mon unique ambition. Bonsoir, je ne peux pas vous en dire davantage étant mourante et si vous m'écrivez par la poste, mandez-moi des nouvelles du roi sans aucune réflexion mais j'aimerais bien savoir comment Faquinet a été reçu.*

Puis, loin de fermer encore sa lettre, l'épistolière continuait à noircir la page, essayant de se convaincre elle-même de son goût pour le renoncement :

Ah, mon Dieu, qu'est-ce que tout ceci ? Je vous donne ma parole que voilà qui est fini pour moi. Il faudrait être une grande folle pour avoir envie de s'y rembarquer, et vous savez combien peu j'étais flattée et éblouie de toutes les grandeurs et que si je m'en étais crue je n'en serais pas là. Mais c'est fait, il faut prendre son parti et n'y plus songer.

Enfin, elle donnait à Richelieu des conseils qu'elle avait du mal à suivre pour elle-même et terminait son courrier par ces quelques mots :

Tâchez de remettre du calme dans votre esprit et de ne pas tomber malade.

Paris

Dans la rue comme dans les cafés ou les salons, l'opinion portait monseigneur de Fitz-James au pinacle. Sa fermeté et sa rigueur apparaissaient comme la plus belle chose du monde. L'amende honorable du roi avait rendu à Dieu, à la religion et à la France la dignité qui leur était due. On allait même jusqu'à louer la grande piété de la pauvre Louise de Mailly qui, dès l'annonce de la maladie du roi, avait fait montre de la plus haute dévotion en allant se jeter au pied des saints autels pour implorer à genoux la guérison de celui qu'elle avait autrefois entraîné, par sa faute, dans l'erreur et le péché. Hier honnie, elle était désormais plainte, admirée et pardonnée, mais le public se déchaînait à l'envi sur ses deux misérables sœurs, Châteauroux et Lauraguais, seules causes de la maladie du roi et de la honte de la France. Certains promettaient aux deux femmes les pires châtiments. D'autres espéraient voir l'évêque de Soissons bientôt archevêque de Paris, cardinal et peut-être même principal ministre. Avec un tel homme de foi et de caractère aux affaires, la France pourrait enfin venir à bout des jansénistes, entasser tous les protestants sur les galères du port de Marseille, chasser ces étranges francs-maçons à la solde de l'Angleterre qui travaillaient à la perte du pays, fermer les lieux de débauche et condamner au bûcher tous ces livres impies qui sapaient l'autorité de l'Église autant que de l'État en pervertissant les esprits.

À l'inverse, pourtant, certains estimaient que cette réparation subite et publique exigée du monarque par les dévots était un scandale avéré parfaitement attentatoire à la réputation et à la majesté royale, mais, pour l'heure, ils se gardaient bien de le dire publiquement. Tout n'était plus qu'imprécation et dévotion. Certains allaient même jusqu'à réclamer le rétablissement de la très sainte Inquisition au royaume de France.

Metz, mardi 25 août 1744

Bien que très affaibli, le roi était désormais hors de danger. Ce matin-là, appuyé sur le bras de Le Bel et l'épaule de Bachelier, il quitta son lit pour la première fois et fit quelques pas à travers sa chambre où une longue chaise de repos l'attendait pour lui permettre de suivre plus dignement la messe à l'occasion des solennités de la Saint-Louis. Ses beaux cheveux encore tout poisseux de fièvre restaient pris dans un foulard d'Indienne, et il portait toujours une barbe de quinze jours. Il demanda que l'on ouvrît les fenêtres de la pièce pour respirer un peu d'air frais et entendre les bruits du monde. Malgré leur crainte des miasmes, les médecins n'osèrent pas s'y opposer. Lorsque le premier aumônier se présenta à l'heure de la messe, les courtisans remarquèrent que non seulement le roi ne se leva pas, mais encore qu'il n'esquissa pas le moindre geste pour laisser entendre que seul son état l'empêchait d'offrir ce geste de respect.

Le soir, la reine et ses enfants se rendirent en action de grâce chez les jésuites de la rue de la Chèvre pour y entendre le panégyrique du roi Saint Louis, mais, lorsque le chanoine Jousset monta en chaire au milieu des fumées d'encens et des grands motets, c'est bien d'un autre roi qu'il parla. Le cardinal de Tencin, arrivé à Metz depuis quelques jours avec le gros de la Cour et le corps diplomatique au grand complet, avait suggéré, au cours d'un entretien avec monseigneur de Saint-Simon, quelques mots bien choisis qui, après les dangers de la maladie et les duretés de l'amende honorable publique, viendraient réconforter Sa Majesté durement éprouvée.

Aussi le chanoine, s'adressant directement à la reine, se réjouissait-il que son époux lui ait été rendu par la volonté de Dieu, puis, se tournant vers la foule, le prêtre connu pour son sens de la dramaturgie, la voix brisée, remerciait ce bon roi, ce grand roi qui, volant jusqu'à Metz depuis l'extrémité du royaume, était venu défendre la ville et les frontières des ravages de l'ennemi. Un roi dont l'amour pour ses sujets était si débordant, si généreux que, affrontant tous les dangers de la guerre, méprisant les intempéries de l'air et les fatigues d'un long voyage, il avait risqué sa santé pour les protéger comme un père l'aurait fait pour ses propres enfants. À ces mots, Hortense et Adélaïde n'y tenant plus éclatèrent en sanglot, ce qui commença à faire chavirer l'assistance. La reine elle-même, malgré cette dignité polonaise qui ne la quittait jamais en public, éprouvait toutes les peines du monde à masquer son émotion. Le dauphin, pour sa part, était rouge cramoisi car, quelques jours plus tôt, son père, auquel on avait dû avouer sa présence à Metz, l'avait fait venir auprès de lui pour le rudoyer, persuadé que seule l'impatience de régner avait porté son fils à la désobéissance. Aussi le prédicateur, sûr de son effet, continuait-il d'une voix toujours plus étranglée, se martelant la poitrine, évoquant l'immense chagrin qui se serait emparé de la ville, mais aussi de tout le royaume, si ce roi digne des plus hauts faits de l'Antiquité était mort pour avoir voulu défendre l'Alsace et la France. À cette dernière évocation, le chanoine, comme submergé par tant de sentiments sublimes qu'il répandait à profusion sur l'assistance, s'effondra lui aussi en larmes. Il s'agrippait au velours bleu roi qui garnissait le pourtour de la chaire à prêcher pour montrer qu'un terrible combat venait de s'engager chez lui entre la faiblesse de l'humble sujet gagné par l'émotion et la force du prêtre chargé par Dieu de transmettre sa parole. Il toussota pour tenter de retrouver cette chaude voix de bronze qui conduisait ses pénitentes sur les chemins de la piété, ravala bruyamment ses larmes puis ferma les yeux, laissant simplement ses lèvres remuer, quand soudain, balayant la foule des fidèles d'un regard brûlant d'une inspiration divine, il ajouta :

— Si l'Histoire donne un jour quelque titre à notre roi, quel titre mieux mérité, plus justement acquis, et qui fasse plus d'honneur à un roi que celui de Louis le Bien-Aimé…

Le mot sembla glisser depuis la chaire comme une feuille de papier échappée des mains du prédicateur, virevolta un temps sous les architraves médusées avant de descendre lentement pour se poser délicatement aux pieds de la reine, qui fut prise d'un véritable transport. Un murmure d'admiration caressa alors la foule comme un frisson. À l'Opéra, on eût applaudi à tout rompre, à l'église on chuchotait délicieusement en se répétant ce joli mot comme tombé du ciel et qui, par les hasards d'une inspiration qui ne pouvait qu'être divine, se mit à sautiller de chaire en chaire jusqu'aux grilles du jubé de Notre-Dame.

Partout, ce mot de prêtre fut accueilli avec délice, puis dans un véritable délire, toute la France se précipita dans les églises pour chanter sa joie et prier pour la convalescence du roi. Il n'était pas jusqu'aux juifs de la ville de Metz qui, non contents d'avoir financé les prières de l'Église catholique pour le rétablissement du roi, firent traduire et imprimer ses louanges chantées en hébreu dans leurs synagogues. À Paris, il n'y eut point de corporation ou de communauté qui ne voulût faire célébrer son *Te Deum*, illuminer ses balcons et régaler les pauvres par des festins de rue. On trouvait de grandes affiches placardées sur toutes les portes d'église qui promettaient, dans une sainte émulation, processions solennelles, orgues, chants et musiques. Même les pauvres charretiers du port Saint-Bernard, tout crottés et miséreux qu'ils fussent, offrirent une grand-messe pour remercier le ciel d'avoir sauvé le roi.

La Ferté-sous-Jouarre

Depuis le départ de Sainte-Menehould, les voitures des deux sœurs avançaient à petites journées. Elles préféraient même voyager de nuit plutôt que de jour, car leur départ scandaleux de Metz était désormais connu de tout le pays grâce au zèle des curés de campagne. Par précaution, l'officier chargé de les escorter avait ordonné de barbouiller les armoiries peintes sur les portières et leur recommandait de tenir les stores baissés dès que leur petit convoi traversait la moindre bourgade, mais il fallait bien relayer, changer de chevaux, vérifier l'état des essieux et nourrir les domestiques. On arrivait donc au petit jour lorsque tout dormait encore et, le plus souvent, ces dames restaient claquemurées dans l'habitacle des berlines. C'était le cas ce matin-là, et Marie-Anne s'était endormie la tête posée sur le confortable coussin en velours d'Utrecht de la banquette lorsqu'elle fut réveillée par une sorte de tumulte. Un brouhaha encerclait les voitures, et cette animation n'avait rien d'habituel. Diane se réveilla à son tour et, alors qu'elle allait instinctivement relever le rideau pour comprendre ce qui se passait, sa sœur l'en empêcha. Si un incident survenait, l'officier leur avait donné l'ordre de ne se montrer sous aucun prétexte. Au-dehors, la rumeur se faisait plus précise, et les premières insultes commencèrent à fuser. On criait à la coquine, à la coureuse, à la méchante débauchée, à la putain ou pire encore à la paillasse à soldat. Elles avaient été reconnues, et les villageois chauffés à blanc par le sermon de la veille voulaient venger l'honneur du roi et de la France. Un palefrenier avait-il parlé ? Étaient-elles trahies ? Soudain un choc sourd ébranla la voiture, on leur jetait du fumier et certainement toutes sortes d'ordures. Enfin elles entendirent la voix de l'officier qui leur parut bien mal assurée. Il ordonnait aux mécontents de se disperser et de rentrer chez eux, mais l'uniforme des soldats du maréchal de Belle-Isle n'était pas aussi respecté dans la Brie qu'en Alsace, où il lui suffisait d'apparaître pour être obéi et acclamé. Pour comble de malheur, à l'approche de Paris, une partie du détachement chargé de les escorter les avait abandonnées pour rejoindre son régiment. Six hommes pourraient-ils contenir cette fureur des manants ? L'image du cadavre de sa sœur Vintimille violenté par la foule traversa aussitôt l'esprit de Marie-Anne, qui ne tenait pas à connaître vivante les outrages que Pauline avait subis après sa mort. Par précaution, elle fit doucement pivoter l'accoudoir de la banquette dont elle sortit une paire de pistolets, mais ils étaient si lourds qu'elle arrivait à peine à les tenir en main. Des cris l'arrachèrent à ses pensées. Les postillons s'opposaient à ce que les manants qui essayaient de les dételer touchent aux chevaux et à leur harnais. C'était un crime dont ils ne voulaient pas se rendre complices. L'officier menaçait de tirer mais ne le faisait pas. Qu'attendait-il pour brûler la cervelle de l'un de ces insolents et disperser cette racaille à coups de sabre ? Marie-Anne pensa alors que la canaille était peut-être armée. L'angoisse la paralysait, et sa sœur, pourtant d'une placidité peu commune, pleurait doucement, plaignant cet enfant qu'elle portait en son flanc et qui ne verrait peut-être jamais le jour. Elle se surprit à prier la Sainte Vierge et sainte Anne, ses deux patronnes. Un long silence se fit. Le calme était-il en train de revenir ? Tout à coup, un homme cria que l'on apporte de la paille et une torche. Cette fois, le doute n'était plus permis, ces gens voulaient les enfumer comme des renardes. Il fallait sortir, sortir à tout prix, si elles ne voulaient pas mourir comme telles sur le bûcher. Elles étaient sur le point de se précipiter hors de la voiture lorsqu'une voix pleine d'autorité se fit entendre. C'était le bailli de La Ferté accouru à la demande du maître de poste. D'un ton à la fois courroucé et paternel, il faisait honte à tous ces gens de s'en prendre à de pauvres malheureuses qui étaient déjà bien à plaindre car elles devaient être conduites sur-le-champ à la Bastille par ordre du roi. Marie-Anne et Diane sursautèrent. La Bastille, était-il possible que le roi... À la simple évocation de cette prison, un silence profond se fit. Ce qui leur parut être le curé de paroisse prit la parole à son tour en ajoutant que ce n'était pas aux hommes mais à Dieu de punir ces épouvantables pécheresses, puis il cita les saints Évangiles : « Que celui qui n'a jamais péché... »

Il n'avait pas terminé que le galop d'une troupe se fit entendre. C'était la maréchaussée. Son arrivée suffit à faire disparaître l'attroupement comme par magie. On gratta alors à la porte. C'était l'officier. Tout danger était écarté. Marie-Anne passa la tête à travers la portière et vit un gros homme vêtu avec l'élégance d'un coq de village qui la saluait humblement et nu-tête. À ses côtés se tenait un curé rougeaud portant la calotte et le rabat, les yeux baissés de peur de croiser le regard de Salomé, lequel s'essuyait machinalement le front avec un gros mouchoir à carreaux rouges et blancs. Elle les remercia de leur intervention, puis, retrouvant la morgue de la duchesse de Châteauroux, elle leur recommanda de dire à leurs paysans qu'en temps de guerre porter la main sur des voyageurs munis d'un laissez-passer militaire méritait la mort et qu'elle voyait suffisamment de branches aux arbres pour y faire pendre un village tout entier. Quant à la Bastille, ce n'était pas à elle qu'elle était promise mais à tous ceux qui insultaient les amies du roi.

D'un coup sec sur la vitre, elle donna alors ordre aux cochers de fouetter les chevaux, car elle voulait être à Paris pour la tombée de la nuit. Les soldats remontèrent en selle, et les berlines s'ébranlèrent lourdement, provoquant la chute des poignées de crottin accrochées à la laque précieuse des carrosseries. En quelques minutes, le bailli, toujours tête nue, le curé et le maître de poste mangèrent la poussière de la maîtresse du roi de France.

Retour de flammes

Paris, rue du Bac, hôtel de Lauraguais, chez les révérends pères jacobins

Arrivée de nuit pour ne pas vivre à nouveau l'épisode de La Ferté, Marie-Anne avait enfin pu se plonger dans un bain et reprendre ses esprits. Son beau-frère et la duchesse de Brancas l'accueillirent avec une aménité dont elle n'avait plus l'habitude. Le clan faisait front avec autant de bravoure que de crânerie, et Pâris-Duverney, qui soutenait ses amis avec la même persévérance que ses investissements les plus risqués, mettait sa poste privée à l'entière disposition de la duchesse pour lui permettre d'échapper à l'espionnage du cabinet noir et de Maurepas. Déjà une lettre l'attendait, dans laquelle Richelieu, après l'avoir entièrement rassurée sur la santé du roi, lui racontait, avec mille détails et cette méchanceté spirituelle qu'il maniait aussi élégamment que sa canne à pommeau d'or, la convocation des Luynes dans la chambre du roi au beau milieu de la nuit. Cette petite aventure ne l'amusa pas autant que son oncle aussi elle lui retourna une réponse à sa manière, et pour se rassurer autant que pour se venger, elle y versa toute l'ironie dont elle était encore capable.

Je suis au comble de la joie, cher oncle, de la bonne santé du roi, mais il me paraît que sa tête n'est pas encore raffermie, car je ne reviens pas du compliment fait à Mme de Luynes. Si je n'étais pas dans un autre moment j'en rirais comme une folle car il n'y a rien de si singulier mais je me meurs de peur que cela ne passe la plaisanterie et que tous les jours je n'apprenne quelques nouveaux propos de ce genre à cause de la peur qu'il a du diable.

Aussi, forçant sa confiance dans son instinct autant que dans son étoile, elle ajoutait :

Quand sa tête sera revenue, je ne suis pas en peine, je lui manquerai furieusement et il se repentira bien de tout ce qu'il a dit et fait et je vois d'ici qu'il prendra en aversion tous les gens qu'il aura comme cela complimentés à toute outrance. L'amour-propre sera blessé et nous en avons beaucoup. Cette quantité d'amendes honorables est unique et, pour trancher le mot, ridicule. Quand il se portera tout à fait bien comme cela m'impatientera ! Je vous ai dit qu'il ne mourrait pas. Je vous dis à présent que nous reviendrons plus brillants que jamais et que nos aventures feront un jour le sujet de nos conversations…

Même lieu, dimanche 13 septembre 1744

Marie-Anne éprouvait depuis son retour à Paris une fatigue languissante qui l'obligeait parfois à rester allongée sur la chaise de repos qu'elle avait fait placer devant les hautes fenêtres de sa chambre en rez-de-chaussée ouvertes sur le petit jardin surplombé par la silhouette sonnante et rassurante de la chapelle des Jacobins de la rue Saint-Dominique. Elle sortait peu car son carrosse se voyait régulièrement insulté par les poissardes de la Halle qui ne manquaient jamais de chanter des saloperies sur son passage, mais elle n'en avait cure car son fidèle maître d'hôtel introduisait régulièrement auprès d'elle de nombreux courtisans qui, sans être de ses amis, prenaient la peine de faire halte à sa porte chaque fois que l'occasion s'en présentait. Leur nombre augmentait d'ailleurs avec celui des dépêches rassurantes sur la santé du Bien-Aimé.

Tous les jours ou presque, elle recevait des nouvelles envoyées par Bachelier et Le Bel qui la tenaient informée, non seulement de l'état de la santé du roi, mais de ses dispositions morales. Elle se plaisait alors à rêver d'un retour en grâce, mais sur un tout autre pied que celui de maîtresse déclarée. Le roi avait besoin d'une amie chère et fidèle, une amie qui dise la vérité et le protège des méchants, une amie qui le connaisse si bien et si intimement qu'elle puisse le comprendre sans même qu'il ait à parler. Elle avait eu tout le temps de tourner ce beau projet dans sa tête au cours de son terrible voyage, et elle comptait bien le détailler au roi dans une longue lettre qu'elle lui adresserait le moment venu. Pour l'instant, c'est à Richelieu qu'elle dévoilait ses batteries et son plan de bataille. Alors, le dos confortablement calé par de gros coussins garnis de plumes et légèrement penchée sur la jolie petite table d'accouchée commandée pour sa sœur mais qu'elle aimait à lui emprunter, elle traçait avec précision le portrait intime de son amant et les espérances qu'elle pensait en avoir :

> *Tranquillisez-vous, cher oncle, il se prépare de beaux coups pour nous. Nous avons eu de rudes moments à passer, mais maintenant ils le sont, je ne connais pas le roi dévot, mais je le connais honnête homme et très capable d'amitié. Quelques réflexions qu'il fasse, sans me flatter, je crois qu'elles ne seront qu'à mon avantage, il est bien sûr de moi et bien persuadé que je l'aime pour lui, et il a bien raison car j'ai senti que je l'aimais à la folie mais c'est un grand point qu'il le sache et j'espère que sa maladie ne lui a pas ôté la mémoire. Jusqu'ici personne n'a connu son cœur que moi et je vous réponds qu'il l'a bon, très bon et très capable de sentiments. Je ne vous nie pas qu'il y ait un peu de singulier parmi tout cela mais ce n'est pas ce qui l'emporte. Il sera dévot mais point cagot. Je l'aime cent fois mieux, je serai son amie et pour lors je serai inattaquable et tout ce que les Faquinets ont fait pendant sa maladie ne fera que rendre mon sort plus heureux et plus stable. Je n'aurai plus à craindre ni changements, ni maladie, ni le diable et nous mènerons une vie délicieuse…*

Consciente de rêver éveillée à cet avenir radieux, mais soucieuse de persuader Richelieu de la véracité de toutes ses prophéties, elle ajoutait comme pour devancer les objections d'un homme marqué par son humiliant départ de Metz :

> *Ajoutez un peu plus de foi que vous ne le faites à tout ce que je vous dis, ce ne sont pas des rêveries, vous verrez si cela ne se réalisera pas. Tout cela est fondé sur*

la connaissance que j'ai de l'homme à qui nous avons affaire et je vous assure que je connais tous les plis et replis de son âme et qu'il y a du beau et du bon. Il ne faut pas le juger par ce qu'il a fait à votre égard, il n'était pas encore bien à lui et je suis persuadée qu'on lui a dit quelque chose d'affreux...

Dimanche 20 septembre 1744

Metz

Le roi marchait désormais sans l'aide de ses valets, et, depuis une bonne dizaine de jours, ses médecins ne le veillaient plus la nuit. Le cérémonial du grand lever était entièrement rétabli, mais sans le duc de Richelieu qui, dès la fin du mois d'août, avait préféré prendre son congé plutôt que de le recevoir. Or, la veille, Sa Majesté avait demandé publiquement de ses nouvelles en des termes si aimables que Le Bel et Bachelier s'étaient aussitôt empressés de le faire connaître au duc parti aux armées.

Après la messe, toujours célébrée par l'évêque de Soissons, le roi tenait à nouveau Conseil avec ses ministres, mais il se montrait plus ombrageux qu'à l'ordinaire. Le maréchal de Noailles, accouru en courtisan pour le féliciter de sa santé, en avait fait l'amère expérience, car Sa Majesté, qui ne lui pardonnait pas d'avoir laissé filer les Autrichiens, lui avait fait très mauvais visage. Maurepas se bénissait de n'avoir pas assisté aux scènes terribles de l'amende honorable car il sentait le vent froid de la disgrâce se lever lentement mais aussi sûrement qu'une tempête d'automne. Quant au comte d'Argenson, il multipliait déjà les courriers à destination de Richelieu et de la favorite, les assurant l'un et l'autre de son soutien autant que de son amitié dans ces moments critiques.

Les deux ministres et le cardinal de Tencin furent appelés ce matin-là par le timide duc de Fleury, le neveu du cardinal, qui, en l'absence de Richelieu, remplissait ses devoirs de premier gentilhomme de la chambre. Le roi ne les fit pas asseoir tout de suite ; il tenait d'abord à leur faire part de sa volonté de reprendre sa place à la tête des troupes et de conduire le siège de Fribourg, tout en ajoutant qu'il venait de renvoyer le dauphin à Versailles. C'était priver son fils des honneurs de la guerre. À la suite de quoi le Conseil commença comme à l'habitude par les décisions individuelles. Il s'agissait de promotions militaires, de nominations à des bénéfices et de désignations d'intendants dans les provinces, quand le roi, interrompant cette litanie assommante, prit la parole pour dire que, ayant accordé à la duchesse de Lauraguais une pension de neuf mille livres pour en jouir à compter du jour de son mariage, il désirait lui donner un titre qui assure pleinement cette grâce sa vie durant. Il entendait même qu'elle puisse se faire payer tous les ans cette somme considérable sur la présentation d'une simple quittance au Trésor royal. Un boulet de canon tiré par les Autrichiens aurait fait voler en éclats les fenêtres de la pièce que la surprise des ministres n'aurait pas été plus grande.

Ce n'était pourtant là qu'un début, car le roi, s'adressant ensuite au comte de Maurepas comme à un simple commis de ses bureaux, lui dicta d'une traite cinq lettres presque identiques. Pendant de très longues minutes, on n'entendit plus que le petit crissement essoufflé de la plume d'oie qui courait sur le papier, ne reprenant haleine que pour plonger tête la première dans l'encrier de vermeil ciselé. Une fois qu'il eut terminé d'écrire, Maurepas sabla soigneusement chaque lettre, les glissa dans un portefeuille de maroquin aux armes de France et les présenta au roi pour qu'il les paraphe, mais, d'un geste de la main, Louis XV lui fit comprendre qu'il n'était pas encore temps et il ajouta qu'il les signerait lorsque tel serait son bon plaisir, mais que pour l'heure les ministres devaient garder sur tout cela un secret absolu. Leurs têtes s'inclinèrent aussitôt en signe d'obéissance.

Paris, rue du Bac, hôtel de Lauraguais

Marie-Anne toussait parfois un peu, mais ce n'était plus de peur. Les nouvelles qui lui arrivaient de Metz par l'intermédiaire des valets de chambre étaient si réjouissantes qu'elle lisait et relisait leurs lettres à haute voix pour tenir compagnie à Diane que sa fin de grossesse clouait dans sa jolie chambre du premier étage. Mieux, elle recevait maintenant des courriers de tous les ministres restés auprès du roi. Le cardinal de Tencin, le comte d'Argenson et même l'affreux Maurepas qu'aucune bassesse ne rebutait lui tenaient chacun et presque quotidiennement la chronique des progrès de la santé de Sa Majesté, ce qui la faisait rire. Lorsque sa sœur, bercée par cet encens de Cour, s'endormait sous les courtines de son lit à la turque, Marie-Anne quittait doucement la pièce pour descendre à son rez-de-chaussée elle où elle composait un petit bouquet épistolaire à destination de Richelieu qui venait de quitter l'Alsace pour aller présider les états de Languedoc. La perspective d'une revanche éclatante la tenait éveillée jusque tard dans la nuit humide, et le jeune Mignon, son plus joli laquais, venait à intervalles réguliers jeter quelques bûches dans le foyer d'une grande cheminée affrontée de chambranles à l'ancienne mode. Lorsque la nuée ardente s'élevait au-dessus des flammes dérangées dans leur assoupissement par l'arrivée inopportune de ce bois sec, Marie-Anne croyait voir ses ennemis danser dans le brasier et supputait sa vengeance. Alors elle écrivait, cinglait la page de son mépris autant que de sa haine à l'égard de ceux qui l'avaient chassée et humiliée :

> *Si jamais je reviens comme je n'en doute pas, comme je les haïrai, comme je les traiterai, comme je les persécuterai. Vous aurez beau dire et beau faire, je les perdrai à n'en jamais revenir. Je serai toute différente de ce que j'étais, je serai méchante comme un diable, d'une impertinence dont on n'aura jamais vu l'exemple, je leur ferai voir ce qu'ils se sont vus. Oh, je voudrais déjà y être, mais il n'y a que de la patience à avoir car je sais bien que cela sera tôt ou tard. Le roi se porte à ravir et moi aussi. Il n'y a qu'à désirer que cela dure car pour le reste je n'en doute pas. Vous savez que je suis heureuse, c'est plaisant à dire dans ce moment-ci, mais pourtant c'est ce qui vous le prouvera et tout ce qui s'est passé tournera à mon avantage et vous verrez que ce sera peut-être encore un bonheur, cela sera charmant, cher oncle, et nous aurons bien du plaisir et il sera de plus longue durée que celui de nos ennemis qui périront…*

En relisant sa lettre après l'avoir sablée, la duchesse de Châteauroux jeta un coup d'œil au trumeau de glace pour saisir son reflet. Il était celui d'une furie acharnée à sa proie. Médée poignardant ses enfants sur la scène de l'Opéra ne pouvait pas avoir un air plus terrible. Cela l'effraya un peu, car elle se trouva mauvaise mine. Elle n'aimait pas cette maison construite à la fin du siècle précédent car elle sentait trop l'ancienne mode, et comme elle ne savait à quoi s'occuper en attendant le retour du roi, elle se mit en tête de trouver un bel hôtel où elle s'installerait avec l'éclat qui convient à une Judith triomphante.

Metz, samedi 26 septembre 1744

Ce séjour n'avait maintenant que trop duré, et Sa Majesté venait enfin de donner l'ordre de plier bagage. La ville s'apprêtait à de nouvelles réjouissances pour saluer son départ avec plus de faste encore que son entrée, car, entre-temps, le roi était passé très près de la mort, mais il avait survécu à sa terrible maladie. La reine, à laquelle son époux n'adressait plus la parole que par bribes, ne savait trop ce qu'il adviendrait d'elle maintenant que la Cour quittait Metz. Devait-elle retourner d'où elle était venue dans l'affolement ou bien recevrait-elle l'autorisation de suivre le roi en campagne ? Elle interrogeait le comte d'Argenson qui assurait ne rien connaître des intentions du maître, et il en était de même du comte de Maurepas ou du maréchal de Noailles qui fuyaient désormais les questions de la malheureuse.

Ce soir-là, alors que le roi s'apprêtait à commencer une partie de quadrille, Marie Leszczynska prit la liberté de lui adresser la parole sans y avoir été invitée pour dire qu'elle croyait avoir compris qu'il avait le projet de repartir en campagne et qu'elle espérait obtenir la permission de le suivre au moins jusqu'à Strasbourg. Louis XV, les yeux fixés sur le tapis vert, lui répondit très froidement que cela n'était pas la peine, puis, de façon à couper court à la conversation, il se leva sans attendre la fin de la distribution des cartes, alla faire la conversation à des gens qui se tenaient dans un autre coin de la pièce et attendit ostensiblement que la reine se soit éloignée des tables de jeu pour retourner à sa partie.

À l'heure du grand coucher, le duc de Luynes osa présenter au roi une requête qui lui tenait particulièrement à cœur. Le mari de la dame d'honneur de la reine auquel un mois plus tôt le roi demandait pardon des chagrins qu'il avait pu lui causer s'exprima alors en des termes aussi mûrement réfléchis qu'ils avaient été choisis avec soin :

— Sire, j'apprends que Votre Majesté va à Strasbourg : me refuserait-Elle encore la permission d'avoir l'honneur de la suivre, quelque courts que puissent être les moments qu'Elle y passera, ces moments me sont précieux et Elle sait combien j'ai désiré de la suivre partout où Elle a été…

Au moment où les valets intérieurs étaient en train de lui enlever ses chaussures en les faisant soigneusement tomber, l'une après l'autre, sur le parquet et dans un grand bruit d'étiquette, le roi, sans avoir un regard pour Luynes, répondit par un « Nous verrons » qui produisit devant l'assistance le même claquement qu'une porte qui se ferme.

Après quoi, le père Pérusseau, habitué depuis la maladie du roi à avoir de longs entretiens avec son pénitent, au lever comme au coucher, avant et après qu'il eut dit ses prières, s'avança benoîtement vers le lit de Sa Majesté qui lui fit alors comprendre qu'il n'avait nul besoin de s'attarder. Le vent de la disgrâce ne se levait plus, il soufflait maintenant à mettre le plus grand désordre dans les boucles joliment disposées de bien des perruques poudrées.

Metz, lundi 28 septembre 1744

Après être allé une dernière fois entendre la messe à Saint-Arnould, le roi monta en carrosse pour quitter définitivement la ville qui avait bien failli le voir mourir, mais, alors qu'il s'apprêtait à s'installer dans le fond de la voiture, une querelle de préséance éclata autour du marchepied. Le duc de Bouillon soutenait au marquis de Berhingen, qui suivait directement le roi pour prendre place en face de lui, que ce droit lui revenait en tant que grand chambellan. Comme Berhingen faisait la sourde oreille, Bouillon l'attrapa aux basques de son habit pour l'empêcher de s'asseoir. Le roi, exaspéré par cette dispute qui tournait au ridicule, passa la tête à la portière et intervint de façon à ne pouvoir être contredit :

— Personne n'a droit d'avoir de place dans mon carrosse que je ne lui fasse la grâce de l'inviter à y monter.

Pourtant, loin d'être foudroyé sur place par cette première gifle royale, le duc de Bouillon, avec la morgue folle du grand seigneur convaincu que la faveur royale est un privilège attaché à sa naissance et qui lui appartient aussi sûrement que le nom qu'il porte, refusa obstinément de céder le pas, insista bruyamment, invoquant pour se justifier des précédents vieux d'un siècle. Perdant toute contenance, il trépignait de rage sur le pavé, demandait le jugement de ses pairs et menaça bientôt d'en appeler au parlement de Paris. Le roi, livide, attrapa violemment Berhingen par la manche pour l'asseoir de force à ses côtés avant de fermer la lourde porte du carrosse au nez du duc de Bouillon en lui lançant d'un ton à tuer raide un courtisan sur le parquet de Versailles :

— Je vous prie, monsieur le duc, de ne plus me parler de cela !

Pendant que le duc de Bouillon, l'air d'un fou, continuait à parler tout seul, prenant à témoin de son bon droit les palefreniers, les gardes du corps et les valets qui passaient par là, tous pétrifiés par la scène à laquelle ils venaient d'assister, la voiture du roi s'ébranla, prit immédiatement de la vitesse et parcourut la ville au grand galop, toutes vitres baissées, et à aucun moment le roi ne se montra pour répondre aux vivats et aux saluts de la foule.

À l'intérieur, Louis XV voyait défiler les murs d'une ville qui l'avait accueilli en sauveur avant de se précipiter à son chevet pour être témoin de sa contrition et de son humiliation publique. Jamais depuis la Fronde et la honteuse nuit du 6 février 1651, au cours de laquelle son aïeul Louis XIV, encore enfant, avait vu le peuple de Paris défiler devant son lit, la majesté d'un roi de France n'avait été à ce point atteinte. Dieu ne pouvait pas avoir voulu cet abaissement de celui qui avait reçu l'onction sacrée à Reims. Le pire à ses yeux était que ce spectacle de sa propre honte avait été fomenté par une cabale de frondeurs, tous plus ou moins de son sang, soucieux de se grandir par son propre abaissement. Désormais, seul un véritable coup de majesté pouvait laver l'affront qui lui avait été fait. Il le savait et en ruminait déjà les contours. Entre deux cahots de la voiture, il pensait aussi à cette femme qu'il aimait, qui l'avait entouré de tous les soins pendant sa maladie et à laquelle rien n'avait été épargné. Il se reprochait sa passivité sans aller jusqu'à s'accuser, toutefois, de lâcheté devant la mort et le Jugement dernier.

Au fond du carrosse, le marquis de Berhingen ne montrait pas plus de vie que ces grands cerfs abattus à la chasse et qui ont le privilège de se voir chargés dans les voitures du roi avant d'être offerts en holocauste aux chiens de Sa Majesté. Il craignait que le seul bruit de sa respiration n'importune son maître, dont le regard habituellement si doux brillait d'une lueur fauve dans la pénombre de l'habitacle.

Château de Versailles,
appartement de M. le duc de Châtillon,
gouverneur du dauphin,
mardi 10 novembre 1744

Alors que Versailles se préparait au retour du roi, vainqueur des ennemis de la France au siège de

Fribourg, le duc de Châtillon, comme à l'accoutumée, s'abîmait dans la prière lorsqu'il fut interrompu dans ses oraisons par son maître d'hôtel pour une chose urgente. M. de la Luzerne, chef de brigade des gardes du corps de Sa Majesté, demandait à lui parler. Les deux hommes étant très liés, M. de Châtillon le fit aussitôt introduire dans sa chambre où il l'accueillit en lui présentant le meilleur visage du monde, mais le gouverneur du dauphin fut immédiatement frappé par la pâleur de son ami. Sans parvenir à prononcer le moindre mot intelligible, l'officier tira une lettre du large revers de sa manche couleur écarlate et la déposa sur le marbre de la commode. Elle portait le sceau du roi de France. Châtillon la saisit avec respect, la décacheta lentement pour éviter de briser la cire frappée des trois fleurs de lys couronnées, il la déplia avec soin et, comme il avait la vue basse, s'approcha d'une des grandes croisées donnant au levant sur la cour de Marbre pour la lire plus à son aise. Le roi lui ordonnait de quitter la Cour séance tenante pour se rendre dans ses terres du Poitou et y demeurer jusqu'à nouvel ordre. Le coup était aussi terrible qu'inattendu, car sa femme devait accueillir la future dauphine en tant que première dame d'honneur, et lui-même se préparait à revêtir la charge de premier gentilhomme du dauphin dès que le mariage princier aurait été célébré. Un peu étourdi mais se refusant à offrir le spectacle de l'abattement, le duc demanda au porteur de cette mauvaise nouvelle si les instructions dont il était muni lui permettaient d'aller faire ses adieux à la reine et au dauphin. Le malaise au bord des lèvres, le brigadier lui répondit qu'il lui était interdit d'approcher aucun des membres de la famille royale et qu'il ne disposait que d'une moitié d'heure pour boucler ses malles. Alors le duc de Châtillon, tout en remerciant Dieu de l'épreuve qu'il lui envoyait pour l'éloigner des séductions du monde auxquelles il était si facile de succomber, se dirigea vers la chambre de sa femme qui n'était séparée de la sienne que par un long et étroit corridor. La duchesse dormait encore, il fallut donc la faire réveiller, mais lorsque, en ouvrant les yeux, elle aperçut en bout de lit son mari accompagné d'un officier du roi, tous les deux affligés d'une mine d'enterrement, elle pensa aussitôt qu'ils venaient lui annoncer la mort de son fils et poussa un cri terrible. Elle se trouva tout à la fois soulagée et consolée lorsqu'elle apprit qu'elle perdait seulement la faveur du roi. Une heure plus tard, le carrosse houssé de rouge du duc et de la duchesse de Châtillon quittait la cour royale du château pour aller à Paris fermer leur hôtel et emporter le nécessaire à leur exil. Ils étaient accompagnés de M. de la Luzerne qui avait reçu l'ordre bien pénible de les avoir à l'œil tant que le couple disgracié n'aurait quitté la capitale.

Les deux jours suivants, la même scène se reproduisit chez le marquis de Balleroy, ancien gouverneur du duc de Chartres. Lui aussi devait quitter Versailles et gagner ses terres avant l'arrivée du roi à Paris. Les instructions de Sa Majesté étaient très claires, il ne voulait voir aucun des visages de ceux qui avaient été de la « cabale de Metz ». Ces trois mots étaient désormais comme des lettres d'infamie qui les marquaient tous, les uns après les autres, au fer de la disgrâce.

À Versailles, chacun retenait son souffle et surveillait les allées et venues des officiers de la garde, la reine elle-même en perdait le sommeil de peur qu'un ordre du roi ne l'invite à aller dire ses prières dans un couvent.

Pour sa part, le duc de La Rochefoucauld avait préféré devancer l'ordre du roi et s'était déjà mis en route pour son château de La Roche-Guyon lorsqu'il fut rattrapé par le courrier qui l'informait de son infortune. La lettre ne lui était pas adressée directement ; il s'agissait d'un des courriers directement dictés au comte de Maurepas quelques semaines plus tôt et dont chaque terme était un coup de sceptre :

> *Vous manderez à M. de la Rochefoucauld que je suis fort mécontent de sa conduite et qu'il reste à La Roche-Guyon jusqu'à nouvel ordre. Si cependant il a quelques affaires qui demandent sa présence à Paris, il m'en fera demander la permission ; il ne pourra aller que de La Roche-Guyon à Liancourt et de Liancourt à La Roche-Guyon. Mandez-lui aussi qu'il tient bien des propos dont je suis instruit et que l'on augmente…*

La dernière phrase fit frissonner le duc. Se pouvait-il qu'ils aient été trahis et que, pour obtenir son pardon, l'un des leurs ait fait part au roi de tout ce qu'ils avaient pu raconter sur la duchesse de Châteauroux lors des longues soirées de Metz ? Si tel était le cas, alors il était irrémédiablement perdu aux yeux du roi.

Le duc de Bouillon, auquel cette épidémie de disgrâce n'avait pas échappé, pensa se sauver d'une telle lettre en se retirant opportunément dans son beau château de Navarre, près d'Évreux, sous prétexte que la guerre et ses dépenses avaient grandement dérangé ses affaires et qu'il lui était devenu impossible de se soutenir à la Cour. Personne évidemment n'en crut un mot, tant la fortune des La Tour d'Auvergne était légendaire, et c'était compter sans l'opiniâtreté du roi qui n'abandonnait jamais le gibier tant que la voie était tracée. À peine le duc avait-il fait ouvrir sa magnifique folie normande qu'il recevait une lettre l'assignant à résidence dans les ruines du château d'Albret. Ce vieux fief de la maison de Bouillon n'étant plus habité depuis deux siècles, le duc jugea que la Bastille eût été d'un séjour plus agréable, mais il se garda de tout commentaire et obéit en emportant avec lui sa tente et son nécessaire de campagne pour être certain de continuer à pouvoir dormir au sec et manger dans de la vaisselle d'argent.

Quant à monseigneur de Fitz-James, premier aumônier de Sa Majesté et évêque de Soissons, par égard pour la dignité de l'Église de France, il ne fut frappé d'aucune lettre de cachet, mais, au moment où le roi entrait dans sa capitale, le comte de Maurepas, dans un long entretien particulier, s'était permis de lui conseiller de regagner son diocèse et de ne plus jamais en sortir sous peine d'arrestation.

Paris, palais des Tuileries, samedi 14 novembre 1744

Paris n'avait pas connu une telle liesse depuis la naissance du dauphin quinze ans plus tôt. Arrivé la veille, le roi avait été partout acclamé, partout chanté, partout adoré, mais le mauvais temps de novembre était venu gâcher la fête. Un vent froid et sournois avait soufflé toutes les illuminations payées par la ville, trempé les belles tapisseries du garde-meuble et de l'hôtel de ville pendues aux fenêtres et emporté les arcs de triomphe de toile peinte dressés tout le long du cortège. Fort heureusement, messieurs les échevins firent allumer des braseros et distribuer du vin sur le trajet des carrosses du roi pour que le peuple se réchauffe en attendant son passage.

Après avoir entendu la messe d'action de grâce à Notre-Dame, les équipages à huit chevaux de la famille royale, escortés par tous les mousquetaires, les gendarmes à cheval, les chevau-légers et les gardes du corps, s'étaient ensuite dirigés vers les Tuileries car Sa Majesté avait décidé de séjourner quatre jours dans sa capitale pour gratifier les Parisiens de sa présence en remerciement de leurs prières au cours de sa maladie. Le roi, magnifiquement vêtu d'un habit de velours brun ciselé et brodé d'or, paraissait amaigri et changé, mais il gardait l'air toujours aussi noble et affichait en toute occasion de ces manières charmantes propres à un très grand prince. La galerie des Tuileries, moins grande et moins ornée que celle de Versailles, mais peinte sur le modèle des frères Carrache, était pleine de monde, et du meilleur, pour lui faire escorte dans l'ancien palais des Valois. La Cour s'était transportée à Paris et se présentait en grand appareil. Le feu des diamants narguait l'éclat des grands lustres, et l'orient des perles blanchissait encore davantage le teint des femmes. Chacun reculait de trois pas en s'inclinant devant le ressuscité de Metz qui passait en distribuant quelques imperceptibles hochements de tête de droite et de gauche. À travers la chaleur des velours, le brillant des brocarts et le chatoiement des taffetas, on discernait parfois quelques silhouettes entièrement vêtues de noir parvenues à se glisser au milieu de toutes ces grandeurs. C'étaient des bourgeois de Paris invités à assister au couvert de la reine et auxquels il avait été rigoureusement interdit de porter une autre couleur que le noir pour éviter que la roture ne vienne se confondre aux yeux de la foule et du public très nombreux avec le sang le plus bleu de France. Il y eut concert dans le grand salon du bout de la galerie, puis on dressa les tables pour le jeu et on remarqua que le roi se montrait prévenant avec la reine. Une fois la cérémonie du grand coucher terminée, Louis XV quitta la chambre de parade où son aïeul avait autrefois subi les humiliations de la Fronde pour se retirer dans le petit appartement à coucher qui n'était séparé de celui de la reine que par un simple cabinet, auquel le roi pouvait directement accéder depuis l'alcôve de son lit. Cette proximité réveilla chez un homme maintenant sevré de plaisir depuis trois mois des souvenirs plus vifs qu'il ne l'imaginait lui-même. Il était repris d'un durcissement joyeux dont il espérait bientôt se soulager.

Palais des Tuileries, chambre de la reine

Pendant que la reine, épuisée par cette journée de triomphe et de chants glorieux, s'était enfin glissée dans des draps glacés qu'aucune bassinoire ne parvenait à réchauffer tant l'humidité de la Seine était la véritable maîtresse des Tuileries, les femmes de chambre rangeaient avec mille précautions sa magnifique toilette entièrement brodée d'or dans les paniers garnis de papier de soie pour être renvoyés à Versailles dès le lendemain matin par les services de la garde-robe.

L'une d'elles sursauta lorsqu'elle entendit comme un grattement venant de la boiserie. Épouvantée, elle pensa qu'un rat familier des appartements, tout surpris par cette activité inhabituelle, cherchait quelque part un refuge. Courageusement, elle se munit d'un falot et se lança dans l'inspection précautionneuse des coins et recoins de ces cabinets décorés d'or et de nymphes à l'ancienne mode. Une fois rassurée, elle reprit son travail, quand le même bruit se répéta. Cette fois, elle ne fut pas la seule à l'entendre, et le grattement paraissait trop sensé pour être le fait d'un simple animal, fût-il aussi paillard qu'un rat de palais. Les deux chambrières allèrent aussitôt rapporter cet étrange phénomène à leur maîtresse qui ne dormait pas encore. La reine rit de leur frayeur, ce bruit n'était rien d'autre que celui du vent qui avait soufflé furieusement sur la ville toute la journée et qui s'engouffrait partout dans cette maison aussi effrayante que pouvait l'être un château construit pour une reine qui vivait entourée de nains, de mages et d'astrologues. Tout en prononçant ces paroles, la reine Marie se signa par trois fois de peur d'avoir réveillé les souvenirs et les ombres du temps de la Ligue, où une souveraine pouvait marcher au petit matin sur des flaques de sang.

Les femmes de chambre retournèrent dans le petit cabinet pour y déplier leurs lits de sangles quand le bruit recommença, plus pressant, presque impérieux. À n'en plus douter, c'était le roi qui venait demander la petite visite à sa femme. Tout étourdie par cette merveilleuse perspective, la première femme de chambre courut en trottinant jusqu'au grand lit pour en avertir la reine qui ne répondit rien car elle récitait ses prières, puis, devant l'insistance de sa domestique, permit que l'on aille voir ce que cela pouvait être. Déjà on préparait un deuxième oreiller, mais le temps de venir à bout de la résistance des multiples verrous de bronze doré qui fermaient la porte depuis près d'un siècle, celle-ci s'ouvrit sur le froid glacé d'un corridor vide. Alors la reine gronda ses femmes de leur imagination, leur ordonna de prier Dieu et de souffler leurs chandelles.

Le roi, lui, jura que l'on ne l'y reprendrait plus à rêver d'étreintes conjugales. Sa femme l'ennuyait à périr et son plaisir n'était jamais le sien. Elle avait froid quand il étouffait sous les courtines et les édredons, elle priait quand il soupirait, elle dormait quand il aurait voulu la réveiller. À quinze ans, lorsqu'il s'était marié, il aurait labouré n'importe quel ventre béni par l'Église, mais il n'avait plus l'âge des premiers plaisirs où l'on fait feu de tout bois, même le plus sec. Aujourd'hui, alors que la camarde l'avait effleuré de sa faux, il voulait de la vie, de l'esprit et de la joie dans les ébats. Il était bien sot d'avoir pu imaginer trouver un peu d'ivresse au fond d'un vieux flacon déformé par tant de grossesses et empli d'une dévotion toute polonaise. Après tout, il n'avait jamais demandé à régner sur la France, et si Dieu lui avait fait la mauvaise plaisanterie de le mettre à ce poste, cela valait bien, n'en déplaise à tous les évêques de France et au pape lui-même, quelques compensations. Louis XV, furieux, marchait maintenant à grands pas dans les méandres d'un château qu'il connaissait mieux que quiconque. Les Tuileries étaient la maison de son enfance, il en avait autrefois exploré tous les recoins, grimpé chaque escalier et parcouru les corridors à en perdre haleine. Il avait couru sur ses toits avec son ami iroquois rapporté du Canada pour son divertissement d'enfant unique, commandé à un bataillon de fantaisie sur les terrasses du bord de l'eau, houspillé les marmitons des cuisines et assisté, l'air chagrin, aux corrections que d'autres recevaient à sa place car on ne fesse jamais le roi de France.

Tous ces souvenirs qui l'assaillaient lui redonnaient de l'entrain. Maintenant, il marchait si vite et de façon si assurée que le duc d'Ayen et Le Bel, les bras chargés de grands manteaux, n'arrivaient plus à le suivre. Parvenu au rez-de-chaussée du pavillon de Flore, le roi guida ses acolytes à travers les cuisines sous les yeux ébahis des gâte-sauces jusqu'au débouché de l'escalier qui donnait sur les jardins, à quelques pas du quai. Là, un simple fiacre à deux places les attendait déjà. Aussitôt, Le Bel couvrit les épaules de son maître pour le protéger du vent glacé de novembre qui soufflait sur les bords de Seine. Le roi, sans autre escorte que son capitaine des gardes, monta dans la voiture qui longea ensuite à petits pas la façade ouest du palais, franchit la grille des jardins restée opportunément ouverte, avant de s'engager sur le pont Royal et de remonter tout aussi lentement la rue du Bac.

Paris, rue du Bac, hôtel de Lauraguais

La duchesse de Châteauroux ne dormait pas et n'avait pas demandé à être déshabillée ; aussi lorsque la voiture pénétra dans sa cour, elle ne montra aucune surprise. Son antichambre était éclairée *a giorno* et des feux d'enfer brûlaient dans toutes les cheminées. Elle portait une très belle robe de damas vert brodée de grandes fleurs d'argent et s'était confortablement accommodée dans les profondeurs de sa chaise de repos. D'une main, elle soutenait élégamment l'ovale parfait de son visage et de l'autre tenait négligemment ouvert un magnifique exemplaire de *La Vie dévote* relié par le grand Derome dans un maroquin bleu à ses armes. Elle aimait particulièrement ces lectures pieuses qui lui rappelaient la méchanceté de ses ennemis.

Un tressaillement la saisit lorsqu'elle entendit des pas dans l'antichambre et que Touchard, son maître d'hôtel, aidé de Blaisit, son deuxième valet de chambre, ouvrit la porte à deux battants en annonçant le roi d'une voix qui se voulait ferme mais trahissait une violente émotion chez le domestique.

Aussitôt, en présence de Louis XV, Marie-Anne se leva, la couleur de sa robe accentuait sa pâleur, et le blanc de céruse dissimulait mal les cernes profonds, creusés par les nuits de veille et de colère. Les deux amants, qui ne s'étaient pas revus depuis la terrible journée du 13 août, se dévisagèrent longtemps sans prononcer une seule parole. La gêne du roi était évidente, et il ne savait comment rompre la glace. Les lèvres de sa maîtresse tremblèrent alors légèrement, puis, dans un grand soupir, elle s'écria :

— Comment ils nous ont traités !

Le roi, les larmes au bord des yeux, s'approcha de quelques pas, lui prit la main et la baisa avec autant de ferveur que d'humilité. Ensuite il la fit asseoir et lui raconta doucement mais avec force détails la façon dont il avait été fait prisonnier par sa propre Cour pendant ces quelques heures terribles où la mort était venue le tirer par la manche de son habit. Il connaissait les tourments et les insultes dont elle avait été abreuvée, autant par la canaille que par ces messieurs de Metz, mais il la suppliait de revenir à Versailles où il lui ferait une vie de conte de fées. Il était décidé à lui rendre, ainsi qu'à sa sœur, leurs charges auprès de la future dauphine, et chacun devrait s'incliner devant elle autant que devant sa volonté.

Marie-Anne l'écoutait sans le regarder car elle fixait la flamme qui rougeoyait dans l'âtre, et elle vit à nouveau danser l'ombre de ses ennemis se tordant de douleur. Elle se refusa d'abord, puis céda à ses ardeurs. Il la prit d'impatience et fut heureux de se reconnaître. Sa maîtresse était brûlante, il tisonnait un corps de braise, crut alors au feu de la passion charnelle mais ce n'était qu'un peu de fièvre. Une fois le roi satisfait, le jeune femme se leva, plus duchesse de Châteauroux qu'elle ne l'avait jamais été. Comment pouvait-il lui demander de reprendre sa place à Versailles alors même qu'elle devait s'estimer satisfaite de ne pas pourrir en prison par ses ordres ? Elle était bien heureuse de pouvoir encore jouir de la liberté et des plaisirs d'une vie privée. Le séjour de Paris lui était agréable ; elle comptait y louer bientôt une maison à elle pour recevoir ses amis dans laquelle il serait le bienvenu. Le roi qui reboutonnait le pont de sa culotte en restait pantois ; il voulut la supplier, mais elle lui ferma la bouche en ajoutant que son retour à la Cour coûterait trop de têtes à la France et qu'il ne fallait plus y penser, car c'étaient bien des têtes qu'elle voulait voir rouler à ses pieds. Les lettres de cachet étaient un châtiment trop doux pour tous ceux qui s'étaient servis de Dieu dans le seul but de rabaisser le roi de France. Jamais l'exil des méchants de Metz ne suffirait à effacer le crime de lèse-majesté dont ils s'étaient rendus coupables et les ordures dont elle avait été couverte par leur faute. Récitant avec le talent d'une actrice du Théâtre-Français la leçon apprise de son oncle, elle rappelait au roi le traitement que le cardinal de Richelieu savait autrefois réserver aux comploteurs et aux ennemis de la Couronne. Elle voulait, par une nouvelle journée des dupes, effacer sa honte et punir plus durement que par l'exil tous ceux qui l'avaient chassée de la chambre du roi comme une fille perdue. Elle ! La duchesse de Châteauroux !

Tout en marchant comme une forcenée de long en large à travers la pièce, elle répétait qu'elle exigeait des têtes, qu'elle voulait du sang, des flots de sang dans lequel elle ne manquerait pas de se baigner publiquement et toute nue. Dans son emportement et sa fureur, Marie-Anne fit tomber le précieux livre qui était resté posé sur le plateau d'une petite table d'appoint. Le roi, dans un geste d'une extrême galanterie, se baissa pour le ramasser et le lui rendre. Cette attention parut sortir sa maîtresse d'un rêve éveillé, elle remercia silencieusement son royal amant d'une profonde révérence, puis dans un rire qui avait tout d'un cri de haine, Marie-Anne donna sa condition et prononça un nom qui claqua dans la chambre comme un coup de fouet. Celui-là méritait selon elle des tourments tout particuliers, elle aurait aimé le voir écartelé par quatre chevaux en place de Grève.

Louis XV, interdit, parut tout à la fois effrayé et subjugué par cette violence de femme, mais il quitta la duchesse sans se prononcer sur la dureté des conditions qu'elle mettait à accepter son propre retour en grâce. Il se trouvait alors rassasié et savait que la rupture du jeûne ouvre grand l'appétit. Il voulait que sa maîtresse reprenne son service quotidien auprès de lui, mais il ne pouvait tout de même pas lui sacrifier Maurepas. Il n'aimait pas beaucoup l'homme et craignait même son persiflage, pour autant il admirait sa force de travail et sa capacité à présenter sous un jour plaisant les affaires de gouvernement les plus obscures et les plus ennuyeuses. Son règne manquait de grands hommes d'État, il eût été maladroit de trancher le cou de celui-là. Il permettrait à Marie-Anne de le traîner à son char de triomphe pour son retour à Versailles, mais pas davantage.

Paris, lundi 16 novembre 1744

Le roi auquel le sang du désir colorait à nouveau les joues et qui n'avait pas non plus dagué depuis de trop longs jours était allé courre le daim au bois de Boulogne avec l'équipage des chiens verts conduit par M. de Dampierre. Il faisait un temps à faire pleurer ces pauvres bêtes, mais deux superbes daims dix-cors furent quand même servis, l'un à la porte des Princes, l'autre à la porte d'Auteuil. Sa Majesté retourna dîner aux Tuileries pour le grand couvert. Il était prévu ensuite qu'il se rende chez les jésuites de la rue Saint-Antoine pour y entendre le Salut. Il tombait toujours des hallebardes lorsque le cortège royal s'engagea dans la rue. Tous les jésuites, comme c'était l'usage, attendaient le roi sur le parvis afin de pouvoir entrer avec lui dans l'église, aussi le roi fit-il arrêter son carrosse. Les valets avaient déjà sauté à terre pour déplier le marchepied quand, d'un geste impérieux, le roi empêcha son capitaine des gardes d'ouvrir la portière. C'était le signe qu'il n'était pas encore temps de descendre.

Au-dehors, la pluie redoublait de colère et, depuis l'intérieur de sa voiture, le roi observait les jésuites à travers la vitre qui ruisselait. Les pauvres pères, tout détrempés, attendaient tête nue, leur chapeau à la main, que Sa Majesté veuille bien paraître ou que la pluie cesse, mais ni l'une ni l'autre ne se décidait à le faire. Le roi les observait en souriant quand, tout à coup, il sembla chercher quelque chose ou quelqu'un du regard avant d'avoir une petite exclamation. Il venait de reconnaître son confesseur, le père Pérusseau, qui se serrait contre la base d'un des piliers de l'imposante façade. À cette vue, le roi se mit à rire franchement, puis il regarda la grosse montre de carrosse suspendue à la paroi de l'habitacle. Il avait tout son temps, et les bons pères n'étaient pas encore suffisamment trempés à son goût. Peut-être attraperaient-ils comme lui une mauvaise fièvre, mais ce serait un châtiment encore bien doux après l'affront que la Compagnie de Jésus s'était permis de lui infliger à Metz. Alors, plein de magnanimité et fidèle serviteur de l'Église, il ne manquerait pas de leur envoyer ses médecins pour les saigner autant que lui-même l'avait été. Cette idée le réjouit tout particulièrement, car il pensa qu'un jour il pourrait bien, en effet, saigner les jésuites à blanc comme Philippe Le Bel l'avait fait autrefois avec les Templiers.

Château de Versailles, cabinet du roi, mardi 24 novembre 1744

La duchesse de Brancas, en grand habit de Cour et accompagnée de la maréchale d'Estrées, se présenta à la porte du cabinet de Sa Majesté pour lui faire sa visite de convalescence. Le roi, assis près du feu, se leva dès leur arrivée, ce qui n'échappa à personne. Les deux femmes marchèrent jusqu'à lui de ce pas glissant qui distingue les vraies femmes titrées de toutes les autres, et à aucun moment, alors même qu'elles cheminaient côte à côte, les larges paniers de leurs robes ne s'effleurèrent.

Après avoir traversé la moitié de la pièce, elles firent les trois révérences réglementaires sans même y paraître, et lorsque la dernière fut exécutée, le roi, toujours gentilhomme, leur tendit la main pour les inviter à se relever. Après quelques jolis propos d'une royale insignifiance, et priant la maréchale de bien vouloir l'excuser de cet aparté, il attira la duchesse jusqu'à l'embrasure de la fenêtre de son cabinet qui donnait sur la cour de Marbre. Là, faiblement éclairé par un pâle soleil de novembre, il parla longuement avec elle sur ce ton de galanterie parfaite dont il était capable lorsqu'il tenait à plaire ou voulait marquer de l'attention.

La maréchale d'Estrées, loin de prendre ombrage de ce petit moment d'abandon, contemplait la scène d'un air de triomphe car elle pourrait témoigner le soir même des grâces dont le roi avait comblé la duchesse de Brancas, la propre belle-mère de la duchesse de Lauraguais et la grande amie du duc de Richelieu.

Dans la cour, un petit attroupement s'était fait, et chacun fixait la fenêtre où l'on reconnaissait sans peine la silhouette de Sa Majesté conversant avec une dame du plus haut ton et selon toute vraisemblance de la plus grande faveur, car le roi s'entretenait avec elle plus longtemps qu'il ne faisait avec aucun de ses ministres.

Le soir, on chuchotait dans les grands appartements avec des accents de certitude que le roi désignait le duc de Lauraguais, fils de la duchesse de Brancas et beau-frère de la duchesse de Châteauroux, pour aller signer l'acte de réception de la dauphine au moment où cette princesse passerait la frontière. L'honneur aurait dû échoir au duc de Bouillon, mais plus personne à Versailles ne prononçait le nom de cet homme que la disgrâce avait fait disparaître des conversations et même des pensées plus sûrement qu'une mort subite.

Mercredi 25 novembre 1744

Versailles, cabinet du Conseil,
puis cabinet des Perruques

Le Conseil du mercredi se terminait, les ministres saluaient le roi, et les huissiers reprenaient possession de la place lorsque Sa Majesté pria le comte de

Maurepas de bien vouloir le suivre jusque dans le cabinet des Perruques où le roi aimait toujours à se tenir après le Conseil, surtout l'hiver lorsque les vents coulis givraient littéralement les grands appartements. Dans cette pièce étroite et dorée comme une chapelle, des miroirs démultipliaient à l'infini les objets précieux des collections royales posées sur de petites consoles, et le secret était absolu car personne n'entendait ce qui s'y disait. Tous les bruits y étaient étouffés par la splendeur d'un monarque en son particulier.

Une fois la porte fermée derrière eux, le roi parla fortement à son ministre qui pensa son tour de disgrâce venu, surtout lorsqu'il fut question d'une nouvelle lettre à écrire, mais la surprise qui attendait Maurepas était plus dure encore et devait l'assommer plus sûrement qu'un coup de bûche. Pourtant, sans y paraître, écoutant son maître avec la même attention concentrée que si les propos du roi tenaient aux affaires les plus graves, il s'assit à l'une des deux petites tables qui se trouvaient dans le cabinet depuis le règne de Louis XIV et s'empara d'une plume pour prendre une lettre sous la dictée lorsque le roi l'arrêta et, sortant une feuille non cachetée de sa manche, la lui donna en l'accompagnant de ces quelques mots :

— Inutile, monsieur, la voilà tout écrite.

À quoi il ajouta :

— Vous quitterez Versailles dans l'heure pour être à Paris chez Mme la duchesse de Châteauroux ce soir avant la nuit et vous lui remettrez en main propre cette lettre que j'ai l'honneur de lui adresser.

Avec cette impassibilité souriante qui ne le quittait jamais et formait toujours autour de lui comme une ligne de défense courtoise mais imprenable, Maurepas se saisit respectueusement de la lettre et assura le roi de sa soumission et de son obéissance. Il demanda alors la permission de prendre congé, puis repartit par le cabinet du Conseil. Une fois que son ministre eut repassé la porte, le roi tendit l'oreille pour s'assurer qu'il pressait bien le pas, mais il aurait préféré l'entendre courir à en perdre haleine.

Paris, rue du Bac, hôtel de Lauraguais

L'équipage du comte de Maurepas fit halte devant la grande porte cochère ; quatre heures du soir sonnaient à la chapelle des Jacobins. Un valet de pied portant livrée sauta sur le pavé pour aller tirer le cordon. La tête du suisse apparut à la porte palière, on lui dit d'un ton rogue que le ministre demandait à être reçu par Mme la duchesse de Châteauroux. Le suisse referma soigneusement la porte derrière lui pour ne réapparaître qu'un long quart d'heure plus tard et répondre que Mme la duchesse de Châteauroux n'était pas chez elle. Cette réponse laissa le laquais tout étourdi, tant il était peu habitué à voir son maître traité de la sorte. Il répéta alors que c'était le comte de Maurepas, ministre de Sa Majesté, qui demandait à la voir. Le suisse, sans perdre de sa superbe, répondit que cela ne changeait rien à l'affaire.

Le laquais retourna tout penaud à la portière de son maître qui s'entrouvrit et l'on aperçut les reflets blond cendré de la perruque de Maurepas se pencher un peu pour dire quelques mots. Le domestique revint à la charge et déclara sous le nez vermillon du suisse que Son Excellence, le comte de Maurepas, ministre des conseils de Sa Majesté, demandait à voir Mme la duchesse de Châteauroux par ordre du roi. La porte palière se ferma à nouveau, mais l'on entendit alors le concierge qui déverrouillait les serrures et faisait lentement basculer le grand fléau de fer forgé pour ouvrir la porte cochère à double battant. Le carrosse dut manœuvrer pour entrer dans la cour relativement étroite de cet hôtel de location.

Une fois la voiture arrêtée, le comte mit pied à terre, mais l'image qui lui vint à l'esprit était plutôt celle du genou. Il sourit à ce mot intérieur pour se donner un peu de courage et fit le trajet qui avait conduit le roi, quinze jours plus tôt, jusqu'au lit de la duchesse de Châteauroux ; il fut lui aussi introduit dans ses appartements par Touchard, son maître d'hôtel. La duchesse n'était pas seule, mais conversait avec le duc d'Ayen. Maurepas pensa que la comédie qui allait se jouer aurait un spectateur de choix dont le récit irait bientôt courir les salons de Paris et les antichambres de Versailles, mais lorsque, après les salutations d'usage, il précisa qu'il était porteur d'un message du roi, l'invité s'inclina dans une profonde révérence et se retira aussitôt. Le face-à-face entre les deux ennemis irréductibles pouvait commencer.

La duchesse, prise dans une robe de taffetas couleur de rose ornée d'une fine résille d'argent, était restée allongée sur son lit de repos sans même faire mine de se lever. Elle écouta ce que Maurepas avait à lui dire, mais ne prononça pas le moindre mot car elle semblait admirer l'élégance de ses petits souliers assortis au reste de sa toilette.

Le comte, un peu embarrassé, tenant la lettre du roi à la main, lui expliqua, du mieux qu'il put, que Sa Majesté était bien fâchée de tout ce qui s'était passé à Metz et de l'indécence avec laquelle elle et sa sœur avaient été traitées et qu'Elle les priait, toutes les deux, de bien vouloir oublier cet affreux épisode. À ce moment du petit discours que Maurepas lui débitait comme une comptine apprise par cœur, Marie-Anne le coupa pour lui dire qu'elle savait parfaitement que le roi n'avait jamais eu aucune part à ce qui s'était passé à Metz et que l'on avait, au contraire, abusé de sa maladie pour lui faire faire des choses qu'il ne voulait pas. Elle prononça cette phrase avec une telle intonation que chaque mot était un coup de cravache sur le visage du ministre, qui, sans se décontenancer pour autant, continuait son office.

Sur le même ton qui se voulait détaché, Maurepas ajouta que, pour preuve de son amitié et de sa bonne foi, Sa Majesté espérait que la duchesse de Châteauroux et la duchesse de Lauraguais voudraient bien venir à Versailles le plus tôt possible pour y reprendre leurs appartements, dont les aménagements étaient terminés, et qu'elles y recevraient en toutes occasions des preuves de sa protection, de son estime et de son amitié. Enfin, elles étaient entièrement rétablies dans toutes leurs charges, honneurs, prérogatives et pensions.

Exaspérée par le sourire en coin avec lequel Maurepas venait de lui réciter sa leçon, Marie-Anne, hors d'elle-même, lui lança à la figure :

— Maintenant, comte, donnez-moi cette lettre et sortez !

Le ministre comprit à cet instant qu'il venait peut-être de jouer un peu imprudemment sa tête par excès de désinvolture et tenta de se rattraper aux branches de bronze doré du grand lustre qui éclairait la pièce comme pour un bal. Il lui avoua qu'il était très embarrassé d'exécuter la mission de confiance dont le roi l'avait personnellement chargé auprès d'elle, car il savait que des esprits méchants, aussi envieux qu'ambitieux, l'avaient depuis longtemps, prévenue contre lui alors qu'il n'avait pour elle qu'une amitié respectueuse aussi forte et ancienne que leur cousinage. À l'évocation des liens qui les unissaient à l'ancienne duchesse de Mazarin, Marie-Anne ne put réprimer un haut-le-cœur. Maurepas n'en vit rien ou fit semblant de n'en rien voir et, continuant sa petite péroraison, il lui demanda la permission de lui baiser le bout des doigts avant que de prendre congé.

Marie-Anne tenait son triomphe ; sans bouger de son lit de repos, ni même se rehausser sur ses coussins de plumes, elle tendit à son vieil ennemi une main douce et parfumée et au moment où, presque à genoux, il s'en saisissait avec empressement, elle ajouta par-dessus sa tête :

— Croyez bien que cela n'est pas cher et ne me coûte donc rien…

À peine Maurepas raccompagné à sa voiture par Touchard, Marie-Anne fit atteler pour être conduite chez la duchesse de Brancas et la duchesse de Lesdiguières. Sa sœur Diane la conjurait de n'en rien faire, car il n'est pas recommandé à une femme de sortir s'exposer aux courants d'air lorsqu'elle vient de recevoir une telle commotion, mais elle se refusa à l'écouter car elle voulait à toute force partager son bonheur avec ses deux plus anciennes amies. Au moment où elle s'apprêtait à monter en voiture, Antoine, le valet de chambre, lui glissa à l'oreille que la rue était encombrée depuis la veille des espions mal dissimulés du comte de Maurepas. Alors qu'elle soulevait le bas de sa robe pour ne pas manquer le marchepied, elle haussa les épaules et lui répondit :

— Oh, celui-là, il ne m'importunera plus.

Château de Versailles,
appartement du duc et de la duchesse de Luynes,
deux heures avant minuit

Il y avait jeu ce soir-là dans le sombre et majestueux appartement des Luynes. La duchesse de Modène, qui n'avait pas encore regagné les petits États de son mari où elle s'ennuyait à périr, était donc venue faire sa partie avec la duchesse de Boufflers. Toutes deux étaient depuis toujours les grandes complaisantes de la duchesse de Châteauroux et de sa sœur, mais elles avaient été épargnées lors de la cabale de Metz car trop bien nées pour être importunées. Alors que la duchesse de Modène jouait au brelan, on lui apporta une lettre et, après l'avoir lue avec avidité, elle se précipita dans un petit cabinet pour y écrire plusieurs courriers. Une fois qu'elle eut terminé, elle demanda à voir le laquais porteur du courrier, plongea les mains dans les larges poches attachées à sa robe et en tira huit louis d'or qu'elle lui glissa dans le revers de la manche. Le garçon, qui n'en croyait pas ses yeux, ne cessait de répéter qu'il devait être porteur d'une très bonne nouvelle pour être mieux remercié qu'un prince, puis, espérant peut-être doubler la mise, il se rappela qu'il avait aussi une missive pour la duchesse de Boufflers. Les deux lettres étaient de la main de Marie-Anne, elles avaient été écrites après le départ de Maurepas et disaient en réalité la même chose. Aussi, la duchesse de Boufflers, ne résistant pas longtemps aux suppliques de ceux qui se trouvaient à ses côtés, lut-elle la sienne à haute voix. C'était un formidable coup de théâtre. Tous ceux qui croyaient s'être emparés de l'esprit du roi à Metz étaient non seulement disgraciés sans espoir de retour, mais encore celles qui avaient été honteusement chassées se voyaient rappelées à la Cour et promises à une faveur éclatante. La duchesse de Châteauroux et le duc de Richelieu avaient réussi leur propre journée des dupes. Après avoir hésité, la faveur du roi changeait définitivement de camp.

En quelques heures à peine, le château de Versailles fut inondé de copies de cette lettre qui circula jusqu'à Paris où elle fit scandale. Le roi rappelait ses concubines sans le moindre respect pour des engagements qu'il avait pris solennellement à Metz pour la correction de sa vie. Depuis son échoppe, une harengère des Halles lança sous les rires :

— Le roi reprend sa guinche !

Et une autre commère lui répondit :

— Eh bien, la prochaine fois qu'il mourra, il n'aura de nous ni un *Pater* ni un *Ave* !

Les mouches du lieutenant de police notèrent scrupuleusement ce petit dialogue qui alla terminer comme une consolation sur le bureau de Maurepas.

Paris, rue du Bac,
hôtel de Lauraguais,
jeudi 26 novembre 1744

Marie-Anne montrait des signes d'une grande fébrilité depuis le jour de ses retrouvailles avec le roi, et le docteur Vernage, son médecin personnel, l'avait mise en garde. Elle ne dormait plus, perdait l'appétit, roulait sur toute chose un regard égaré et son pouls annonçait des vapeurs noires qui lui monteraient bientôt à la tête où elles provoqueraient un tel engorgement de matières corrompues que la fièvre putride resterait sans remède. Exaltée par la perspective d'un retour éclatant à la Cour, comblée par la disgrâce qui frappait implacablement ses ennemis, assurée de retrouver sur son amant la plénitude de son emprise, la jeune femme avait ri au nez du savant. Le roi était revenu des enfers pour la couronner reine de Cythère, demain la France serait à ses pieds, elle recevrait les hommages discrets de tous les souverains d'Europe, et Voltaire lui-même chanterait bientôt la gloire de cette nouvelle Agnès Sorel avec toute la flagornerie dont ce fils de notaire était capable. Tout cela valait bien un peu de fatigue.

La veille, bravant le froid et un début de malaise, Marie-Anne était allée rendre visite à sa vieille amie, la duchesse de Lesdiguières, qui l'avait alors suppliée d'adoucir le sort du pauvre duc de Bouillon exilé dans un château inhabité depuis plus de deux siècles où seuls des paysans grossiers assuraient son service. Au retour de cette conversation – était-ce l'évocation de ce seul nom qui lui avait retourné les sangs ? –, la jeune femme sentit que son indisposition tournait à la maladie. Elle dut même renoncer à faire atteler ses chevaux pour aller signer le bail d'un bel hôtel qu'elle avait en vue du côté du Palais-Bourbon. Le docteur Vernage, appelé à son chevet, la gronda de son indiscipline et lui rappela que la complexion des femmes n'était pas de nature à supporter les inquiétudes de la politique, et encore moins le fardeau des affaires de l'État, surtout lorsqu'elles étaient indisposées. Il lui ordonna de rester couchée jusqu'à nouvel ordre et prescrivit une franche saignée pour aider à l'évacuation de ces vapeurs qui lui montaient à la tête et provoquaient maintenant la fièvre. Tout cela fut énoncé sur le ton paternel et amical d'un médecin habitué aux imprudences des femmes du monde, mais, en partant, il ne cacha pas son inquiétude aux domestiques de la duchesse et fit dire à ceux de la duchesse de Lauraguais qu'il fallait éviter tout contact entre la jeune malade et sa sœur parturiente, car il était possible que le mal soit contagieux.

Même lieu, vendredi 27 novembre 1744

Le médecin avait vu juste, la maladie était maligne. La pauvre duchesse de Châteauroux était maintenant assaillie par des maux de tête d'une violence inouïe qui la condamnaient à de véritables emportements. Effrayée à l'idée de mourir comme sa sœur sans avoir reçu les derniers sacrements, elle fit venir aussitôt le curé de Saint-Sulpice, pourtant connu pour sa sévérité morale, mais qui, après l'avoir entendue longuement, lui administra le saint viatique sans baragouiner tant son repentir lui apparut sincère. À compter de cet instant, la duchesse de Modène, accourue depuis Versailles pour complaire au roi, ne quitta plus le chevet de son amie, l'assistant dans ses vomissements comme dans ses moments d'égarement pendant lesquels elle poussait des hurlements si terribles que l'on dut faire croire à sa sœur Diane, pour ne pas l'effrayer et lui faire tourner le lait, que c'étaient là les cris d'une malheureuse mendiante qui accouchait dehors sur le pavé et que l'on ne pouvait tout de même pas chasser.

Ce nouveau coup du sort frappa si vivement les esprits et le petit monde aristocratique du faubourg Saint-Germain que tout le quartier allait prendre des nouvelles de la jeune malade. Certains n'hésitaient pas à envoyer leurs laquais se faire inscrire à la porte de l'hôtel pour que le roi en soit informé. Même le vieux duc de Saint-Simon, qui habitait le tout proche voisinage, avait cessé pendant quelques instants de tremper sa plume dans le fiel de ses souvenirs pour dépêcher son maître d'hôtel auprès de celui de la duchesse, laquelle, bien que son titre fût viager, n'en appartenait pas moins à l'une des plus illustres familles du royaume. Si la conduite scandaleuse de la jeune femme ne méritait aucune considération aux yeux du petit duc – il la tenait en effet pour une de ces diablesses qui corrompent les rois –, le nom des Mailly, l'un des plus beaux de France, exigeait, pour sa part, toutes les marques de respect.

Exhortée par les prêtres et la duchesse de Modène à se réconcilier avec ses deux sœurs, Marie-Anne accepta de recevoir la marquise de Flavacourt avec laquelle elle avait partagé bien des aventures lors de leur arrivée à la Cour, mais refusa obstinément d'ouvrir sa porte à la comtesse de Mailly à laquelle elle ne pardonnait pas de lui survivre. La pauvre comtesse, sans se décourager, fit pourtant demander tous les jours que dura la terrible maladie à voir sa sœur, et s'humilia même jusqu'à supplier le docteur Vernage, dont elle était aussi la patiente, de bien vouloir s'entremettre en sa faveur. Le médecin refusa de se mêler d'une affaire qui ne regardait pas la Faculté. Le brave homme tenait en effet la disgrâce pour une maladie plus contagieuse encore que la variole.

À Versailles, les courtisans réglèrent à nouveau leur contenance sur le visage du roi qui marquait d'une façon effrayante les progrès de la maladie de sa maîtresse. Sa Majesté, qui ne quittait plus ses appartements intérieurs et n'apparaissait devant la Cour qu'au coucher et au lever, était tenue informée en permanence de l'état réel de Marie-Anne par les ducs d'Ayen, de Gontaut et de Luxembourg. Les trois hommes se relayaient dans la chambre de la malade pour tenter de la divertir, tout en calculant le temps qui lui restait à vivre. Toujours complaisant, toujours riche, toujours soucieux de plaire, le financier Pâris-Duverney tenait à la disposition de Le Bel et des autres valets un service de courrier, plus rapide que celui du roi, pour acheminer les nouvelles à la vitesse d'un cheval au grand galop. On chuchotait même que Sa Majesté avait ordonné à ses propres aumôniers et même au curé de la paroisse Notre-Dame de Versailles de dire des messes pour la guérison de sa maîtresse. Les esprits dévots se refusaient à croire une telle infamie et ajoutaient que, en tout état de cause, de telles prières adultères ne monteraient jamais jusqu'au ciel.

Même lieu, mardi 1er décembre 1744

Lorsque les deux notaires furent introduits dans la chambre de la malade, les aiguilles dorées de la pendule de cheminée marquaient une heure avant minuit. Marie-Anne, veillée alternativement par la duchesse de Modène et la duchesse de Boufflers, les accueillit avec une grâce exquise malgré l'immense fatigue que le fard ne parvenait plus à masquer. Elle leur expliqua que, après être tombée plusieurs fois en convulsion au cours de la journée, elle avait pris la sage décision de faire son testament pour éviter toute contestation, et ajouta que, veuve et sans enfants, elle était entièrement libre de ses biens. Les deux hommes de loi vêtus de noir, qu'accompagnait un clerc mis avec une élégance de petit-maître tout ébloui d'assister la favorite, demandèrent à pouvoir déployer leur écritoire sur l'abattant du joli secrétaire de laque. Ensuite, ils vérifièrent par des questions aussi anodines que respectueuses que la testatrice était aussi saine d'esprit que de mémoire. L'obligeance avec laquelle la duchesse se prêta à ce petit exercice les toucha jusqu'à l'âme. Il fallut ensuite prendre ses dernières volontés sous la dictée.

Marie-Anne institua sa sœur Diane, dont elle n'avait même pas pu voir le nouveau-né, comme légataire universelle, puis elle égrena très soigneusement le nom de chacun de ses domestiques auxquels elle léguait de confortables rentes viagères, car, à l'article de la mort, elle n'oubliait pas qu'ils avaient été les seuls à ne jamais l'abandonner au moment des scènes de Metz. En dehors de quoi, elle n'eut un mot ni pour Dieu ni pour le roi, et se trouva à nouveau la proie d'une terrible crise de convulsion. Le temps pressait, et les médecins affolés lui infligèrent la grande saignée au pied.

Château de Versailles,
cabinet du Conseil,
lundi 7 décembre 1744,
sept heures du soir

Louis XV, pâle comme un spectre, tenait Conseil lorsque l'on gratta à la porte. La chose était à ce point inouïe qu'elle ne pouvait rien annoncer que la mort. D'un simple regard, le roi autorisa aussitôt le ministre le plus proche à se lever pour aller voir qui demandait l'entrée. C'était le duc d'Ayen. Le roi comprit et se leva à son tour en disant à ses ministres :

— Messieurs, continuez sans moi.

Puis, se ravisant, il précisa qu'il partait immédiatement au château de la Muette où il ne voulait être dérangé sous aucun prétexte, ordonnant au marquis d'Argenson de conduire lui-même l'audience prévue le lendemain pour les ambassadeurs étrangers. Tous les ministres debout gardaient la tête baissée, y compris le comte de Maurepas qui, derrière le masque d'une affliction raisonnable, se réjouissait de ce que tout ce remue-ménage pouvait signifier.

Sa Majesté disparut dans le cabinet des Perruques où le duc d'Harcourt, capitaine des gardes en service, l'attendait déjà. Les deux hommes filèrent immédiatement à travers l'étroitesse dorée des petits cabinets pour descendre quatre à quatre l'escalier semi-circulaire et déboucher immédiatement sur la cour de Cerfs. Depuis trois jours, un attelage tout harnaché attendait le roi en permanence au bas de la cour de Marbre. Ils s'y engouffrèrent pour y retrouver le prince Charles de Lorraine, grand écuyer. C'est dans ce simple équipage, sans aucun garde du corps et simplement éclairé par deux palefreniers tenant des flambeaux, que le roi quitta le château au grand galop. Il fuyait une nouvelle fois la mort et le chagrin, car si la duchesse de Châteauroux n'était pas encore morte, elle avait perdu connaissance après avoir reçu l'extrême-onction et vraisemblablement ne passerait pas la journée du lendemain, fête de la Conception de la Vierge. C'était là, pour elle comme pour lui, la seule consolation car, comme la marquise de Vintimille, elle mourait un jour de fête.

Château de Versailles,
jeudi 24 décembre 1744

Sa Majesté n'avait accepté de revenir à Versailles que pour les fêtes de la Nativité auxquelles un Roi Très-Chrétien, même grand pécheur, ne pouvait se dérober. Après la Muette, maison trop petite pour un si grand roi, Louis XV s'était réfugié à Trianon. Dès son arrivée, il en avait interdit l'accès à la reine, mais avait ouvert grand les portes au prince de Conti, ami fidèle de feu la duchesse de Châteauroux. Il faisait dans ce château d'été ouvert aux quatre vents un froid considérable, mais le roi préférait encore cette glacière aux figures exagérément sinistres de ses courtisans.

Le roi se rendit donc à la chapelle royale à dix heures et demie pour y entendre la messe en bas, mais ne reçut pas les saintes espèces et ne toucha pas les écrouelles, preuve pour la Cour que, depuis son retour à Paris, il n'était plus en état de grâce. Au sortir de la chapelle, le roi monta à sa chambre pour le cérémonial du coucher, où il eut la surprise de revoir le duc de Richelieu qui avait abandonné le Languedoc et ses états dès qu'il avait appris la mort de Marie-Anne.

C'était la première fois que le premier gentilhomme de la chambre réapparaissait à la Cour depuis son départ de Metz, et non seulement le roi lui fit bon visage, mais encore, après qu'il eut été déshabillé publiquement, il le fit appeler pour s'enfermer avec lui. Les deux hommes se retrouvèrent ainsi en tête-à-tête dans les petits appartements, où un feu d'enfer tentait de lutter contre le froid mordant de l'hiver versaillais. Le duc était au comble de l'émotion, car il n'avait pas revu Marie-Anne après la terrible journée du 13 août, et les yeux du roi se mouillaient à la seule évocation de son nom.

Richelieu, soucieux de défendre la mémoire de sa nièce dans l'esprit du roi qu'il croyait encore prévenu contre elle, lui jura avec de terribles accents de vérité que, contrairement à ce que n'avaient cessé de colporter les méchants, Marie-Anne l'avait aimé d'un amour désintéressé et qu'elle n'avait toujours agi que dans l'intérêt de sa gloire et pour la grandeur de son règne. Richelieu, que le roi laissait parler, osa même ajouter qu'il espérait que Sa Majesté n'avait jamais prêté foi aux insinuations que certaines couleuvres de parquet se vantaient publiquement d'être venues siffler à ses oreilles au point que l'amour qu'il portait à sa nièce, laissait-on entendre à la Cour, en aurait été atteint.

Louis XV qui, pour se donner une contenance, relançait énergiquement le feu à l'aide de pincettes en bronze, ne répondait rien lorsque le duc s'aperçut qu'il pleurait à chaudes larmes et tentait maladroitement de lui dissimuler son visage en ne fixant que la flamme. Enfin, le roi déposa les pincettes contre le jambage de la cheminée, se retourna vers son interlocuteur, les yeux rougis mais francs, et rompit le silence en s'adressant à lui avec solennité :

— Il n'y a rien de plus faux que ce que l'on vous a dit. J'ai regretté, je regrette et je regretterai toujours Mme la duchesse de Châteauroux. Je l'ai connue pour son malheur et pour le mien, mais je donnerais tout à l'heure la plus forte partie de ma personne pour qu'elle nous soit rendue. Si vous aviez été dans mon âme hier encore, vous ne vous seriez pas laissé aller aussi aisément à des avis pernicieux pour votre repos. Sachez, monsieur le duc, que personne ne m'a jamais dit que du bien d'elle, et j'étais bien persuadé de la façon dont elle pensait pour moi, et si je ne lui en ai pas marqué ma reconnaissance autant que je le devais, ce n'a pas été ma faute.

C'est Richelieu qui maintenant pleurait, mais le roi continua sur ce même ton de confidence solennelle :

— Vous n'ignorez pas tout ce qui s'est passé dans mon âme, et j'espère que ni vous ni personne ne me taxe de fausseté, et vous faites bien de ne me jamais nommer la personne qui vous a parlé d'un fait si faux, car elle ne mourrait que de ma main.

Joignant le geste à la parole, le roi se saisit alors à nouveau des pincettes de bronze qu'il leva comme pour en menacer un ennemi imaginaire, puis, se ressaisissant, il les reposa délicatement à leur place et sonna Le Bel qui arriva dans l'instant. Il lui demanda de bien vouloir lui apporter la cassette dont il avait la garde. Ensuite, le roi exigea de ne plus être dérangé sous aucun prétexte et par quiconque, puis il ouvrit le précieux coffret de maroquin rouge qui contenait sa correspondance amoureuse et invita le duc à s'asseoir avec lui. Il déplia avec précaution chacune des lettres de la duchesse, dont certaines, surtout au début de sa relation avec le roi, lui avaient été dictées par Richelieu lui-même. Lorsqu'il ne pleurait pas de chagrin, Louis XV répétait :

— Vous voyez comme elle me disait tous mes défauts et quelle perte j'ai faite !

Cette lecture ténébreuse dura pendant des heures, et chaque fois que les bougies des flambeaux de vermeil s'éteignaient, le roi se levait, les rallumait ou les changeait lui-même. Les deux hommes parlaient encore de la morte lorsqu'une aube laiteuse vint cotonner les grandes vitres des fenêtres qui donnaient sur la sombre cour des Cerfs, car aucun valet n'était venu fermer les volets intérieurs pour ne pas désobéir au roi. Il était déjà plus de quatre heures du matin et c'était le jour de Noël.

Épilogue

Paris, le 3 avril 1746

La marquise de Pompadour, fille d'un financier failli et d'une femme perdue de réputation, régnait maintenant sur le cœur du roi et les affaires de l'État. Depuis la mort, deux ans plus tôt, de sa sœur cadette, la duchesse de Châteauroux, Louise de Mailly avait voué tout le reste de sa pauvre vie à une longue expiation et priait pour le salut de ses sœurs en espérant que d'autres prieraient un jour pour le sien. Avec le carême, elle se poudrait les cheveux de cendres. Ses cuisses amaigries n'étaient plus rosies par le plaisir depuis longtemps, mais rougies jusqu'au sang par la morsure du cilice.

Le père Renaud, brillant oratorien, la conduisait désormais patiemment sur les chemins de la rédemption en lui ouvrant, de sa voix puissante et chaude, les consolations de la religion, et c'est pour aller l'entendre prêcher en l'église Saint-Leu qu'elle avait fait atteler son carrosse, qui fut ce jour-là pris dans les embarras de Paris. Aucune voiture ne parvenait plus à avancer ni à reculer, et les mendiants se moquaient de leurs passagers, prisonniers de ces caisses luxueuses plus encore qu'eux-mêmes ne l'étaient de la misère. Pour passer le temps et gagner leur sympathie, l'ancienne favorite jetait de temps à autre des pièces d'argent par la portière ; les pauvres la bénissaient. Atteindre le Châtelet depuis le Louvre se révéla une première épreuve, mais ce n'était rien à côté de la remontée de la rue Saint-Denis où les voitures des jolies dévotes formaient une file ininterrompue depuis le cimetière des Innocents jusqu'au cloître des Filles pénitentes de Saint-Magloire.

C'est donc avec retard que la comtesse parvint enfin à l'église. Le prédicateur était déjà monté en chaire mais la presse était telle que le suisse venu l'accueillir dès le porche dut jouer de sa lourde canne à pommeau d'argent et de toute son autorité pour lui ouvrir un chemin parmi la houle des fidèles jusqu'au prie-Dieu qui lui était toujours réservé. Chaque chaise ayant été payée au prix de l'or, des murmures de protestation s'élevaient sur son passage, qui obligèrent le père Renaud à s'interrompre. Tout en s'excusant avec beaucoup de modestie auprès de chaque personne obligée de se lever pour lui céder la place, la comtesse continuait sa lente et bruyante procession, emportant parfois un banc sur son passage à cause de la largeur de sa traîne qui, pour être taillée dans un simple droguet couleur de boue, n'en conservait pas moins l'ampleur en usage à la Cour. Elle était presque parvenue au pied de la chaire à prêcher lorsqu'un homme que tout ce bruit importunait lança à travers les voûtes :

— Voilà bien du remue-ménage pour une catin !

La brutalité de l'insulte surprit l'assistance, et chacun se signa dans l'espoir de conjurer le blasphème.

Le suisse empêtré dans son habit galonné d'argent cherchait l'insolent du regard pour l'attraper au collet et le traîner hors de l'église. Les mouches du lieutenant général de police qui ne quittaient jamais le sillage de l'ancienne maîtresse royale faisaient de même dans l'espoir d'agrémenter leur rapport d'une anecdote de choix.

Pendant ce temps, Louise de Mailly s'était tournée vers celui qui venait de la salir de son crachat et, le regardant bien en face, lui répondit avec une grande douceur :

— Monsieur, puisque vous connaissez si bien mes faiblesses, priez Dieu pour qu'il me les pardonne.

Versailles, juin 2018-janvier 2020.

Avertissement de l'éditeur

Si, comme à son habitude, l'auteur ne s'est interdit aucun des artifices de la littérature pour écrire de l'histoire, les faits rapportés dans ce roman sont rigoureusement exacts, l'intégralité des dialogues est tirée des mémoires ou des témoignages du temps, les chansons et les correspondances, en grande partie inédites, sont parfaitement authentiques.

Bibliographie

Sources d'inspiration

Imprimées

Almanach royal de l'année MDCCXLIII, à Paris, chez la veuve d'Houry, 1743.

L'État de la France, à Paris, chez Guillaume-Denis David, 1736, en six volumes.

L'État de la France, à Paris, chez Ganeau, 1749, en six volumes.

Anonyme, *Correspondance du cardinal de Tencin, ministre d'État, et de Madame de Tencin, sa sœur, avec le duc de Richelieu, sur les intrigues de la cour de France depuis 1742, jusqu'en 1757, et surtout pendant la faveur de Mesdames de Mailly, de Vintimille, de Lauraguais, de Châteauroux et de Pompadour*, Paris, 1790.

Anonyme, *Journal de ce qui s'est fait pour la réception du roy dans sa ville de Metz le 4 août. Avec un recueil de plusieurs pièces sur le même sujet, et sur les accidents survenus pendant son séjour, qui contient la relation détaillée du séjour du roi*, Metz, imprimerie de la Veuve de Pierre Collignon, 1744.

Anonyme, *Lettres de la duchesse de Châteauroux*, Paris, 1808.

Anonyme, *Mémoires secrets pour servir à l'histoire de la Perse*, Amsterdam, aux dépens de la compagnie, 1745.

Anonyme, *Récit des manifestations pour la guérison du Roi*, Paris, 1744.

Anonyme, *Recueil de pièces choisies sur les conquêtes et la convalescence du Roy*, Paris, 1745.

Anonyme, *Vie privée du maréchal de Richelieu contenant ses amours et intrigues, et tout ce qui a rapport aux divers rôles qu'a joués cet homme pendant plus de quatre-vingts ans*, édition préfacée et annotée par Benedetta Craveri, Paris, 1993.

ARGENSON, René Louis de Voyer de Paulmy, marquis d', *Journal du règne de Louis XV*, t. IV, *1741-1744. Le Conseil d'En-Haut*, texte établi par Laurent Sortais, Clermont-Ferrand, 2004.

—, *Journal du règne de Louis XV*, t. V, *1744-1747. Le Ministère des Affaires étrangères*, texte établi par Laurent Sortais, Clermont-Ferrand, 2005.

ARGENSON, Marc-Pierre de Voyer de Paulmy, comte d', *Correspondance du comte d'Argenson, ministre de la Guerre. Lettre de Marie Leszczynska et du Cercle de la Reine*, publiée par le marquis d'Argenson, préface de M. Pierre de Nolhac, Paris, 1922.

BARBIER, Edmond-Jean-François, *Journal d'un avocat de Paris*, t. VI, *1743-1744. L'Amende honorable du Bien-Aimé*, Clermont-Ferrand, 2005.

BESENVAL, baron de, *Mémoires sur la cour de France*, édition présentée et annotée par Ghislain de Diesbach, Paris, 2011.

BONAFON, Marie-Madeleine de, *Tanastès : conte allégorique*, La Haye, 1745.

BOUFFONIDOR, *Fastes de Louis XV, de ses ministres, généraux et autres notables personnages de son règne*, Villefranche, 1782.

BRANCAS, Marie-Angélique Frémyn de Moras, duchesse de, *Mémoires de la duchesse de Brancas sur Louis XV et Madame de Châteauroux*, édition augmentée d'une préface et de notes par Louis Lacour, Paris, 1865.

—, *Mémoires de la duchesse de Brancas, suivis de la correspondance de madame de Châteauroux et d'extraits des mémoires pour servir à l'histoire de Perse*, avec préface, notes et tables par Eugène Asse, Paris, 1890.

BRISSET, Nicolas, *Journal d'un bourgeois de Nancy pour les années 1743-1745, avec son séjour à Metz pendant la maladie de Louis XV*, édition établie par Marius Mutelet, Metz, 1955.

BROGLIE, Gabriel de, « Lettres de Louis XV au comte de Coigny (1737-1745) », in *Revue d'histoire diplomatique*, 1887.

« Chroniques du règne de Louis XV », in *Revue rétrospective*, t. V, Paris, 1834.

CRÉBILLON, Claude-Prosper Jolyot de, *Les Amours de Zéokinizul, roi des Kofirans. Ouvrage traduit de l'arabe du voyageur Krinelbol*, Amsterdam, 1746.

CRÉQUY, *Souvenirs de la marquise de*, nouvelle édition revue, corrigée et augmentée, t. II et III, Paris, s.d.

CROŸ, Emmanuel, prince du Saint-Empire, de Solre et de Mœurs, duc de, *Journal de Cour*, t. I, *1718-1754*, édition établie par Laurent Sortais, revue par Pascal Dumaith, Clermont-Ferrand, 2004.

DUCLOS, Charles Pinot, *Mémoires secrets*, t. III, *1721-1756, Le Règne de Louis XV*, édition préparée par Pascal Dumaith d'après l'édition Petitot et Monmerqué de 1829, Clermont-Ferrand, 2008.

GACON-DUFOUR, Marie-Armande, *Correspondance inédite de Madame de Châteauroux avec le duc de Richelieu, le Maréchal de Belle-Isle, Messieurs Duverney, de Chavigny, Madame de Flavacourt et autres précédée d'une notice historique sur la vie de Madame de Châteauroux*, Paris, 1808.

GAY, Sophie, *La Duchesse de Châteauroux*, drame en quatre actes, Paris, 1843.

« La dernière maladie de Louis XV par le duc de Liancourt, grand maître de la garde-robe en survivance » in *Revue rétrospective*, 1885, deuxième semestre, p. 1-34.

LORDAT, marquis de et chanoine Charpentier, *Un page de Louis XV : lettres de Joseph-Marie de Lordat à son oncle, Louis, comte de Lordat, brigadier des armées du roi (1740-1747)*, Paris, 1908.

LUYNES, Charles-Philippe d'Albert, duc de, *Mémoires sur la cour de Louis XV (1735-1758)*, t. II, III, IV et V et VI, édition établie par L. Dussieux et E. Soulié, Paris, 1862.

MARAIS, Mathieu, *Journal et Mémoires sur la Régence et le règne de Louis XV*, t. I, Paris, 1868.

MARVILLE, Claude-Henri Feydeau de, « Journal inédit du lieutenant général de police (1744) », édition établie par Paul d'Estrée, in *La Nouvelle Revue rétrospective*, Paris, 1897.

—, *Lettres au ministre Maurepas*, édition établie par Arthur de Boislisle, en 3 tomes, Paris, 1898-1903.

MERCIER, Louis-Sébastien, *Le Tableau de Paris*, édition établie par Jeffry Kaplow, Paris, 1979.

MOUFFLE d'ANGERVILLE, Barthélemy François, *Vie privée de Louis XV ou principaux événements, particularités et anecdotes de son règne*, Londres, 1781.

NARBONNE, Pierre, *Journal de Police*, t. II, *1734-1746*, Clermont-Ferrand, 2002.

Recueil CLAIRAMBAULT-MAUREPAS, *Chansonnier historique du XVIIIe siècle*, publié par Émile Raunié, Paris, 1879-1884.

SAINTE-BEUVE, « Relation inédite de la dernière maladie de Louis XV », in *Œuvres*, t. II, *Portraits littéraires*, Paris, 1960.

SÉNAC DE MEILHAN, *Portraits et caractères des personnages distingués de la fin du XVIIIe siècle*, Paris, 2013.

SOULAVIE, abbé, *Mémoires du Maréchal de Richelieu*, t. IV, Londres, 1790.

—, *Mémoires du comte de Maurepas*, Paris, 1792.

VALFONS, marquis de, *Souvenirs*, édition présentée et annotée par J. Hellegouarc'h, Paris, 2003.

VOLTAIRE, *Correspondance*, t. II, *janvier 1739-décembre 1748*, édition présentée et annotée par Théodore Sesterman, Paris, 1977.

—, *Précis du siècle de Louis XV*, édition annotée par Maurice Fallex, Paris, 1983.

Manuscrites

Archives nationales

F31 72, n° 253 : Plan dit de Vasserot-Bellanger, ancien hôtel de Lauraguais, rue du Bac.
Maison du roi : O/1/87 folios 416-417 et 471-481.
Minutier central des notaires parisiens :
ET/XXVI/423/1er décembre 1744. Testament de la duchesse de Châteauroux.
ET/XXVI/424/4 janvier 1745. Inventaire après décès de la duchesse de Châteauroux.

Bibliothèque nationale

Suppléments français n° 1234 (nouvelle numérotation n° 12767). Lettres autographes de la duchesse de Châteauroux au maréchal de Noailles.
Manuscrits français n° 7851. « État des chasses du chevreuil et du daim que la grande et la petite Meutte du Roy a faites depuis le 5 novembre 1749 [en réalité 1741] jusqu'en 1773 ».

Bibliothèque interuniversitaire de la Sorbonne (manuscrits du fonds Richelieu)

MSRIC 22/f°. 109-112, 116-117 : Deux lettres autographes de la duchesse de Châteauroux au duc de Richelieu datées du 5 octobre 1742 et du 5 mai 1744, accompagnées de la copie de onze autres lettres.
MSRIC 22/f°. 113-114, 151-152 : Une lettre autographe du Louis XV au duc de Richelieu datée du 29 octobre 1743 accompagnée de la copie de deux lettres au même

destinataire datées du 31 mai et du 4 octobre de la même année.

MSRIC 22/f°. 118-119 : Une lettre de la duchesse de Châteauroux au maréchal de Noailles datée du 7 mai 1744.

MSRIC 24/f°. 193-314 : Soixante-neuf lettres de la duchesse de Châteauroux au duc de Richelieu datées entre le 25 octobre 1742 et le 20 septembre 1744.

MSRIC 60/4 (f°. 170-172) : Mémoire du duc de Richelieu, sur l'étiquette à respecter lors des bals masqués et des représentations théâtrales.

MSRIC 63/f°. 125-126 : Copie d'un billet de Louis XV au duc de Lauraguais, relatif au mariage de ce dernier avec Diane Adélaïde de Mailly.

MSRIC 67/f°. 335 : Copie d'une lettre du roi de Prusse à la duchesse de Châteauroux.

MSRIC 67/f°. 300-319, 321-324, 332-334, 336-362 : Copies de vingt-cinq lettres de Marie-Anne de Mailly-Nesle, marquise de La Tournelle puis duchesse de Châteauroux, dont dix-huit adressées au duc de Richelieu et sept au maréchal de Noailles.

MSRIC 67/f°. 363 : Copie d'une lettre du comte de Maurepas à la duchesse de Châteauroux (en réalité la duchesse de Lauraguais), écrite à Metz le 12 septembre 1744.

MSRIC 67/f°. 39-49, 320-321, 324-327, 328-331, 364-365, 452-454, 529-535 : Copies de dix lettres de Louis XV au duc de Richelieu.

Bibliothèque patrimoniale Villon de la ville de Rouen

Manuscrit Leber n° 5816 : *Lettres autographes, secrètes et galantes de la duchesse de Châteauroux et de Louis XV, au duc de Richelieu*, datant de 1743-1744 : 17 pièces de 2, 3 et 4 pp. Ce portefeuille de maroquin rouge fermé à clef contient deux lettres du roi Louis XV à Richelieu, douze lettres de la duchesse de Châteauroux au même et deux lettres de la duchesse de Lauraguais.

Bibliographie mise à contribution

ANTOINE, Michel, *Le Dur Métier de roi. Études sur la civilisation politique de la France d'Ancien Régime*, Paris, 1986.

—, *Louis XV*, Paris, 1989.

ARIZZOLI-CLÉMENTEL, Pierre, et GORGUET-BALLESTEROS, Pascale (dir.), *Fastes de Cour et cérémonies royales. Le costume de Cour en Europe. 1650-1800*, catalogue de l'exposition du château de Versailles, Paris, 2009.

BABELON, Jean-Pierre (dir.), *Versailles et les tables royales en Europe*, catalogue de l'exposition du château de Versailles, Paris, 1993.

BAULEZ, Christian, « L'appartement de la duchesse de Châteauroux au château de Versailles », in *Versalia. Revue de la Société des Amis de Versailles*, n° 7, 2004, pp. 42-54.

BONAMI, Charles, « Les héritiers du cardinal de Fleury, ou le cardinal de Fleury et l'esprit de famille », in *Études Héraultaises*, n° 3, 1982.

BRASME, Pierre, *Le roy se meurt... Louis XV à Metz (août-septembre 1744)*, 2012.

CAUDE, Élisabeth (dir.), *Fêtes et divertissements à la Cour*, catalogue de l'exposition du château de Versailles, Paris, 2016.

CAPEFIGUE, Jean-Baptiste, *Mademoiselle de Nesle et la jeunesse de Louis XV*, Paris, 1864.

CASTELLUCCIO, Stéphane, « La vie au château de Choisy, 1678-1789 », in *Versalia. Revue de la Société des Amis de Versailles*, n° 9, 2006, pp. 54-75.

—, *L'Éclairage, le chauffage et l'eau aux XVIIe et XVIIIe siècles*, Paris, 2016.

CHEYNET DE BEUPRÉ, Marc, *Joseph Pâris-Duverney. Financier d'État (1684-1770). La vertu des maîtresses royales*, Paris, 2016.

CRAPET, Aristote, « Le premier voyage de Louis XV à Lille (12-14 mai 1744) », in *Revue du Nord*, année 1914, n° 17, pp. 1-10.

CRAVERI, Benedetta, *L'Âge de la conversation*, Paris, 2001.

DARNTON, Robert, « Mademoiselle Bonafon et la vie privée de Louis XV », in *Dix-huitième siècle*, n° 35 (2003), pp. 369-391.

DA VINHA, Mathieu, *Les Valets de chambre de Louis XIV*, Paris, 2009.

—, *Au service du roi. Les métiers à la cour de Versailles*, Paris, 2018.

DORVEAUX, Paul, *Documents relatifs à la maladie de Louis XV à Metz (août 1744)*, Paris, 1913.

—, « L'élixir qui guérit Louis XV », in *Bulletin des Sciences pharmacologiques*, septembre-octobre 1915.

DRÉVILLON, Hervé, et PRÉVÔT, Dominique (dir.), *Le Faste et la Fureur. L'armée française de Rocroi à Valmy*, catalogue de l'exposition au musée de l'armée, Paris, 2018.

DROGUET, Vincent (dir.), *Louis XV à Fontainebleau. La « demeure des rois » au temps des Lumières*, catalogue de l'exposition au château de Fontainebleau, Paris-Fontainebleau, 2016.

DUCHESNE, Henri-Gaston, *Mademoiselle de Charolais, procureuse du roi. Amours de Louis XV et des demoiselles de Nesles. Les petits cabinets de Versailles. Les orgies de Madrid. Le Parc-aux-Cerfs…*, Paris, 1909.

DUMOLIN, Maurice, « Les maisons du noviciat des Jacobins et leurs locataires », *in* Annexe au *Procès-verbal de la séance du 23 février 1929 de la Commission du Vieux Paris.*

DURAND, Jannic, BIMBENET-PRIVAT, Michèle, DASSAS, Frédéric (dir.), *Décors, mobilier et objets d'art du musée du Louvre, de Louis XIV à Marie-Antoinette*, Paris, 2015.

EL HAGE, Fadi, *La Guerre de succession d'Autriche (1741-1748). Louis XV et le déclin de la France*, Paris, 2017.

FARGE, Arlette, *Vivre dans la rue à Paris au XVIIIe siècle*, Paris, 1979.

FIERRO, Alfred, et SARRAZIN, Jean-Yves, *Le Paris des Lumières d'après le plan de Turgot (1734-1739)*, Paris, 2005.

FLEUR, Élie, « Louis XV malade à Metz en 1744. Quel médecin le guérit ? », in *Les Cahiers Lorrains*, décembre 1932, pp. 130-140.

FLEURY, comte de, *Louis XV intime et les petites maîtresses*, Paris, 1909.

FLEURY, Jacques, *La Cour aux armées pendant la guerre de succession d'Autriche*, Paris, 1926.

FORRAY-CARLIER, Anne, et KOPLIN, Monika, *Les Secrets de la laque française. Le vernis Martin*, Paris, 2014.

GLORIEUX, Guillaume, *À l'enseigne de Gersaint. Edme-François Gersaint, marchand d'art sur le pont Notre-Dame (1694-1750)*, Paris, 2002.

GONCOURT, Edmond et Jules, *La Duchesse de Châteauroux et ses sœurs*, Paris 1879.

—, *La Femme au XVIIIe siècle*, préface d'Élisabeth Badinter, Paris, 1982.

—, *Les Maîtresses de Louis XV et autres portraits de femmes. La duchesse de Châteauroux et ses sœurs – Madame de Pompadour – La Du Barry – Sophie Arnould – Histoire de Marie-Antoinette*, édition établie et présentée par Robert Kopp, Paris, 2003.

—, *Portraits intimes du XVIIIe siècle*, édition définitive, Paris, 1929.

HELLEGOUARC'H, Jacqueline, *L'Esprit de société. Cercles et salon parisiens au XVIIIe siècle*, préface de Marc Fumaroli de l'Académie française, Paris, 2000.

HERDA-MOUSSEAUX, Rose-Marie (dir.), *La Fabrique du luxe. Les marchands merciers parisiens au XVIIIe siècle*, catalogue de l'exposition au musée Cognacq-Jay, Paris, 2018.

HOURS, Bernard, *Louis XV et sa Cour. Le roi, l'étiquette et le courtisan*, Paris, 2002.

—, *La Vertu et le secret. Le Dauphin, fils de Louis XV*, Paris, 2006.

—, *Louis XV. Un portrait*, Paris, 2009.

—, « Le dauphin et le mythe du parti dévot », *in* M. Kiesel (dir.), *Le Dauphin, l'artiste et le philosophe. Autour de l'allégorie à la mort du dauphin de Lagrenée l'aîné*, catalogue de l'exposition présentée au château de Fontainebleau en 2015-2016, Paris et Fontainebleau, 2015, pp. 10-19.

ISELIN, François, *Les Lys et le caducée. Soigner à la cour de Versailles*, Paris, 2012.

JALOUX, Edmond, et VALLERY-RADOT, Louis Pasteur, *Louis XV. Le roi, le malade*, Lyon, 1936.

JAMES-SARAZIN, Ariane et Jean-Yves, *Hyacinthe Rigaud (1659-1743), Catalogue raisonné*, 2 volumes, Dijon, 2016.

JOUVE, Bernard, *Madame de Châteauroux*, Paris, 2012.

LAFABRIE, François, « L'habit de la livrée dans la Maison civile du roi : entre prestige et servitude », in *Bulletin du Centre de recherche du château de Versailles, Sociétés de cour en Europe, XVIe-XIXe. Articles et études,* 2011.

LALANE, Manuel, « L'appartement de Marie Leszczynska (1725-1768) », in *Bulletin du centre de recherches du Château de Versailles, Sociétés de cour en Europe, XVIe-XIXe. Articles et études*, 2012.

LANOË, Catherine, *La Poudre et le Fard. Une histoire des cosmétiques de la Renaissance aux Lumières*, Paris, 2008.

LEFERME-FALGUIÈRES, Frédérique, *Les Courtisans. Une société de spectacle sous l'Ancien Régime*, Paris, 2006.

LE GUILLOU, Jean-Claude, « Les appartements attiques de Louis XIV et les petits appartements de Louis XV », in *Versalia. Revue de la Société des Amis de Versailles*, n° 13, 2010, p. 55-143

LEVER, Maurice, *Louis XV, libertin malgré lui*, Paris, 2001.
LEVRON, Jacques, *Le Maréchal de Richelieu, un libertin fastueux*, Paris, 1971.
—, *Trois sœurs pour un roi ou la cour de Versailles au début du règne de Louis XV*, Paris, 1982.
LUNEL, Alexandre, *La Maison médicale du Roi*, Paris, 2008.
MARIE, Alfred et Jeanne, *Versailles au temps de Louis XV. 1715-1745*, Paris, 1984.
MAUREPAS, Arnaud de, « Les méthodes documentaires d'un historien méconnu : l'abbé Soulavie », in *Revue d'histoire moderne et contemporaine*, oct.-déc. 1991, t. XXXVIII, pp. 626-648.
MAUREPAS, Arnaud de, et BOULANT, Antoine, *Les Ministres et les Ministères du siècle des Lumières. 1715-1789*, Paris, 1996.
MEYER, Jean, *Louis XV ou le scepticisme*, Paris, 2003.
MORMICHE, Pascale, *Le Petit Louis XV. Enfance d'un prince, genèse d'un roi (1704-1725)*, Paris, 2018.
—, « Les fidélités languedociennes et provençales du cardinal de Fleury à la Cour », in *Bulletin du Centre de recherche du château de Versailles*, 2008.
MOUILLARD, Lucien, *Armée française. Les régiments sous Louis XV, constitution de tous les corps de troupes à la solde de la France pendant les guerres de succession à l'Empire et de sept ans*, Paris, 1889.
NEWTON, William Ritchey, *L'Espace du roi. La Cour de France au château de Versailles. 1682-1789*, Paris, 2000.
—, *La Petite Cour. Services et serviteurs à la Cour de Versailles au XVIIIe siècle*, Paris, 2006.
—, *Vivre à Versailles. Derrière la façade, la vie quotidienne au château*, Paris, 2014.
—, *Les Chevaux et les Chiens du roi à Versailles au XVIIIe siècle. La Grande et la Petite Écurie, les Écuries de la reine, le Grand Chenil et la Louveterie*, Paris, 2015.

NOLHAC, Pierre de, *Le Château de Versailles sous Louis XV. Recherches sur l'histoire de la Cour et sur les travaux des bâtiments du roi*, Paris, 1898.

—, *Louis XV et Marie Leczinska*, Paris, 1900.

—, *Études sur la cour de France. Louis XV et Marie Leczinska, d'après de nouveaux documents*, Paris, 1902.

—, *Versailles sous Louis XV*, Paris, 1911.

—, *Jean-Marc Nattier, peintre à la cour de Louis XV*, Paris, 1925.

—, *Louis XV à Versailles*, Paris, 1934.

PARDAILHE-GALABRUN, Annik, « Les déplacements des Parisiens dans la ville aux XVIIe et XVIIIe siècles. Un essai de problématique », in *Histoire, économie et société*, 1983, 2-2, pp. 205-253.

PARNE, Roger de, *Anecdotes secrètes du règne de Louis XV. Portefeuille d'un petit-maître*, Paris, 1882.

PASCAL, Camille, *Le Goût du roi. Louis XV et Marie-Louise O'Murphy*, Paris, 2006.

PETITFILS, Jean-Christian, *Louis XV*, Paris, 2014.

PICCIOLA, André, « L'activité littéraire du comte de Maurepas », in *Dix-huitième Siècle*, n° 3, 1971, pp. 265-296.

RACINAIS, Henry, *Un Versailles inconnu : les petits appartements des rois Louis XV et Louis XVI*, Paris, 1950.

RETAT, Pierre, « Les chasses royales en forêt de Compiègne sous le règne de Louis XV, d'après la presse périodique », in *Bulletin de la Société historique de Compiègne*, t. XXXVIII, 2002, pp. 353-365.

REYTIER, Daniel, « Voyage au cœur des "Chasses de Louis XV" », *in* Daniel ROCHE (dir.), *À cheval ! Écuyers, amazones et cavaliers du XIVe au XXIe siècle*, Versailles, 2007, pp. 115-135.

RICHARD, Vivien, « La chambre du roi aux XVIIe et XVIIIe siècles : une institution et ses officiers au service quotidien de la majesté », in *Bibliothèque de l'École des chartes*, 2012, 170-1, pp. 103-130.

—, « Les chambres du roi à Versailles au XVIIIe siècle, espace de la majesté ? », in *Versalia. Revue de la Société des Amis de Versailles*, n° 21, 2018, pp. 153-174.

ROCHE, Daniel, *La Culture des apparences. Une histoire du vêtement (XVIIe-XVIIIe siècle)*, Paris, 1989.

ROGISTER, John, « Le petit groupe et le grand cercle de Madame de Pompadour à la Cour », in *Versalia. Revue de la Société des Amis de Versailles*, n° 7, 2004, pp. 168-178.

ROUART, Jean-Marie, *Bernis le cardinal des plaisirs*, Paris, 1998.

SADOUL, Adrien, *Louis le Bien-Aimé. Journal de ce qui s'est fait pour la réception du Roy dans sa ville de Metz*, Metz, 1951.

—, « Le séjour du roi Louis XV à Metz en 1744 », in *Pays Lorrain*, 1993, n° 4, p. 269-276.

SALMON, Xavier (dir.), *Nattier*, catalogue de l'exposition du château de Versailles, Paris, 1999.

— (dir.), *Madame de Pompadour et les arts*, catalogue de l'exposition du château de Versailles, Paris, 2002.

— (dir.), *Fêtes et plaisirs d'amour au siècle de Madame de Pompadour. Dansez, embrassez qui vous voudrez*, catalogue de l'exposition au Louvre-Lens, Paris-Lens, 2015.

SAREIL, Jean, « La mission diplomatique de Voltaire en 1743 », in *Dix-Huitième Siècle*, 1972, pp. 271-299.

SAULE, Béatrix, *La Journée de Louis XIV, 16 novembre 1700*, Arles, 2003.

SERRETTE, Renaud, « Décors intérieurs et ameublements du château de Choisy-le-Roi sous les règnes de Louis XV et de Louis XVI (1739-1792) », mémoire de maîtrise d'histoire de l'art, Paris IV-Sorbonne, 2001-2002 (inédit).

SURLAPIERRE, Nicolas (dir.), *Une des provinces du rococo. La Chine rêvée de François Boucher*, catalogue de l'exposition du musée des Beaux-Arts et d'Archéologie de Besançon, Besançon, 2019.

TOUCHARD-LAFOSSE, Georges, *Chroniques de l'Œil-de-bœuf, des petits appartements, de la Cour et des salons*

parisiens, sous Louis XIV, la Régence, Louis XV et Louis XVI, nouvelle édition augmentée du règne de Louis XIII, t. VI (1729-1751), Paris, s.d.
WAGNER, Pierre-Édouard, « François-Léopolod Mangin et la fourniture des planches du Séjour du Roy », in *Cahiers Élie Fleur*, n° 17-18, 1998, pp. 42-59.
WOLVESPERGE, Thibaud, *Le Meuble français en laque au XVIIIe siècle*, Paris, 2000.
WORMSER, Olga, *Amours et intrigues du maréchal de Richelieu*, Paris, 1955.
ZIEGLER, Gillette, *Les Coulisses de Versailles*, Paris, 1965.

Table

Prologue 9

La conquête d'un roi

Un carême versaillais 31
On veut donc perdre le roi ? 42
Le Languedoc vous appelle… 57
Les deux orphelines 76
La louve dans la bergerie 88
L'incognito d'un roi 103
La sultane répudiée 116
Les trois voyages de Choisy 137

Le salon de la Guerre

Un gynécée dans les attiques 169
Libera me, domine… 179
La lecture de *Mérope* 191
Les désastres de la guerre 205
Les chagrins d'un tabouret 215

« Madame la duchesse de Châteauroux, asseyez-vous… » 222
La part du maquereau 241
Un mouton de Ganges 249
Le secret du roi 265
Une maison de plaisance… 291
Prendre congé… 302

L'amende honorable

Retrouvailles en chansons 307
Une entrée royale 321
Mauvais réveil 327
Sa Majesté se meurt ! 357
La paille au cul ! 387
Le Bien-Aimé 421
Retour de flammes 443

Épilogue 489
Avertissement de l'éditeur 493
Bibliographie 495

Pour en savoir plus
sur les Éditions Plon
(catalogue, auteurs, vidéos, actualités...),
vous pouvez consulter
www.plon.fr
www.lisez.com

lisez!

et nous suivre sur les réseaux sociaux

Editions Plon

@EditionsPlon

@editionsplon

MIXTE
Papier issu de
sources responsables
FSC® C003309
FSC
www.fsc.org

L'Éditeur de cet ouvrage s'engage
pour la préservation de l'environnement
et utilise du papier issu de forêts gérées
de manière responsable.

Achevé d'imprimer en octobre 2020
par Normandie Roto Impression s.a.s.
61250 Lonrai
N° d'impression : 2003835
Imprimé en France